落日蔷薇 著

山东画报出版社

六年江湖，携手同归

序

THE PREFACE

从2011年到2017年，《全服第二》已经完结六年。故事里的方又安与向小柔分别六年才得以重逢相守，走到今年，也已是六年。

我已离六年前的自己很远了，也离方又安和向小柔很远了，还有那个曾让我魂牵梦萦的江湖……通通都已遥远。

这六年，像我和他们的轮回。

重读六年前的文字，字里行间都是往年稚嫩的痕迹，然而故事却还是热血沸腾，像年少的我们曾经做过的无数梦，玛丽苏式的无敌，中二病的热血澎湃，难以在现实里寻找，只能于文字间描摹。

书页翻开，记忆掠过，恍惚间这六年未曾远去，我与他们还在一起，沉湎于江湖豪迈、儿女情长，成就过扬鞭策马的传说，完成过并肩同行的爱情。

兜兜转转的六年，最后于江湖中得以圆满。人生中大抵少有这样美好的六年，能让破碎的往事和爱情一朝圆满，从一个我曾经深爱的人，到我深深怀念的岁月，都难有六年可以重逢，也没有六年可以回首。

六年江湖未了梦，携手同归，不过圆一场关于英雄和爱情的梦。

说到梦，我有个关于江湖的梦。

熟悉我的朋友都知道，我喜欢网游，因为游戏里有个现实难以企及的江湖。

剑指天涯，诗酒醉梦，画一幅举世无双的墨影；抱琴抚弦，执剑作舞，歌尽乱世，奏一曲踏遍天地的长歌。我的梦，就以这样光怪陆离的画面作为开场，一直梦到今天。

这个梦要追溯到我的童年。小的时候我就爱看武侠小说、电视剧和电影，金庸、古龙、温瑞安等等，都曾是我的爱，及至后来，我又迷上仙侠、玄幻……充满惊险和神奇的世界，仗剑而行，踏空而过，有着现实世界永远无法实现的玄妙体验。

这本来仅仅只是些脑补的幻想，而后来，有了游戏。从单机游戏到网络游戏，从《仙剑奇侠传》到后来的《魔兽世界OL》《剑侠情缘3OL》，从一个人的游戏，到一群人的江湖，我忽然发现，游戏实现了我对这个世界的幻想。

我在游戏里，从一个不会分装备、跑地图常迷路的菜鸟，慢慢成长着。我拜过师父，收过徒弟，与人策马同奔，并肩而行，也曾在天涯比剑，醉死沙场。这个江湖，像一场没有尽头的梦。我用笔把这场梦写了出来，除了爱情，还有策马同奔的洒脱。

像小柔说的，并驾齐驱。

六年过去，我已经很久不玩游戏。这六年，我忙于工作，忙于生活，有新的爱好，新的想法。岁月正在一点点地将我改变。偶尔我也会爬上游戏，看看当初逍遥快活的江湖如今是何种模样。

游戏里的角色永远保持着从前的面容与打扮，游戏里来来去去的人依旧青衫不改，长剑未锈，但点开游戏的好友和公会面板，我就会看到那上面一长串ID。几乎都是曾经的朋友，也有仇人，这些名字很难再亮起。

看，不管是爱是恨，终有一日会远离。曲终人散，各奔东西，是这世界的常态，我们从出生开始就在经历，没有例外。

小柔六年之后重回游戏，想来与我如今的感慨一样。这些人、事物兜兜转转，不知何年何月何日可以给我们惊喜，让故人重逢。

大家在世界频道上一呼百应，她太幸运。而我很高兴，把这幸运写了出来。

初版翻到最后，我忽然想起当初有读者问我，那他们的以后呢？为什么不多写些以后的故事呢？还有没有续集？

六年过去，这个结局基本没有改变，也没有续集。不是因为他们没有以后，而是他们的以后太长，而我已经给出了让他们能够圆满走下去的契机，有没有以后的故事，并不重要，不是吗？

我也会想关于他们重逢相守后的故事，恩恩爱爱抑或打打闹闹，有着鲜活面容。我有我关于他们未来的想象，看故事的你自然也会有你的想象，已无须再用笔墨勾勒。

过去的六年，正在进行的六年与未来的六年，错落交织出整个人生。

六年江湖，携手同归。

感谢岁月，让我所有的六年都得以圆满。

落日蔷薇

／以此书敬我们

有悲有喜有笑有泪的

游戏青春岁月

CONTENTS

第一卷

谁共谁踏马天涯，并肩看落日黄沙？
无非一段水月镜花的美梦，
和所有的游戏一样，
在虚幻之间成神，在真实之中归于平凡。

目 录

第二卷

这个游戏有两千多万玩家，
所有玩家都在这么一个服务器里体验，
而我，只是想找一个人罢了。
两千万分之一的机会，
你说是遇见她的机会大一点，还是中彩票头奖的机会大一些？

第三卷

他的余生，要永远这么看着，
一眼又一眼，直到将六年的时间全部填满，
满到溢出来，化作霜雪覆满青丝。

第四卷

为你成神，我的女王！

第一卷

通往八十的被虐道路

谁共谁踏马天涯，
并肩看落日黄沙？
无非一段水月镜花的美梦，
和所有的游戏一样，
在虚幻之间成神，
在真实之中归于平凡。

PART 1　姐被小三了

F城市中心的高空旋转餐厅里，悠扬的钢琴声和着淡淡的玫瑰馨香，一起飘荡在被星空点缀的玻璃大厅里，正在用餐的宾客们就连说话都不自觉地要温柔上几分，以配合这一刻的气氛。

“哗——”

不和谐的声音突兀地响起，惹来了厅中众人的骚动与絮语。

靠窗的位置前，穿了丁香色小洋装的女人冷漠地站在座位旁，手中的咖啡杯已经倒空，杯沿正滴滴答答地往下落水。

“江智尧，劈腿劈就劈了，你要大方点承认，我还敬你是个汉子敢作敢当。可你要在我面前演苦情戏，真抱歉，我不吃你这套！”她的声音高而脆，传得整个餐厅清晰可闻。

四周观众无不竖了耳朵，一边鄙视着他们的素质，一边却兴致勃勃脑补起这出八卦来。

坐在她对面的男人已被浇了满头的咖啡，咖啡正顺着发梢滴在了他的白衬衫上。好不狼狈。

“小柔……你冷静点……一切都是我的错，是我对不起你……”江智尧并不擦拭身上的咖啡，只满面哀伤地开口，“沐雪是个善良的好姑娘，她单纯又乐观，你别怨她。她一直都把你当成她的亲姐姐。这一次，是我伤你太深，又害了她……小柔，我放不下你们任何一个，我很痛苦……”

他的言语诚恳，眼中挂满不舍与歉疚，宛如每一出苦情戏标配的男人，总是情难自禁。向小柔忍住拿起咖啡壶往他头上砸去的冲动。虽然她名字带“柔”字，但她的作风永远与“柔”字搭不上半毛钱的关系。

“闭嘴！”怒喝一声，向小柔扯过自己的背包，她觉得自己在他身上多浪费一秒钟都是在和生命作对，“别跟我提白沐雪那狐狸精，我没有这种好妹妹。你放不下，那就我来做决定。我们分手！从今天起你们给老娘有多远滚多远！”

撂下最后的话，她便挺直了背，绝尘而去，再无回头。

鞋子细长的高跟踩出“噔噔噔”的脆响，像她最后的骄傲。

回到家中，向小柔已累得像摊泥。

在外苦苦支撑的冷静与坚强，到了这里立刻像泄了气的气球一样，迅速萎靡下来。

她今年二十八岁了，不知不觉间大半只脚已经跨入剩女的行列。江智尧是她三年前相亲认识的，他模样算得上英俊，一双柔情似水的眼眸每每望去便叫人沉沦。再加上他为人温柔体贴，两人聊了几次觉得投缘，便自然而然走到了一块。倒不是说向小柔有多么爱他。所谓爱情，早在激情澎湃的青春时期，就被消耗光了。到了现在这种年龄，要赚钱要买房要结婚要生娃，生命被慢慢打磨得圆溜光滑，棱角不见。所有的人生程序按部就班，而江智尧就是她人生程序中一道关键的命令。他小她两岁，风趣幽默，无不良嗜好，事业小成，自己是一个职业网游玩家，又经营着一家网络游戏工作室，养家糊口绰绰有余。恋爱了三年，一起吃饭，一起看电影，一起寂寞，一起被家人催婚，早生出革命战友一般的感情来。而她也已习惯了生命中有他的存在，谁想他会临场叛变，投到别的女人怀里。

说起背叛，其实是预谋已久的一场人生大戏了。江智尧是职业网游玩家，大把的时间都花在了游戏上，毕竟吃饭的家伙，怠慢不得。一年前一款最新的全息网游《恋世》面世，瞬间让无数玩家趋之若鹜，其中也包括了江智尧。他曾极力游说向小柔陪他玩这款游戏，她虽然强硬地拒绝了，却也不干涉他玩游戏。

从前有人劝她，游戏世界是个JQ（“奸情”）的培养皿，她放任自己的男友在游戏里大杀四方，迟早是要出事的，她并不赞同。

一段感情的基础，在她看来首要条件便是信任。而事实证明，她给江智尧的信任被狗啃了。在《恋世》的世界里，他认识了白沐雪。而凑巧的是，白沐雪与他们同是F城人，各种机缘巧合之下他们见了面。

说起白沐雪，那是个聪明的娃。她生得温婉清丽，更是深谙江智尧这类苦情男的特性——容易动情。初识时，她常是哥哥长姐姐短地与他们俩亲热着，一副小女人状，把向小柔当成亲姐姐般对待。向小柔心直，与她俨然是一对感情深厚的姐妹花。

游戏世界中，白沐雪将江智尧视如大神般膜拜；现实生活里，她把他当成男人一样依靠。久而久之，白沐雪的伎俩便得逞了。于是，向小柔便成了八点档剧中那不懂真爱、不识真情的正宫娘娘。

很多事情，她可以妥协，但有些东西，退步不得，哪怕退半步也不行，因为一退，便是悬崖，比如底线。她绝不会委屈自己成为别人选择题里的选项之一。

向小柔在心里咒骂着，脸色惨然地蜷缩进沙发里。

江智尧总嫌她不理解他的世界，所以有了志同道合的白沐雪。

她怎会不懂那个世界，只是再真实的游戏，也不过是个游戏罢了。想当年她玩网游的时候，江智尧还不知道在哪里玩沙呢！他一直以为她从未接触过网游，又怎知她当初叱咤风云的岁月？

大神？那都是她玩剩下的东西！

向小柔这厢在沙发里想着当年勇，那厢死党于夏开门进来，见到她这副模样，不禁一问。

“小柔，怎么了？男人跑了？”

于夏不过一句笑话，在向小柔这里却成了哪壶不开提哪壶，于是她暴走了！

好不容易在向小柔断断续续的叙述中，于夏弄清了整件事。

“早看那白沐雪一脸的狐狸相，跟你说了你还不听！”于夏怒了，噼里啪啦一顿乱骂。

小三人人得而诛之。

“告诉姐姐，她在游戏里的ID（账号），姐姐帮你灭了她！”于夏自己也沉迷在《恋世》游戏中，于是叫嚣起来。

游戏，又是游戏。

向小柔无力地瘫在沙发里，摇摇手，道：“不用了，别跟我提游戏，姑奶奶我最烦游戏这东西，你让我清净清净吧！”

听到这话，于夏也不好再打扰她，便起身去做饭了。

向小柔拿着遥控器漫无目的地转换着电视台，心头一片茫然。

蓦然间，悠扬大气的音乐响过耳畔，龙游凤翔的画面如古卷轻展，虚幻世界的景象猝不及防地进入她的视线。

沉静肃杀的男子，温婉细致的女子，白衣青裳，携手天涯。长剑古朴，抖落血珠晶莹剔透……这大抵又是一个煽情的游戏情节，却让向小柔瞬间沉默了下去。

当年青春正盛，似乎也有这样一幅画卷。谁共谁踏马天涯，并肩看落日黄沙？无非一段水月镜花的美梦，和所有的游戏一样，在虚幻之间成神，在真实之中归于平凡。

欢腾而热血的开头，剑毁人离的结局，辉煌与耻辱，最后全都隐于现实。

好多年过去了，久到她已经忘了故事，失去了激情，抛弃了过去……

不知若再拾起，会有怎样的改变？

思绪瞬息万变。

于夏做好饭菜端出来，就看到向小柔刀光剑影般的眼神。

“夏娃，把你的《恋世》游戏头盔给我！”

于夏愕然，在她做饭期间，这厮发生啥事了？居然要玩游戏了！

PART 2　一朵娇花的诞生

不顾于夏哀怨的眼神，向小柔敲诈了她的游戏头盔后就回房了。

《恋世》是第一款面世的全息网络游戏。有别于以往的所有网游，它的虚拟程度相当高，堪称新一代网游的创始之作。它并不是用电脑通过网络进行游戏，而是通过特殊的设施联结人体大脑神经进入游戏。高科技这种东西，向小柔也看不懂，便也没再理会神经不神经的问题，二话不说就戴上头盔进入游戏。

游戏是根据每个人的虹膜来作为身份验证依据，因此基本不存在盗号的可能性，每个人只能创建一个人物。

读取完向小柔的个人数据，她的眼前便出现了一幅虚拟3D场景。与以往所有的网游一样，第一步都是创建人物。

游戏虽然创新，但科技也没进步到完全逼真的地步，人物还是要建，当然也不可能跟本人一模一样。系统为人物建模给出许多种搭配，性别也可随意选择。换句话说，这游戏仍然存在着人妖与妖人。

人妖或妖人的存在，不过是每个人喜好的选择。既然老天已经在人类诞生的最初便已安排好性别，而虚幻世界只是给了每个玩家能够自由选择的权利。本就是脱离现实的产物，一切的不可能便都有了存在的意义。

横竖都是“0”与“1”构成的数据，总会有一天全部归零，所以太过较真是跟自己过不去。

向小柔在进入游戏前就对自己说过，要玩游戏，而不要被游戏玩！

《恋世》游戏的人物有好几种选择。首先选择的是种族，不同种族有不同的天赋，或对自身属性或对职业又或者对生活技能，都有各自不同的加成。快速浏览后她就做了决定，精灵族。《恋世》的游戏人物做得相当精致，一张张脸孔都像从天上来的，一具具身体像从地狱来的，要萝莉有萝莉，要御姐有御姐，天使也有，恶魔也有。当然，你也可以混合！

精灵族的特点在于无论男女都有一对灵敏的尖耳朵。她犹豫了一下，点了随机，眼前便出来一个紫色眼眸、萝莉脸蛋，外加一副御姐身材的人物，像多年前曾经盛行的玛丽苏少女。

人物做了个展示动作，微嘟起唇，暧昧地眨眨眼，似乎暗示着：推倒我，你就胜了！向小柔为自己邪恶的思想尴尬了一会儿。她点了确定，便进入职业选择画面。

初级职业可选性较少，简单分为五类，战士、法师、弓手、盗贼、神谕，一目了然。当人物达到相应的等级时，便能进阶，进阶后职业的选择范围则更广。而人品好的玩家还有机会接到隐藏任务，获得隐藏职业。当然，隐藏职业也有好坏之分，这个就更要看人品了。而作为一款耐玩的好游戏，职业平衡是最基本的条件，一个职业能横扫所有职业的情况是不容许存在的。

她看完所有介绍后，选了自己最爱的职业——弓手。精灵族的天赋在人物初始敏捷属性上能增加五个点，这应该是目前最主流也最稳妥的选择了。

点了确认后，她眼前突然出现短暂的黑暗。光线再亮时，她发现自己化身成她选择的人物，一举一动之间，几乎与真人无差别。她惊叹，科技先进了！

眼前跳出一个输入框，下方一个键盘，提示她输入人物角色名。

略想了一下，她邪恶地一笑，抬手输入了“一朵娇花”四个大字。

一切准备就绪，点击确定，开始进入游戏。

《恋世》的游戏背景是被众神遗弃的大陆——千年前诸神大战，群星陨落，被神遗弃的子民在苦苦挣扎，抵御着从外域入侵的魔兽与各种族的堕落者……

悠久的历史对向小柔来说有些遥远，玩游戏是她心血来潮的举动，因此她没看任何的游戏介绍与攻略，是一只不折不扣的菜鸟。不是她不懂这些，只是对她而言，这些已不重要。

最快乐的游戏时光，是她十八岁那年，与舍友刚接触那款名为《江湖少年游》的网游时的岁月。她们不懂攻略，不知装备，哪怕打到最低级的装备都能高兴许久。作为一个治疗职业能拿着匕首砍怪砍到四十级，就已经很开心。最初的快乐最为真实，不掺半点虚假。

后来，知道了操作配合，知道了职业装备，她们一步步迈向通往大神的道路。可初心渐失，只剩下疲惫的心与短暂的欢乐……

欲望越多，得到的快乐就越少。可游戏，不是本就该让人快乐的吗？那么，何须介意是大神还是菜鸟，看看风景听听歌就已经很好。向小柔终于看开了。

一阵悦耳的音乐声后，她眼前的景象渐渐清明——蓝天白云，绿树繁茂。

定睛一看，她眼前是个古朴的村庄。不用说，这肯定是每个新手必经之路——新手村。

精灵村落生机勃勃，绿茵环绕，令人沉醉。

向小柔低头看自己身上的装备，淡绿的短裙，两条让人无限意淫的大长腿，脚上趿着藤编的草鞋，背上是简易的木弓，果然是新得不能再新的新手装。

把新手教学任务遛一圈下来，她兜里多了几瓶药，几个铜币，小弓手升到了三级，于是除了跑腿的任务外，还接到了一些野外的打怪任务，她便放慢了脚步。《恋世》已经问世一年，最高等级为八十级。这并不是一款以升级为主要目的的游戏，因为满级的玩家已经多得像米。向小柔对升级无爱，对装备无感，对大神无知，于是开始在村里闲逛。

虽然游戏开放一年了，但新手村中的新人仍然不少。那些脚步匆忙，对任务驾轻就熟的人，大约是某某大神的小号吧。另外还有一些磨磨蹭蹭，对一切都新鲜好奇的人，估计跟向小柔一样，都是初次接触这游戏的人了。

村落里站了许多NPC（游戏里非玩家控制的人物，早已被设定好了故事轨迹），这些NPC长得与一般玩家无异，只是头上显示的名字颜色不同。她挨个对话过去。虽然对话内容都是设定好的，但她仍然兴致勃勃，家长里短的内容让她有种温暖的感觉。小村庄里绿意盎然，细水长流，向小柔逛得十分愉快。

突然，耳畔传来“咚咚”的敲击声。

有人在现实世界中呼唤她。她只得先从游戏中退出。一阵柔和的光芒后，她又看到自己那间熟悉的小卧室，以及于夏的一张俏脸。

于夏冲她晃晃手，手里抓着一个崭新的游戏头盔。

“死丫头，你害我又出去买了一个头盔。没钱了，这个月伙食费你包了！”

“啊？这么严重？没关系，姐养你……白饭管饱！”向小柔一脸的“情深义重”。

“抠门！”于夏狠狠敲了一下向小柔的头，继续道，“进入游戏了吧？感觉如何？什么职业？ID是啥？几级了？”

“这么多问题你让我先回答哪一个？”向小柔无力地挠挠头，想了想回答她，“这游戏不错啊，游戏引擎很独特，以前没玩过，值得一玩。我练的精灵弓手，目前等级，三级！”

“什么？！才三级？你在游戏里折腾了三个小时了，小姐！”于夏一脸恨铁不成钢的表情。

“不想练级。”向小柔说得很无辜。

“为什么不想练级？不想练级你怎么变强，不变强你怎么让那对‘奸夫淫妇’打脸！”

于夏的觉悟还停留在痴情女主被花心男辜负了，然后奋发图强变成女神报复渣男与小三的境界。可三小时练三级？这节奏不对啊，故事要怎么朝爽文的设定展开？

向小柔蒙了。她没想过打谁的脸，也没准备复仇啊！

“走，上游戏，姐姐我带你升级去。”于夏拍拍她的肩膀，一副领导视察的表情，“对了，我的ID是恋恋初夏，你呢？”

“一朵娇花！”这次向小柔没有犹豫，立刻回答。

一朵娇花……娇花……花……

于夏石化了。

PART 3 大神的萝莉养成

重新套上游戏头盔，进入游戏，眼前景物一换，向小柔又站在了宁静的精灵村庄中。

《恋世》这款游戏比较特别，整个游戏并不分区，总共就一个服务器，所有玩家集中于一个区。服务器最高的同时在线人数曾达到过两千万人，这是实实在在的数字，一点水分不掺，真是华丽丽的一场热闹繁华。

新手村已经逛遍了，她看看自己一身可怜的新手装，想着下一步是接着做任务呢，还是继续看看风景，突然眼前就闪过一行文字。

[私聊]恋恋初夏：小娇花，在哪？姐来带你了！

[私聊]一朵娇花：在精灵新手村，不用带了，姐还不想练级！出了新手村M（即"密"，游戏中与某玩家单独对话）你。

全息网游刚面世，有些地方还与传统游戏模式一致，比如可以用文字和语音两种方式在游戏中进行沟通，于夏用的就是文字传信功能。

向小柔拒绝了于夏的好意，依旧我行我素地玩NPC。

终于她把这个可怜的小村庄中的最后一条狗都聊遍后，开始觉得无聊。游戏的时间与现实的时间是5：1的比例，她在这里逛了五个小时，而现实中才过了一小时而已。她收拾好心情，看了看任务，准备去野外砍怪。

天空突然变了颜色，清澈蓝转为迷离紫。蓦地，斗大的字飘过……

[世界公告]千里姻缘，一世情义。在爱与美之女神芙瑞斯林的化身前，半夕秋风与绯蝶沐雪情牵彼此，在浩浩人海中携手相伴，执子之手，与子偕老。婚礼将于十月十日晚上八点在海角天涯举办，欢迎各位朋友前来观礼。

这公告一出，世界频道上就跟着闪过多条半夕秋风和绯蝶沐雪本人发的公告，以及各色路人们发的恭喜、调侃、祝福语等，当然也不乏一些恶意之徒的挑衅，热闹非凡。

向小柔冷眼以待。她不知道江智尧和白沐雪的游戏ID，却猜得到。半夕秋风是江智尧的QQ网名，绯蝶沐雪就更不用说了，白沐雪把真名都用上了。她在一瞬间就认出他们来。

三年多的感情，转眼就烟消云散了。现实世界里的相互扶持，也不敌游戏里那一声软语。向小柔忽觉自己做人失败。关了世界频道，她懒得再关注这些消息。等向小柔从自我悲情中回过神的时候，才发现这个本来安静的新手城突然热闹起来了。

村子中心的精灵神树下，满级的精灵盗贼闪闪发光。旁边围了一众新人，纷纷谄媚地求带求装备求包养……

鲜红的ID"冰雪刺杀者"，一看便知这是一路拼杀出来的PK（两人对决）狂人。再加上发光发亮的装备，这人只差没在脑门上大方地写上"大神"二字了。

向小柔看得出来他是大神，却不知这个冰雪刺杀者是哪一种等级的大神。大神也是分等级的，排行榜首位的是大神，排行榜末位的，也是大神……这位冰雪刺杀者，是在排行榜占第一位的那尊神。她更不会知道，在今后很长的一段时间内，这尊大神让她的游戏生涯变成了一张茶几，一张摆满"杯具"的茶几。而此刻，向小柔的救星还正在游戏的某个角落里为了发家致富而努力猥琐着。

就在众人都以为冰雪刺杀者是在挂机的时候，那尊雕像一样的人物居然动了。他缓缓地朝向小柔走去。

“几级？”大神M她。

向小柔看看自己周围，没人。他真是在和她说话。

“三级！”

大神丢过来一个组队邀请。向小柔不解，他这是要干吗呀？

“一千金币，帮我做任务！”大神回答了。

大神之所以成为大神，是因为他和很多人一起，付出了很多的时间与精力去塑造这个游戏人物。在大部分的时间里，大神要组织副本，要带兄弟练级，要管派系事务，要解决江湖纠纷，要下战场，要打竞技，要刷声望，要做隐藏任务，要和游戏女神搞搞暧昧，要帮兄弟找女朋友，还要吃喝拉撒睡。一天二十四小时，大神都在忙，忙到连自己找女朋友的时间都没有。所以，这么忙的大神，当然不可能有空闲在新手村闲逛，然后机缘巧合，看中某个单纯的菜鸟，从此展开一段笑傲江湖的爱情故事。那都是群众的想象。

真正的原因是，冰雪刺杀者接到了一个隐藏任务，第一环便是要带一个五级内的精灵女号升到十级。

在这游戏里，隐藏任务分为两种：一种是只要达到条件，就能触发的隐藏任务，只是这些条件大多很古怪苛刻，一般人根本达不到，但是达到了就能触发；而另一种，除了上述条件外，还具备一种特性，那就是唯一性，这种任务前人接了，后人就无法再接，除非，任务失败。隐藏任务的奖励都非常丰厚，尤其是这类唯一的任务，通常都与游戏历史进程有关。

而冰雪刺杀者接到的，就是唯一的隐藏任务。

他并没有告诉帮里的兄弟。他有私心，这样的任务，环节很多，开头容易后续困难，并且，任务失败就会消失。如果让一些敌对的势力知道，那么他完成任务的风险就会增加许多。要知道，大神也是人，以一当十的情况是不存在的，所以他谁也没告诉。

向小柔考虑了一下，看看自己的账户，0金0银30铜，当下就点了确定，进了组队。组队里只有两个人，她的游戏头盔是最便宜的那种，不支持语音发言。因为这种头盔是通过大脑神经接入，因而普通的话筒无用，想要发言需要更高端的配置。于是她只能选择打字。不过，这并不妨碍她接听别人的声音。

[私聊]一朵娇花：要我做什么?

向小柔拿人钱财替人消灾，表现得非常积极。

[私聊]冰雪刺杀者：先练到十级，我带你。

[私聊]一朵娇花：好!

向小柔答得干脆，提着弓，正要朝怪物区走去。

[私聊]冰雪刺杀者：等等，别急!

向小柔眼前跳出一个交易框，嗖嗖嗖几下，上面堆满了东西，其中包括一千金币。仔细一看，向小柔不由得咂舌，果然是大神哪！瞧这上面的东西，全都是出生到十级内的极品小装备，衣服、裙子、弓、头饰……还有各种低等级药水。有那么一刻，她被这些闪亮的道具晃瞎了狗眼，差点把一句“大神，你包养我吧”脱口而出了。

收下东西，把能用的装备换上，向小柔的小娇花瞬间变华丽了。

崭新的皮甲，浅绿的短裙，俏皮的小靴，三色光芒流转的神弓，满兜的药水，还有华丽的一千金币，她从一穷二白变成了新人小富婆。刚刚被江智尧的结婚公告给打击到的心情瞬间好转了。

“走吧！”这次是冰雪刺杀者先开口了，“砍怪去了。”

向小柔屁颠屁颠地跟了上去。她并不知道，在旁人眼中，这一幕多让人羡慕嫉妒恨。排行第一的大神，带着初入江湖的小菜鸟，身着那一身华丽的新手装。尽管他们没有公开说话，但是……群众的想象是无限的。

向小柔现在心中只是在猜测，大神到底接了什么任务，要来带新人?

难道是……萝莉养成?

她为自己邪恶的脑补感到害羞了。

PART 4　惊天大悲剧

冰雪刺杀者带着向小柔的一朵娇花在野外打了三个小时的怪。

由于游戏变态的设置，大号带小号，若等级相差十级以上，小号的经验自动减半，并且越级超过十级打怪，将不获得经验，而且游戏里最低级的副本也只对十级以上的人开放。于是可怜的冰雪刺杀者只能带着一朵娇花在野外收割低级怪的生命。

在这三个小时里，向小柔过得很滋润。她看看风景，摸摸尸体，调戏调戏怪物，顺便跟大神拉拉关系。奈何这大神是个闷骚的人，她说十句他也回不了两个字，因此到后面她就开始研究弓手的技能。弓手初期就两个主动技能：一个是“风神破”，可以瞬发一个提升百分之百的攻击，这技能两次使用的最短间隔冷却时间为三十秒；另一个是“精神穿透”，瞬发，冷却时间为三十秒，牺牲百分之五十的攻击力换取被攻击方三秒的眩晕时间，该效果可被抵抗。两个技能算是弓手前期比较实用的技能了。在这款游戏中，弓手若被近身至十米的范围，则不能对该目标使用弓以及所有的远程射击技能，会被强制改成用近战武器，因此弓手玩家的远程控制能力要求相对较高。

向小柔逮着那些被大神遗弃的怪，开始研究她的弓手之路。

终于，系统悦耳的声音在她耳边响起。

“恭喜您，您已达到十级，请回城转职，祝您早日脱离菜鸟的行列。”

向小柔看着系统的提示，明显感觉到大神松了一口气。也是，三个小时的机械性打怪，就是大神估计也要暴走了吧。

“十级了？先别转职，跟我去个地方吧。”冰雪刺杀者显然在第一时间就关注到了她的等级。

“好！”拿人钱财，替人消灾，向小柔的觉悟一向很高。

冰雪刺杀者召唤出他的坐骑——冰霜召唤者。这家伙模样像龙，通体银白，背生双翼，相当炫目，是目前整个服务器唯一的一只冰霜召唤者。

“冰雪刺杀者邀请您与他共同骑乘，是否同意？”

向小柔还没欣赏完那只冰霜召唤者，就看到眼前弹出的邀请共乘的对话框。

当机立断地点下确定，向小柔的一朵娇花便爬上了大神的坐骑，与大神相依相偎。旁观者就见一个娇俏可人、身材火爆的小萝莉，依偎在《恋世》女玩家性幻想对象第一名的冰雪刺杀者怀中。

人神共愤的景象！

向小柔心里倒没这么多的意淫，她所有的兴奋都源于自己能坐到冰霜召唤者的背上，体验飞一般的滋味。对于冰雪刺杀者，她毫无绮念。

不过她没有那种想法，不代表别人没有。

他们要去的地方是爱维斯城的天灾庇护所。爱维斯城是游戏中的五大主城之一，在游戏里设定的历史上，这是一个繁盛了千年的大城市，哪怕那场惊天地泣鬼神的诸神战争，也没能将它全部毁去。天灾庇护所是爱维斯城城主杜诺克在三百年前建成的，专门收容那些由于战乱、灾祸而流离失所的人们，于是这里也被称之为“贫民窟”。

主城向来是人最多的地方，当一朵娇花和冰雪刺杀者从天而降的时候，毫无意外地吸引了一堆不明真相的围观者。

向小柔此时正处于呆的状态。试想一个刚从穷乡僻壤进城的人，势必要被两种强烈的对比所震撼。

爱维斯主城的宏伟，仿如崭新的世界，呈现于她眼前，向小柔一下看呆了。

等向小柔回过神的时候，世界频道上早已漫天飞舞着她和冰雪刺杀者的绯闻，更有好事之徒截图留念。她无奈，游戏玩家们对绯闻八卦的热衷度永远不会消退。

蓦地，天空跳出一条世界公告。

[世界公告]神之叹息：冰雪，你这是什么意思？

立刻，绯闻热度再次攀升。

而向小柔也收到两条M语。

[私聊]神之叹息：你和冰雪什么关系？

[私聊]冰雪刺杀者：把所有频道关掉！

好吧，老板发话了，向小柔只能照做。实际上这些消息已经让她头晕眼花了。她如获大赦般地把所有的频道包括密语都一一屏蔽了，只留一个队伍。当然，在屏蔽之前她还不忘回复神之叹息一声。

[私聊]一朵娇花：没有关系！

终于，世界清静了许多，她只看到身边拥堵不已的人群。安静的感觉真好，除了那不依不饶的世界公告外。

《恋世》是收费游戏，所以商城概不出售任何与装备或升级有关的道具，只有一些无伤大雅的RMB（人民币）小道具，比如结婚的浪漫道具，如玫瑰、烟花之类的，还有喇叭等功能性道具。其实喇叭的作用就是发布世界公告，这一类公告无法被屏蔽。但是这种道具价格不菲，所以一般人也不会那么无聊地刷世界公告，不过有钱的土豪们除外。而那神之叹息估计就是属于这类钱多不怕烧的土豪。

只见那硕大的世界公告从眼前飞过。

[世界公告]神之叹息：冰雪，说话，你跟这女人什么关系？

[世界公告]神之叹息：冰雪，你对得起蜻蜓吗？

[世界公告]神之叹息：冰雪，回复我，你知道你这样有多伤蜻蜓的心吗？

……

诸如此类，省略众多公告。

向小柔看得嘴角直抽搐，这个神之叹息真是个话痨啊。她忍不住在队伍频道中发话。

[组队]一朵娇花：老板啊，你不解释一下吗？

冰雪刺杀者没有理她，只是隔了两分钟后，世界公告又刷了一条。

[世界公告]冰雪刺杀者：够了，都给我闭嘴！我跟蜻蜓的事自己会解决。

终于，世界彻底平静了。

不知道冰雪刺杀者是不是私下和那神之叹息还说了些什么，世界公告不再出现了，但向小柔却从这些信息中嗅到了浓浓的八卦味。

冰雪刺杀者带着向小柔来到贫民窟的NPC艾克多面前。那是个身体孱弱，随时都可能仙去的老人。

向小柔猜测艾克多就是给冰雪刺杀者发布隐藏任务的NPC，嘴里也不多问，只想他快点把任务了结，她好回去过自己的小日子。可还没等她想完，眼前一黑，又开始了乾坤大挪移的过程。好不容易眼前再次清晰，她已站在一棵参天大树之下。

这树很像精灵村的精灵神树，只是更高更大更繁盛。

树下站着不明生物——虚无的女性躯体，五官模糊不清，背上有对羽翼，周身泛着淡淡的光芒。

她看看四周，并无他人，冰雪刺杀者也不在。估计是冰雪刺杀者所接的任务影响到她了吧，向小柔猜测着。

轻柔的音乐响起，剧情便缓缓展开。不明生物絮絮叨叨地解释着来龙去脉。这是上古精灵的精神结界，身边的树便是精灵村世界之树的前身，而“一朵娇花”则是救赎者带来的年轻的、纯洁的心。

听完冗长的故事，向小柔眼前便出现选择框。

“您是否愿意接受救赎者的救赎？”

向小柔犹豫起来，她不知道自己的选择会不会对冰雪刺杀者造成影响，便在队伍里发问。

[系统]：纯粹精神空间，无法与外界取得联系。

得，一切看RP（人品）吧。

她点了确定，又是一阵音乐与光芒外加唠叨的叙述，好容易听完了，系统提示又出现了：

“您是否愿意成为暗影射手？该职业为隐藏职业。”

“……”

向小柔怔了怔，她RP有这么好过？居然触发了隐藏职业。

她找不到拒绝的理由，便点下确认。

系统再度响起悠扬的音乐与提示：“您已经接受暗影射手转职任务，任务完成后可向艾克多回复。”

还来不及消化这一切，眼前又黑去，她被送回了原来的世界。

这里已经沸腾。

[世界公告]玩家触发精灵族隐藏任务“救赎”，世界性历史进程任务“救赎者的降临”全面开启，《恋世》第二篇章《神遗之罪》即将展开，全新副本“上古战场”即将开放，敬请期待！

系统的世界公告一连发了三遍，向小柔想不看到都难了，联系着刚才发生的一切，再傻的人也猜到冰雪刺杀者接到的任务估计与这个有关，而她的隐藏职业，不过是沾了他的RP的光而触发的。

不用打开世界频道，她也猜得到此刻群情是何等激动。

这边冰雪刺杀者的兴奋中带着不安，原本他找上一朵娇花，也就是为了隐瞒自己接到隐藏任务的信息，却不承想这个隐藏的任务居然是个历史进程任务，所幸系统公告并没有将接任务人的名字公告天下。而系统公告的动静闹得如此之大，一朵娇花肯定是猜到了，他想着，该用什么办法才能让她封口。潜意识里，他一直认为这个一朵娇花是个人妖。他本就是个无情自私的男人，当然也就不存在什么怜悯之心，轮白一个十级的人妖号，轻而易举。

这边他想着，那边向小柔开口了。

[队伍]一朵娇花：冰雪老板，我刚刚接到隐藏职业任务，暗影射手，不晓得跟你的任务有没有关系。

向小柔并不知道冰雪刺杀者的想法，她只是单纯地把自己遇到的情况综合了他遇到的情况，得出了结论。她是个厚道的孩子，拿了人家的薪酬，又托了他的福触发了隐藏职业，这工作要有始有终。

冰雪刺杀者却沉默了，他迅速冷静下来。向小柔的话也不无道理，而即使把她轮白了，她大不了再建个新人物再来一遍，秘密一样是守不住，思前想后，他做了一个决定。

[队伍]冰雪刺杀者：也许吧。今天的事我希望不要有第三者知道！你加到我的分会“傲绝天下”，里面的人会照顾你。你的人情我记下了，有什么需要和我说，能帮到的我一定帮！

冰雪刺杀者的决定就是，与其毁之不如养之。把她培养成自己的势力，比杀了她多一个敌人来得好。更何况她还接到了隐藏职业，前途不可估量。向小柔很想跟他说不需要，但奈何对方根本不给她拒绝的机会，立刻就有一个公会邀请在她面前弹了出来。

“傲绝天下诚邀您的加入，请您确认是否加入？”

[队伍]冰雪刺杀者：抱歉，我的总会等级限制比较严格，所以暂时委屈你加入分会了。分会势力也不错，足够帮你。就这样吧，我还有事，先退了。

于是还不待向小柔回话，系统已经提示冰雪刺杀者退出队伍。

霸道大神和霸道总裁之间，可有区别？向小柔感叹着，罢了，先加了看看吧。

于是点了确认。

于是她悲剧了。

点开公会页面，傲绝天下公会成员表赫然就是——

会长：半夕秋风。

副会长：绯蝶沐雪！

PART 5　销魂的排行榜

如果这世界上真有叫缘分的东西，那她和江智尧之间一定是孽缘。

向小柔恨恨地想着。

上天没有给她冷静的机会，公会频道上，唰唰唰闪过数道信息。

[公会]西门小官人：哟哟，这谁家的妹子啊，咱公会什么时候也收十级的新人了？

[公会]我的菊花为你开：新来的？老规矩，报三围！

[公会]小豆豆：十级的新人？会长在搞什么啊？

……

满眼的信息，向小柔只注意到了两条：

[公会]半夕秋风：别胡说，这是冰雪的朋友！他拜托我们好好照顾的。

[公会]绯蝶沐雪：大家别闹了啦，花花是新来的，大家欢迎一下。花妹妹，跟大家打个招呼吧！

活了二十多年，向小柔第一次觉得自己活得如此可笑，男人劈腿分手不说，还要被小她五岁的白沐雪称为妹妹……

这还让不让她活了！向小柔想抓狂加暴走，她打出一大段的狠话，想抛出去后退会走人。

[公会]绯蝶沐雪：花妹妹，我和秋风的婚礼会在三天后举行，你一定要来哦，到时候姐姐会给你一个大红包的。

向小柔几乎要吐血身亡。天下还有更可悲的事吗？小三跟你说她要和你男人结婚，并叮嘱你婚礼一定要到场……但出乎意料的是，向小柔很冷静地把那段狠话删除，说了一句——

[公会]一朵娇花：好的，谢谢秋风哥哥和沐雪姐姐！

这话一发出去，向小柔觉得自己可以去死了。

婚礼是吗？幸福是吗？她怎能让他们如愿以偿？

向小柔腹诽着，想着到时候如何破坏捣乱。她十级的小号大不了不要了，也就是删号或者不玩而已。

摘下头盔，她才发现现实世界里已是深夜十二点。游戏果然容易让人忘记时间的存在。

洗漱完毕躺倒在床上，向小柔发现自己的体力不如当年了。

年轻的时候熬个把夜那是家常便饭，十二点能去睡觉那都算早了。青春被糟蹋殆尽，嬉笑怒骂的豆蔻年华，年少轻狂的青春岁月，现在想来纵有万般无奈千种遗憾，也都是迷人的风景。

向小柔叹口气，了无睡意地望着天花板发呆，忽又想起那年的风景。

黄沙大漠中的青衣少年，翠竹茂林中的白裳少女，曾经有过的风华绝代与惊才绝艳，到底输给了现实。当年有多少的痛就留下多少的清醒，寂寞空虚与幻想的产物，永远成不了现实。

有人说，当一个人开始喜欢回忆当年的时候，就证明他老了。向小柔觉得自己有些老了。当初纵横江湖、快意恩仇的那个少女已经消失，只剩优柔寡断、郁郁寡欢的女人……

思绪渐渐飘远，她又想起江智尧的好。三年生活的点点滴滴，相互扶持，病的时候他嘘寒问暖，难过的时候他耐心哄着。到底这三年，她也是被这般如珠如宝地捧在手心，习惯了他的存在，于是一个人的时候就分外难过。他这人哪，什么都好，坏就坏在了太多情，真把自己当成情圣了。这么想着，江智尧倒也不那么令人痛恨了，只是，面目渐渐模糊了去。

再次睁开眼时，房里阳光普照。

一觉醒来，神清气爽。昨夜忧伤昨夜去，今朝欢喜今朝寻。夜里那个忧伤的向小柔已经不见，人家十八年后又是一条好汉，她只要八小时，就又是一个好青年。

今天是周六，不用上班，于是向小柔可以在床上多赖上一段时间。不过，她并没有爽太久，因为于夏大小姐冲了进来。

“你说，你是怎么跟大神勾搭上的？你给我老实交代！”

幽怨的声音响起，于夏眼带哀怨地望着向小柔。

“啊？什么大神？什么勾搭？我什么时候遇到过这种好事了？”向小柔愕然。

“你，跟我过来看！”于夏不由分说地把她从床上拉到了书房。

论坛上，一张游戏截图吸引了无数玩家的注意。爱维斯城的正上方巨龙盘旋，龙背上坐着两个人——宝相庄严的冰雪大神，娇羞可人的一朵娇花。

页面往下拉，后头还跟着数张角度诡异，欲语还羞的截图，从地上飞到天上，无不证明他们之间赤裸裸的JQ。

再往下看，是无数的回复。有骂她人妖的，有说她第三者的，有威胁她的，也有夸她勇者无惧的，总之是形形色色的回复，充斥了整个帖子。

“哇，这人的截图手段太高明了！”向小柔乐坏了，毫无身为当事人的自觉，“我不就帮他做了个任务，至于吗？冰雪到底什么身份，这么多人围观？”

“什么任务啊，大神会要你这十级小号帮忙？”昨天于夏见她不要自己带，便和人组队打了整晚的副本，结果一出游戏上论坛，就看到硕大的标题《大神与蜻蜓女神间的第三者》，点进去一看，她就傻眼了。

“就是……大神不让说！”向小柔哈哈一笑，扭头走出书房，洗漱觅食。

“向小柔！上游戏记得看排行榜……”于夏的声音远远地飘过来。

吃好早饭，她才慢条斯理地进入了游戏。

昨晚她不想再看到江智尧和白沐雪的影子，没有多说话直接下线了，今天一上线，她就发现自己的邮箱爆满，好友请求闪个没完。

论坛上那帖子火了，她也出名了。果断地拒绝了所有的好友请求，邮箱中凡是陌生人的信件看也不看就一一删除了，在她看来，这些都是麻烦。

处理完毕后她打开了游戏排行榜。《恋世》的游戏排行榜分得非常细，噱头十足，比如什么恋世风云榜、综合实力榜、PK狂人榜、公会实力榜、神宠榜、神器榜、恋世女神榜、财富榜、魅力榜、声望榜……各种各样的榜，只要你愿意努力，总有个榜会收留你的。

这些排行榜列出了整个服务器排行前三百名的玩家。因为《恋世》只有一个服务器，全国的玩家都集中在这里，所以排行榜上的前三百名玩家，一般就是以前在其他游戏中分散于各个服务器的前十名精英玩家，而他们之间的差距也是很微小的。

众多排行榜中，最受人瞩目的，无疑就是恋世风云榜、综合实力榜、PK狂人榜、公会实力榜这几个了，后面的神宠、神器、财富榜虽然也让人羡慕，但那毕竟不代表称霸大陆的实力。而与向小柔传出绯闻的那位冰雪刺杀者，赫然排在了综合实力榜与恋世风云榜的头一个，PK狂人榜第三，神宠榜第三，神器榜第一，魅力榜第一，几乎所有的排行榜，除了女神榜和财富榜外，他都在前五名。向小柔咂舌，她还真是走了狗屎运，刚进游戏就撞见这样的大神。

她再接着往下看，江智尧的半夕秋风在综合实力榜的第一百零七名，傲绝天下公会占据着公会实力榜第二百零九名，白沐雪的绯蝶沐雪则在恋世女神榜上排到了第三十名。另外，她还注意到，此前常从众人口中听到的“蜻蜓”，疑似是那名在女神榜上占据头名的蜻蜓の叹息，是一名精灵牧师；而神之叹息，在综合实力榜排在了第十九名……

关掉排行榜，向小柔隐隐感觉到自己似乎惹下了一个麻烦，然而她不知道的是，这个麻烦，挺大的。

[私聊]绯蝶沐雪：花妹妹，怎么拒绝了我的好友请求？姐姐有点事要问你呀，你跟冰雪……是什么关系呢？

麻烦还没上门，小三先上门了。

什么关系？没有关系啊！

其实向小柔不知道，江智尧和白沐雪现在也很困扰。冰雪刺杀者和一朵娇花之间的暧昧已经掀起了不小的波澜，而这阵波澜极有可能波及傲绝天下公会。

而他们都不知道的是，冰雪刺杀者现在，也非常头疼。

他能在《恋世》中拥有今天的地位，那绝对不是因为他一个人的功劳。在他的身后，站着许多帮他打拼的兄弟，以及给他支持的势力。而他的生活也早就以游戏为主。很多时候他分不清现实与游戏，好像游戏才是现实，而现实，仅仅是吃喝拉撒。他靠游戏为生，是那种最典型的高级职业玩家，排行第一的大神光圈很诱人，但是那是众星拱月拱出来的，没有了身后的支持势力，他什么也不是。有时候他觉得自己就像是替人打工的管理者，获得了丰厚的收益以及耀眼的名望，玩命练级、下副本、打装备、攒声望、PK……同时透支生命，但本质上来讲，他还是替人打工，这一切都不是真正属于他的。

神，也是被造出来的。而他身后的势力，就是叹息家族。神之叹息是叹息家族的族长，同时也是个富二代，大把大把的钞票成就了冰雪刺杀者在游戏中领先的地位，而蜻蜓の叹息是神之叹息的妹妹，漂亮、迷人却也刁蛮、任性。这个大小姐喜欢他，他是知道的，搞搞暧昧，耍耍花枪，两人的关系虽然从未正式公开过，但实际上早就是整个游戏里的人公认的神仙眷侣了。

蜻蜓の叹息的任性是带着高高在上与不依不饶的破坏性的，他忍了许久哄了许久，终会有爆发的一天，于是他们吵架了，就在他做隐藏任务的那天。因此他没有跟任何人交代，跑到了新手村找了一朵娇花。

他一直觉得用这个ID的人应该是个人妖吧，怕的就是惹上麻烦，但麻烦终究还是出现了，因为不管一朵娇花到底是男还是女，论坛上那些铺天盖地的截图与满天乱飞的小道消息，都有损蜻蜓の叹息高高在上的面子。

于是，不理会他关于任务的解释，蜻蜓の叹息怒了。大小姐一怒，大公子也怒了。不论什么时候，小三都是让人憎恨，女主都是让人同情的，就像向小柔自己一样。

蜻蜓の叹息在论坛、游戏世界频道里不痛不痒发了几句话，什么“我与冰雪从来都只是朋友，如果他找到真爱，我永远祝福他们”“冰雪是好人，小花妹妹是新人，大家不要再闹了，要祝福他们”等等诸如此类的句子。鉴于蜻蜓の叹息在外人眼中一向美好的形象，于是不明真相的围观者都一致地站到了弱者的身边。

事情发展的结果就是，一朵娇花被当成了第三者。

势力主发怒了，向小柔变成了麻烦，傲绝天下公会的领导万分郁闷。他们是君临天下的分会，冰雪刺杀者是君临天下的会长，而一朵娇花是大神交过来照顾的，后台关系很硬，可叹息家族的人也不能得罪。江智尧很是头疼，原本就是碍着冰雪刺杀者的面子加了一朵娇花进会，原指望着她能跟大神再加深一下感情，没想最后却变成了烫手的山芋，悲剧！

这一切的一切，向小柔都不知道，知道了也不会理会，她只想着自己的职业任务——禁海之中击杀奥多纳。

且不说这个NPC奥多纳的等级，单那片禁海就让她要破口大骂了。任务设计者，您能再无耻一些吗？要她一个十级的新人，去有五十级怪兽的禁海？

就在她暗自郁闷的时候，斗大的世界公告又从眼前晃过。

[世界公告]玩家触发人族隐藏任务“堕落”，世界性历史进程任务“堕落者的召唤”全面开启，神遗大陆的历史将揭开最新的一页，全新副本“堕落深渊”即将开放。谁才是最后的英雄，请关注《神遗之罪·救赎与堕落》的相关信息！

世界又沸腾了。

在这游戏的某个角落，一个有点猥琐、有点淫荡的人类法师，正捋着唇边的小胡子，淡定地望着天空中的公告。

PART 6　有个大神叫家有娇花

玩家们对这个历史进程任务《神遗之罪·救赎与堕落》一无所知，官方网站上仅仅出了一个任务全面开启的公告。新资料片的网站在创建中，而接到任务的两个玩家都隐藏了自己的信息，所以让这个历史任务更显神秘莫测。

向小柔拿不准自己的隐藏职业与这个历史任务有没有关系，但她知道隐藏职业向来稀缺并且独特。隐藏职业非常诱人，只是这转职任务实在太难为人了，五十多级的禁海，凭她一个十级新人如何去得了？偏偏此时于夏又被她公会的人叫去下副本，没人帮她。

至于冰雪大神，大神也不是善人，在互相利用的前提下产生不了多少友情。别以为大神都是好人，玩个游戏还要斗智斗勇向小柔委实苦恼，所以大神不杀她，她也就顺着他的意思，但那并不代表大神真会“照顾”她。

暂时想不到做任务的办法，她便回城传送到适合十级新手练级的小镇上。

小镇不大，却人来人往很是热闹。十来级的新人们，一身簇新的职业装备，叫嚷着组队十五级副本，卖药卖资源卖装备的小摊齐聚在镇中心的广场上，当前频道上发布着各种各样的信息，偶尔有满级的大神们骑着飞行兽从天而降，来带人或是来挖资源的，游戏里的生活气息相当浓厚。

这样的游戏生活离她本已很遥远。

在小镇来回溜达了两圈，买了些回血回蓝的药水和一些回城券，她又逛了一圈把任务全接下，便出了城。做做任务打打怪，看看风景挖挖宝！她要去享受幸福的游戏生活了。

城外是片广阔迷人的绿野，零星的野花点缀其间，随风摆动。她背着冰雪刺杀者给的低级小极品弓，开始了一个人的游历生涯。

这里的怪物等级从十级直到十八级，越往深处，怪物的等级就越高。向小柔由最开始的轻松渐渐变为有点压力到现在压力很大，因为她已经到了十五级怪物的区域。她十级，怪物十五级，差五级，刚好是能拿最多经验的等级差，再超过就没有经验了。

之前她已经研究过弓手的两个初始技能，十五级怪物对她而言虽然难度颇大，却也难不住她。保持一个最佳的射击距离，掌握好两个初始技能的冷却时间与特性，小心避开其他的怪，她玩得游刃有余。

“吼——”一声啸声从远处的草丛里传出。

向小柔一惊，莫非那是传说中的BOSS?

她小心翼翼地朝那声音处靠近，草丛中隐隐约约地露出团火红色的光芒，仔细一看，竟是只月狼，月狼便是她刚刚越级打的十五级兽类怪物，而这只周身泛着红光的月狼明显有别于她之前打过的那批怪。

稀有的月狼BOSS?

她心里一喜。

十五级的BOSS，还是稀有的，这就和普通怪差到天上去了。

月狼BOSS正在进攻一个同样是十五级的人类神谕者素手挽天。神谕者是布衣类职业，走的是辅助路线，皮薄血少，再加上素手挽天操作实在不灵活，两下就被咬死了。

向小柔眯了一下眼睛。十五级的BOSS，她的手痒痒了，不知道以她的技术能否搞定这只月狼BOSS。心动不如行动，在素手挽天倒下的那一刻，她的箭也跟着发出。

风神破先发制狼，紧接着精神穿透晕它三秒，她跑远再回身继续打。就这样她慢慢地远远地折磨这只月狼，偶尔出现MISS的情况也不心急。期间出现了几次危险，跑慢一秒，或者月狼放出技能，加速跑一下，她被咬一口就会少四分之三的血，好在她反应还算快，眩晕、跑远，一气呵成。

就这么来回磨着，最终在一道小溪流前，她听到系统发出“叮咚”提示音，眼前出现提示：

“玩家一朵娇花越级单挑十五级稀有BOSS赤火月狼成功，获得额外的经验奖励及神之祝福宝盒！”

脚下数道光芒闪起，她升级了。这个BOSS一倒，她的经验条就噌噌往上爬，直接爬到十一级的四分之三。

赤火月狼爆出的东西亮晶晶的，掉得满地都是，格外让她销魂。她盘点了一下，有十个金币，几瓶药水，一根紫色的法杖，一张赤火月狼皮，以及一个……隐藏任务道具！

她擦擦眼睛——没错！真是隐藏任务的道具。莫非是情场失意，游戏场得意不成？她的RP也忒好了，才玩不到几小时，就又是遇大神，又是隐藏职业，历史任务什么的，这回还给碰了个隐藏任务的道具。赶紧地，她要好好研究下。

拾起道具，她认真看去。掌心中是条散发着幽光的项链，她点开说明，项链的名字为“被尘沙湮没的冰雪”，相关说明：这是一条被风沙侵蚀的项链，却散发着独特的光芒，相当特别，可带给维特镇的老艺人鉴定一番。

刚看完那提示，系统提示又弹出：

“您触发了隐藏任务‘被尘沙湮没的冰雪’，是否接受？”

她当机立断点下接受。

只是，还来不及兴奋，她便看到远远的一群人气势汹汹冲她而来。

看那来者不善的样子，向小柔回忆自己是否做过什么天怒人怨的事情。结果是没有。就算她有那个心，她的等级也不容许她做，于是她安心了。

还不待缓过气，她便看到当前频道上闪出的话。

[当前]素手挽天：就是她抢了我们的怪物！

向小柔恍然。这是刚刚那个被月狼咬死的小神谕。在《恋世》里，并不是只有高级怪和高级副本才掉高级的道具，低级但稀有的BOSS也会掉落相当罕见的东西，只是这些低级稀有怪的刷新是不固定的，于是便有许多大神为了这些怪而奔走在低级地图上，大概这是游戏设计者为了防止游戏时间久了后低级地图上人气过低而设定的吧。因此素手挽天在练级的途中遇上了月狼BOSS，便盯紧了叫人来砍，没想到大神没到自己先挂了，被向小柔抢了先。

姐姐啊，你自己打不过那怪死了，不代表别人不能打吧。向小柔叹口气，为啥现在的新人都如此的嚣张，新人何苦为难新人呢？但在她看清了素手挽天身边的两个人时，她沉默了。

两个八十级的大神，人类十字战士“寂寞的叹息”，亡灵元素法师“乖乖的小鱼”，五彩缤纷的装备在阳光下熠熠生辉。同样是新人，但是命运和待遇是不一样的。

[当前]寂寞的叹息：原来是勾引冰雪刺杀者的新人，害得蜻蜓那么伤心！

[当前]乖乖的小鱼：论坛上截图里的就是这个人吗？那不要废话，杀了吧！

唉，都是大神给她惹的债。

看着他们的对话，向小柔心想着今天这仗不打是不行了。

她有些亢奋，并无惧意。“不战而败”这四个字不在她的字典里，哪怕是被蹂躏，哪怕是等级压制摆在那里，也不代表她会束手就擒。她会让他们知道，并非每个新人遇到大神都要乖乖认输的。

一边暗暗地警惕着，她一边缓缓向后挪，打算拉开最佳的攻击距离。

寂寞的叹息回给她一个讽刺的眼神，困兽之斗，很是可笑。

[当前]乖乖的小鱼：等等，寂寞！

就在寂寞的叹息准备冲上前的时候，乖乖的小鱼突然叫住了他。接下去是一阵沉默，大抵是在私聊商量着什么。

[当前]一朵娇花：废话真多！

向小柔可不想等他们商量好了再来蹂躏她，一箭便朝那素手挽天飞过去。两个技能放出去，再加上她RP爆发，出了两次爆击，于是还不待那三个人回神，一身布衣的素手挽天便躺地上了。

她才不会那么脑残，这么好的机会去打八十级的大神？当然是先杀新人，能杀一个是一个，免得自己白死。

于是，两个大神怒了，在他们的眼皮子底下，十一级的新人居然杀了他们要保护的人，这传出去，实在丢人。再也顾不上正在讨论的问题，一起加了速冲上去，乖乖的小鱼的法术吟唱慢了0.1秒，寂寞的叹息一刀便把向小柔的一朵娇花给解决了。

向小柔就看着自己刚刚才涨的经验又唰唰唰往下掉，掉到了十一级的四分之一，那个心疼啊。

只是，她还没心疼够，就见眼前的地面出现了黑色的旋涡，十来个小骷髅瞬间钻出，冲着寂寞的叹息和乖乖的小鱼杀去。接着是相当精彩的八十级高手大PK，一个不知道从何而来的大神，以一敌二，往地上扔着各种缤纷华丽的技能。不过片刻，寂寞的叹息与乖乖的小鱼躺尸了。

向小柔目瞪口呆！可惜游戏里人物的尸体没有表情，不能表达她内心的感慨。

[当前]寂寞的叹息：家有娇花，你搞什么？刚才M你问你们有没关系，你说没关系，现在和我打？

[当前]家有娇花：乖乖的小鱼的范围魔法，把我的鱼吓跑了。

凭空冒出来的大神，居高临下看着地上的四具尸体，不慌不忙地解释着。

向小柔大脑一阵空白，满脑只回荡着：

家有娇花……娇花啊……哪来的这么多娇花呢？

PART 7　没脸没皮天下无敌的大神

替向小柔报仇的那个人，脑袋上挂着一个很有爱的名字：家有娇花。

向小柔盯着那个高高在上的、俯视她的人，内心一万只马奔腾而过。在这样一款人物颜值高的游戏里，这位仁兄能把人物塑造得这般猥琐，她不得不承认他是朵奇葩！

国字脸上有双聚光的小眼，打量人的时候总带着透视的光芒，薄薄的嘴唇挂着抹“邪魅狂狷”的笑容，他一笑，唇上的小胡子就跟着抖动，万分销魂。他的形象充满着诡异的矛盾，正直中带着淫贱，聪慧中又见三分狡诈，总结：一言难尽！

瘦削的身材套在宽大的黑色法袍里，上面画满了乱七八糟的符文，凌乱的发间却戴着一顶镶满宝石的黄金冠冕。他微微驼着背，手里举着一根暗紫色的法杖，镶嵌其上的宝石发出幽深的光芒……

多么经典的形象，这位娇花哥，您是亡灵族派到人类的卧底吧！

向小柔开始后悔当初为什么会神使鬼差地选了“一朵娇花”这个名字，真是一见此君风中乱，人间从此无娇花！她的尸体和灵魂都在风中凌乱了。

[当前]寂寞的叹息：好，你们这对垃圾，给老子等着！

白光一闪，他回城复活去了。他一走，剩下的两个人也回城复活去了。

世界频道又开始闪起无数的经典国骂，大肆渲染着两朵娇花之间的暧昧。一朵娇花的抢怪事件，连带着冰雪刺杀者大神与蜻蜓の叹息女神的悲情故事再度被提起，一时之间，只见满屏娇花乱舞，向小柔又出名了。

看着眼前那张猥琐的脸，向小柔一度词穷，不知道要跟他说些什么。

[当前]一朵娇花：谢谢！再见！

不管他是不是因为路见不平而拔刀相助，抑或是真的因为钓鱼被骚扰才动手杀了那两个人，向小柔都要说声谢谢，然后道别。

[当前]家有娇花：等等！

他在她点下“回城复活”的前一秒叫住了她。

[当前]一朵娇花：还有啥事吗？

[当前]家有娇花：你掉东西了！

那有张猥琐脸的大神弯下腰，拾起了她尸体旁的一个道具。

向小柔一眼就看到，是她刚刚获得的隐藏任务道具“被尘沙湮没的冰雪”。

悲剧了，才刚觉得自己RP好，怎么转眼就差到掉东西了！

[当前]一朵娇花：是我的是我的，谢谢大神了啊！

[当前]家有娇花：哦。那还你！

家有娇花把那项链递到向小柔的尸体前，小眼睛倏地闪过一道狡诈的光芒，手呼啦一下又缩回去。

[当前]家有娇花：欸？不行，你死了无法交易，真对不住了啊，这东西没办法还给你了。

向小柔呆住。

[当前]家有娇花：哥替你保存了，别感谢哥啊！

家有娇花努力地让自己看起来显得特别无辜，小眼睛里星芒满布，一边将那道具缓慢地收入囊中。

向小柔看到系统提示：非常遗憾，您的隐藏任务“被尘沙湮没的冰雪”失败！

见过无耻的，还没见过无耻得这么理所当然的，向小柔郁闷。

半晌，才缓缓打出一行字。

[当前]一朵娇花：你！真！贱！

[当前]家有娇花：谢谢夸奖！

白光一闪，向小柔点了回城复活。

向小柔从游戏里出来，恼火地把手中的游戏头盔扔到了床上，满脸的郁闷！看看时间，已经到了饭点了。

走到厨房下了一锅面条，她到于夏房中用脚把她从游戏里踹出来。

于夏一看到向小柔就像条鼻涕虫般黏过去。

“亲爱的，你怎么跟家有娇花又有关系了？”于夏满眼的八卦神情，“姐不过下个副本，才刚看到那些消息，你咋就下了？亏姐还在频道帮你叫骂了半天，辛苦费都不给点。”

“辛苦费，吃吧！”向小柔把面条往她面前一放。

“话说，你怎么跟家有娇花勾搭上的？那个奸人真是不容易勾搭啊！”

向小柔端着面碗，愤愤然地把面条咬在嘴里当成家有娇花嚼成渣，一边断断续续地把事情的前因后果都跟于夏说了一遍。

“啧啧，果然没脸没皮！”于夏捧着面碗大叫出声。

家有娇花是谁？游戏里第一没脸没皮天下无敌的人就是他了！

此人本事倒是不小。几个重要排行榜上，他全部排名第二，注意，是全部排第二，不前一名，也不退一名。这人行事极为低调，从不在公共频道上发言，行踪飘忽不定，是所有大神里最没人气的一个，而且造型猥琐，作风诡异，完全颠覆大神这个传统形象。

“得了得了，别提这人了！”向小柔闷闷道，“一会儿上来帮我做隐藏职业的任务吧！”

“好！”

腹中有物，精力充足！

吃过午饭，向小柔的愤怒平息了一点，便又再度上了游戏。

游戏里，她复活后回到了小镇中，看着那可怜的经验值和任务书上的失败说明欲哭无泪。

罢了，游戏而已，她相信自己的RP完全可以再次得到好东西。

拾掇拾掇身上鸡零狗碎的小垃圾，她再次神清气爽地踏上征途。

彼时于夏也才刚上线，人物还停留在副本门口，不巧的是遇上了几个叹息家族的败类。由于此前于夏才在世界频道帮着向小柔和他们对骂过，双方一言不合就打了起来，一时半会来不了，只能让向小柔先到禁海边等她。

[好友]一朵娇花：夏娃，你的情，姐我记下了，等姐长大了，做牛做马以身相许啊！保重！

[好友]恋恋初夏：去！早看叹息那伙人不顺眼了，仗着有俩臭钱都快熏到天上去了，老娘就要拔光他们的毛，让这些禽兽裸奔！

好吧，果然一言一行都是于夏的作风！向小柔帮不上忙，也没再多说什么，乖乖到禁海边上等她。

禁海顾名思义就是片神秘的海域，乍看过去金色沙滩，湛蓝海水，一派蜜月胜地的旖旎风光。但是熟悉游戏的人就会明白，这片看似天堂的地方其实是个地狱。

禁海共分三层，第一层是五十级到六十级的精英怪，并且有一个六十五级的BOSS会在这片海域巡视；第二层是六十级到六十八级的精英怪，这层倒是没有BOSS，但是有一个相当复杂的迷宫；第三层是七十级到八十级的普通怪，同时第三层也是八十级大副本禁海破魔殿的所在，也就是说如果想打这个副本，就必须先把前面这些虾兵蟹将清理完毕才进得去。

向小柔要找的那个NPC，根据任务提示，就在禁海第一层的某处。

对，就是某处！没有任何提示的某处，这让她很忧伤！

等待的时光最难熬，无聊之下她又点开排行榜。

这一次，她留意到了家有娇花这个ID。果然，在综合实力榜、恋世风云榜、PK狂人榜与神器榜上，家有娇花都牢牢占据着第二名这个位置。

这千年老二！

向小柔在心底暗骂。

[当前]家有娇花：嗨！娇花妹子，又见面了！

向小柔正腹诽着，家有娇花的信息从当前频道上华丽掠过。

作孽啊，好的不灵坏的灵，冤家路窄她又撞上这千年老二了！

PART 8　禁海，我娇花姐来了

万年老二家有娇花大人此时的心情不错，于是望着向小柔的眼神也显得特别的温柔。

向小柔被那炯炯有神的目光给照得怨气渐涨，这要搁以前，仇人见面分外眼红，她老早就杀过去了，哪容他在这里娇花妹子长，娇花妹子短的，看着都闹心。只可惜现在……她看看自己低得可怜的等级，默默无视了猥琐大叔关怀备至的眼神。

[当前]家有娇花：妹子啊，你这等级来这干吗，等情郎？

方又安此刻心情的确不错，上周打到的次神器暴风雪之剑在寄售行成功售出，他大赚了一笔，两个月的伙食费有了着落，他也就能空出点时间来享受一下游戏的乐趣。他是个以游戏为生的人，一点点的经验、一点点的操作和一点点的运气，让他在《恋世》中如鱼得水。对他而言，游戏除了是发财的工具外，也是他的主要娱乐方式，每每他从游戏中得到一笔丰厚的收入后，都会好好放松让自己享受一下游戏的乐趣。钱对他来说，不需要太多，够用就好了。

他就是那种，传说中的，万年宅男！

向小柔颇为无语地看着这个无赖又话痨的千年老二。

[当前]家有娇花：还是说你要去做任务？普通任务没有十一级就到禁海的，难道说……你又接到隐藏任务了？

[当前]家有娇花：小花，你RP太好了，十一级就接到了两个隐藏任务……

向小柔看到这里忍不住了，狠狠踹他一脚。

[当前]一朵娇花：给我闭嘴！

方又安这才想起，她的某个隐藏任务的道具被他给抢走了。讪讪地摸摸脑袋，他露出不好意思的笑容，只是这笑容落在向小柔眼里，却成了不怀好意。

[当前]家有娇花：妹子，告诉哥哥，你到底做啥任务？弄不好哥能帮帮你！

敢情这厮又在打她隐藏任务的主意，果然是个没脸没皮的家伙。向小柔告诉自己，这人不是大神，这人不是大神，纵然他在排行榜上排行第二，也改变不了其小人本质。

[当前]家有娇花：好妹子，看在咱俩名字的分上，你跟哥说吧，哥保证绝不害你！

[当前]一朵娇花：你话痨啊。离我远点，吵死了！

向小柔的耐性已有失控的迹象，她恨不得此刻能塞一把沙子到他嘴里。向小柔在私聊频道里M了于夏，得知那孩子PK进入白热化，已经从个人恩怨上升为帮派纠葛，好在她所在的帮派也不是吃素的，虽然比不上叹息家族的君临天下，整体实力其实相差无多，因而打得那叫一个热闹。

得知于夏一时半会儿来不了了，向小柔觉得自己也没必要在这里继续听这二货唠叨，于是拿出回城券，准备撤。

[当前]家有娇花：妹子，你是要找禁海一层的那个奥什么的NPC吗？

一句话，让向小柔停止手上的动作，她惊疑。

[当前]一朵娇花：你怎么知道？

[当前]家有娇花：我！猜！的！

方又安在心里大笑几声，很享受预测天机的成就感。看着一朵娇花的那张萝莉小脸，他就开心。对面的这个虚幻的角色，给他一种许久不曾有的新鲜感。

[当前]一朵娇花：我走了！

[当前]家有娇花：妹子啊，那个NPC很难找的，整个游戏除了哥没人知道这NPC的位置了，为了你的任务，哥可不能死！

向小柔心里郁闷。她的任务说明上写着此NPC的地点是在禁海的某处，而关于这个让人想抓狂的某处，她进游戏前曾经问过于夏，于夏的回复是，连这个NPC的名字都没听过，更别提这个某处了。她上网站也查过了，一点资料都没有，所以当这个猥琐男说出那NPC的名字时，她才会惊讶。

[当前]一朵娇花：好，那你带我去！

[当前]家有娇花：这就乖了。

方又安的脸上笑开了花。

向小柔冷盯着他的笑，这厮脸上明明白白地写着“杀人越货”四个大字。只是他不知道她接的是职业任务，只要把那个NPC杀了就行，他是抢不走的。

如此想着，她心里暗笑，这次他的如意算盘要落空。

组好队，两朵娇花向茫茫禁海出发。对向小柔而言，五十级到六十级的精英怪，那是能一招秒杀她的存在。为了自己那少得可怜的经验，她不得不离那些怪远一点，再远一点。

家有娇花是法师系的隐藏职业黑暗召唤者，身边无时无刻不跟着众多召唤出来的骷髅小弟。八十级的他对付起这些五十多级的精英怪，自然是游刃有余，娴熟的操作让他的猥琐之中透出股高人的风范。

只是这个高人有点抠。

凡他所过之处，皆片甲不留。她只能听到怪倒地时的凄惨的叫声，看到金光闪闪的物品掉落满地，等她上前，地上已经空无一物，全进了他的包裹。

大神当成他这样子，向小柔真不晓得该如何评论。

偏偏这个大神一点自觉都没有，一边清怪一边还唠唠叨叨地不停说话。

[队伍]家有娇花：妹子，你保持好距离啊。

[队伍]家有娇花：妹子，这怪会暴风雪，你别靠过来。

[队伍]家有娇花：妹子，小心，有110。

[队伍]家有娇花：妹子，你的任务是什么，跟哥哥说说吧。

[队伍]家有娇花：妹子，你不无聊吗?

[队伍]家有娇花：妹子，看，哥得了一条不错的项链，可惜你用不了，我就收了啊。

……

向小柔看着满屏的队伍聊天记录，欲哭无泪地跟着他，连捡垃圾都没有她的份。就在向小柔无聊之际，突然，眼前景物一变，转眼间，她飞到了家有娇花的身后，而在他们的正前方，站着好些个叹息家族的人。

得，寻仇的来了。

PART 9　无耻的逃命

家有娇花释放召唤队友的技能将向小柔召到身后，一言不发地望着来意不善的人。以目前这个角度，向小柔只看得到他微驼的背影，黑色法袍，满头乱发，他像根钉子般扎在她的前面，远谈不上帅气，却有小人物般的气宇不凡。

对方一共来了五个人，通通都是满级人物，装备的光芒让人眼花缭乱，不明真相的人还当他们这是要组队下副本。看到这一幕，向小柔只能感慨，这个二货大神猥琐归猥琐，实力还是很给力的，居然能劳动叹息家族五个满级的人来灭他。

[当前]花大少与小娘子：家有娇花，叹息家族与一朵娇花有恩怨要解决，如果你和她没有关系，请你离开，之前发生的事就当作一场误会。

[当前]寂寞的叹息：大少，跟他啰嗦什么，一起灭了。

[当前]花大少与小娘子：你先给老子闭嘴。

花大少与小娘子满心郁闷。他不是叹息家族的人，却是君临天下公会的外援长老，平时叹息家族的人就仗着家族实力在外横行无忌，老要他擦屁股，这次不知为何又惹到这个服务器排名第二的家有娇花。虽然家有娇花平日行事低调，举止也很猥琐，毫无大神人气，但他却清楚地知道，这个人不好惹。单凭他在实力榜上的排行，就该明白，能在几千万人的服务器中脱颖而出，他的实力，绝对不像他外表所表现出来的那般。更何况，花大少与小娘子还辗转得知，目前神器排行榜上排行头位的神器——焚天剑，正是他卖给冰雪刺杀者的。这样一个人，花大少与小娘子有理由相信，此人背后的势力绝不简单。而这一切，也就是他为什么要把话说得如此堂皇的原因，否则换了以前那些小角色，早就二话不说一个技能扔过去了。

这边向小柔看到花大少与小娘子的话，心底了然。花大少与小娘子投鼠忌器，知道家有娇花不好惹，但公会威风不可灭，于是变着花样给他台阶下，免得到时候两边结仇，都落得个吃力不讨好的结果。她的一朵娇花无非是个十一级的新人，哪怕被追杀到删号，几小时又能练得回来，为了她与游戏的大势力结怨，这实在是个不理智的举动，更何况她和他才认识不过数个小时。

只能说向小柔一点都不了解这个猥琐的宅男。方又安在玩游戏的时候，都是用屁股而不是脑袋来考虑问题的，理智这种东西对他而言并不存在。尤其是当他在解决了往后两个月的温饱问题后，他的行事风格会相当的不按常理出牌。

[队伍]一朵娇花：喂，千年老二，这事我自己解决吧，你先离开。

[队伍]家有娇花：啊？老二？我？

方又安被这称呼雷得一头黑线。

[队伍]一朵娇花：废话，这队里除了我跟你，还有第三个人吗？

[队伍]家有娇花：……

他们这厢在队伍里打情骂俏，完全把来寻事的几个人当成空气，那起人等了半天不见回话，已经按捺不住骚动的心了。

[当前]花大少与小娘子：家有娇花？能给句话吗？

花大少与小娘子暗自郁闷，队伍里这帮人已经开始叫嚣了，一帮蠢货，要不是看在叹息家族的面子上，他根本不想跟这些人多说半句话。

[当前]一朵娇花：我和家有娇花没有任何关系。

向小柔不愿连累他，抢先回答了。

[当前]家有娇花：啊！这么多人啊！小花你把他们怎么了？哥早劝过你不要养后宫，现在可好，这么多苦主找上门。告诉你啊，哥可顶不住，你自己搞定！

向小柔和君临天下的人都被他的话雷得外焦里嫩。

几乎在同一时间，队伍里又跳出了一句话。

[队伍]家有娇花：这么多人，哥没三头六臂，打不过的，咱得想办法逃。一会我数三下，你就逃，那有个岔路口，附近没怪。你往左边，那里是个死角，你按我说的跳，就能跳到一个视线死角，这逃命大法一般人哥不告诉他的。

接着他发了一小段跳跃诀窍，果然是一般人不会发现的，因为没人会无聊到对着一个死角上蹿下跳。其实那是方又安在某次被追杀时无意中发现的，当时他也像现在这般，被几个人追入死胡同，不知怎样就跳进那个死角，躲过了那场追杀。后来他对此处深入研究后发现技巧，从此这地方就一直被他视为逃命圣地。

君临天下的人因为方又安猥琐的发言已经有了蠢蠢欲动的迹象，频道上开始闪过各种叫骂声。而向小柔瞅着他看似无耻的言论，心头却微微一动，只是这一动她还来不及细细品味，队伍里就又冒出一行信息。

[队伍]家有娇花：一二三，跑啊！

向小柔大囧！有他这么叫人跑的吗？

也来不及细想，她转身就跑，再顾不得家有娇花的情况。

当前频道上飞舞而过的各种慰问爹妈喊追喊杀的信息，向小柔无暇顾及。她用进入游戏以来最快的速度，跑到那死胡同，按照他所说的诀窍，计算好速度与方向，猛地一蹿，身体就缩进了逃命圣地。

追她的人不过晚了十来秒，在这胡同里已经看不到她的身影。搜索半天之后无果，这几人郁闷地回头去追杀家有娇花。

向小柔安全后忙在队伍频道中问他的情况，却迟迟不见回复。她估计他被人追得够呛。队伍面板里他的血条正缓缓下降，然而降到百分之十左右时，突然又猛地回升一大截。

她正纳闷中，就见队伍频道里闪过他的信息。

[队伍]家有娇花：累死我了。

向小柔惊诧。

[队伍]一朵娇花：你逃掉了？

[队伍] 家有娇花：怎么？你很想我死掉？

方又安根本就没和他们打。在向小柔转身跑掉后，他极尽无耻之能在他们身边放了几个范围减速魔法，自己则朝另一个方向跑开。君临天下的五个人只能兵分两路，四个人追他，一个人追向小柔。方又安凭着自己对禁海百分之百熟悉的优势与高超的跑路技巧，竟将他们引到了这一层巡逻的守护BOSS纳迦女王领地内，再往那BOSS身上扔了一个血咒术。血咒术的作用是，当施法者的血值降到十分之一以下的时候，所有攻击他的伤害都会被转移到被施咒的对象身上，持续时间十秒。于是，经过精确计算后，他成功地将那四人对他的伤害转到了BOSS身上，把BOSS的仇恨全引到了他们身上，而他自己则灌了一大瓶药水然后飞速地……溜了！半路遇到那个追杀向小柔的人，还顺手把人给送去复活点。

[队伍]一朵娇花：你果然很无耻！

[队伍]家有娇花：多谢夸奖，走走走，咱继续任务去！

说话间，方又安已经走到了她藏身的那个死角。

PART 10　被救赎的心

那个叫奥多纳的令人纠结的NPC，蜷缩在禁海一层的某个犄角旮旯里面，果然也只有家有娇花这样RP奇葩的人才能够发现这个满脸衰样的NPC。

家有娇花那精明的小眼睛里闪过一丝得意。

[队伍]家有娇花：小花，这也是哥在逃亡的时候发现的，厉害吧！

向小柔送他一记白眼。然而接着她悲催地发现，这个NPC是八十级的精英，而她的任务要求是打败他！

系统上帝啊，她才十一级！不带这么整人的。

想归想，她还是开始了与奥多纳的对话。

奥多纳：噢！自然之神，感谢您的恩赐，为我送来了光明与救赎。孩子，来吧，打败我，成为恋世传奇中的弓神——暗影射手！

话刚结束，场景转黑，她和家有娇花同时被传到了另外一个空间。奥多纳猛一抖擞，鸟枪换炮，改头换面，成了另外一副模样。

奥多纳：孩子，这里是上古精灵的精神结界，我是被魔神封印在禁海的上古精灵将军奥多纳之魂，已经在这里等待了近千年。我的孩子，我终于等到你了，来吧，打败我，来继承伟大的精灵弓神暗影射手娜丽西的衣钵吧，我赐予你与我同等的力量。自然之神！

……

在一段狗血的滔滔不绝的话后，向小柔也华丽变身。通身金灿灿的装备，七彩流光旋绕的神弓，头戴冰冠，脚踏云靴……这一刻，她弓神附体。

向小柔热血沸腾。

[队伍]家有娇花：啧啧，太漂亮了。这装备……能搞得下来不？

[队伍]一朵娇花：谢谢，这是做任务的！三十分钟后就打回原形。

家有娇花看到装备后神采飞扬的脸瞬间垮掉。

奥多纳：来吧，孩子，我等待你的挑战。你必须靠你的力量打败我，才能获得弓神娜丽西的认同!

眼前弹出“开始挑战”的确认框，向小柔没有急着点，而是研究了一下八十级的暗影射手技能。任务只给她五种技能，她看清楚各种技能的介绍，包括技能的吟唱时间、施放速度与冷却时间，再观察了NPC奥多纳的职业与血条，略一沉吟后，便点了确定。

虽是八十级精英，但因为是新手转职任务，自然不会设定得非常困难，但比起一般的转职考验，难度还是大了许多。

向小柔面色微沉，站在了最远的射程处，眼神牢牢地盯住NPC奥多纳。

方又安眯起了双眸，安逸地站到一边。

眼前的一朵娇花身形如云，行动如风，她操作起弓手来如鱼得水，毫无新手痕迹。每一步，每个技能，都掐得精准。区区的转职任务，难不倒她。

他完全无法相信，她是初次接触这个游戏的玩家。

破天荒第一次，他很长一段时间没有发表任何言语。而向小柔正专注于NPC奥多纳，更没注意到家有娇花不同寻常的沉默与那幽深的探究目光。

“叮咚”的一声，好听的系统音响起。

经历了二十分钟的游斗后，向小柔终于把奥多纳解决。

任务成功完成，向小柔松了一口气，终于可以不用停滞在新手这个身份上了。

上前对话，交任务，NPC给了她两样道具。

队伍频道里出现提示：

[队伍]一朵娇花获得任务物品“暗影神射传承卷”。

[队伍]一朵娇花获得史诗级物品“被救赎的心”。

向小柔一惊，忙查看“被救赎的心”的说明。这物品显示为金色的史诗级别，可物品说明却相当简单，仅一句话——一颗被神救赎的心。

《恋世》之中的物品等级分为灰色、白色、绿色、蓝色、紫色与金色，灰色是垃圾，白色是可卖给店家的装备，绿色是精英装备或稀有道具，蓝色是传奇装备与特殊道具，紫色是次神器与神级道具，而金色，则是最高级的神器与史诗道具。

[队伍]家有娇花：被救赎的心？小花，你跟历史进程任务有关？

频道掠过一行字，向小柔一惊，猛然想起边上还有一个猥琐男。一抬头，她看见他一脸觊觎之色，正直勾勾地盯着自己，仿佛她是一块喷香流油的大肥肉，而他则是条饿了十天的流浪狗。

方又安的形象在向小柔心中才刚刚高大了一点，瞬间又因这赤裸裸的表情而迅速幻灭。

[队伍]一朵娇花：没有，不是我接的。你想怎样?

方又安看着她，心里数念飞过，最终还是暗自叹口气。杀人夺宝，这是他常干的事，只不过这一次，他有那么点心软了。

[队伍]家有娇花：小花，怎么办，哥想杀你了！你为什么老是身怀异宝呢?

好直接的问题!

向小柔已经开始习惯他这般无耻做派，只挑衅地朝他扬扬眉。

[队伍]一朵娇花：想要宝贝，来杀啊!

她无所畏惧，落在方又安的眼中，像只张牙舞爪的猫。

[队伍]家有娇花：算了，不杀生了。看在咱俩同为娇花的分上，这次放了你，下次遇到哥，哥可是要夺宝的。叹息家族的人快找来了，回城吧。

话说得委实动听，只是他一脸垂涎欲滴的表情，视线仿佛定在了向小柔身上。

[队伍]一朵娇花：其实，你不必这样。

他不知道向小柔指的是他替她挡下叹息家族的事，还是不杀人夺宝的事，不过既然装就要装到底，于是他忽然满脸正气。

[队伍]家有娇花：你别迷恋哥，哥只是个传说！爱上我，你注定要寂寞……

[队伍]一朵娇花：你可以去死了!

向小柔捏碎回城券，义无反顾地回城了。

F城的初秋闷得叫人想扒掉一层皮。

方又安摘下游戏头盔，拿起桌上的水猛灌两口。

他有一张与实际年龄相去甚远的娃娃脸，秀气而干净。年轻的时候可以称之为正太，而现在，算是一个大龄正太了吧。这张脸庞有着与游戏中的角色截然不同的气质，温和腼腆，偶尔会有像孩子一样执拗的神情，目光清澈。

为了一个叫“一朵娇花”的不知道是男还是女的人，他放弃了唾手可得的历史进程任务道具，现在想想，他不知道自己到底是中了什么邪。

这个叫“一朵娇花”的人，让他想起了某些遥远的人和事，毫无原因。

盘踞在他年少时光中的女孩，放肆的笑容，迷人的眼神，纵然模糊了五官，他却依然清晰地记得她温柔坚定的目光，像大漠荒沙里初升的朝阳。

门铃声响起，思绪被打断，方又安懒洋洋迈步去开门。

门外站着一个西装革履的男人，一身清冷，五官深邃，黑发蓝眼，赫然是个英俊的混血男人。

“是你！”方又安在看到对方的瞬间沉下眼，娃娃脸上浮起并不相称的冷漠。

“你父亲病重，希望你能回去一趟。”男人的声音低沉悦耳。

“知道了，有空我会回去。”方又安的声音很冷，秀气的脸庞薄冰满覆。

那男人低低叹口气。

“这么多年了，你还是不肯原谅我们吗？还在想她？”

“是！”

方又安淡淡地答了一句，转身便甩上了门。他的后背贴上坚硬冰凉的门，他轻声问自己：真的还想着她吗？更多的，也许只是不满于父亲的作为吧。

他今年三十岁，离二十四岁有整整六年了！

他已经不记得她的容颜与声音，仿佛在他的世界里，她只是他年轻时做过的一个美好的梦，带着遗憾的终将过去的梦。

PART 11　大神也有烦恼

冰雪刺杀者最近很苦恼！

他的苦恼源自那个叫一朵娇花的人。

一个堪堪十一级的新人，给他带来无数麻烦。

他只是带着她升了级，利用她来做任务，一不小心，载着她在主城上空飞了一把，如此而已。而她却不凑巧地惹上了叹息家族的人，又神奇地和那该死的家有娇花勾搭在一起。冰雪刺杀者很想说服自己这两人之间没有关联，但那ID却在向众人昭示着他们之间非同寻常的关系。

家有娇花，一朵娇花！如此无遮无挡的暧昧名字，谁会认为他们是纯洁的关系呢？

烦！冰雪刺杀者在心里暗自咒骂，但表面上，却仍是装出一副淡漠的表情，不动如山地端着架子在议事厅正中的主座上，以冰冷而冷厉的眼神，缓缓扫过在场的每一个人。

君临天下的议事厅里此时坐满了叹息家族的人，数双眼睛牢牢盯着他们的会长大人。

冰雪刺杀者郁闷地抚抚额头，他们一个两个三个，都在考验他的耐性。

他不是不知道叹息家族的行事作风，以前总因着他们对公会的贡献而睁一只眼闭一只眼，在各种场合也多有维护。大概因为他这放任的态度，导致最近这段日子叹息家族的人越来越嚣张，就连公会里其他不是叹息家族的人，对此也已怨言四起。而叹息家族的人，此刻怕是连他这个会长也不放在眼里了吧。

[当前]寂寞的叹息：老大，你是什么意思？为了这个新人弄得蜻蜓难过？她抢我们的怪，杀我们的人，又和家有娇花勾搭在一起，难道还要继续把她放到分会养着？

冰雪刺杀者没有回话，他冷冷看了一眼坐在下首的神之叹息——叹息家族的族长，蜻蜓の叹息的哥哥，财团的大公子莫青轩。

莫青轩只是坐着，斜视冰雪刺杀者，像个等待着员工表态的老板，无形之间释放着他的压力。

[当前]花大少与小娘子：闭嘴！你们少在这抱怨。你们也不看看自己整天都做了什么，一天到晚让我擦屁股，是觉得我们公会的敌人还不够多吗？

其实这点小事并没有大到需要几个老大到议事厅商量的地步，只是由于涉及家有娇花，又因一朵娇花和冰雪刺杀者之间暧昧不明的关系，以及蜻蜓の叹息的女神面子，于是便一发不可收拾。

[当前]冰雪刺杀者：够了，你们那点破事，我都清楚了，不需要一而再再而三地告诉我。

冰雪刺杀者打断了他们的争执，冷冷开口。

[当前]冰雪刺杀者：这件事我只解释一次，我跟那新人一点关系都没有，她只是帮我做过任务。我之所以把她放在分会，是因为她是隐藏职业。既然你们不爽，好，我发公告，将她除名，并发天下追杀令，这样你们满意了吗？

[当前]冰雪刺杀者：但是家有娇花，此人背后的水太深，不许再惹。违者踢出公会！

[当前]冰雪刺杀者：最后，我再说一次，现在新的资料片要出来了，到底是什么情况谁也不知道。你们的神经都绷紧点，该刷的声望刷，该炼的装备炼，少在外面惹事，我不是时时刻刻都有工夫给你们善后的。

最后这句话，他是冲着莫青轩说的。对才十一级的新人下追杀令，已经是他最大的让步了。虽然公会势力的发展很大一部分仰仗着莫青轩的财力，但那并不代表他要毫无原则地做一只听话的狗。能混到今日的地位，除去莫青轩的财力支持外，他的个人魅力也占据了相当大的功劳，如果没有半点能力，再多的钱，他也只会是摊糊不上墙的烂泥。

他一而再，再而三地忍让，也总有一天会忍不住的。玩个游戏，无非就为了享受那现实生活里作为一个凡人无法得到的体验，兄弟、江湖、热血、虚荣……如果让他一味低头忍让，那他还玩什么游戏，回现实去老实上班不就结了！

[当前]神之叹息：好！我记下了。

从头到尾，莫青轩只关心一件事情，那就是冰雪刺杀者和蜻蜓の叹息的事以及他的面子。此前由于冰雪刺杀者把那新人放到分会，又不同意杀她，虽然说是因为做任务，但他们仍觉得可疑。现在既然他愿意公开表态，别的事莫青轩也不再关注了。

冰雪刺杀者看着眼前一众人退出了议事厅，虽然大多数人仍面有不满之色，却在神之叹息的压力下不得不闭嘴走人，似乎神之叹息才是这里真正的主人。

这样的想法，让冰雪刺杀者非常不愉快！

向小柔并不知道在她不在游戏里的这段时间里，她的一朵娇花已经被人定了生死去留。

她还想着在今晚江智尧的婚礼上能上演一出怒揭白莲花的闹剧，虽然那并不能挽回什么，但至少可以让她稍稍缓解一下郁闷的心情。于是一到下班的时间，她就匆匆收拾东西往家里赶，假装没有看见老板暗示加班的眼神，迅速溜回家。

在路上顺便解决了晚餐，她到家已经六点半了。家里空荡荡的，于夏说过今天要跟男朋友去庆生，所以她一个人孤单地上了游戏。

游戏里的一朵娇花，正站在小镇的旅馆里。经过周日的努力，她已经成功地转职为暗影射手，并且升到了十五级。冰雪刺杀者给的十级内的小极品也大部分换成了新的装备，虽然是绿色的精英装备，但从外观上来说，还是靓丽非凡的。

她以前就喜欢弓手这职业，颀长的身材，俏丽的脸蛋，轻巧的装备，华丽的攻击，充满自由的感觉！如今真是越看越爱。

刚上线的她，还沉醉在大闹婚礼的热血想象中，压根没有留意好友栏上消失了冰雪刺杀者的名字。人家把她拉黑了。

江智尧与白沐雪的游戏婚礼在今天晚上八点举行。

公会频道上不停刷过的聊天信息与公会公告，满是几乎要溢出来的幸福。江智尧和白沐雪早早就上线了，正在接受众人的祝福，调侃打趣，让整个公会频道都充满着喜悦。当然，除了她这个不安定因素外。

只有她一个人，孤零零地站在冷清的小镇上。这种时候，一个人的孤单被放大了十倍，摆在哪里看着都是悲情。向小柔心里苦，恨不得现在能有瓶烈酒在身边，一口气喝醉了什么也不用管。

可惜人总是没事爱找虐，尽管看着难受，她还是眼巴巴盯着。

上帝并没有给她太多感伤的时间，世界频道上突然闪过一条世界公告。

[世界公告]冰雪刺杀者：一朵娇花与我没有任何关系！现在正式将她从我派势力中除名，君临天下现在发布天下追杀令，凡杀此人者一次可得三百金币，不限次数，截图为证！

同一条公告连刷了三遍，向小柔傻眼了。

接着她的眼前弹出一条信息：

[系统]您已被半夕秋风逐出公会傲绝天下，从此茫茫天下一人独行！

说好的爽文节奏呢？去哪了？

PART 12　天将降大任于斯人也

大神哪，你们为何总要跟她一个新人过不去呢？难道这是主角光环在发挥作用？先虐虐再抚摸？天将降大任于斯人也，苦她心志，劳她筋骨？

向小柔回顾三天来的游戏历程，无比后悔自己当初见钱眼开。她应该相信那句老话：远离大神，珍爱生命。

十月十日的这场婚礼，向小柔到底还是没能破坏到。她被冰雪刺杀者的追杀令给逼得只能躲在主城里，默默地看着频道上刷过的各式各样的信息，缓缓等待着时间的流逝。也许她跟江智尧是真的缘分已尽，不过是虚拟世界咫尺之间的距离，却因为那些莫名其妙的原因而变成天涯海角的相隔。

出城，那是找虐。不出城，那便成了困兽。下线，那叫缩头乌龟。在她的字典中，没有这些词的存在。

时间在一点一点地流失，无数的M语和信件雪片一样地飞向向小柔。因为那三百枚金币，她已经被冰雪刺杀者挂上了必死的标签。在各种各样的叫嚣声中，她的心情渐渐沉重，而游戏对她的意义却悄然变了味。

向小柔怒了。眼前种种，激起了她久违的战意。

一个冰雪刺杀者，还没资格让她害怕。何谓大神？她会亲自向他证明。而江智尧……她会告诉他，在他引以为傲的游戏世界里，他所错过的女人会成为怎样的存在！至于白沐雪，她还不放在眼中。浅浅的微笑出现在一朵娇花的萝莉脸蛋上，她要完成从萝莉到御姐心态的转变。

不去理会其他人的挑衅、叫骂，她把冰雪刺杀者拉到聊天黑名单中，转手却给他发了一封邮件。

想做历史进程任务是吧？来，她陪他玩！

信上没有任何留言，她只把转职任务拿到的史诗物品“被救赎的心”的信息给贴了上去。然后，起身，她四十五度角仰望主城华丽壮观的夜空，体内压抑了许久的热血，一点一滴地被唤醒。

虐久必反，这才是王道！不待冰雪刺杀者回信，她就下了线，把众多等着杀她领赏的玩家通通无视了！

冰雪刺杀者要抓狂了。

当他看到一朵娇花的邮件时，已经离她发邮件的时间很久了。

最近这段日子，他全部的时间都用在做这个历史进程任务上，公会和叹息家族的精力也都投在了这上面，因为他相信这个历史进程任务最终会给他带来名利双收的奖励。

就在昨晚，他做到第十个环节的时候，任务卡住了。任务要求他收集一颗“被救赎的心”。万分不幸的是，这个他从来没见过的史诗级任务道具，出现在一朵娇花的邮件里。

他从昨晚守到今天，就守着一朵娇花上线，可她却迟迟不上线。

他能不暴躁吗？

这几天里，几个种族的历史进程任务已经全部触发，就看谁能跑在最前面。到昨晚为止，他还相信自己是最快的一个人，但现在，他已经不敢确定了。

一直到晚上八点，他的邮箱里才出现了新的信，一朵娇花发来的。

抹抹脑门的汗，他觉得他这大神当得也有点失败了。顾不上看信，他把她从黑名单里放出，选择了私聊。结果打了一大段话后他却发现，对方把他也拉黑了。

这是赤裸裸的挑衅。

向小柔今天很安逸地加了一小会儿班，回家后炒了两个小菜吃了顿热饭，洗了澡，才在八点十五分的时候进入了游戏。一上游戏她就点开邮箱，万分欢乐地浏览起冰雪刺杀者发来的信件。信的内容无非就是询问历史任务物品的去向。

急吧，老娘现在一点都不急！

向小柔冷笑一声，简单而直接地回复他，他要的东西，在她手里。

片刻之后，就见冰雪刺杀者大神驾着巨龙从天而降。

他用了暗杀者专属的技能——追踪术，找到了向小柔的位置。这个技能冷却时间为十二小时，是PK旅行的必备技能。

附近的玩家因为大神的降临而显得有点激动，虽然没明显地围过来，但也都停下脚步假办事真围观。

[当前]冰雪刺杀者：一朵娇花，加好友，私聊。

[当前]一朵娇花：不需要，咱之间的事早就天下皆知了，没什么不能公开说的！

[当前]冰雪刺杀者：你想怎样？

冰雪刺杀者看着眼前这个一脸无所谓的精灵弓手，深吸了一口气，压下怒火。

[当前]一朵娇花：我想要的，你给不了。

向小柔的话暧昧不明，分明是要制造一场更澎湃的绯闻来满足众人八卦的心。

[当前]冰雪刺杀者：你别太过分了，想要什么，说！要多少钱？要什么装备？

冰雪刺杀者这下体会到了自己挖坑埋自己的痛苦了。在众人围观下表演八卦的戏码，偏又不能直说原因。游戏了这么久，明的暗的亏他也没少吃过，但从没遇见像今天这般理所当然的坑，偏他还不能做出解释。这股气只能闷在心中，他咽不下却也吐不出，只好憋着。

看着冰雪刺杀者憋得慌的语气和阴冷的眼神，向小柔格外痛快。

[当前]一朵娇花：这些东西我不需要，我要的不多，也很简单！

[当前]冰雪刺杀者：说！

[当前]一朵娇花：你们必须先撤销追杀令！

[当前] 冰雪刺杀者：可以，没问题！

[当前]一朵娇花：我还要你和叹息家族的人在世界频道上跟我道歉，并发誓永不追杀我！

后面这个要求，才是关键。向小柔微笑着，月光下的小弓手，萝莉的脸蛋上带着生动的表情，眼角眉梢都是张扬的风情，满不在乎地以十五级的身份面对八十级的大神。

这些人，除了会用追杀她来威胁她，还会什么？如果她连命也不顾，还有什么能威胁到她？

[当前]一朵娇花：我知道你不能决定，没事，给你一天时间考虑，明天我再来听回复！

说完话，向小柔也没理会冰雪刺杀者的反应，毅然决然地下线了！

留下一群正在无限想象的围观者和沉默的冰雪刺杀者！

不远处，一个猥琐的身体正微微颤抖着。方又安忍笑忍得辛苦，小眼睛八字眉挤到一块，弓背缩腰的样子像常年抽风的患者。

作为一个厚道的围观者，他一直把一朵娇花与冰雪刺杀者大神的对话从头看到尾，没有插一句话。

这丫头，看不出，不仅有点胆色，还记仇啊。

果然，女人跟小人，是不能得罪的！

PART 13　一朵娇花卖身记

对于一朵娇花与冰雪刺杀者之间沸沸扬扬的八卦，于夏表现出一百分的惊讶。

“向小柔，你到底做了啥事？是泡了冰雪刺杀者的妞，还是抢了他男人？才多长时间，又是被追杀，又是传绯闻的，你到底瞒着我做了什么事？”于夏指着论坛上一张张截图问向小柔。

截图本来没有什么特别，特别之处在于那被人用大红加粗的线圈出来的对话。

“我想要的，你给不了。”

“你别太过分了，想要什么，说！要多少钱？要什么装备？”

“这些东西我不需要，我要的不多，也很简单！”

以上这些，不管从正面反面横的竖的……各角度全方位看，都像三流言情小说的对话，让围观者的脑补功力得到了最大的发挥。于是向小柔与冰雪刺杀者的事被冠上“娇花门事件”之名。

目前论坛上最红的三个帖子，都与之有关。发帖的人要么自曝是大神的表兄，要么署名蜻蜓の叹息的闺密，还有就是君临天下公会内部老成员……

就连向小柔的照片据传都被人肉出来了，结果她们点进去一看，赫然是某个看似清纯的性感女优照片。

“噗……”向小柔一口水含在嘴里差点没忍住要喷到电脑屏幕上。

玩家太疯狂了！

“你不觉得你应该向我解释一下吗？”于夏怨念十足地望着向小柔。

向小柔在她的高压下，只得向她解释了来龙去脉。

“啪——”于夏一掌盖在向小柔脑后。

“这么委屈的事不跟姐说，你看不起姐是吧！”于夏愤怒又心疼。看起来温柔敦厚的向小柔，从来有事都是自己扛，不愿旁人为她操半点心。

“那厮看着人模狗样，结果是个人渣啊。叹息家族那些禽兽欺人太甚！没事，有我帮你！”

“别！这事我自己可以解决，不用你们插手！”向小柔不想因为自己这点破事而影响到于夏。

“解决？你自己怎么解决？你该不会想用美人计吧？告诉你，你要真用美人计，我把你从这屋子里扔出去！”

“行了，我的问题我自己可以搞定，到时候我升级的事可能会要你帮忙。你放心我不会跟你客气的！”向小柔跟于夏信誓旦旦保证着。

一阵嬉闹之后，两人各自回房，套上游戏头盔进了游戏。

一小段资料读取后，向小柔的一朵娇花出现在主城的中心。

查了查邮箱，她发现只有一大堆垃圾信件，并没有冰雪刺杀者的回复，于是她便发了封询问的信件。

可最终她并没有收到冰雪刺杀者的回答，她收到的，是世界频道上飞过的斗大的公告。

[世界公告]神之叹息：君临天下公会&叹息家族的天下追杀令升级，全世界追杀人妖一朵娇花。杀一次得五百金币，截图为证。凡报告此人位置者，得五十金币！

[世界公告]神之叹息：全世界RMB收历史任务物品“被救赎的心”与“堕落者的灵魂”，有的M，价格好商量！

两条世界公告，重复滚动了五次，这便是冰雪刺杀者给向小柔的答复。

神之叹息被向小柔的要求给彻底激怒了。土豪富二代因着金钱的关系无往不利，他不在乎钱，他在乎面子，于是和冰雪刺杀者达成协议，继续天涯海角追杀一朵娇花。另一方面他无条件为冰雪刺杀者的历史任务提供金钱帮助，于是便出现了上面的那条RMB收任务道具的公告。

向小柔叹口气，有钱人跟穷人的战斗，第一回合她败了。

只是，冰雪大神，希望你真的能用RMB收到历史进程任务物品。

在上游戏之前，她已上网详细查过了，目前所有种族的隐藏历史任务已经全部触发，虽然接任务的玩家均不约而同选择了隐藏姓名，但还是有人统计了，只有人族是接到了“堕落”，而其他四个种族均为“救赎”。

据她对这个历史任务系列的猜测，系统设定了每个种族只可能有一个人触发到相关的隐藏任务。一共五个种族，所以应该会有五个人接到任务。而“被救赎的心”是她完成了隐藏职业任务后得到的奖励，同样的，她有理由相信“堕落者的灵魂”也应该是新人完成任务拿到的奖励。这几个隐藏职业任务，假设都与这历史任务有关，那么，肯定也只有五个新人才能拿到，而这五个新人中，不会有哪个新人RP跟她一样差，转眼就跟大神闹翻了。所以她猜测着剩下的四个道具，肯定已经在其他接了任务的人手中。按照系统选择接隐藏任务的苛刻要求，这几个接任务的人，肯定是在排行榜上赫赫有名的大神。如果是这样，那么冰雪刺杀者单凭RMB就想收到这个道具，难度还真不小，能当上大神的人，基本上都有实力，自然也不会稀罕一个任务道具带来的RMB，因为如果完成任务，奖励更高！

这也是她为什么敢凭一个史诗级任务道具跟冰雪刺杀者谈条件的原因。但显然，大神没有这觉悟！

另外，冰雪大神这一收购，接到历史进程任务的秘密也藏不住了，恐怕任务的完成之路不会太顺利。

看着周围蠢蠢欲动的人，向小柔倒也没太大的失望。一计不成，另一计便生。

[私聊]一朵娇花：千年老二，有气的话跟我哼一声！

[私聊]家有娇花：哼！

方又安此刻正在收集历史进程任务第九个环节所需要的材料。是的，他就是那唯一一个接到了人族隐藏任务“堕落”的猥琐男。

对于一朵娇花的密语他有些诧异。世界频道的公告他看到了，他以为她此刻应该正在跳脚忙于逃命才对。

[私聊]一朵娇花：你想要“被救赎的心”吗？

[私聊]家有娇花：想得快吃不下饭了。怎么？你要送给哥以报答哥的救命之恩吗？来吧，哥敞开胸怀等你来！

向小柔满脸黑线，为什么每次跟这人对话都有种让她抓狂的感觉？

[私聊]一朵娇花：我可以给你，但你要答应我一个条件。

[私聊]家有娇花：什么条件？

[私聊]一朵娇花：把我带到满级！

[私聊]家有娇花：小花，不带这么整哥的。你现在可是名人，比哥还火的名人！满天下都在追杀你，你真当我三头六臂可以保你平安啊！

[私聊]一朵娇花：那你不要了？

[私聊]家有娇花：……

[私聊]家有娇花：等等，小花，咱商量商量吧。

[私聊]家有娇花：要哥带你到满级真有困难，要是你一年不满级哥不得陪你逃一年？

[私聊]一朵娇花：一个月，你只要带我一个月！一个月我肯定满级！

[私聊]一朵娇花：这是极限了，不答应那咱就别谈！爽快点，我讨厌婆婆妈妈叽叽歪歪的男人！

方又安呆滞了一下，原来他都变成婆婆妈妈叽叽歪歪的男人了？他看着自己刚刚完成了第九环任务后接到的第十环任务，收集“被救赎的心”与“堕落者的灵魂”。

要不要这么凑巧啊？整个服务器就他拥有“堕落者的灵魂”，只需要向小柔手上的这个“被救赎的心”他就能领先于所有人了，这绝对是赤裸裸的诱惑！

[私聊]家有娇花：好，但是小花你记住了，一个月，我只带你一个月，不管你能不能到八十级，我都不会再插手！

[私聊]一朵娇花：OK！

两位娇花的协议就这样定下来了，家有娇花就这样把自己卖给了向小柔同学，虽然只有一个月，可是……他从来没有这么好心地带过人哪！

PART 14　漫漫练级路

一个月的时间练到八十级，在这款不以练级为主的游戏中并非难事。但对于一个一周要上班五天，每天工作八小时，偶尔还要加加班的上班族来说，一个月满级还是有点难度的，更何况这服务器要杀她的人排成了一条龙。

所以向小柔给自己制订了一个很难完成的任务。

但很难完成，并不代表不能完成。

向小柔在之前的那段空闲时间里，就研究过这款游戏的升级攻略了。她要求家有娇花带她，其实并不是真正意义上的带她，她给他最大的任务，就是让他隐藏在她身边放风并杀人，再来就是带带副本。

在《恋世》中，升级最好的方式是做任务，任务给予的经验奖励是最丰厚的，而副本一般是作为打装备的最佳途径。虽然副本的怪物给的经验也是很高的，但是由于副本她没能力单刷，若让家有娇花带，经验便只剩下百分之十，还不如野外打怪的多，而组野队下副本，恐怕还没等下到副本，就要被队员K.O（“Knock Out”的缩写，意为出局）。至于野外杀怪，只有等级相差五级的怪给予的经验是最多的，但越五级杀怪，对个人的操作技术是非常大的考验。所以她考虑了半天，最终选择了做任务加打野外怪为主，副本攒装备为辅的升级手段。

用传送石把自己传到了北风林地，这里是十八级到二十四级怪的聚集地。

北风林地是个地形复杂且资源稀少的地方，这里常年笼罩在一层阴冷潮湿的薄雾之中，终日不见阳光。这里的任务难度很大，虽然任务奖励相对其他地方要来得高些，但还是很少人涉足此地。

向小柔把这里作为她的首张练级图。

方又安老收到她发来的消息，虽然心中对她的选择是抱着一丝欣赏，但说出来的话却仍带着三分油腔滑调。

[私聊]家有娇花：哟，小花花，你一个姑娘家的，怎么选了这种鬼地方，走，哥带你去下二十级的副本吧。

[私聊]一朵娇花：老二，其实我是爷们。

[私聊]家有娇花：……

[私聊]家有娇花：不是吧，小花弟弟，难道你想跟我发展跨性别之恋?

向小柔不想说话!

她并没有和家有娇花组队。原因很简单，如果和一个八十级的大号组队，那么她的经验将很大程度地被拖累，因为系统规定如果队友等级相差超过二十级，经验自动下降为原来的百分之十，所以之前冰雪刺杀者带她的时候才会刷了整整三个小时的怪，因为冰雪刺杀者根本当她是小白，他懒得教她，只想用最原始的方法带她到十级。

向小柔准备自己越级打怪做任务练级，包括练级的地图与任务她都已经选择好并且熟悉了。她给家有娇花的任务很简单，在她野外SOLO（游戏中常用来指单挑）遇到危险时救她一把，需要换装备时带她刷几把副本，就够了。

于是，千年老二大神变成了千年老二保镖。

向小柔到达北风林地时，家有娇花顶着脑门上鲜艳发亮的大红名，在路口等着她。

依旧是一身看不出好坏的黑色法袍，衬着头上那顶华丽异常的黄金冠冕，他笑容猥琐地蹲在路边，却让向小柔有种莫名的心安。

[私聊]家有娇花：花弟弟，乖，把那个什么什么心给哥吧。

心安个屁，向小柔立刻把才出现的一丝好感掐死在摇篮中。

[私聊]一朵娇花：两周后再给你。

[私聊]家有娇花：……

[私聊]家有娇花：不能这样啊，哥还等着做任务呢！

[私聊]一朵娇花：急什么？全服就只有你一个人有“堕落者的灵魂”，早一点晚一点又如何。

[私聊]家有娇花：你怎么知道我有“堕落者的灵魂”？

[私聊]一朵娇花：猜的。

[私聊]家有娇花：……

向小柔心情大好，难得有一次对话她占了上风。对于“堕落者的灵魂”的去向，她的确是一半分析一半猜测得出的结论：第一，唯一一个接受“堕落”任务的种族是人族，家有娇花刚好是人族法师；第二，家有娇花在三大排行榜上都排行第二，虽然是个二货大神，但从他各方面实力来讲，确实是接受人族历史任务的不二人选；第三，他对 “被救赎的心”表现出异于常人的了解与极大的热情；第四，女人的直觉！

方又安眯了眯眼，笑容里透出一点点的危险，这是每当他想杀人越货的时候才会出现的表情。他从来都不是善类，更不是什么见义勇为、英雄救美的大神，之所以帮她，不过是为了她手中的那一点利益，以及自己难得的好心情。

这个一朵娇花，不管在这ID的背后是男人还是女人，在他看来，都算是个人才。毁之还是养之，这是个问题。不过这个问题目前有冰雪刺杀者在头疼着，所以方又安想着，如果她熬过了这一个月，升到了八十级，那不如培养培养她吧。一想到将会出现第二个家有娇花，冷不丁地连他自己都打了个寒战。娇花萝莉养成记，这想法太有爱了。

向小柔自然猜不到他猥琐的想法，她只看见家有娇花的方块脸上浮起了一抹若有所思的笑容，带着“邪魅狂狷”的眼神在她身上来回扫了几眼，就叫她好一阵发冷。

[私聊]一朵娇花：奇怪，这里怎么一个人都没有！

聊天间，向小柔已经把任务接齐了，直奔野外，但奇怪的是一路连半个人影都没见着。虽然这张地图并不讨好，但也没到人烟绝迹的地步。

[私聊]家有娇花：噢，你来之前我把这图的人都杀光了！省得他们看到你都跟抢狗食似的。

[私聊]一朵娇花：……

难怪他头顶大红名，果然是PK榜上第二名的大神，心狠手辣。

向小柔无语，在心里为那些无辜冤死的人默哀。

[私聊]家有娇花：走吧。

保镖大人发话了。

向小柔也不再浪费时间，看了任务说明后，就朝野外走去。

北风林地的地形果然复杂，再加上阴冷的雾，一头栽进去便很容易分不清东南西北。

[私聊]家有娇花：你怎么不带宝宝？

所谓宝宝，便是弓手特属的技能，抓获野外的兽类怪物为宠物，用以协助打怪。

[私聊]一朵娇花：暗影射手没有抓宝宝的技能，但是在二十级的时候可以获得召唤暗影烈魔的技能。

方又安皱了皱眉，召唤系的弓手职业？看起来挺有趣的。

向小柔没理会他的沉默，隔着薄雾隐约看到前面影影绰绰的怪物，就进入戒备状态了。前面的怪，若是她没有估计错误，应该是十九级的噬血蜘蛛，会喷洒毒液，不能近身。

她看了下自己才学的几个技能，一个控制类的技能暗影梦境，迷惑对手五秒钟，对二十五级以下怪物或玩家有效，若对方受到伤害则迷惑效果自动解除，冷却时间六十秒，逃命与PK时可以用的好技能啊；一个暗影噬魂箭，给对方造成百分之五十的伤害，并附加一个持续少血的负面效果；一个暗影爆烈箭，瞬间造成百分之三十的伤害，冷却时间三十秒；还有一个加敏捷的技能与加弓手基础攻击力的技能，都是被动的。

找了一处有利的地形，她准备打怪，却发现身后他们来的那条小路上出现了隐约的身影，在薄雾笼罩下如同鬼魅。

[私聊]家有娇花：你打你的怪，别的不用管了。

家有娇花双眼发光，小胡子也微微颤动着，显得特别的精神。他悄然走到旁边的草垛后，背对着向小柔。

他仍旧弓着背，默不作声地蓄势待发，瘦削的背影平白添了一抹让人信任的安全感。

[私聊]一朵娇花：嗯，交给你了！

说罢，向小柔便径自去练级。

PART 15　BOSS家的亲戚

起手一个暗影噬魂箭，再接着精神穿透晕了噬血蜘蛛，她火力全开，伤害技能全部丢出。

向小柔小心翼翼地和蜘蛛保持着安全的距离，一旦靠近，便是一个暗影梦境，晕它五秒，她再趁势跑开，一直到系统发出优美的“叮咚”声，蜘蛛身上的物品掉落了一地。

全过程不过一分钟而已。

向小柔迅速拾取物品，然后再打怪，每每都是有惊无险地避过了蜘蛛的致命伤害。五分钟后，她的这个任务便完美地完成了。转过头来看家有娇花时，她发现地上已经躺了两具尸体，王者无殇与果果乐。

屏幕上飘过家有娇花不慌不忙的解释。

[当前频道]家有娇花：哎呀，两位，我在这守BOSS来着，雾太大了没看清，不好意思失手了！

谁都知道北风林地这张图是一只不产蛋的母鸡，唯一一只BOSS蹲在森林深处的黑鱼沼泽，而且还是只不掉好东西的BOSS。

向小柔相当佩服家有娇花睁眼说瞎话的能力。

王者无殇与果果乐大怒，在世界频道与当前频道疯狂地刷家有娇花。满眼飞来飞去的各种叫骂与质问。但家有娇花却不再浪费口水与之纠缠，面对世界频道上的叫骂，他永远都保持沉默！

有时向小柔也奇怪，你说这个人这么猥琐这么阴险，总是一个人独来独往，是如何在这游戏里混成第二的？

[私聊]家有娇花：小花，什么好的不学，学人发呆！你做任务的速度快点，

杀你的大部队就要来了！

果然，王者无殇见杀不成一朵娇花，赚不着杀手费好歹也要赚个跑腿费，转手把一朵娇花的下落卖给了叹息家族的人，顺带也报告了一朵娇花的保镖事件！

[私聊]一朵娇花：好！

因为不知道敌人什么时候会出现，所以向小柔只能用最快的速度扫任务，遇到问题无解的时候就问家有娇花。这人就像一本《恋世任务大全》，无论什么样的问题，他都答得上来，这让向小柔扫任务的速度快了不少。

方又安总在一朵娇花身后不远的隐蔽处藏着，呈现随时准备阴人的状态，另一方面也在暗自观察着一朵娇花的操作。他发现一朵娇花不论操作还是意识，都远超菜鸟的水平，除了对游戏的认知度还不够高外，她的水平已经逼近榜上的各大神了。

倒是有趣极了。

两个人都处于高度戒备状态，除了关于任务的讨论外，他们没有其他对话。整个北风林地显得格外静谧，再加上雾蒙蒙的天气，忽让向小柔生出一股虎落平阳的感慨。

该来的总是无法逃避。

在向小柔做到第四个任务时，北风林地的大雾中，浩浩荡荡地涌出十来个满级的人。

十五级的小人物居然要劳动十来个满级的大神？向小柔觉得自己哪怕死也死得光荣了。虽然这荣耀有大部分原因是在家有娇花身上。

他们没有立刻开红杀她，而是光明正大地站到了她的面前，倚仗着己方的人多势众，他们没有偷袭的必要，顺便要显示一下大公会的风范。在他们眼中，此刻的一朵娇花恐怕已经是个死人了。

向小柔苦笑一下。

[私聊]一朵娇花：老二，敌方人多势众，你先撤，我垫后！

这种情况再让家有娇花留下保她，显然已经毫无意义了。双拳难敌四手，何况这里有十来个大神。

[私聊]家有娇花：人在江湖飘，哪能不挨刀。生得光荣死得伟大！

这都什么跟什么啊？向小柔无语。蓦地，眼角一扫，居然在那浩浩荡荡的大部队中，看到了两个熟悉的名字。

半夕秋风？！

绯蝶沐雪？！

向小柔狂怒了。

顶着绯蝶沐雪ID的人类牧师，正一身纯白色的祈福裙，手中法杖发出幽静的蓝光，银色的长发披在脑后，容颜秀美安详，再给她一对翅膀，就可以COS（角色扮演）天使了。

半夕秋风则是人类法师。同样都是法系职业，有人可以猥琐得像流氓，比如家有娇花；有人可以正义得像烈士，比如半夕秋风。人与人之间的差距有如云泥？半夕秋风一身的湛蓝色法袍，手执烈焰滔天的魔杖，同样是银色的长发在脑后随意地束着，配着一张英俊的脸庞，乍一看整个就是言情小说里的万能男主。绯蝶沐雪依着半夕秋风婷婷玉立，美好得如同一幅画。

虽然向小柔的内心已经很强大了，但在看到这一幕的时候，仍不免俗地难过了。这一刻她庆幸这里是游戏世界中，虚拟的角色不会流泪，所以在他们眼中，那个萝莉脸蛋御姐身材的一朵娇花，仍旧威风八面地站在众人眼前，不逃避也不退缩。

[当前]寂寞的叹息：家有娇花，给老子滚出来说清楚，你是一定要保她？

[当前]寂寞的叹息：家有娇花，给你五分钟时间，如果你跟她没关系就离远点。

[当前]寂寞的叹息：家有娇花，你给句话！

[当前]半夕秋风：一朵娇花，对不住了，你曾是傲绝天下的一员，我没尽到会长的责任，没照顾好你，日后定会补偿。只是今日你我为敌，我是不能留情的。

向小柔冷冷盯着半夕秋风，仿佛要在他脸上烧两个洞出来。先杀了你，再跟你说，噢，对不起，等你下次活了我再补偿你，这又当婊子又立牌坊的，想把所有好的都占全？

当事人没有自知之明，仍旧不依不饶地刷着当前频道。

[当前]半夕秋风：一朵娇花，不如你让家有娇花说句话吧。

[当前]半夕秋风：家有娇花，是男人，就出来说句话。藏头缩尾的，像个什么样？

[当前]一朵娇花：江智尧，你才不是男人，你全家都不是男人！

向小柔这句话说得和风细雨，仿佛是在与人调情，顺便还做了个风情万种的动作，撩了撩发，抖了抖胸，眼神却像暴雨梨花针，针针都飞向半夕秋风与绯蝶沐雪。

有那么一瞬间，频道沉默了。半夕秋风与绯蝶沐雪的脸上，同时出现了短暂的面无表情，一脸呆滞。

想不到，自己竟在这样的情况下向江智尧表明身份。

向小柔觉得自己的老脸都丢光了，冲动，果然是魔鬼。

[当前]寂寞的叹息：五分钟到了！开杀！

一伙人便操着家伙冲了上来，只有半夕秋风与绯蝶沐雪，停在了原地。

一朵娇花扑街是毫无悬念的。十五级对上八十级，还是一群八十级的人物，结局，只有一个。

只是这样千钧一发的时候，家有娇花居然对她发动了队友召唤技能，把自己召唤到了向小柔的背后。

向小柔倒下的时候，就只见渐渐黑白的地面上涌现一个黑色旋涡，黑袍召唤者家有娇花如同亡灵般从地底爬出，总是闪耀着精打细算光芒的小眼睛里，盛满凌厉的杀气。

那一刻，她终于承认，这人果然是个大神。

家有娇花的操作相当流畅，当他出现在向小柔尸体边时，立刻发动分身技能，瞬间出现十个家有娇花，一模一样的猥琐造型，让人眼花缭乱。

其实要破除这个技能并不困难，只要一个范围魔法下去，假的分身受了伤害就会消失。但对高手而言，要的也就是这几秒的拖延时间。

家有娇花接着放了什么招？他什么也没放，他只是掏出了一段干枯的却泛着金光的树枝，那是一个史诗级道具，然后，他使用了这根树枝。再接着，他迅速喝下一早准备好的隐身药水，在分身全部消失的瞬间，很可耻地——

逃了！

于是当向小柔躺在地板上看着黑白画面上不知从哪里冒出来的终极大BOSS——血腥骑士萨德尔之灵，以及那十来具被萨德尔瞬间秒杀的八十级尸体时，惊愕到久久不能回神。

漆黑森冷的盔甲，浑身冒着冥火的巨龙，泛着点点寒光的巨剑，猩红的眼睛，在萨德尔面前，一切的生命都没有意义。噢，这BOSS太给力了！

被秒杀的众人，也久久不能明白，这个BOSS是从何而来。

家有娇花，你跟BOSS是亲戚吧！向小柔看着面前发生的命案，半晌无语。

[私聊]家有娇花：小花啊，人太多了，哥救不了你。

[私聊]家有娇花：但是哥替你报仇了啊，你可以瞑目了。

[私聊]家有娇花：那BOSS是用史诗级的金色封魔树召唤出来的，怎样，效果

不错吧！

[私聊]家有娇花：这样用掉了，真是可惜，唉！小花，哥对你好吧！

[私聊]一朵娇花：你为什么不早用?

[私聊]家有娇花：啊！哥舍不得，多摸了一会儿，史诗级道具啊……全服不会超过三根，还是哥某次帮一个妹子做隐藏任务时打BOSS获得的，那妹子送给哥了，多有纪念意义啊！

他确定是送？不是他骗来的？

尸体们纷纷发出无语的省略号以及愤怒的叫骂声，她又顿时欢乐无比。

家有娇花，她开始觉得他有爱了！

贱得如此，他是第一个。

向小柔心里如是想着。

一道道白光闪过，尸体们见家有娇花始终没有理睬他们，纷纷复活回城。

不知道是叹息家族的人倒霉，还是向小柔运气太好，每次杀她，他们的损失都比她大N倍。叹息家族的人自然是如坐针毡耐不住了。

[世界公告]寂寞的叹息：家有娇花，你这是一定要和我们作对了……

叹息家族的人，爹毛了。

各种各样的叫骂充斥在世界公告里。果然是有钱人，发公告就跟不要钱似的，看得向小柔无言以对。

[世界公告]寂寞的叹息：叹息家族，君临天下，以及各分会，全面追杀家有娇花和一朵娇花这两个贱人！

同一条公告，发了三遍。家有娇花就这样被向小柔拖下了浑水。

世界此刻沸腾了，再怎样家有娇花也是排行第二的大神，当这个低调的名字以如此极端的方式突然出现在世界频道之中，众人更沸腾了。

现在的世界频道里，是各种各样的娇花当道！

[世界公告]一叶无花：谁要追杀我家的家有娇花？站！出！来！

就在群情高涨的时候，一条不属于叹息家族的世界公告缓缓闪过。瞬间，世界频道里的气氛又降到了冰点。足足两分钟的时间，没一个人再发言。

一叶无花，《恋世》之中公会榜上排行第一的公会“血色荣耀”的主人。

这是向小柔打开《恋世》排行榜后查到的信息！

PART 16　JQ是这样产生的

在《恋世》中，冰雪刺杀者建立的君临天下在公会排行榜中只占到了第三的位置，第一的王座，是属于在个人综合实力榜上排到第十五位的一叶无花所建立的“血色荣耀”公会。

《恋世》中的公会排名，并不会因为这个公会拥有哪个名次的大神就能够靠前的。它考量的是整个公会的综合实力，如物资储备、公会领地、平均实力、国家声望等，总之系统对于一个公会的实力评估相当的复杂。

大部分的大神，总是喜欢鹤立鸡群，享受独领风骚的王霸之气，宁为鸡头，不做凤尾。比如一个在排行榜中占据第五十位的大神，他到君临天下永远也不可能超过冰雪刺杀者，也不可能压得过叹息家族，但如果他到一个中等偏上的公会，他则是不折不扣的大神，又或者他干脆自己创建一个公会，享受被膜拜的快感。于是就出现了大部分的公会只会存在两到三个大神，而其他成员的水平则参差不齐的情况。但是血色荣耀不是，这个公会，在前期一直是以隐忍的姿态生存着，这个公会里，最大的神也不过是在PK榜上排到第十的某个长老，或者综合实力榜上排到第十五的会长一叶无花。他们放弃了招揽大神的想法。就是这样一个大神稀缺的公会，里面的成员却有百分之四十，是占据着排行榜上后两百名的精英。

血色荣耀的出名，是在公会领地争夺战开放的那一夜，他们以均衡的实力，完美的战略部署，超强的团队合作，把冰雪刺杀者大神的君临天下甩在了后面，从此默默无闻的一叶无花，变成了众人眼中耀眼的星光。

只不过一叶无花也是低调分子，不轻易在公开频道开口，然而每次开口，必让游戏世界抖三抖，于是，这场大神与新人的对决，又华丽升级了。

[世界]寻找牙刷的杯具：啊啊啊啊——无花大神！我没眼花吧?

[世界]小兔的微笑：啊——无花大神说“他家的”，他家的……啊啊，我闻到了暧昧的味道啊!

[世界]寻找杯具的牙刷：暧昧!

[世界]小米粒：两个都是大神，哪个是攻哪个是受啊?

[世界]亡命天涯：哪来这么多腐女，过来给爷调戏调戏!

……

以上，省略无数疯狂的声音。

然而，叹息家族的人，终于是寂静了下去。没有人再谈论追杀家有娇花的事。作为当事人的家有娇花从头至尾，都没有吭过半声。可见，不论在何时何地，实力都是硬道理。

向小柔觉得今晚太欢乐了。她欢乐得连看到自己下降的经验条也不郁闷了，江智尧和白沐雪也暂时打击不了她。

在复活点还魂的时候，她看到家有娇花，正坐在复活井边等她。

[私聊]一朵娇花：老二，没想到你跟一叶无花关系这么好啊！

向小柔语气暧昧地调侃着，她以为他会像以前那样，带着小人得志的笑容猥琐地回复她，谁知，他只是淡淡扫了她一眼，眼神冷漠，就连那两撇小胡子，都似乎带了点寒意，翘动的频率少了三拍。

[私聊]家有娇花：没有任何关系！

这个家有娇花，跟她认识的那个家有娇花，好像不太一样啊。

向小柔无语，看着他低垂的眉目，一时也不知要说什么，就呆呆看着他，这一看，才发现家有娇花的ID前面是空的，原来他竟没有加入任何公会。

[私聊]家有娇花：你为什么玩这个游戏？

最终是方又安打破了这样无语的尴尬，他原本也是欢乐且嘚瑟的，但看到了一叶无花，突然间就烦躁了。

[私聊]一朵娇花：闲得慌！

[私聊]家有娇花：你跟半夕秋风是认识的吧？那个你口中不是男人的江某某，就是他吧！

[私聊]一朵娇花：……

向小柔沉默。家有娇花你能不要这么有八卦精神好吗？而且还正中红心。

[私聊]家有娇花：他是你男人？站他边上的那个牧师抢了他？

[私聊]家有娇花：他劈腿了？

[私聊]家有娇花：你想在游戏里报复他？

……

向小柔后悔了，她不该那么八卦地问他与一叶无花的关系，现在被他反八卦到无语，此君很有于夏的狗血思想，有机会一定介绍他们一起八卦。

[私聊]一朵娇花：我没那么无聊，要报复也在现实里报复！

[私聊]家有娇花：那你为什么玩这游戏？

[私聊]一朵娇花：因为它值得玩！

[私聊]家有娇花：可你现在才十五级就被追杀成这样。得了，干脆删号重来吧！哥大发善心把你带到八十好了，当然，那个“被救赎的心”得先给我才能删！

[私聊]一朵娇花：……

[私聊]一朵娇花：我为什么要删！我又没有做错事，我行得端坐得正，我就要当打也打不死的蟑螂，半残了也要在他们面前嘚瑟！

是啊，她没有做错事，她入得了厅堂下得了厨房；她长得不是很美但也称得上标致；她从不干涉江智尧玩游戏，给他足够的信任，哪怕他从游戏里带回来一个妹妹，她也当成亲妹供着；她自力更生不靠男人，江智尧的财产她从不觊觎；他的爹妈她乖乖讨好，她对得起领导对得起父母对得起社会对得起祖国，更对得起他江智尧。她只是不陪他玩游戏，她只是不会躲在江智尧身后示弱撒娇，她只是太会一个人生活，一个人换灯泡，一个人上下班。她只是给予了他最大的自由和信任。

她没有做错任何事，可为什么，每一次都是要她放手？六年前一样，六年后还是一样。她总是被迫放手！她能不放手吗？也许无关对错，只是她不够坚持，或者老天不够眷顾她！

文字能让人感觉到情绪，方又安觉得此刻眼前的女人，正处于爹毛状态中。脑海中隐约勾勒出一个女人抓狂的眉目，他有些想笑又觉得有点心疼，却忽然间醒悟，发现自己怎么会将这个虚拟的角色跟记忆里的人重叠起来。

[私聊]家有娇花：那你想怎样？

[私聊]一朵娇花：我不想怎样，我只是想堂堂正正地站到他们面前，我只想拥有一个好好享受游戏的机会，我不想逃避也不想删号。新人菜鸟，不是生来就被他们凌虐的！全服追杀又怎样，我不怕！

她的话，掷地有声。

[私聊]家有娇花：勇气可嘉！

方又安想起了那一年，在荒漠黄沙之中，也曾有个小姑娘当着众人的面，扬眉浅笑地告诉他：“我要的，不是你身后的安逸，而是一个能与你并驾齐驱的机会！”

那般的豪气冲天，那般的天真轻狂，叫人心动。

那一刻，他多希望游戏就是现实！

[私聊]家有娇花：没想到你真是女人！

[私聊]一朵娇花：……

难道她真这么像人妖?

还有，能别在她如此豪气冲天的时候说这样的话吗？太破坏气氛了。

[私聊]家有娇花：为了奖励你的勇气与性别，哥送你样东西吧!

说着，他扔了一样东西给向小柔。

那是一件紫色次神装备。向小柔看到那柔和的紫光，像打了鸡血一样不淡定了。

次神器啊，她的第一件极品装备！等到她看清那装备的属性时，却又迅速地蔫了下去。

那是件披风，属性与防御加成这栏，全是灰色的。所谓灰色，就是垃圾货色，上面的加成连卖店的装备都不如。这样一件紫装，是游戏的BUG（隐藏着的，未被发现的缺陷或问题）吧。

就知道这小气的猥琐男不会送她什么好东西。

她垮着脸，继续看，下一秒，又激动了。

那件披风有一个特殊技能，技能名称为：隐姓埋名。仔细看了技能说明，她发现，这披风真是月黑风高夜，杀人放火时的绝佳伴侣。

虽然没有任何的属性加成，防御性也低得可怜，但这披风的隐姓埋名技能，一旦发动，可以让任何针对此披风者的追踪术失效，持续时间为三小时，冷却时间十二小时!

生活，永远充满了跌宕起伏的情节。

向小柔觉得自己的心情，像经历了一场暴风雨的洗礼，喜怒哀乐一夜之间全占齐了。她再也不用为被追杀的问题而苦恼了。虽然这披风不带任何属性，但对她而言，比一个史诗装备还给力!

[私聊]一朵娇花：这么好的东西，你怎么不早点拿出来!

[私聊]家有娇花：啊！人家舍不得嘛!

[私聊]一朵娇花：你这个小气又斤斤计较的猥琐大叔，等我八十级了就还你!

嘴里虽然不客气，但她很清楚，尽管这件披风没有任何加成，但对于家有娇花这样一个习惯了独来独往的玩家来说，可是一件难得的防身至宝。

方又安觉得自己一定是吃错药了，居然把“隐姓埋名”给她，那披风可是他花了九牛二虎之力才弄到的，全服不会再有第二件。一直以来，他都靠着这披风的技能躲过了无数次的追杀，要不然他凭什么能够在杀人越货抢BOSS后还能那么嘚瑟地爬到第二名?

[私聊]家有娇花：你说的啊……那你记得还人家！

他果然是舍不得的！

PART 17　继续练级

不再理会这个眼神哀怨的男人，时间宝贵，向小柔拔腿回了城。

把手上的任务完成了后，死亡损失的经验倒补回了一些，再回北风林地似乎不合适了。虽然叹息家族的人无法追踪到她，但考虑到他们守株待兔的可能性，所以向小柔决定换地方。

这次她选择了布兰多荒漠。

有别于北风林地常年阴湿不见天日的环境，布兰多荒漠是个有充足阳光的地方。但正因为阳光多得太过头了，这里干燥、闷热，植物稀少、水源稀缺，是个常年被黄沙湮没的地方，一年四季都是艳阳高照，每天的日照时间达到二十个小时。

向小柔刚踏上这片荒漠，就被那一望无际的黄沙给震撼了。

满目苍茫，一切的生物在这炽热的阳光下仿佛都被烤干烤透。行走于上，眼前的景色让人感觉仿佛永远在原地踏步，而身后却是一长串深浅不一的脚印。时间变得漫长，混合着沙子的汗水滑过脸庞，永远也走不完的黄沙，永远也避不过的烈日。

[私聊]家有娇花：漂亮吗？

[私聊]一朵娇花：嗯，很美！

向小柔的目光仍盯在那片大漠之上。游戏公司很给力，这样的场景，让她觉得自己历经万难来玩这个游戏是值得的。

[私聊]家有娇花：小花，聊天请认真。人家是问这只坐骑漂亮吗？

[私聊]一朵娇花：……

看到家有娇花的信息，向小柔转头一望，才发现家有娇花不知何时已经召唤出他的坐骑。

那是一只体形庞大且金光闪闪的六翼飞龙，此刻威风八面地站在沙漠中，几乎要与黄沙融为一体。

[私聊]一朵娇花：这龙……很厉害！

[私聊]家有娇花：上来吧，哥送你过去，否则你的小短腿跑起来，哥要跟残了！

家有娇花邀请她共乘。

向小柔点了同意。

六翼飞龙载着它猥琐的男主人，和他怀里的漂亮姑娘，飞到了空中。

布兰多荒漠其实是两张地图的名称，这两个区域连接在一起，但其中怪物的等级差距很大。第一块区域，和北风林地一样都是十八级到二十四级的怪，还有一个二十级可进入的低级副本荒漠流放者领地，而第二块区域，却是拥有七十五级到八十级怪的高级区域，在这里，有一个七十五级可进入的二十五人高级副本布兰多之墓。

布兰多荒漠低级区域的任务很多，资源丰富，且有一个低级副本，一直以来很受许多新人的喜爱，是练级天堂。而有了“隐姓埋名”技能的向小柔，再也不用担心被人追踪，只需要小心周围的玩家便可。她打不过的时候可以逃跑躲藏，再加上有个家有娇花在身边，只要不是偶遇三个以上的高级组队玩家都好说。比起之前流亡的生涯，如今她安全了许多。

摆脱跟在屁股后面的烦人的苍蝇后，向小柔觉得空气都似乎新鲜多了。接下来的练级时光，便多了些平静。她做她的任务，练习操作，越级打怪。家有娇花则像鬼魅一样跟在旁边，遇见可采集的资源点，便会像饿狗扑食般扑上去，叮叮当当地开挖，也不管向小柔。

好在一路尚算平安，遇到比较危险的情况，向小柔也能自己化解，于是这一晚剩下的游戏时光便在难得的和谐的情况下度过了。一朵娇花的等级，在经过了一段漫长而艰苦的斗智斗勇后，终于再度向上攀升了。

系统悠扬的升级音乐响过，向小柔的等级，升到了二十级！

心满意足地跟家有娇花道了晚安，她下了游戏。

现实里的时间，已经是凌晨一点半了。离开游戏的向小柔猛然想起老板交代的明天要完成的工作，顿时从打打杀杀的游戏中跳出来，洗漱一把，爬上床睡觉。

躺在床上时，下意识抓起手机，她才看到手机上的一个未接电话和三条未读短信，都是江智尧发的。

“小柔，是你吗？”

“小柔，你在玩《恋世》？”

“小柔，对不起！”

对不起什么？是对不起，他劈腿了？还是对不起，他在游戏里追杀她？或者是对不起她为他付出的三年青春？不得而知。他总是擅长说这类似是而非的话，想一想，似乎是这么回事，可实际上，却是另一回事。

烦躁的夜晚，她删了短信，关掉灯。睡觉！

第二天到公司的时候，向小柔还是不可避免地挂了两个黑眼圈。想想以前，弄瓶可乐，整点薯片、肉脯、辣条，她能在电脑前耗个通宵，第二天上课还能在严苛的班导面前背诵一大段的英文。而现在，她只能给自己泡杯浓浓的咖啡来摆脱梦游似的精神状态，以免看到老板想杀人的目光。

苦！从舌头苦到喉咙，再到胃，最后苦到心里，鞭笞她的精神，然后就清醒了。她捧着今天的第三杯咖啡，坐在办公电脑前，偷个闲上了《恋世》的论坛。

不出意料地在论坛上看到了关于昨晚叹息家族追杀娇花事件的帖子，被顶到头条的帖子就叫《桃色娇花门事件之续》。

看腻了众人无法脱离固定模式的狗血脑补后，她点开了玩家风采秀，里面都是玩家上传的照片。

点击最高的，排在最前的，毫无疑问是蜻蜓女神的照片。忍不住好奇点进去一看，向小柔只觉眼前一亮，果然是组精致漂亮的照片。

那是一组COS照，COS了游戏里的精灵神谕者，服饰华美，道具精良，果然是有钱人家的孩子，还配合着游戏的场景与截图。照片的后期处理技术也相当高明。当然最关键的是蜻蜓本人秀丽的容颜与标致的身材，以及微微翘起的浅粉色嘴唇，永远无辜且总是略显失神的大眼。向小柔越看，越觉得这照片里的真人，长得真像自己在游戏里的那个角色，萝莉的脸蛋，御姐的身材。

一组完美的照片！向小柔鉴定完毕后另点开了一帖，这一帖，是一位游戏ID为“牛夫人”的玩家照片。她完全是被这个ID给吸引进来的，进来后才发现，不可以ID名来判断。

这位牛夫人，在魅力榜上排行第三，也是个牛人。她的照片，是一组生活照，与蜻蜓女神精致华丽的漫画风截然不同，她是自然而亲切的，没有经过任何PS处理。她有着小巧而秀气的五官，化着很淡的妆，阳光在她的脸上投下细微阴影，她做一个吐舌大笑的表情，把大眼眯成一道月牙。美得贴近人心，但向小柔越看，眼睛瞪得越大。

“严舒瑶！”向小柔蓦地低声叫了出来，立刻招来两道眼刀。她捂着嘴偷偷摸摸地抬头一看，老板正眉头紧蹙地看着她，于是她赶紧装作什么也不知道的模样低下头。让她惊讶的，并不是这位牛夫人，而是牛夫人玉照中，经常出现的一个同拍陪衬者。

细碎利落的短发，清澈却凉薄的眼神，随意的无奈笑容，清秀白皙的脸庞，还有记忆中那枚永远不会改变的戴在右耳的银环。不是严舒瑶，还会是谁？

一瞬间，记忆翻涌！

PART 18　一朵娇花的人形宝宝

旧日的容颜、模糊的面目终究又渐渐清晰。向小柔望着那张熟悉的面容，一时间竟恍惚回到当年叱咤风云的轻狂岁月中。

那个总是玩着男号默默站在她身后的小姑娘严舒瑶，原来长成了这般模样。

一样的五官，却有着不一样的神情。

当年认真、温柔却坚定的脸庞，如今却只剩下凉薄与无奈，岁月赐予了年轻的他们各自不同的苍老与成长。不知道当年的兄弟姐妹，如今又是怎样面目？

还有那个眼角眉梢总带笑的骄傲少年，是否也在岁月中沉寂下去？

心口没来由地一紧，向小柔猛然有点窒息的感觉，便一把关掉网页，捧起咖啡狠狠喝了一口。

苦！并且冷！

生活并没有给向小柔太多感伤的时间，好不容易完成了老板交代的工作，下午又要顶着黑眼圈去见客户，谈下个月的几场大型活动策划。于是她不得不收拾心情，趁着午休的时间躲到卫生间，往自己黯淡无光的脸上擦了点粉，勾了勾眼线，描了描唇……一系列动作快速有效地完成后，再出来就是一个光鲜可人的向小柔，踩着细高跟，风情万种地踏出节奏明快的“噔噔”声，在老板殷切期盼的注视下御姐范儿十足地走出公司，直奔客户。

早上的小插曲，在忙碌的生活中，也只能一点点地抛到脑后，而被迫遗忘与被迫想起的，总是那些抓不住的流水般的韶光。

等她拖着疲惫的身体回到家里，已经晚上八点了。空荡荡的屋子，没有任何电话的慰问与温情话语，想来想去，她忽又庆幸还好有个游戏可以让她把漫漫长夜打发过去。

上了游戏，她第一件事情就是把自己的“隐姓埋名”技能打开。

当初在家有娇花面前信誓旦旦说要一个月满级，现在想来自己真是大言不惭。向小柔对于自己给自己定的这个艰巨的任务，唯有一声叹息了。

[私聊]家有娇花：哟，花老板上线啦！小的护驾来迟，罪该万死……罪该万死……

向小柔满脸黑线。这个家有娇花啊！

[私聊]一朵娇花：罢了罢了，看在你一向忠心的分上，本宫便饶你不死。快，给本宫开路去吧！

经过几次语言交锋后，向小柔深刻地明白，要和一个猥琐的男人打交道，只有一条出路——那就是比他更猥琐！

[私聊]家有娇花：喳！

人物到二十级，开始获得第一个天赋点数，之后每升两级就能获得一个天赋点数，任何职业都有三种天赋点数可以加，弓手的天赋则分为了疾射系、驯兽系、灵弓系。说得直白些，疾射系是增加自己的攻击力，适合组队下副本，伤害输出高；驯兽系是以增加宝宝的攻防等各种技能为主，适合野外SOLO，对于操作得好的人，单挑小BOSS也是很简单的事；最后一项灵弓系，则是增强自身的防御与各种控制类技能，主要作用就是PK！

在《恋世》中，不存在一个完美的职业角色，不管选择任何天赋，都将有所取舍，可以选择单方面做到最强，也可以走中庸道路。任何的配点，都有可能成为经典，这也是吸引许多玩家的一个游戏特色所在，同时不同的天赋还将影响到后期能学到的相关技能。

进入游戏之前向小柔就研究过这些天赋及相关的攻略，考虑到自己目前的情况，以练级为主，不适合下副本，于是她选择了驯兽为主、疾射为辅的天赋加点，在保证野外SOLO能赢的前提下，提高练级的效率。

除了能够拥有天赋点数外，二十级的暗影射手，还将出现一个很关键的技能，就是第一个暗影系宝宝——暗影烈魔。

她终于有个替她抗怪的孩子了！

暗影射手和普通弓手最大的区别之一，就在于暗影射手是不能像普通弓手那样对普通兽类怪物进行捕捉。另外，该职业的宝宝是通过二十级的召唤技能得到。

召唤——暗影烈魔！

脚下黑色光圈绽放，一朵娇花虔诚地闭上眼吟唱。十秒钟后，仿佛她的分身一般，她的身后缓缓移出一个暗色人影，然后渐渐清晰。

居然是个人形怪兽宝宝！

在《恋世》之中，弓手捕捉的宠物，只能是兽类怪物，比如狼、豹子、蛇、蝎子、老虎等等，而通过其他方式获得的神宠蛋，一般也会是龙凤之类的奇怪生物。人形宠物只有在法师系召唤类职业中出现。所以向小柔的这个人形怪兽宝宝，才让人觉得惊讶。

待他们看清这暗影烈魔的造型后，发现自己又被系统给雷了一次。

微驼的小身板，黑色的法袍，凌乱的头发……

向小柔在心里大骂系统的恶趣味！

[私聊]家有娇花：那个，小花啊，你觉不觉得你这宝宝，长得有点猥琐？

猥琐？！

他是在说他自己吗？向小柔乐了。

[私聊]一朵娇花：我也这么觉得！不仅猥琐还很淫荡！

[私聊]家有娇花：是的！但我老觉得像一个人，可又想不出像谁，你觉得呢？

家有娇花一边绕着暗影烈魔观察，一边啧啧称奇着。

[私聊]一朵娇花：是的是的！很像，非常像，巨像！

[私聊]家有娇花：你说像谁？

[私聊]一朵娇花：你！

[私聊]家有娇花：……

于是向小柔带着两个家有娇花朝沙漠迈进。

练级之路很是无趣，好在《恋世》的任务设计得种类繁多而且趣味十足，向小柔做起来也不算太过枯燥。什么乔装打扮成怪物偷听情报、把自己变成一棵树窃取文件、护送机械鸟回家之类的，有欢乐的也有悲伤的。如果不是她急着升级，应该会认真地把这些任务都完成一次，就像看一个故事一般去体验一下游戏设计者的心血。

家有娇花一如既往地看到资源就扑上去。他学的是挖矿，经常能见到他挥着矿锄在烈日下作业的包身工情景。

向小柔的采集技能学的也是挖矿，因为她的制造技能选了工程，又因为有家有娇花在前，所以她的挖矿技能目前还是可怜的三点。她只能疯狂地控制着另一个家有娇花，在怪兽堆里冲锋陷阵，杀得不亦乐乎。

大多数的时间里他们都是各做各的，互不干涉，只有在向小柔有危险的时候，家有娇花才会冲过来，比如遇到巡游的BOSS，或者偶然间撞上了八十级大号。虽然用了“隐姓埋名”技能，但还是会偶然遇到满级的想杀她的大号！

向小柔觉得此人脑后大约是长了一对眼睛，要不怎么每次自己有困难的时候，他都能来得刚刚好。

“叮咚！”美好的升级音乐再次响起，一朵娇花升到了二十三级。

算算时间，三小时的“隐姓埋名”技能快过期了，向小柔也想下线睡觉了。

[私聊]家有娇花：哥带你下副本吧。你这装备打起来效率太低了！

向小柔考虑了两秒，想着自己身上的装备还是十级左右的新手装和十五级的职业装，确实可怜得很，于是便组了家有娇花朝着自己在《恋世》里的第一个副本前进。希望明天的黑眼圈能盖得住，向小柔叹口气，坐上了家有娇花的六翼飞龙。

PART 19　历史任务的继续

荒漠流放者领地是最低二十级可进入的副本，这个副本的怪物，是等级在二十二到二十八之间的精英人形怪。BOSS共四个，会掉落二十级到三十级间的蓝色装备、三级精炼石、图纸等物，还有极低的概率掉落紫色武器、陆地坐骑荒漠幻狼、沙漠蛇女王神宠蛋等高级物品。

二十级的小副本，一个家有娇花就绰绰有余了。向小柔在他身后保持着一个安全的距离，既能分到经验又不会引来怪物，偶尔背后来个110的时候还要负责报警和逃命，因为她过硬的跑位技术和意识，所以一路下来家有娇花都没有后顾之忧，没有出现引怪、闯入怪群、乱放技能、被110咬死的新人副本事件。相反的，她与家有娇花良好有效的配合，令扫荡副本的速度更加快了。

方又安一面刷怪，一面暗中观察着这个女人。她很骄傲，哪怕在最危险的时候，也不愿意开口求救，宁愿靠着一己之力勉强撑过，而幸运的是，她有这样的骄傲，也有与这骄傲对等的操作技术与意识。

想起那天她大义凛然的话语，他微微一笑，觉得她是个骄傲可爱的傻女人，与他记忆中的那个女孩有着相似的坚持。

[私聊]一朵娇花：老二，你一个人傻笑什么，来BOSS了？

向小柔看到家有娇花突然停止打怪，一个人在前方暗自猥琐地发笑，就想起第一次见他时的场景。他的笑，总让人有种被他算计的感觉。

[私聊]家有娇花：我在笑你RP太好了，遇到隐藏BOSS了！

啊？哪里来的隐藏BOSS？

向小柔瞪大眼睛四处查找。

前面是副本最终BOSS沙漠蛇女王伊丝与她的一群跟班，除此外再无其他怪物。还不等她发问，家有娇花已经上前开怪了，她也只能暂时把问题吞到肚里。

[私聊]家有娇花：快跑，哥被魅惑了，你快点逃！

在蛇女王只剩百分之五的血条时，家有娇花竟然被蛇女王魅惑成功。一般在五十级以上的等级压制下，魅惑成功的概率很小，但还是让蛇女王成功魅惑了。方又安一时很想骂人。

向小柔反应迅速，控制宝宝先上去顶怪，自己则放出一个刚学到的技能——冰天雪地，这个技能的伤害效果很低，却是一个实用的技能，它的作用在于能够在地面造成大片冰霜，减缓敌人百分之四十的速度。接着她向家有娇花奔去，奔到他身边时，魅惑效果刚好解除，而BOSS也追来了，家有娇花一个瞬发的低级群攻法术放出来，将怪物仇恨拉过来后，接着放了一个大招。

“啊——”就听到蛇女王一声惨叫，蛇女王被推倒在地，丁零当啷地掉落出满地的物品，那个闪光差点没把向小柔的眼睛晃瞎。

一朵娇花喝了一瓶血，补充被怪咬得只剩三分之一的血条，一面伸手去摸尸体。

大概是家有娇花的美男计起了作用，极低的概率被魅惑成功，于是也爆出了极低概率才出的两件东西。

[私聊]一朵娇花：哇，老二你的美男计果然厉害，好东西啊！

[私聊]家有娇花：多谢夸奖，你终于承认我美了！

向小柔忍不住翻了个白眼。

BOSS很给力，爆了一把紫色的弓——破晓之光，以及一枚沙漠蛇女王神宠蛋。

神宠蛋自然地落入了家有娇花的囊中。现在市面上神宠蛋紧俏得很，虽然这枚蛇女王神宠蛋整体属性一般，但胜在造型拉风，上半身是个迷人的裸体御姐，当然胸前有两朵小花遮羞，下半身则是蛇体，相当的妖艳狂野，并且掉落率极低，所以有许多有钱人愿意收藏这样一个神宠，虽然它并没什么用！

向小柔拿了这把弓，这把弓是这个副本所能掉出的最高级的武器，也是所有低级副本中出的最好的一件武器。因为这把弓是成长型的弓！弓的属性是随着角色的成长而成长的，虽然比不上真正的极品弓，但在升级过程中的作用却是不可小看的，这将省去她许多刷武器的时间。这把破晓之光唯一的缺点就只在于，它是需要认主后才能使用的弓，也就是使用后不能出售，死后也不会掉落，只能销毁的物品。

破晓之光的外观很拉风，弓弦银白，弓身漆黑，中间镶着一枚如同朝阳般的宝石，弓身泛着银光，而那宝石却闪着淡淡的红光，似破晓时的旭日，分外妖娆。

加上打前面三个BOSS获得的几件蓝装，向小柔一共换上了三件装备：衣服、武器、头饰。

换了新装备的一朵娇花，仿佛跳跃林间的精灵，狡黠而灵巧。

[私聊]家有娇花：小花，我决定等你到八十级我再做历史进程任务，你的RP好到让哥嫉妒了，哥要把你培养成娇花二世来帮哥做任务！

方又安一直在物色一个能帮他一起完成历史任务的人，这么庞大的任务凭他一人之力，估计很难完成，所以，寻找一个操作好、意识好、头脑好的合作者非常重要，而最关键的是，一朵娇花的RP好到没话说！

[私聊]一朵娇花：没好处不干！

[私聊]家有娇花：呃，任务奖励二八分，我八你二，如何？

[私聊]一朵娇花：四六！

[私聊]家有娇花：小花，做人要厚道！

[私聊]一朵娇花：五五！

[私聊]家有娇花：花花……哥帮你这么多次！

向小柔报以一个十分妩媚的笑容。

[私聊]一朵娇花：七三！我七你三，还有，咱们是公平交易，不存在帮不帮的问题！

[私聊]家有娇花：好，定了，七三！我七你三！

[私聊]一朵娇花：……

连历史任务的奖励是什么都不知道，他们就开始在这讨论分赃的事宜，那个隐藏BOSS被晾在一边寂寞了很久很久，久到他也不耐烦了，于是哀怨地开口。

被诅咒的斯旦达：是谁，杀了我心爱的伊丝？谁？！出来！

两个还在为画出的饼分赃不均而叽叽歪歪的人同时停止了争论，这才想起有一个被晾在一旁许久的隐藏BOSS。

那个BOSS是个人形怪，一身黑亮黑亮的盔甲，嗓音浑厚，充满力量，大殿的这座雕像一跃而下。

啊？！原来那不是雕像……

向小柔真想戳瞎自己的狗眼，这么大只BOSS在上面，居然能把他当雕像。

[私聊]家有娇花：退后！

他迅速地召唤出一批骷髅小弟，一拥而上，八十级对二十六级BOSS，结局是毫无意外地压倒性胜利。

"啊——"BOSS大吼一声，倒地不起。但奇怪的是，BOSS的尸体却渐渐发出一些银白色光点，一个人影逐渐地浮现在尸体上方。

被诅咒的斯旦达：年轻的勇士，谢谢你们解救了我的分身！伟大的精灵女王布兰多殿下，斯旦达无法完成您的遗愿，为您寻回遗失的精灵族圣物。那段被尘沙湮灭的冰雪过往，还将灵魂献给了恶魔……

湮灭的……冰雪过往？

两个人对视一眼。

[私聊]一朵娇花：老二，那隐藏任务你还没完成？

[私聊]家有娇花：没！最近一直当保镖，那任务还没进展。

他哀怨地望着她，一边掏出他从她那抢来的"被尘沙湮没的冰雪"，上前对话。

被诅咒的斯旦达：啊！年轻的勇士，我的拯救者，你……你的手上……噢！伟大的精灵女王布兰多殿下，我终于在灵魂消散前看到了我们的圣物。年轻人，如果你愿意把这件圣物送往布兰多女王的陵寝，我愿意以我最珍贵的礼物相赠！

方又安的眼前，又出现了隐藏任务的提示框，二话没说他就点了确定。

[私聊]一朵娇花：布兰多陵寝，那不是八十级副本吗？

[私聊]家有娇花：小花，没事的，哥等你到八十级一起做。见者有份，哥不会忘了给你好处的。你三我七！

[私聊]一朵娇花：什么给我好处！那本来就是我的！

一想起这事，向小柔就来气，便一脚踹在了家有娇花瘦削的身板上。

打打闹闹之间，时间过得飞快。

转眼一个月的时间已经到了最后一天，而向小柔以脸上呈顽固化的两只黑眼圈以及每况愈下的皮肤为代价，让一朵娇花的等级终于攀升到了七十九级。

其间，经历大小PK无数场，人多就闪，人少就上，这是家有娇花给她的保命原则。向小柔越来越觉得自己的猥琐程度已经逼近家有娇花了，对游戏里的各种卡位区域和地图BUG，都了如指掌。

而她的装备，除了那柄让无数人眼红羡慕的紫色破晓之光神弓之外，已经换了不知道多少次。目前这一身装备，是七十五级蓝色弓手职业套装，是她在七十八级时和人组队下副本打到的，虽然身上还背着全服追杀令，但她已经不再是那个任人欺负的新人菜鸟了。

一个月期限的最后一天，向小柔信守承诺，将“被救赎的心”交给家有娇花。

十分钟后，她看到天空划过的血红色的世界公告。

[世界公告]玩家家有娇花，完成人族隐藏任务“堕落”，世界性历史进程任务第一环节“堕落者的召唤”及“救赎者的降临”结束，全新副本“上古战场”与“堕落深渊”全面开放，详细信息请上官网查询。

[世界公告]玩家家有娇花成功完成世界性历史任务，获得奖励——八级五色宝石、神宠裂石魔王、飞宠云海鳐、次神级物品天下号令！

[世界公告]玩家家有娇花获得称号——英雄·不灭，奖励世界声望五千点；玩家冰雪刺杀者、逆水行舟、弑神无敌、星雪枫获得称号——勇者·不灭，奖励世界声望三千点；玩家一朵娇花、若隐若现、弑神专属、转角遇到爱、小丫头获得称号——勇敢新星，奖励世界声望五百点。

[世界公告]千年轮回，恋世大陆风起云涌，堕落军团即将来袭，战火即将点燃，硝烟即将弥漫，勇者们，拿起武器，为了我们的光荣与梦想，守卫我们的土地吧！《恋世》世界历史进入第二篇章《神遗之罪》，怪物攻城战将在两个月后开启，请玩家们在有限的时间内收集资源，打开世界之塔的守护圣光，共同守卫我们的领土，谁才是最后的英雄王者，请拭目以待。具体信息，请登录官方网站查询。

[世界公告]《恋世》官网全新改版，新资料片主页《神遗之罪》已经开启！

[世界公告]《恋世》历史进程进入第二篇章，服务器将进行为期三天的维护，时间为20××年11月13日零点至20××年11月15日十点。

数条公告先后刷出，满屏的红字，看得人心激动。

一时间，举服震惊。

有人暴怒，有人欢欣，有人愕然，有人抓狂……

向小柔正看得欢乐的时候，突然收到了家有娇花饱含哀怨的信息。

[私聊]家有娇花：小花……哥不小心出名了……为什么，不能隐藏玩家信息了！

向小柔眼前便浮现出方块脸小眼睛满脸愁绪的表情，顿时痛快笑出声来。

八十级，才是这个游戏的真正开始！

第二卷

风起云涌 倾城之战

这个游戏有两千多万玩家，
所有玩家都在这么一个服务器里体验，
而我，只是想找一个人罢了。
两千万分之一的机会，
你说是遇见她的机会大一点，
还是中彩票头奖的机会大一些？

PART 20　倾城之战的序幕

《恋世》的玩家们都沸腾了，并不是因为刷过的那些条红色世界公告，那不过是开胃菜罢了，当然也不是因为三天的服务器维护让太多的玩家闲得发慌。

他们沸腾，是因为游戏官网上更新的关于新资料片、历史任务与新副本的资料。

看得出，游戏公司为了这次的更新煞费心血，设计了为期两个月的历史进程任务，整个恋世大陆的命运是操纵在所有玩家手中。换言之，这是一个全服参与的大型历史任务。

整个任务的背景，是在诸神大战一千年后，堕落者裂隙的封印力量渐渐削弱，最终将在两个月后的这一天，裂隙的封印力量将达到最弱，到时由终级BOSS堕落王者卡雷多斯率领的堕落军团，将会对整个大陆发起全面进攻。

在这两个月期间，玩家必须为这场即将展开的大战收集各种资源，这些资源的储备情况直接关系到大战期间NPC兵团的数量以及城市防御能力的强弱。而玩家通过收集这些资源可获得世界声望，也就是之前家有娇花获得的奖励之一。这些声望可用于兑换更新的新物品，如一些回复类、加伤害类、加状态类的药水及一些特殊道具、技能书、精炼物品、坐骑等等。另外在整个任务结束后，系统将会统计出声望最高的玩家与公会，载入恋世史册，哪怕有一天你删号了，你的名字还会高高挂在史册之上，成为一个真正的大神。

除此之外，系统将会发布大量新的日常任务与隐藏任务，完成这些任务，可获得大量金钱、物品与声望奖励。当然，如果是隐藏任务，更可获得装备、神宠等稀有物品的奖励，但是，难度相对较高。

但这些，并不是真正让玩家血脉偾张的地方。

这个大型历史任务最特别的地方在于，这场怪物军团大战将会是一场攻城大战，地点在五座主城城外。如果玩家们守城失败，这座城市便会沦为废墟，城市所有的NPC将会战死，NPC所出售的那些城市特有的物品，便会成为绝版，比如一些技能书、精炼宝石、属性宝石等。另外由于城市消失，那么玩家们以前累积的所有该城市的声望，也将全部清零，而在这座城市里的公会领地也通通消失，整个游戏历史将会出现倒退。

惩罚是可怕的，当然相对的奖励也会很高。这场战争的奖励除了上述的那部分平民的奖励外，还有一个最大的亮点，就是英雄系统。

所谓英雄系统，是针对部分在大战期间表现杰出的玩家所设立的，其中，最风骚的要数六个英雄头衔——分别奖励给五个主城的城市英雄与最终封印裂隙的拯救者。

在恋世大陆上，主城有五个，以最繁华的拥有自由港口的爱维斯主城为主，精灵之都纳多城、龙族与侏儒的勇者聚集区迦克里城、亡灵的死亡都市、人类的和平领域拉芙城作为各个种族的主要居住地，形成整个大陆最关键也是最主要的五座大城市。在大战期间，这五座城市将面临最严峻的考验，而玩家们则有希望在大战期间成为这五座城市的城主——英雄领主，这与得到公会领地不同，除了能够获得大量物质奖励外，还将是这个游戏中王者一般的存在。当然想要得到这个头衔非常的困难，这位玩家必须能够获得领导该城所有NPC的权力，并率领NPC军团与其他玩家一起，成功守护住城市并驱逐攻城的怪物军团，才能够获得。

而另一极品英雄称号——英雄王者，则相对偏向个人英雄主义一些，要做的也很简单，将裂隙重新封印，终结大战。当然前提条件是你先要拥有封印裂隙的史诗级道具，再冲过怪物军团的重重包围，到达裂隙，最后还要在BOSS跟前成功使用史诗级道具封印裂隙。

所有的英雄都将被载入恋世史册，这本史册将比所有的排行榜都来得有意义，因为它将会是整个服务器千万人的灵魂所在。

换言之，这是一场建立在虚拟空间里的真正的战争，考验的是全服所有玩家的战斗力与凝聚力，是争名逐利重要，还是以大局为重，又或者想要两者兼顾，这是所有玩家都必须考虑的问题。在这样的历史环境中，什么儿女私情、个人恩怨，什么大神JQ、绯闻、RY（网络游戏里玩女性角色的男性玩家）、PK都通通靠边站吧。

“谁才会是最后的王者，让我们拭目以待！”这是《恋世》给出的宣传语，在这个缺乏英雄的年代，敲打在每个玩家的心中。

大战，终于缓缓拉开帷幕。

向小柔望着最后的那句宣传语，久久不能回神。手里的咖啡渐渐冷却，心情却在慢慢燃烧。终于有那么一款游戏，再一次深深打动她的心。

不要抢装备，不再骂RY，不再炒JQ……每个人都有机会成为真正的英雄。小蝼蚁也罢，大神也罢，在战争面前，都是平等的。

她不是好战分子，却期待英雄的诞生，也期待这场战争的来临。金戈铁马，气吞万里如虎。多么让人激荡的场面。

“小柔！”

冷不丁的一只手掌拍上她的背，吓得她差点打翻了手中的咖啡。

“你看小电影啊？吓成这样！”于夏的声音悠悠传来。

“我看那玩意还需要躲着你吗？别走路跟鬼似的没声音，被你吓得半残了！”向小柔放下咖啡，转头盯着于夏，“找我什么事？”

“没，这不是游戏的服务器维护三天嘛，公会里的人说难得维护这么长时间，想找个时间聚聚。我们公会很多人都是F城的，所以就约了明晚在丽都酒店吃自助大餐，然后再去K歌！”

“很好啊，你去吧！记得每隔一小时报告下死活，如果超过一小时没电话过来，我帮你报警去。”向小柔把视线转回电脑屏幕。

“喂，我不是这意思。”于夏扭过向小柔的脑袋，吼道，“你陪我去吧！听说公会里有好几个黄金单身汉，各方面条件都不错。你目前也单身，别老宅在家里，跟我去多认识几个男人吧！”

“你改行当媒婆了？”向小柔对这样的网友聚会没有任何兴趣，大多数这种见面会都是打着友情的旗帜在进行RY鉴定的工作，一旦发现某个女玩家不是RY且相貌不错，第二天在游戏里便会多出几个追求者。

“呸！我是为你好！去不去啊，一句话！”

“不去！”

“小柔……”于夏的声音顿时由吼变成嗔，娇嗔，用鼻音发出的娇嗔。

“去吧去吧去吧去吧，有美食有K歌有帅哥，多好的夜晚，嗷嗷嗷——小柔你就陪我去吧，阿楠说你不陪我去的话，我也别想去了，所以你就答应吧，大不了我请你吃那顿自助餐了。”

阿楠，于夏的成熟稳重多金男友，正直友爱的男人，不赌不嫖不抽烟不喝酒不游戏的好男人一个。他不希望于夏一个人参加这个见面会，于是于夏便扯了向小柔作挡箭牌。

最终向小柔不堪于夏之扰，终于答应了陪她参加这场所谓的见面会。

停服维护的第二天傍晚，向小柔在于夏催命似的电话铃声中匆匆下了班，赶赴这场网友见面会。

于夏的公会“漂流的小岛”是排行第三十五位的公会，实力也颇为强大。这是一个同城公会，公会招收的大多是F城的玩家，会长生如夏花是个二十六岁的帅哥一个，性格风趣幽默，某公司小开，目前也是单身状态，虽然比她小了两岁，但他本人一点都不介意姐弟恋。

以上，是于夏透露的内部机密。

向小柔只报以无聊的白眼。

丽都大酒店在F城的繁华地段，是一家五星级大酒店，所供应的自助餐在F城的吃货们眼中是数一数二的。什么龙虾、鲍鱼、象拔蚌，天上飞的、水里游的、地上爬的应有尽有，冰淇淋还是哈根达斯的。如此华丽的自助餐当然也会有一个对得起它质量的华丽价格，好在不是自己掏钱，所以不心疼。

向小柔一边想着，一边跟着于夏进了酒店。

她们到场的时候，人还来得不多，桌子已经拼好，算算位子大概会来二十几人，于是向小柔死拉着于夏坐在角落不起眼的位子上。虽然都是《恋世》玩家，但她跟他们并不熟，并且她也没有自来熟的天赋，她来的目的只有两个——放开肚子好好吃一顿和做好阿楠交代的护花工作，严禁不良男士接近于夏一米以内。

“你是，小夏姐姐？”某个年轻帅气的小伙子眼带惊艳地望着于夏，惊喜道。

“是啊，你是流云弟弟吧？”于夏也非常的惊喜。

向小柔低下头默默地吐了一吐，什么姐姐弟弟哥哥妹妹师父徒弟的，那是最容易出问题的关系了。老楠啊老楠，不是哀家不帮你，是你家于夏太招摇了。

“这位是？”那个流云小弟弟和于夏互相寒暄完毕，便把注意力转到了向小柔身上，毕竟，游戏里的女孩还是比较少的。

“她啊？她是一……唔……疼！”

“我是她的私人保镖，蹭饭的，不用管我！”向小柔在桌底狠狠踹了于夏一脚，让她闭了嘴，接着继续低头进食。一朵娇花的名声太狼狈了，为了能让自己有一个良好的进餐环境而不致被人问东问西，她很识相地选择了保持沉默。

人越来越多，渐渐便热闹起来，向小柔躲在角落里吃着自己盘里的食物，听着众人越来越熟稔的嬉笑怒骂，哥来姐去、弟啊妹啊、师父长徒弟短一大家子攀亲戚的笑语，脸上也浮出些真心实意的笑容，低下头给老楠发了条短信：公会和谐，兄友弟恭，一切无碍，勿念。

再抬起头的时候，发现众人前面不知何时站了两个女生。

“小柔？！”一个略带沙哑的惊疑声在向小柔耳边响起。

向小柔看着不远处的那个女子，岁月并没有在她的脸上留下太多痕迹，依旧是清新秀气的脸庞，只是不再有当年的纯粹。

严舒瑶，你长大了！

“天下风云出我辈，一入江湖岁月催。皇图霸业谈笑中，不胜人生一场醉。你……是当年皇图霸业的那个笑与君歌吗？”

PART 21　传说中的人

皇图霸业，曾经是网游公会界里的传说。

笑与君歌，曾经是这个传说里的一个主角。

但到底，都是过去式。

严舒瑶问的问题，用了肯定的口吻。

“什么皇图霸业，笑与君歌，多少年前的事了。舒瑶，你长大了。”向小柔倏地绽开一抹微笑。

“牛牛，坐下来再聊吧，这位是谁呀，给我介绍介绍？”严舒瑶身边的女子，轻轻扯了扯她的衣袖，温柔道。

“别说得你好像很老似的，我就比你小两岁。”严舒瑶的眼底多了一丝了然，笑容里多了一点温暖。有些旧事，不是向小柔愿意提及的，像她说的，多少年了，再辉煌的过往也都是过去式，她便收起了自己的惊讶，岔开话题：“舟舟，这位是我的老朋友向小柔，很多年没见了！”

说着，她拉着身边的女孩，坐在了向小柔旁边的空位上。

“你好，我叫陆之舟，你可以叫我舟舟。”那个和善的女孩露出甜甜的笑容，像初夏盛开的栀子花般洁白迷人。

“舟舟，你好！你是……魅力榜排第三的牛夫人吧？我在论坛上看过你的照片，很漂亮。”向小柔记起自己在论坛看到的那组ID为“牛夫人”的照片，真心诚意地赞道。

“你别取笑我了，那些照片是我一个朋友偷偷上传的，当时我很生气！”

“漂亮的照片就要拿出来分享，别生气了，先吃点东西吧。”面对甜美的陆之舟，向小柔不知不觉间也温柔起来了。

“小柔，原来你认识逆水大神啊？”于夏瞪大了眼睛，趴到了向小柔身边低声问着。

“逆水？”向小柔不解。

“逆水行舟，是我在游戏里的ID。”严舒瑶听到了向小柔的问话，转过头回答她。

严舒瑶，牛牛，逆水行舟，陆之舟，牛夫人。

难道……像是突然间抓住了重点似的，向小柔猛然一抬头，望向严舒瑶，眼里闪着浓浓的疑问。严舒瑶只是淡淡笑着，眼眸闪着点点星光，里面有一种叫坚定的东西。

这场聚会疯到了晚上十二点，一伙人才意犹未尽地散了场。

坐在计程车上，向小柔显得有些沉默，手中抓着临走时严舒瑶给的名片，于夏红着一张俏脸酒足饭饱的样子趴在向小柔肩头，嘴里嘟囔着让人听不明白的话。对严舒瑶的记忆，还停留在六年前。

玩一个形象粗犷的男号，整天混迹在战场、竞技场，终日热衷于PK，连游戏名字也要叫“牛魔王”的严舒瑶，却有着出人意料的清秀脸庞与倔强眼神。总是被大家昵称为“牛牛”；总被大家当成假小子戏弄；总是安静地扛着一把大刀站在她身后；总是说要保护她，却每次惹祸都要她善后的女孩；总是毫无理由地相信她，哪怕在她离开前的最后一秒，都还坚定地相信着她的女孩……

向小柔握紧那张名片，心里有着微微的痛。

牛牛，牛夫人……

严舒瑶，你到底还是选择了这条艰难的路。

三天的服务器维护在众玩家的期待中终于结束了。开服的这一天，是周六。

向小柔美美地睡了一觉，养足了精神后爬起来，想着自己还有最后一级升上去就功德圆满了。

“皇图霸业谈笑中，不胜人生一场醉。大神笑与君歌……”于夏从房外飘进来，嘴里的碎碎念让向小柔眉头一皱。

“向、小、柔！说，你跟皇图霸业是啥关系？”于夏一边问着，一边哧溜一下钻进向小柔的被窝。

“别企图瞒骗姐，姐上网查过了，皇图霸业可是好多年前网游界里一个传奇般的公会，公会的成员可都是响当当的大神。逆水大神昨天叫你笑与君歌，笑与君歌当年可是这些大神里的传说级人物啊，只可惜后来好像闹出了金钱丑闻，最后整个公会竟然慢慢没落，最终消失了。”于夏自顾自地说着，没注意到向小柔眼底浮出的痛。

“对了，那个金钱丑闻，据说就是因为笑与君歌。小柔，不是你吧？”

“够了！”向小柔蓦地出声，声音不大却带着烦躁。

“不要迷恋姐，姐只是个传说！”似乎是意识到自己的失常，向小柔迅速调整好心情，打了个圆场把于夏的问题给忽略过去。

“去，谁要迷恋你！”于夏知道有些事情，向小柔不想提起。

向小柔抬手给了她一个栗暴。

“你这死小孩居然查我，我这点老底迟早被你掏光。行了行了，别说这些废话了，十点游戏开服了，我差一级满级，和家有娇花的协议已经到期，轮到你来带我了！”

“早说要带你了，你自己不要我带。行了，上游戏里说吧！”

于夏一边抱怨着一边回房去上游戏。

因为是周末，又是大型维护后的首次开服，所以上游戏的人特别多，向小柔卡了一分钟后才进了游戏。

进了游戏，才发现爱维斯主城里挤满了玩家，主城的气氛也变得相当的紧张。城墙上的防御NPC多了一倍，NPC身上的装备也换成了战铠，爱维斯城多出了一个大战指挥厅，里面是新增加的战备物资收集NPC，以及部分与大战相关的日常任务发放NPC。而在主城的军事大殿中，那位常年神龙见首不见尾的龙族大将军基尔曼已经一脸凝重地坐在了那张将军椅上，下面站着众多将领级NPC，有一部分是世界声望奖励兑换NPC以及战备情况查询NPC等。

玩家的热情异常高涨，大型公会都早早地组织好公会成员们去下新副本了。对于这场大战，几个龙头公会一致商议决定在大战期间暂停所有的公会争斗，包括每个星期六由系统举办的公会领地争夺战。因为公会领地争夺战会消耗公会资源以及城市资源。

向小柔在战备物资收集处查看了一下情况，发现整个大战所需要的物资一共分成五类：一类是基础物资，为木头、草药、布匹、矿石、兽皮等通过玩家的采集技能能采集到的物资；二类是高级物资，为玩家通过自己的生活技能所制造出来的物品或怪物掉落的高级物品，如药水、合剂、附魔卷轴、精炼宝石等；三类是特殊物资，是堕落军团怪物的灵魂，在备战期间，野外会出现许多堕落军团怪物，消灭这些怪物就能获得其灵魂；四类是次神级物资，是由两个新副本的怪物掉落的圣光的奥义；五类物资是史诗级物资，只能通过新副本的BOSS掉落或者大战隐藏任务完成后获得的奖励这两个途径取得。这五类物资根据各自取得的难易程度的不同将获得不同的世界声望。

在这五类物资中，基础物资的多少关系到城市建筑物的防御力量，最重要的便是城墙的防御力量；高级物资与特殊物资关系到城市中NPC兵团的防御力与攻击力的强弱；次神级物资则关系到每个城市的护城法阵能否顺利打开以及打开后的防御能力强弱，如爱维斯的千年轮回塔所拥有的轮回护城阵；最后的史诗级物资，则会影响到最终英雄领主的诞生，NPC军团的首领选举，以及其他一些对战场能产生重要作用的情况。

世界频道上都是关于大战的对话以及商人们的叫卖。

她才七十九级，目前的主要任务就是升上八十级，只是向小柔还来不及想去哪里练级，突然间眼前弹出了好几条信息：

“逆水行舟加你为好友。”

“牛夫人加你为好友。”

“漂流的小岛诚邀您的加入，请问您是否加入？”

“恋恋初夏邀请您加入队伍，请问您是否加入？”

[私聊]恋恋初夏．加公会，带你去下副本，升最后一级。

[私聊]一朵娇花：……

[私聊]恋恋初夏：快快快，逆水大神在等你呢。

逆水大神……向小柔默默打开排行榜，终于发现严舒瑶的龙族狂战士逆水行舟排在了综合实力榜的第九名。这孩子，不改其暴力的本性啊。除此之外，陆之舟的人类牧师，除了在魅力榜排第二之外，还排在了财富榜的第二名，不折不扣的富婆一个。

犹豫了一会儿，她拒绝了公会的邀请，只加了她们的队伍。

队伍里只有四个人，恋恋初夏、逆水行舟、牛夫人以及她的一朵娇花。

[队伍]逆水行舟：怎么不加公会?

[队伍]一朵娇花：不加，姐身负天下追杀令，只能亡命天涯。

[队伍]恋恋初夏：就你还亡命天涯?

[队伍]逆水行舟：……

[队伍]牛夫人：孤胆英雄!

[队伍]一朵娇花：嘿嘿。

[队伍]逆水行舟：走吧，去幽灵神殿。

幽灵神殿是八十级的五人小副本，但七十八级以上的玩家就能够进入了，这里会掉落各职业的八十级蓝装与部分紫装，刚升到八十级的玩家们很乐意组队刷这个小副本。

[队伍]恋恋初夏：我们才四个人，再组一个吧。

[队伍]逆水行舟：到副本门口再找人。

于是向小柔召唤出自己在NPC处买的六十级小飞行兽，一只孱弱的狮鹫兽，增加百分之八十的飞行速度，载着她晃悠悠地飞到了副本门口。

副本门口目前门庭冷清，只有小猫两三只，于夏三人都还没到，向小柔只能先一个人在副本门口等待。

[当前]家有娇花：哟！花妹子，又见面了，缘分哪!

某个已经与她完成协议的猥琐男，毫无征兆地出现在她的面前。

PART 22　JQ与内幕

向小柔看着从边上不知道哪个角落里蹦出来的家有娇花，一脸的黑线。

[当前]一朵娇花：阴魂不散!

[当前]家有娇花：小花，什么叫阴魂不散啊？做人要厚道，再怎么说哥也带了你这么久，没有爱情也有感情，你可不能过河拆桥!

[当前]一朵娇花：你不是来讨债的?

[当前]家有娇花：啊，对，你不说我都忘了，披风……

方又安让自己的人物做了一个泫然欲泣的表情，方块脸上出现了一种叫作哀怨的表情，让向小柔有种想拔毛的欲望，拔他唇上的那两撇小胡子。

[当前]一朵娇花：千年老二吝啬王！还差一级才八十，升了就给你。

[当前]家有娇花：差一级？要下这个本？带上我吧，刚好我想刷一些幽灵神木。

幽灵神木是幽灵神殿副本的小怪掉落的稀有物品，其作用是把玩家伪装成幽灵状态半小时，消耗类物品，平时没什么大用处，仅供娱乐的小东西，一般不会有人为了刷它而专门来下这个副本。

[当前]一朵娇花：幽灵神木？那个鸡肋物品？你刷它干什么，接隐藏任务了？

向小柔转了转眼珠，忽然间八卦兮兮地凑到家有娇花身边去。

[当前]家有娇花：佛曰，不可说，不可说！快，加我进组吧，好妹子！

向小柔看到“好妹子”那三个字的时候，娇躯一震，脑海中浮现出一个方脸小眼淫笑连连的大叔在频频撒娇的场景，顿时觉得人生处处见地雷。

为避免继续被雷，她简单征求了其他几个人的意见后，就组上了家有娇花。

才刚组上没多久，其他三个人也都到了副本门口，五个人的队伍，逆水行舟的龙族狂战士为T，牛夫人的人类牧师为奶妈，恋恋初夏的精灵刺客、一朵娇花的暗影射手和家有娇花的黑暗召唤者为伤害输出者，五个职业的搭配比较均衡。

幽灵神殿一共有四个BOSS，玩家必须把前三个BOSS都推倒后，才能打开大殿的幽灵封印，将最后的BOSS——幽灵噬骨龙释放出来。副本并不困难，四个BOSS的血量也是同层次副本中最少的，但这个副本很考验队友的配合度。最终的幽灵噬骨龙在血量只剩最后百分之三十的时候，会进入狂化状态，给自己套上狂龙护盾，将战士定身，并召唤出大量的小怪，接着释放范围魔法——众神之怒。在召小怪的正常情况下只要战士拉好仇恨，将小怪引到自己这边来，就无碍了，只是这只龙先将战士定身，召唤的这些小怪，是从四个角落先后刷出，而且会优先攻击布衣职业，战士无法将小怪引到自己身上，这就造成奶妈瞬间陷入险境的情况。奶妈挂了，其他队友就会在范围魔法之下陷入绝境。所以要求队友的配合度较高，能够迅速帮助主战士将小怪控制住，减少对布衣职业的伤害，并在范围魔法下自保，还要保持稳定的伤害输出。

因此这只骨龙有一个封号，叫新人杀手。见到这样混乱的场面能保持镇定，还要在大魔法释放的时候迅速退到范围外，因为对没有好装备的新人而言，这个魔法，可以秒杀除战士在外的一切职业，这些对于刚升到八十级的新人而言，是有一定难度的。

一路上，众人用辗压式的方式将小怪扫荡过去，逆水行舟和家有娇花的排行榜名次都不是白得的，两个大神对副本的了解非常充分，再加上奶妈牛夫人的丰沛奶水，于夏和向小柔混得是如鱼得水。唯一不和谐的音符，大概就在于，奶妈牛夫人彪悍的敛财作风和家有娇花的猥琐习惯。

[队伍]牛夫人：家花，你不要抢我的矿石！

[队伍]牛夫人：幽灵神木市价一百金币，这是副本队伍共有物品，你要私有必须付给我们每人二十金币。

[队伍]牛夫人：家花，你个黑手不要抢着摸尸体。

[队伍]牛夫人：家花，四级红宝石市价两百金币，你必须付给我们每人四十金币。

……

诸如此类，牛夫人以她强悍的专业知识让众人知道财富排行榜第二名的富婆名号并非浪得虚名，而一向吝啬贪财成癖的家有娇花终于遇到了他的宿敌。

不管任何一款游戏，得罪谁都不能得罪奶妈队友，方又安在死亡边缘挣扎了几次后终于泪流满面地领悟了这个真谛。

[私聊]家有娇花：小花，你的朋友，好坏好贪财！

向小柔在收到家有娇花的私聊信息时，终于很不给面子地捶地狂笑了。

[私聊]一朵娇花：老二，爱财要取之有道，做人不能太娇花啊！

向小柔的话是语重心长的，方又安的心是凉飕飕的。

轻松地推倒了前三个BOSS后，五个人终于来到了幽灵噬骨龙面前。

这是一只巨型的噬骨龙，全身泛着幽幽的蓝光，被封印在巨大的冰晶之中，仿佛博物馆中的动物标本。很美，向小柔在心中感叹了一下。

开怪之前，逆水行舟简单地说了打怪的方法，除了向小柔之外的四人都是老玩家了，所以不用交代太详细，而向小柔则被安排离得远远的，在BOSS的终级魔法范围之外，这样避免被波及。这也意味着其他四个人的压力骤增，虽然凭着他们的能力一样能强过，但如此一来危险系数增加了不说，推倒怪物所花的时间也增加了。

这个方案，向小柔不同意。她不喜欢被人当成壁花。

她强烈要求上前线，逆水行舟倒也没有再要求什么，向小柔的个性和操作，她心底是有谱的，只是担心向小柔的装备太差会撑不过最后一招大魔法。不过，下副本谁没死过呢？横竖有牧师在，想想也就放下心了。

在确认每个人都准备好后，逆水行舟开怪了。

前期伤害输出都很迅速，局面也稳定，一直到BOSS血条掉到百分之三十。系统提示BOSS狂性大发，逆水行舟被定住无法行动，四周冲出一大片的小怪，呼啦一下朝着布衣职业的牛夫人和家有娇花涌去。家有娇花一早已经和牛夫人站到一起，怪物一到便立刻施放了冰封千里，将眼前的怪物冻住，两人再迅速退开，才刚停住，第二拨小怪又涌上来，冰封千里的冷却时间是三十秒，冰冻效果是十秒，无法再放，他只能迅速地再放一个范围减速魔法——枯萎沼泽，让怪的速度减缓，他和牛夫人继续跑开。当第三拨怪物涌来时，因两个控制类法术都还在冷却时间内，后续无力，他们本要凭着装备和操作硬扛，这时向小柔一箭射来，怪物的脚下顿时出现了大面积的冰霜，速度减缓。这是她的控制类技能——冰天雪地，施放的时间掐得刚刚好，早一点放会和家有娇花的技能重复，造成浪费；再晚一些，牧师的血可能就加不上了。这一箭把他们的危险降低了，等到第四拨怪涌来的时候，家有娇花的冰封千里冷却时间已经好了。而恋恋初夏的刺客是没有群杀技能的，所以只能逮住一只小怪杀一只，伤害输出技能全开，要求在最短的时间内把怪解决。

向小柔再迅速地一箭飞向噬骨龙。在T被定身期间，BOSS的仇恨是自动清零的，她这一箭让BOSS的注意力转到自己身上，她则迅速转身跑开，用了加速十秒的技能，跑离BOSS的伤害范围。

噬骨龙跟着向小柔跑出了老远，范围魔法施放时众人都已经不在范围内了，牧师的治疗压力骤然减轻，定身时间一到，逆水行舟恢复行动，立刻开了疾速赶上骨龙。

推倒BOSS的那一刻，向小柔收到了严舒瑶的肯定。

[私聊]逆水行舟：宝刀未老啊。

[私聊]一朵娇花：……

[私聊]一朵娇花：这是一句夸奖吗？

那个老字，深深伤害了向小柔的心灵。

[私聊]逆水行舟：显然是！

五个人前前后后一共刷了五趟幽灵神殿，从第一次的谨慎配合到后来的奔放扫荡，全队五趟副本无一人死亡。向小柔以七十九级新人的身份，穿着一身的小绿装，却打出了大神的水平，行云流水的动作和风骚的跑位，终结了幽灵神殿这只幽灵噬骨龙作为新人杀手的神话，也让其他人大为惊叹。

“叮咚”的声音响起，在第五次推倒这只BOSS的时候，向小柔终于升到了八十级，装备也淘汰了几件，虽然大部分还是绿油油得发亮，但总的来说杀伤力和防御性比起之前好了许多。

[队伍]逆水行舟：八十级了？

[队伍]一朵娇花：嗯！

[队伍]恋恋初夏：一个月就八十级，妞，你真是第一次玩这游戏吗？

[队伍]牛夫人：偶像啊，你比我家牛牛当初还强悍，我这有弓手的八十级紫装，有需要吗？另外还有各种装备和武器的精炼石以及附魔卷轴等，按市价给你打八折，这可是牛家小铺的钻石级VIP才有的待遇！

[队伍]逆水行舟：……

[队伍]一朵娇花：……

[队伍]恋恋初夏：夫人，你太强悍了，小的佩服。

[队伍]牛夫人：客气客气。

[队伍]家有娇花：牛老板，你这么精明会把男人吓跑的！

[队伍]牛夫人：没关系，我不需要男人，哇哈哈哈哈！

[队伍]逆水行舟：……

向小柔默想，大神你跟她谈男人，那不等于跟一个GAY谈女人一样无趣吗？

副本后是散场，各有各的事情要做，五个人道别后便解散了队伍。向小柔因为很早以前就接了这副本的任务，所以要跑到副本外的地图上交任务。

召唤出她的陆地坐骑，一头长相端正的银灰色的狼。从副本地到交任务的地方，要穿过一片竹林，这片区域不能使用飞行坐骑，所以她只能驱赶着可怜的灰太狼，一路小跑地奔向任务地点。

竹林很静谧，没有怪物，偶尔有几只飞鸟扑棱地飞过。地上竹影斑驳，闭上眼，似乎还能听见风吹过竹林的沙沙声。

真是舒服。

如果能把前方几个明显带着戾气的玩家给PS掉，就完美了。

向小柔在那些人的身后停了下来，因为她看到他们头上明晃晃的两个字——“叹息”。

那几个叹息家族的人并不是冲着她来的，远远看去，似乎他们正在合力对付一个人。

偷听毕竟是件很不厚道的事，但没办法，他们挡住了她唯一的去路。向小柔无奈地收起坐骑，藏到了他们身后的某块大石后，准备等他们散去再继续前行，顺便听听八卦。

[当前]暗夜星辰：你们想怎样?

[当前]绯颜的叹息：勾引别人的男人还有脸叫!

[当前]寂寞的叹息：我们不想怎样，只想杀了你!

[当前]乖乖的小鱼：不要脸，想抢男人也看清楚是谁的，蜻蜓女神的男人你也敢抢!

向小柔仔细一看，被堵在前方的暗夜星辰是个精灵黑暗牧师，头上也挂着“君临天下”的公会标志。

哦哇！窝里斗，真欢乐！向小柔躲在石头后面看戏看得津津有味。原来她不是唯一一个因该男人而倒霉的。

敢情这全服第一的男人是抢手货，不管是谁企图染指，都会被某女神和她的家族追杀。

[当前]暗夜星辰：什么女神， PS几张妈都认不出的照片就自称女神，少恶心人了，不就为了一件装备，趁着冰雪不在线，在这里报复。

哎呀，不只有八卦，还有内幕。向小柔此刻把厚道抛在脑后，先满足自己的好奇心。

[当前]蜻蜓の叹息：不管他在不在，你的下场都一样。

[当前]蜻蜓の叹息：就算是为了那件装备，又怎样？谁让你要抢呢?

抢啥？抢装备？还是抢男人？向小柔好想问问。

第一次见到了蜻蜓女神的真身，向小柔忍不住多瞄了几眼。嗯，装备很华丽，人物很迷人，确实是女神，就是太公主气。

[当前]暗夜星辰：你以为你这么做冰雪不知道吗？公会里的人不知道吗?

[当前]蜻蜓の叹息：知道又怎样?

[当前]寂寞的叹息：蜻蜓，你跟她废话什么，直接杀了不就好了，旁边就是墓地，复活了直接杀到她不敢上线!

[当前]绯颜的叹息：就是，说这么多干吗，开杀吧。

杀吧杀吧，向小柔蹲得腿酸，巴不得早点开杀自己好过去交任务，这样的闲事，她没有兴趣管，也没有能力管，只能事不关己，高高挂起。

[当前]蜻蜓の叹息：当然要杀！她偷了公会这么多资源，我还要给公会里的人一个交代呢！

暗夜星辰头上的“君临天下”四个字，渐渐地消失了，她被逐出了公会。

[当前]暗夜星辰：你们太卑鄙了！居然诬陷我盗用公会财产！

看着当前频道上跳出来的这句话，向小柔心头一凛，看戏的好心情全部消失殆尽。眼前的这一幕，让她瞬间想起多年前的悲伤往事。

改变心意只在刹那之间，她决定管一管这闲事。但怎么管，却是个难题！

向小柔眯着眼打量着前方的局势，脑袋里飞快地闪过各种念头。

蜻蜓の叹息的牧师，乖乖的小鱼的元素法师，绯颜的叹息的召唤法师，寂寞的叹息的战士。

2vs4，胜率是多少？逃跑成功的概率是多少？

万一救不了她倒把自己赔上就不划算了。

她才刚满八十级，暗影射手终极技能没学，身上还穿着八十级的初级蓝装，而对方四人却是装备精良的八十级老玩家，能杀他们的概率有多少？

观察了一下周围的地形，她在心里迅速做出了判断。

而那边五个人已经开始动手了。

[私聊]一朵娇花：先牧师，再法师，然后召唤，最后战士。

她飞快地把信息发给暗夜星辰，并发送了一个组队邀请，也不管对方看没看明白，先控制着她的宝宝冲上去。

暗夜星辰的第一目标也是蜻蜓的牧师，抱着一种哪怕死也要让蜻蜓の叹息埋葬的心态，她火力全开，下起手来一点不留情。

向小柔的暗影烈魔突然出现在蜻蜓の叹息的背后，同时出现的，还有向小柔的技能——冰天雪地，随着地面出现的大范围霜冻，众人的速度顿时减缓。

一时没反应过来的四个人，以为暗影星辰来了两个帮手，除了心中有数的暗夜星辰外。当下也来不及多想，她在向小柔的组队邀请上点下了确定。

[当前]寂寞的叹息：还有人，小心。

[当前]乖乖的小鱼：蜻蜓，退后，他们的目标是你。

退后，是来不及了。四个人速度被减缓的瞬间，暗夜星辰用了挣脱束缚的技能，从昏迷状态中脱离，跑开，一面将所有的负面伤害技能全都丢到蜻蜓の叹息身上。

四个人被突然冲上来的暗影烈魔迷惑了视线，一时间竟没有顾上暗夜星辰，向小柔躲在暗处，几个伤害最大的技能连续放出，等到他们发现暗影烈魔只是宝宝的时候，蜻蜓の叹息的血条在暗夜星辰和一朵娇花的合力攻击下已经见底了。

蜻蜓の叹息加血的速度赶不上掉血的速度，终于还是躺倒了。

[当前]蜻蜓の叹息：你们这几个蠢材，先杀暗夜星辰。

蜻蜓姑娘躺在地上，怒气滔天。她处心积虑来杀人，结果人没杀到自己却先死了，说多郁闷有多郁闷。

没有了加血的牧师，再打法师就轻松多了。向小柔给寂寞的叹息扔两个控制技能，阻止他接近暗夜星辰。好在暗夜星辰的PK技术也很不错，且一身的好装备，暗影伤害相当的高，套个盾再加个血，在三个人的火力攻击下，竟然撑到和乖乖的小鱼同时趴地。于是局面变成了1vs2，向小柔一个人面对寂寞的叹息的战士和绯颜的叹息的召唤。

绯颜的叹息操作太差，向小柔杀她毫不费力，更何况自己又在暗处，三下五除二绯颜的叹息已经趴地上。而此时，寂寞的叹息已经冲到了眼前。

这个时候的向小柔，已经只剩几百的血。眼看就要横尸街头，寂寞的叹息却在她眼前的五米处停住了脚步。一个隐身的刺客，对他用了眩晕的技能。

[当前]蜻蜓の叹息：还有一个刺客。

[当前]乖乖的小鱼：见鬼，又是一朵娇花，寂寞你倒是杀啊。

[当前]绯颜的叹息：寂寞GG加油啊。

屏幕上又是几句话刷过，暗夜星辰姑娘却默默地躺在地上，一语不发。向小柔看着寂寞的叹息血条唰唰唰地往下降了三分之一，才终于恢复了行动力。

寂寞的叹息背后，一个身影渐渐地浮现出来。

暗黑色的战铠，透着血光的刀锋，冰雪刺杀者就那么毫无预警地出现在寂寞的叹息身后。

两相对比，寂寞的叹息的回击就像跳梁小丑般可笑。向小柔没有真正见过冰雪刺杀者的实力，这一次，开了眼界。

当前频道上瞬间安静了，只除了一个人。

[当前]蜻蜓の叹息：冰雪！！！

向小柔看着缓缓倒地的寂寞的叹息，心里想着蜻蜓女神奓毛的样子，觉得十分欢乐，却忽然看见冰雪刺杀者投过来的眼神，冷漠噬血般吓人。

汗，居然忘了自己跟他是对头了。

向小柔迅速退到弓手的最远的攻击距离，一边灌下一瓶药，血条回复到了五分之四。

冰雪刺杀者并没有给向小柔第二眼，他沉默地转身，居高临下地望着地上的几具尸体。

[当前]冰雪刺杀者：我的容忍是有限度的！

[当前]冰雪刺杀者：给我回去！

地上的几具尸体仿佛哑了一般，再没有说什么话，乖乖地重生去了。只是蜻蜓の叹息在临走前，给向小柔抛了一记好像要杀人的眼神，如果，尸体有眼神的话，应该是这样的。

尸体一消失，整个竹林又静谧得只剩下冰雪刺杀者和她两个人。

冰雪刺杀者冷冷盯着她，并无动作，向小柔下意识地抓紧她的弓，技能一触即发。

[当前]冰雪刺杀者：八十级了？速度挺快的！

[当前]一朵娇花：是啊，还要多谢你的照顾！！

[当前]冰雪刺杀者：有没有兴趣加入君临天下？

[当前]一朵娇花：……

向小柔皱了皱眉，闹不明白冰雪刺杀者打什么主意。

冰雪刺杀者并无恶意，对他而言，天下没有永远的朋友也没有永远的敌人。既然眼前的一朵娇花能在他的天下追杀令下活下来，并在一个月内练到八十级，就证明她的实力相当出色，他只是起了爱才之心，瞬间动了想收她进会的念头。

[当前]一朵娇花：谢了！进了你的公会我这朵娇花恐怕要变残花，没事我先走了，拜拜！

召唤出她的坐骑小狼，也没理会冰雪刺杀者的反应，向小柔拍拍狼屁股，颠颠儿地奔向她的任务地点。跑到半路她便收到了暗夜星辰发来的私聊信息。

[私聊]暗夜星辰：刚才谢谢你。

[私聊]一朵娇花：客气了！

[私聊]暗夜星辰：这次因为我，估计蜻蜓把你恨惨了。

[私聊]一朵娇花：之前我已经被恨得千疮百孔了，不差这一次。

[私聊]暗夜星辰：汗！不管怎样，以后要是有什么事，记得叫我！

[私聊]一朵娇花：嗯!

屏幕上提示，暗夜星辰加了她为好友。

嗷嗷嗷，少年江湖游，清酒腰间挂，朋友两三个，恩怨三四斤……

向小柔哼着小曲，颇为痛快地继续前行。

新副本上古战场，位于整个大陆的最北端，据说那里是与神最接近的地方。

这是目前《恋世》游戏里最高级的副本之一，副本分为两种模式：一种是普通模式，普通模式下的上古战场，是一个二十人的副本，难度比同等级的二十人的副本高，对整个团队成员的装备、配合与操作都有相当高的要求；另一种为挑战模式，挑战模式下的上古战场，是一个五人的副本，虽然难度比二十人的副本有所下降，但那与队员的数量减少是不成正比的，对五个队友的要求比之前的二十人的副本要来得更高，除了装备、配合与操作要好之外，还必须拥有灵活应变的头脑以及丰富的战斗经验，能够应付随时出现的突发状况，队友的配合要有十足的默契，除了对自己的职业有一定的认知外，对队友的职业也要有一定的认知。挑战模式下的上古战场，难度非常大，因此目前新副本开放已经有一天时间，但大多数公会都只组织了二十人的普通模式上古战场，五人的挑战模式，暂无人敢尝试。尽管如此，二十人的普通模式，能够打通的公会，全服也不超过三个，这三个公会，分别是一叶无花的血色荣耀，冰雪刺杀者的君临天下，以及弑神无敌的逍遥堂。

此刻，已经是现实时间的凌晨三点，却仍有人奋斗在上古战场上。

他们，只有五个人。除了一个黑衣乱发的法师外，其余四人的头上，都挂着“血色荣耀”四个大字。

一叶无花、荣耀血月、毒手佛心、柒伤曲，都是血色荣耀的最精英的成员。

而只有一个人，头上的ID旁边空荡荡，没有任何公会名称与头衔。

这个人，有一张充满喜感的脸庞与一个相当喜感的名字——家有娇花。

在挑战模式下的上古战场，这五人已经奋战了五个小时。家有娇花从与一朵娇花分开之时起，便与他们一起开始了征服上古战场的历程。

然而，事实是残酷的。若非副本中死亡是不掉经验的，五个人此刻只怕已经跌了十级。装备红了一次又一次，死亡，复活，再死亡，再复活，队灭像是一个不断循环的诅咒，紧紧地箍在五个人头上。最后一次死亡复活后，五个人站在了BOSS的面前，脸色凝重，用了一夜的时间，却连一个BOSS都没推倒。这对一向无往不利的第一公会而言，是个很大的打击。

[队伍]家有娇花：不用打了，凭你们，杀不过！

[队伍]柒伤曲：你说的什么话？一叶，为什么把老五踢掉组了他。老子早看他不爽了，排行第二怎样，一样是垃圾。如果是老五，以我们的配合早就过了。

[队伍]一叶无花：闭嘴！！

一晚上的灭队过程已经让一叶无花的耐性消失殆尽，几个队友间的配合、操作、意识等各方面都还差点火候。

家有娇花并没有说话，他只是淡漠地望着他们，目光带着嘲讽。

此时的他，找不到半分猥琐的影子，就那么安静地站着，却有杀气缓缓释放。

[队伍]一叶无花：家花，你有什么意见？

[队伍]家有娇花：你是老板，我能有什么意见？

一叶无花无语，为了过这个副本，他不惜花重金请家有娇花前来帮忙，只因为他知道，当年的家有娇花，是怎样一个强大的存在。

[队伍]家有娇花：好吧，看在你是老板的分上，我勉强告诉你。

[队伍]家有娇花：如果你想过这个副本，我还有一个人选。

[队伍]一叶无花：谁？

[队伍]家有娇花：一朵娇花！

[队伍]一叶无花：……

[队伍]柒伤曲：……

[队伍]荣耀血月：……

[队伍]毒手佛心：！！！

几人同时想骂人。

PART 23　成神的前奏

周日是个好天气，屋外的阳光透过亚麻窗帘，在房间洒下迷人的斑驳光影。

好天气让人有好心情。向小柔起床睁眼后的第一件事，便是用力吸了口阳光的味道，心情大好。

带着愉悦的心情洗漱过后，她捧着最爱的热豆浆、酥油条坐到了电脑前。

油条浸豆浆，酥脆的油条裹着豆浆的香气，油腻与清爽结合在一起，让向小柔的心里很满足。

噼里啪啦，一阵敲键盘的声音。

向小柔在享受的同时腾出一只手来输入了《恋世》论坛的网址。每天玩游戏前逛逛网站和论坛，是她必做的功课之一。

大战的前夕，论坛上的帖子大部分是关于大战的猜测与新副本的攻略。向小柔点开几个新副本的攻略帖子，对这两个副本做了一个大概的了解后就关掉了。才刚升上八十级的她，既没有公会也没有固定团队，所以这样的大型副本还是不要列入考虑范围了，对她而言，副本不如隐藏任务吸引力大，可是隐藏任务一般无迹可寻。得，她还是先下几个小副本把装备换一换再考虑别的吧。

满足了肚子的需求后，她才优哉游哉地进了游戏。

一朵娇花还站在交任务的地方。想了想，她回了爱维斯主城。爱维斯城的人依然多得像米，各类的摊贩占据着钟塔广场的地盘，玩家们在这里挑选着物美价廉的好商品，自由港口的汽笛声时不时传来，城中的NPC面色凝重来回巡走着，一切仿佛暴风雨前的宁静，看起来那么美好。

升到八十级，包裹里只有四百枚的金币。向小柔想给自己的武器挑几个高级的矿石精炼上去，她的弓还是当初在荒漠流放者领地中打到的那把破晓之光，这把弓与她的等级一样，升到了八十级，从属性与杀伤力来看，都接近八十级玩家的蓝色级武器，除非她有机会能去下大型的团队副本，否则这把传家宝一时半会儿是换不掉的。

逛了一大圈下来，她发现适合她的矿石真不多，高级的矿石太贵她买不起，低级的矿石也没有买的必要。

捂着兜里的金币，向小柔轻轻叹口气，是不是该想个办法赚点钱了。

漫无目的又点开一个小店，她浏览了一遍店内的商品，发现仍旧没有什么合适的矿石，正准备关掉，突然眼前一亮，她发现了一样东西。

那是一种技能卷轴——濒临死亡。

在《恋世》之中，除了本身的属性和杀伤力之外，还必须拥有卡槽，这样的装备才称得上真正的优秀装备，而卡槽的作用，就是用来镶嵌技能卷轴的，技能卷轴所附加的技能一般是随机发动的。这些技能卷轴和属性卷轴，大多由BOSS掉落，并且掉落的概率相对较低，一般市场售价都很高，向小柔是无论如何也买不起的，但今天遇见的这幅卷轴例外。

这幅名叫濒临死亡的卷轴，一幅只售一百枚金币，一共四幅。

看了看技能说明，向小柔终于明白为何它的定价如此之低，这幅技能卷轴，明显是个鸡肋，食之无味弃之可惜。

这幅卷轴的技能濒临死亡，发动后能在一瞬间让对方的血条降到全部血条的百分之一，这是一种相当恐怖的技能。但是，它的发动概率只有千分之一，就是说，你攻击对手一千次，才会有一次机会触发这个技能。

一千次攻击是个什么概念。

一个普通装备的刺客与一个最好装备的战士PK，假设最后刺客胜利，从头到尾最多也只需要刺客一百次的攻击，一千次攻击，可以杀十个装备最好的战士了。

而装备和武器的卡槽数量是随着它们的等级提升而逐渐减少的，所以高级装备或武器最多只拥有一个卡槽，只有最低级的武器装备才拥有最多的卡槽数量——四个。

千分之一的机会，太过渺茫，要放弃其他更好的技能去选择这个技能，不合算，于是这种技能卷轴便成了鸡肋。

向小柔的脑海中灵光一闪，她M了这个店的主人，要求用三百枚金币将全部的濒临死亡卷轴买下，那店家估计是挂了很久也不见有人买，好不容易来个冤大头要四幅全收，他忙不迭地同意了。

于是向小柔的兜里只剩下一百枚金币。

在她的银行里，还放着一把二十五级时打到的蓝色小弓，带四个卡槽。

她最终将那一百枚金币，在市场上收了八十颗二级精炼矿石，将那把低级的蓝色小弓精炼到了完美境界，最后兜里只留了二十枚金币的传送钱。

《恋世》之中的装备精炼，能增加装备的防御与武器的杀伤力，但它成功的概率是随着精炼层级与装备等级的提升而越来越低的。低级装备炼到完美，远比高级装备炼到完美的成功率来得高，并且低级矿石的价格比高级矿石低廉得多。

向小柔将那四幅卷轴镶进了那把低级弓中，于是她拥有了一把精炼完美的低级蓝弓，镶了四幅濒临死亡技能的卷轴。而这把弓的濒临死亡技能概率，被提高到了两百五十分之一。

抚摸着爱弓，向小柔邪恶地一笑，配上暗影射手的终级技能，这弓可是她居家旅行杀人越货的至宝啊。

她正一个人得意着，忽然眼前弹出了两个对话框。

“一叶无花邀请您加入队伍，请问您是否加入？”

“一叶无花加你为好友。”

一叶无花？！

他不是那个全服第一的大公会血色荣耀的会长吗?

向小柔看着他的邀请觉得莫名其妙，自己与他并无任何交情，怎么会突然收到他的好友请求与组队邀请?

[私聊]一叶无花：加！速度!

[私聊]一朵娇花：有什么事吗?

[私聊]一叶无花：帮个忙，先进组，谢谢。

想起之前家有娇花和她被追杀的时候，他曾经出言相帮，虽然帮的不是她，但她多少也承了这份情。向小柔迟疑了一下便点下确定，加进一叶无花的队伍。

队伍里的四个人，一叶无花、荣耀血月、毒手佛心、柒伤曲，除了一叶无花是她曾经见过的名字外，其他人，都不认识。

[队伍]一朵娇花：你们好，有什么我能帮得上的?

[队伍]一叶无花：副本——破魔殿!

破魔殿，位于禁海的八十级五人副本，在上古战场与堕落深渊开放前，是《恋世》中最困难的五人副本。虽然一叶无花相信家有娇花的能力与眼力，却始终对一朵娇花不太信任，于是想出这么一个办法，要她下一趟破魔殿副本，一方面观察一下她的能力，另一方面刷一些她的装备，因为据家有娇花说，她的装备，惨不忍睹。

[队伍]一朵娇花：……

[队伍]一朵娇花：我没下过!

[队伍]一叶无花：没关系，不难!

[队伍]荣耀血月.……

[队伍]毒手佛心：……

不难?！老大，不带这么耍人的!

荣耀血月、毒手佛心和柒伤曲听了一叶无花的话，同时在心里唾弃起来。

这话说的，连没去过破魔殿的向小柔都觉得很扯。曾经作为《恋世》最难的五人副本之一的破魔殿不难，那真不知道什么才叫难了。只是还不待向小柔回话，就见眼前闪过硕大的世界公告，让她一时间失了神。

[世界公告]神之叹息：从今天起，叹息家族正式脱离君临天下！

[世界公告]蜻蜓の叹息：君临的朋友们，对不起，我们走了。你们不要再纠结于对错的问题了，让一切随时间沉淀吧，我不会忘了和你们一起奋战的日子，希望以后再见，仍是朋友！

内部矛盾升级了？内部战争扩大了？这是向小柔看到那信息后冒出的第一个想法。

冰雪刺杀者坐在公会议事厅的会长专属大椅上，望着空荡荡的大厅，神色黯然。与叹息家族的矛盾已经不是一天两天的事了，而是日积月累的不满。

莫青轩为人嚣张，做事不留余地，再加一个表面清纯实际上却无比任性的大小姐莫青婷，虽然公会因为他们的财力而壮大了许多，但相对的也为公会惹下了许多麻烦。并且由于叹息家族的嚣张作风，导致公会里许多原来的老玩家怨声载道，矛盾已经到了一触即发的地步。

叹息家族的离开，带走了公会一半的势力，他辛苦打下的江山，转眼间就缩水了二分之一。最糟糕的是，没有了莫青轩的财力支持，今后的公会发展，将会比现在难上许多，尤其是目前正值大型历史任务时期，估计在这场历史战争结束后，君临天下公会的排名与实力，将会倒退许多。

揉了揉头，他的神情略为颓然，并不似以往在人前表现出的冷酷沉静。

[当前]暗夜星辰：冰雪，对不起，都是因为我。

暗夜星辰看着高台上坐着的这个男人，默默心疼着。

[当前]冰雪刺杀者：跟你无关。

暗夜星辰的事只是个导火索，即使没有这件事，也会有别的事让他们之间的关系降到冰点。在此前下副本时他不顾叹息家族的反对把那根破魔杖分给暗夜星辰的时候就已经猜到会有这样的结果，只是没想到那个高高在上的大小姐居然会用如此下三滥的手段去陷害暗夜星辰，一时间让他怒不可遏，终于撕破了脸。

[当前]暗夜星辰：可是你和蜻蜓……

冰雪刺杀者忽然间闷闷笑了声。

[当前]冰雪刺杀者：我和蜻蜓从来都没有关系。她是豪门千金，我只是穷小子，她有兴趣的，只是服务器第一这个名号罢了。

他从来不认为有一天莫青婷会真的喜欢上他。在莫青婷心中，大概只有全服排名第一的男人才配得上她这个魅力第一的女人，那是一种身份的象征，与情爱无关。

他和她的暧昧，不过是她刻意营造的气氛再加上普罗大众强而有力的幻想的结果，他从来没有正面澄清过，因为那时还要靠他们的支持。

[当前]暗夜星辰：可是你和她不是一直都在一起吗?

[当前]冰雪刺杀者：没什么可是，我跟她没有任何关系。现在我身边只剩下你们，这个历史任务的难度可想而知，你们必须全力帮我完成，否则公会将一落千丈。

[当前]暗夜星辰：嗯，我知道了。

看着冰雪刺杀者恢复冷静的面容，仿佛前面的笑容只是一个幻象，暗夜星辰心中微叹了一下，还带着点窃喜。

只剩你们?

虽然她只是那个“你们”中的一员，但暗夜星辰还是很喜欢这句话。

看着世界频道上吵闹的信息，向小柔有些心烦，便把那些信息都屏蔽了，眼前瞬间干净了。

[队伍]一叶无花：毒手，你们都到副本了？拉人过去吧!

毒手佛心是治愈类的隐藏职业唤神者，拥有一个特殊的召唤技能，能在一名队友的协助下，把身在远方的队友召唤到身边。此时，一叶无花就要他和柒伤曲召唤没到的队友过去。

眼前弹出的召唤对话框让向小柔从叹息家族的事件中回过了神，她才想起一叶无花叫自己去下破魔殿。

[队伍]一朵娇花：这个副本要求的装备太高了，我这样进去等于自杀，这忙我估计帮不上。

[队伍]一叶无花：没关系，就差你一个，速度来。

好吧，还个顺水人情而已，希望被灭队了不要怪她。向小柔点了确认，眼前一黑，再次见到光芒的时候，人已经到了破魔殿门口。

破魔殿是座已经沉入海底并坍塌破败的神殿废墟，神之封印让神殿与海水隔绝开来，形成一个独立的结界，不受海水的侵蚀。

残垣断壁还保留着繁复精美的雕刻，可以想象这座殿堂从前的壮丽宏伟，尽管现在成了废墟，也仍然掩盖不住被岁月打磨后的沧桑背后的华丽。

[队伍]一叶无花：人到齐了，进副本吧。

[队伍]一朵娇花：等等，我想问下，这是个高级副本，你们为什么找我呢?我只是个刚满八十级，并且装备很烂的新人。

而且跟他们一点都不熟。最后这句话，向小柔放在心里没有说出口。

[队伍]一叶无花：打完这趟再告诉你可以吗?

[队伍]一朵娇花：好!

既然他不想现在说，向小柔也懒得再问，横竖陪刷一趟副本，他们都不怕死了，她这个没装备的新人还怕什么，于是跟着他们进了副本。

[队伍]柒伤曲：老大，她这么差的装备，会被秒的。

[队伍]一叶无花：你别管这些，专心打怪就行了。

[队伍]毒手佛心：花妹妹，你的装备太差防御过低，里面的怪会把你秒掉的，我可能来不及救你，你记得自己站远一些，小心别被怪打到。

[队伍]一朵娇花：嗯。

除了一叶无花，似乎其他三个人并不欢迎她。

只是向小柔也来不及多想，眼看着就要开怪了，一叶无花正在向她介绍副本的注意事项以及打怪的方法，她只能力求在最短的时间内把这三言两语的攻略领悟，至少做到帮不上忙也别添乱。

破魔殿作为难度为五星级的副本，除了对玩家的操作有很高的要求外，对装备的要求也非常高。以向小柔这一身的新人环保装进去，小怪放个大招就能把她秒杀了，所幸她是远程职业，不用靠近怪。

[队伍]一叶无花：准备好了把神宠召唤出来，大家不要留一手。

几道青光闪过，每个人的身边都出现了一只宠物，这宠物与猎人的宝宝不同，是只能通过任务奖励或怪物掉落才能获得的宠物蛋，就像她和家有娇花之前打到的那个蛇女神宠蛋一样。这类型的宠物，作用是不同的，有些是能增加主人的属性，有些是拥有特殊技能，有些能帮助主人攻击，但与猎人的宝宝不同的是，这些宠物是无法由玩家控制的。

向小柔看着眼前绚丽多彩的各种宠物，而她的身后，只有那个黑色的暗影裂魔宝宝，低垂着头像一个守护者般站着。

[队伍]荣耀血月：这是什么？人形神宠？你的宝宝呢?

[队伍]一叶无花：小花，猎人可以有两个宠物的。

[队伍]一朵娇花：各位，不好意思，这个不是神宠，是我的召唤兽！至于神宠，我才刚满八十级两天，还没来得及去准备。

[队伍]柒伤曲：……

[队伍]毒手佛心：……

[队伍]一叶无花：……

向小柔快速跟他们解释清楚了她的人形宝宝和她职业的事情，几个男人了解后便不再多问，只是对这一次的副本之旅又失了几分信心。一个连神宠都没有的新手猎人，能带来什么惊喜？就连原本对家有娇花的话百分之百信任的一叶无花，也开始渐渐失去信心了。

只是来了副本就没有回头的道理，于是也没人再多说什么，一叶无花喊了句“开怪了”，便冲上前去拉怪。

向小柔并不急着出手，她只是保持着一个合适的距离，认真观察着怪物的技能伤害量、施放时间、技能攻击范围等特点，以及其他四个队友的配合情况与技能施放情况。

就这样过了两三拨怪。由于向小柔一直保持着普通射击，攻击没有展开，DPS（平均每秒对目标造成的伤害）低得可怜，等于只有四个人在全力刷小怪，效率自然大大降低。

[队伍]柒伤曲：花小姐，能不能麻烦你别划水，虽然你的装备很差，但是也不要像木头一样杵在原地不动好吗？

感觉到柒伤曲话语中浓浓的不满，向小柔淡淡一笑，并没将他的讽刺放在心上。

[队伍]一朵娇花：对不起，我会努力。

[队伍]一叶无花：好了，别说了，前面是神殿大厅的入口，门口有四个怪，是没办法单独引过来刷的，你们要做好准备。小花你的DPS要提高，否则我们全要交待在这里了。

[队伍]一朵娇花：嗯。

向小柔望着前方的门口，四个穿着暗红色神殿祭司袍的人形怪安静地站在门口，挨得很近，仿佛知道将会有入侵者来袭似的，脸色凝重地警戒着。

一叶无花简单地交代了一下每个人的任务，便顶着毒手佛心给他套的光盾冲到最近的一个幽暗祭司身边。

幽暗祭司是远程的法系怪，所以要把他们全部拉到一起，一叶无花颇费了一番功夫。他们的杀伤力比较大，四只一起攻击的时候，几乎可以比得上普通八十级副本的BOSS的攻击力了，所幸一叶无花的拉怪技术和毒手佛心的喂奶技术相当过硬，很快地就把怪拉到一起。

这里的怪有一个变态的设定，当治疗达到一定奶量时，怪就会把对战士的仇恨全部转到治疗者身上，在十秒内优先攻击治疗者，所有职业当中牧师的防御和血量是最差的，以毒手佛心这种全身基本上都算是目前最顶级装备的牧师大神，也顶不住幽暗祭司的两次攻击，更何况这里有四个幽暗祭司。

这个时候，牧师的仇恨清除技能是无效的，他只能相信队友的配合能力，在最关键的时候能把怪控制住。

四个幽暗祭司打到只剩两个的时候，幽暗祭司愤怒了，手中的法杖举起，朝唯一的奶爸毒手佛心吟唱起法术。

毒手佛心是个经验丰富的老奶爸，并不惊慌，迅速给自己套上光盾，跑开。他要跑出怪的法术范围。

荣耀血月的刺客和柒伤曲的法师各有一个技能能打断怪物的法术吟唱，本来分配得刚刚好，一人打断一个幽暗祭司，只可惜事到临头却出了状况，柒伤曲的技能竟然被其中一个祭司抵抗。眼看着那法术吟唱即将结束，那碧绿的磷光将要飞出，一道带着邪恶气息的光芒从毒手佛心的眼前疾速地划过，却是一朵娇花的技能——暗影梦境，技能效果是迷惑对手五秒。

原来向小柔一直都默默站在毒手佛心身后一个最佳的距离，她了解自己的装备情况，知道自己的杀伤力比起另外几个队友差得太远，因此她给自己的要求就是在保证稳定正常的DPS输出外，必须尽量地配合队友，减轻他们的负担，另外就是应付各种突发的情况，做一个强有力的后盾。

毒手佛心很快跑出了幽暗祭司法术的最远攻击距离，而十秒钟的时间也转眼到头。这个阶段幽暗祭司的仇恨会放在最后一个攻击他的玩家身上，于是荣耀血月和一朵娇花各自吸引了一个幽暗祭司的攻击，荣耀血月的装备精良，被咬上一两下死不掉，何况还有最强的奶爸支持，比较让人担心的是一朵娇花，她的装备太差，幽暗祭司的大魔法能够把她瞬间秒杀。

[队伍]毒手佛心：花花，小心!

一个能够在他危难的时刻及时挽救他的队友，对于任何一个治疗系职业而言，都是感动的存在。因为在大多时候，治疗者都是作为其他队友的后盾，当他自己遇到危险的时候，往往只能靠自己的能力克服，大多数玩家，只会责怪他为什么不躲开，为什么不加血，为什么会死掉……很少有人能在他危急的时候帮他一把。所以当他看到一朵娇花站的位置，与那及时发出的迷惑技能之后，他就明白，一朵娇花一早就站在他身后守护他。

所以，他那一句关心，不仅仅是对向小柔的肯定，还是对她的感谢。

向小柔并没有让他们太过操心，她迅速跑开。因为装备的问题，她不能被法术击中，那会让她当场被秒杀，她只能逃。幽暗祭司的移动速度比较快，眼看着就要追上来，却踩中了地上的冰霜陷阱，移动速度瞬间只剩下百分之五十。

没人知道那个陷阱是什么时候被她放下的，一切像是计算好的那般，一朵娇花跑到一叶无花身边一个最佳的位置，怪物既无法攻击到她，又方便一叶无花帮她拉走这只怪。

最终四个幽暗祭司被全部推倒的时候，除了一叶无花和荣耀血月这两个近身职业有少血外，其他人连根毛都没掉，有惊无险地渡过了这个关口。

[队伍]毒手佛心：花花，不错啊！

[队伍]一朵娇花：呵呵，谢谢赞赏！

[队伍]柒伤曲：哼！

对于毒手佛心的夸奖，柒伤曲不以为然，觉得是凑巧罢了。

[队伍]一叶无花：好了，继续吧，才刚刚开始而已。

一叶无花的眼眸闪过几许光芒，是凑巧还是真实力？他在心底默默做了评价，他不该小看一朵娇花，哪怕她只是个新人。

也是，方又安推荐的人，什么时候出过差错，一如当年的笑与君歌。

笑与君歌，曾经带来奇迹的存在，只可惜，走不到最后。

一叶无花默默地看着一朵娇花的身影，不知道自己为何会想起当年的笑与君歌。想起那样破碎的结局，一叶无花忽然间有些后悔。当年如果不是他的执念，也许一切都会不一样。

可惜，无法回头。

只能往前看，一直走下去。

摇摇头，一叶无花回过神，继续跟队友一起刷这个副本。

向小柔几乎完美的操作，让这个副本的小怪刷起来并不像众人想象中那样吃力。她的操作好与配合度高弥补了DPS低的缺陷，她的灵活性让队伍的突发性危险降到了最低。一直到最后一关之前，她的表现都无可挑剔。前三个BOSS的攻略她都是一点就通，作为一个新人，她有太多让人惊讶的地方了。虽然整个队伍的刷怪效率不如他们原来的固定队伍来得高，但胜在稳定、安全，没有任何队友死亡。

这很难得。

最后一关，有两个BOSS。以他们目前的职业分配与装备情况，需要一朵娇花先风筝（游戏术语，即在被敌人追杀的过程中利用减速或晕眩等控制手段造成两者的移动速度差，在高效攻击对手的同时，保证自己不被攻击，最终达到安全脱险甚至反杀敌人的目的）走一个BOSS，剩下的四个人集中精力推倒另一个BOSS，否则两个BOSS同时攻击，杀伤力太大，他们太容易被灭。

对向小柔而言，风筝是她作为一个合格弓手的最基本要求。

练级的过程中，她几乎都是靠风筝来越级打怪，才能在短短的时间内升到八十级。但现在情况是，她必须风筝这个大BOSS，并且保证不能让BOSS打中她一下，因为那一下就会让她死亡，进而导致整个队伍灭亡。

半个小时后，他们推倒了这两个BOSS。在整个过程中，一朵娇花对技能施放与攻击距离的计算、陷阱的摆放、停顿位置的挑选，让一叶无花的眼睛亮了又亮。在她风筝怪的整个过程，他都没停止过对她的观察。

这是一个操作介于牛A和牛C间的玩家，不仅如此，她的意识和跑位也相当精准。她的动作并不像老五那样风骚华丽，反而很平实，毫无多余，但每一次停顿，每一次转身，每一次跳跃，都恰到好处。看似朴实无华，却招招暗藏杀机。

这样的人才，方又安是怎么发现的？

一叶无花嫉妒着方又安的好运气与好眼光。

不得不承认，她比老五更适合跟他们去上古战场，因为在上古战场这样的高级副本中，团队意识往往比个人操作更重要，而老五恰恰是个人英雄主义比团队意识强的那类人。

刷完这趟破魔殿，柒伤曲拿到了向往很久的一件饰品，而其他人也都各有收获。向小柔拿到了破魔殿掉落的，目前服务器中最好的一件弓手铠——破魔烈光铠，就像家有娇花说过的，有她在，队伍的RP会无限上涨。

当一叶无花把这件装备分给她的时候，没有任何人再有异议，虽然柒伤曲的脸上，仍然是不甘心的表情，但最终他也说不出一句反驳的话。

她用实力，向他们证明了自己的能力。

当那件破魔烈光铠被她装备上身的时候，那陡然间绽放的光芒让她像一个从天而降的女战神，背上的破晓之光神弓散发着柔和的银光，三颗红宝石像是烈焰女神的眼眸，神秘却迷人。

真像，当年的那个人。

一叶无花望着她，久久没有说话。

PART 24　分赃

[队伍]一朵娇花：谢谢大家。

看着自己身上这件华丽无比的衣服，以及噌噌上涨的防御和血条，极品装备和菜鸟装备的高下立现，向小柔在心底感叹着，并由衷地感谢他们。

[队伍]毒手佛心：客气。这是你应得的。

经此一役，奶爸大人的心被征服了。是谁说的，要想征服一个队伍，先要征服队伍里奶妈或奶爸的心，否则会死得尸骨无存。

[队伍]一叶无花：嗯，回城吧。小柒，传送门。

柒伤曲在地上放了个传送阵，六芒星的光芒闪过后，地上出现一片黑雾状的旋涡，这是爱维斯主城的传送阵。五个人先后进入了传送阵后便消失在这个副本里。

眼前掠过一片迷蒙的星空，当星空渐渐远去，爱维斯的景色渐渐清晰的时候，向小柔已经站在爱维斯自由港口边的海神像下了。而柒伤曲、荣耀血月和毒手佛心三个人，很迅速地退出队伍。

[当前]家有娇花：嗷嗷嗷，小花花！

向小柔还没回过神就看到当前频道弹出的一则信息。

[当前]一朵娇花：……

[当前]一朵娇花：老二，你的破斗篷姐早就寄还给你了，能别这么阴魂不散吗？

几乎是下意识地打出这句话。向小柔无语，为什么家有娇花每次出现的场合，都如此离奇。

[当前]家有娇花：小花花，你想太多了，一件破斗篷，哪能啊？哥是来找你的。

[当前]一朵娇花：找我？怎么了？惹了桃花债要姐替你挡箭？

挑挑眉，耍贫谁不会呀？于是，当这两个人在猥琐来猥琐去的时候，并没有发现另外一朵花那困惑的表情。

一叶无花的嘴角抽搐着，这是他认识的那个方又安？不可能吧！

昨天组队的时候还是一副冷漠疏离状，还没过多长时间，就变身了？

那长相，那造型，那表情……猥琐！

这诡异的一幕让一叶无花看出了方又安猥琐的潜质。

[队伍]一叶无花：我说两位花，能暂停一会儿吗？

不知何时，一叶无花已经将家有娇花加入了队伍。

[队伍]家有娇花：有事快说，爷忙得很！

[队伍]一叶无花：……

[队伍]一朵娇花：那大爷您先忙，我不奉陪了，走了。

[队伍]一叶无花：等等，小花，有没有兴趣加入血色荣耀？

向小柔心中冒出一串省略号，什么时候她成抢手货了，昨天是冰雪刺杀者，今天是一叶无花，还越混越高级了。

[队伍]一朵娇花：抱歉，暂时不想加任何公会。

[队伍]家有娇花：一叶，我培养的人才你也想挖，你是活腻了吧。

[队伍]一朵娇花：什么你培养的？你什么时候培养我了？你的脸皮可以去补天了！

[队伍]一叶无花：好了好了，说正题吧。

[队伍]一叶无花：小花的操作和意识，没有任何问题了，但她的装备实在不行，所以需要花三天时间把她的装备提升一下。

[队伍]家有娇花：嗯，那好处呢？

向小柔越听越不对劲，看了眼似乎正在贩卖人口的两个人，慢悠悠地开口。

[队伍]一朵娇花：你们是在讨论我？有经过我允许？

[队伍]一叶无花：小花，你不知道？

见她是真的不清楚，一叶无花便将事情简单地说了下。

原来，是要她帮忙下副本。

原来，她都快被人卖了还帮人数钱。

向小柔把眼光瞄准家有娇花，家有娇花笑得十分温柔，小眯眯眼里的星星闪着爱怜的光芒，嘴角勾起，现出一道谄媚的弧。

[队伍]家有娇花：别这样看人家嘛，小花花，帮他们下副本有好处拿的，很多很多噢。

[队伍]一朵娇花：老二，你已经拿了好处了？

[队伍]家有娇花：是啊是啊，拿了订金了，咱们回头三七分啊，我七你三！

向小柔把脸转向一叶无花。

[队伍]一朵娇花：一叶，你看到了，是他拿了你的钱，跟我可没关系。姐白天要上班，没那么多时间玩这么专业的副本，有事你找这朵破花吧，我走先了。

搞半天，原来是自己被摆了一道。人家哪里是要她帮忙啊，纯粹是考验她来着，她还凑过去，真烦躁。

[队伍]家有娇花：啊，不能这样啊，小花，那钱哥用掉了，还不上了，小花，亲小花，别走别走。

[队伍]家有娇花：帮他们下副本好处很多啊，有极品装备、极品宠物、极品坐骑，还有金币，可以换成RMB的，顶你三个月薪水啊，小花你就原谅哥吧。

家有娇花急忙扯住一朵娇花的衣角，泪眼蒙眬地望着她。

[队伍]一朵娇花：很多钱？三七分？

[队伍]家有娇花：是的是的。我七你三。

[队伍]一朵娇花：我七你三！！！

[队伍]家有娇花：六四！！！

[队伍]一朵娇花：行，我六你四！

[队伍]家有娇花：噢不，小花花，亲花花，哥上有老下有小，全指望这口饭，你不能啊！

[队伍]一朵娇花：五五，没商量！

[队伍]家有娇花：花花……五五，就五五吧。我可怜的娃，你得少喝一箱奶粉了，我可怜的娃，你这两个月不能买新衣了……

无视家有娇花哀怨的表情，向小柔走向已经呈石化状态的一叶无花。

[队伍]一朵娇花：一叶会长，请多指教！回头请把我们的报酬明细发一份给我，谢谢！

[队伍]家有娇花：……

方又安跳脚，她能不能别这么精打细算啊，连回扣都不让他拿了！

[队伍]一叶无花：好……

这个猥琐中带着轻浮的吝啬鬼，真的是当年那个意气风发、逍遥洒脱的大神之神——风痕吗？

他的氪金狗眼快被戳瞎了！

接下来的时间，三个人简单讨论了一下如何提升向小柔的装备，也讨论了一下她的时间安排，然后一叶无花便匆匆离开了。

于是队伍里只剩下了家有娇花和一朵娇花两个人。

[队伍]一朵娇花：老二，你能耐啊！主意打到我身上了！

[队伍]家有娇花：嘿嘿，小花，花花，花姐姐，有钱大家赚嘛，难道你要跟钱过不去？再说了，你这么好的身手，埋没了太可惜，不如大胆地绽放吧。

[队伍]一朵娇花：走开！

她狠狠地踹了他一脚，虽然这是在游戏里他感觉不到痛，但他的头上却冒出了一个“-200”的少血显示。

近战猎人，也是很恐怖的。

[队伍]一朵娇花：我饿了，下线吃饭，回来再算这笔账。

说着向小柔便干脆利落地点了退出。

方又安看着她渐渐隐去的身影，收起了脸上的不正经。

片刻失神后，他忽然间深深吸了口气，又恢复原来的猥琐样，抖一抖宽大的黑袍，离开了此处。

摘下游戏头盔，回到现实，时间已经到了中午十二点。

厨房飘出一阵诱人的香味，向小柔才走到门口，就听到从厨房传出的一阵噼啪作响的炒菜声。

“小柔，终于下线啦！”

客厅的沙发上坐着的严舒瑶，正微笑着跟她打招呼。

“舒瑶？你怎么会在我家？”

“她给你打电话你没接，所以就打给我了。逆水大神想叫咱出去吃饭，我看你正在玩游戏，就让她们上家来了！”于夏捧着一大盘热气腾腾的饺子从厨房出来。

闻到了喷香的饺子味，向小柔顿时觉得饥肠辘辘，早晨吃的那点豆浆油条早就消化干净了。

“嗷，香，实在是香！”三步并作两步跑到于夏身边，抬手就抓了一个饺子塞到嘴里，一边“呼呼”吐着热气，一边迫不及待品尝美味。

“我说，你能有点形象吗？有客人呢！”于夏翻个大白眼，把饺子放到了桌上。

“她的形象几年前就没了！”严舒瑶笑道，眼神温暖。

“我说你能别揭人伤疤吗？死和尚！”向小柔像哈巴狗一样跟着那盘饺子

走，嘴上却丝毫不饶人。

和尚是当年严舒瑶在游戏里的外号，因为她练的，是一个光头男号，在不知道她真实性别时，所有人都这么称呼她。向小柔现在还能清晰地记得当一众男人得知她的性别时那仰天长啸的模样，从那以后，谁都知道他们服有个玩人妖号的牛和尚。

“说啥呢？”陆之舟从厨房里出来，手里端着木耳炒蛋和清蒸多宝鱼，身上还系着条围裙，俨然是个娇俏小厨娘。

向小柔一阵感叹，抛给严舒瑶一个“你很幸福”的眼神。

严舒瑶笑眯眯地接受了。

这时候的她，哪有初见时在人群中的淡漠，分明是个温暖可亲的妹妹。

这顿午饭让向小柔分外满足，木耳炒蛋、清蒸多宝鱼、炒青菜、排骨萝卜汤，还有一大盘满满的饺子。

自从和江智尧分手后，她再没有吃过一顿家常饭菜，每天都是外卖、泡面、零食，偶尔于夏会下点面条煲个汤什么的，她就跟着蹭蹭。以前她也经常下厨，做几个拿手菜，然后围着圆桌在温暖的灯光下和江智尧聊聊趣事，喝点小酒，那样淡而温馨的感觉，是她一直追求的家的味道。现在只剩她孤家寡人，也就没了兴致。

“舟舟是个好姑娘！”向小柔酒足饭饱后坐在沙发上打着嗝称赞陆之舟。

“好久没这样和你吃饭了，”严舒瑶笑着开口，“以前我们也经常煮一大盘饺子，一大群人疯抢，最后留给我们的，总是几个空盘子！”

“哈，你记得真清楚！”向小柔望着在厨房里洗碗的两个人，脑海里浮现出几年前的画面。这一次的回忆，似乎不像以往那么悲情，难道是她岁数到了，已经云淡风轻了？

“其实当年你离开后的第二天，我也离开了！”

“你怎么这么傻！”向小柔眼神一黯，眼前的严舒瑶就和那个扛着大刀的光头和尚形象重叠了。

“没办法，谁让你当时是我的偶像！”

“喂喂喂！你别乱说话，舟舟在里面呢，听到了影响不好！”向小柔吓了一跳，差点从沙发上跳起来。

“行了行了，坐好吧，年少时的念头罢了，谁能没个偶像和暗恋对象呢，你还真嘚瑟了！”严舒瑶鄙视着向小柔的大惊小怪。

“那你得说明白啊，你是知道的，姐对什么旧情人之类的暧昧没啥兴趣，咱就是个真刀真枪干脆利落的人。”向小柔看着她，似乎眼前的人和以前那个孤僻的女孩也搭不上边了，时光改变了许多东西。

“皇图霸业，在你离开后的第三个月，就解散了！”严舒瑶淡淡地岔开了话题。

“哦！”向小柔的心微微抽了一下，虽然早就知道皇图霸业的结局，但被这样直接提起，她仍然不可避免地感到失落。

“其实，皇图的老战友，很多都在《恋世》里，只是都各自为政了！”

“嗯！多少年了，现在也都该有儿有女了吧，哈哈！”向小柔哈哈一笑，用二十八岁的心境想着二十出头时的往事，忽然觉得也没那么悲伤。这段过去放在心底太久，久到她已经淡忘了而不自知。

“小柔，当年不是你盗取了公会的资源吧！”严舒瑶忽然间敛了笑容，郑重地开口问。

“不是我！”向小柔望着她眼底的认真，缓缓开了口。

“真好，很好！”严舒瑶倏地绽放一个大笑容，她并没有信错人。

这个问题，藏了好几年。她用一种孩子气的执着，坚定地认为向小柔不是这样的人，为此她不惜与整个公会闹翻，被昔日的战友骂。一直以来，她只想亲口问问向小柔。遗憾的是，向小柔这一离去，便再没出现过。

向小柔笑了，在心底感谢她的信任。在那么多人之中，严舒瑶是当年唯一一个为她说话的人！

PART 25　酒会风波

打着大大的哈欠，向小柔踏着公司的上班铃声走进办公室。

“哇噢！小柔姐，你昨晚干吗去了，化这么浓的妆都盖不住你的黑眼圈？以前你可都是崇尚裸妆的！”向小柔的同事小吴一见她进来就不怀好意地打趣道。

“干活！”向小柔没好气地回答他，昨晚跟一叶无花几个下副本打装备搞到凌晨两点，要不是她死活不玩了，估计还得继续刷下去。可怜她的一把老骨头，早上爬起来的时候差点散架了，脑袋里轰炸般嗡嗡作响。

好汉没有当年勇了！向小柔再一次深刻感慨着身体机能的下降，觉得自己有必要请个年假好好休息一番。不知道上周五递上去的年假申请老板批不批。

“干活？大半夜的干……造人的活？”另外一个同事小郑八卦兮兮地凑过来。

“嘴巴这么污，过来我这有洁厕液，你拿去漱漱，顺便清洁一下你的大脑！”向小柔御姐范儿十足地吼道，跟这群男人工作久了，她也知道如何应付他们那点花花肠子和臭嘴皮。

“小柔姐威武！”办公室里的年轻小姑娘欢呼了一句。

“得，说不过小柔姐你。老板有请，今天一大早就来了，指名要见你，赶紧进去吧！”

“这么严重？知道什么事吗？”向小柔眉头一皱，难道上周的年假申请惹怒老板了？不至于吧，大不了不批就是了。

办公室里的几人一致摇头，一副天意难测的模样，向小柔只得打起十二分精神，迈向老板的办公室。

向小柔是一家小广告公司的企划经理，老板是个三十五岁的男人，因为与员工的年纪相差不大，所以跟员工们打成一片。再加上她是老板的得力大将，因此她并不惧怕老板。

“小柔啊，坐！”老板和颜悦色地让向小柔坐在他对面的椅子上。

老板叫范遥，没错，就是和《倚天屠龙记》中的那个光明右使范遥同名。可惜只是白占了一个好名，一点没有书中的范遥风华绝代的俊貌和潇洒的气质。作为一个三十五岁白手起家的有为青年，他理所当然地拥有一个啤酒肚和亲切的双下巴。

“范总，找我何事？”

“是这样的，今晚有个酒会，是盛腾老板的私人酒会，我想带你一起去。”

向小柔皱皱眉，平常这些应酬应该由老板的秘书陪着去的，怎么这次叫上她？

“盛腾集团在F城的广告代理我们正在争取中，但听说它的老板莫磊决定将F城分公司交给他儿子莫青轩打理，这次的酒会有一半原因是为了介绍莫青轩而举办的，这意味着我们和盛腾的广告案会由莫青轩决定。目前这个案子一直都是由你在负责，所以想带你去见见他。一来可以和他混个脸熟，二来是你对这块的工作比较清楚，他问起来也能给出详细解答。”看出了向小柔的不解，范老板主动地向她解释。

“但我很少参加这种酒会，怕不够得体。要不还是让李秘陪你一起去吧，见面什么的以后也可以。”

公司的应酬酒会她是没问题，但这类富人的私人酒会，她就不想见识了。

“行了行了，我的员工难道我不清楚吗？你要不行，那外面的那群歪瓜裂枣更没办法上台面了。就这么定了，今天白天放你假，你回去好好休息好好准备一下，别顶着这么重的黑眼圈，还有妆别搞这么浓，下午六点我去接你！”范老板这时拿出了老板的架子，不给向小柔拒绝的机会。

老板都这么说了，向小柔只能无奈接受。

仿佛看透了她的心不甘情不愿，范老板又开口了：“好了，你晚上表现好点，回来我就给你批年假，从下周开始！”

“行！你说行就行！”向小柔收起哀怨，换上忠臣的表情，坚定地回复范老板。

向小柔回家后一直睡到下午三点才起床，也不敢再上游戏，翻箱倒柜地把衣服都倒腾一遍，好不容易才找出了去年年终会上当主持人时穿的小礼服，再搭配个鞋子、手袋，洗个澡，敷个面膜，化个妆，弄弄头发，等到一切都OK，已经晚上六点了。

范老板很准时地在六点到了她家小区外候着。

酒红色露肩及膝小礼服，外面搭了件黑色小外套挡风，修长洁白的颈旁垂着细细的珍珠长耳坠，纤细的小腿引人遐想，精心描画的五官秀美温柔，卷发松松地绾在脑后，别了与耳坠同款的珍珠发夹，她风情婉约地出现在范遥面前时，让他足足愣了三秒。

落落大方的打扮，端庄里带点小可爱，漂亮里夹着点智慧，不会抢走谁的光芒，但若有人的眼光触碰到她时也会不自觉地停留上好几秒。大概是和他印象里的那个大大咧咧的女员工差别太大，范遥禁不住老是打量她。虽然他一向觉得向小柔是棵好苗子，但也没想到她仔细打扮起来能有这效果。

“佛靠金装，人靠衣装，我算体会了。小柔你真人不露相，早这样打扮了我能那么容易就结婚？”

老板的夸奖，向小柔微笑着照单全收，只是漂亮又怎样，还不是有人一样把她甩了？

盛腾的酒会办在五星级酒店里，看得出来莫大老板为了儿子能顺利接手分公司下了很大的成本。

这次的酒会邀请了F城的许多政商名流，范遥老板能收到邀请函那还是托了关系才得到的，要不凭他们一个小广告公司哪有这么大的面子？

他们到场的时候，已经陆陆续续地来了一批人，向小柔跟着老板逛了一圈应酬下来，喝了点小酒，脸色更加红润。好在她有先见之明，来之前煮了一大碗泡面加荷包蛋吃。酒会上的这些漂亮的食品，那都是用来欣赏而不是用来填肚子的。

酒会在七点半正式开始，莫家的公子莫青轩八点才到。从外表上看，他年纪不大，二十五岁左右，模样颇帅，只是风骚过了头，像刚从偶像剧里走出来的霸道男主，眼神自大，举止高傲。

向小柔站在人群里，听司仪的介绍。介绍自然是无限赞美，她听来无感，只扬着笑脸和众人一起拍手鼓掌。

介绍过后，莫青轩就下来与众人打招呼，原来的盛腾分公司负责人领着他一路应酬过去。范老板身份还不够，挤不到那些人的圈子中，只能是带着向小柔在外围转着圈圈，眼神牢牢盯着他们，预备着一瞅准机会就冲过去。

向小柔正巴不得老板没办法靠近莫青轩，看了一会儿实在是没什么空子可钻，她便向老板招呼了一下，跑去了洗手间。

高跟鞋是向于夏借来的，不太合脚，五个脚趾被挤在鞋尖里不得自由，正隐隐作痛，让向小柔迫不及待想去洗手间把鞋脱掉看看。

从洗手间出来，她并没有觉得轻松多少，反而觉得五个脚趾渴望自由的欲望更强烈了。正想回到酒会，她却听到个熟悉的声音。

“邵辉，我不喜欢你，我对你一点感觉也没有，你一定要逼我这么直接地拒绝你吗？”

清脆甜美的嗓音充满无奈地回荡在酒会大厅外的某个角落里。那个角落，是向小柔回酒会的必经之路。她不可避免地看到前边一男一女正纠缠着。那女人甜美可人的脸上充满愤怒，竟是陆之舟。

“小舟，我追了你这么久，你难道没有一点点感动吗？”站她对面的男人被拒绝后满脸不甘，眼神淬了毒般盯着陆之舟。

“你别这样好吗？我早就跟你说过了，我真没办法爱上你！”

“我不相信，这不可能，一定是那个女人，那个恶心的变态女人骗了你是不是？”邵辉扭曲着一张脸，突然间伸手猛地紧紧抓住了陆之舟的手腕。

“邵辉，你要干什么，放手！”陆之舟愤怒地低声吼着，挣扎着想把手抽出，“牛牛才不是什么恶心的变态女人，你给我放手！”

“今天这酒会我没办法陪你参加，以后也不想再见到你了！”狠狠地一甩手，她终于挣脱了邵辉。

迅速抛下最后一句话，怕他再发狂跟上来，陆之舟头也不回就奔出了酒店。

这边向小柔傻傻地抓着一只高跟鞋躲在拐角里，正准备冲出去救美，没料到戏就这么断了。英雄无用武之地，她只能再穿上鞋，按捺住满心的疑问，待那男人离开后，才没事般地回到酒会。

“你去哪里了，这么久，快过来，好不容易挤进来的啊！”范老板一见到向小柔忙不迭地把她给抓过来，顺便还在她耳边低语了一句。

“莫先生，这就是我刚刚提到的向小柔，此次盛腾广告案的主要策划负责人！”

老板太有才了，这都能让他给挤进去面圣，不容易！向小柔心里暗忖，嘴上客套着。

“你好，莫先生，我是向小柔，请多指教！”她不卑不亢地打起招呼。

“向小姐，你好！”莫青轩和她握了握手，略带邪气的眼神来回扫视着向小柔，“你很迷人！”

“莫先生，你过奖了！这里的美女这么多，我顶多是朵小花陪衬罢了，清香是有，迷人还差得远呢！”

“哈哈，向小姐的比喻很有意思啊！”

“我们的企划案也很有意思，莫先生可一定要给我们个展示的机会！”向小柔半戏谑半认真地说着，眼里的狡黠让莫青轩短暂失神。

“向小姐很会抓住机会。范总，你有一个好员工，要好好奖励才行。”莫青轩露出自认为能迷倒众生的笑容，开始对着向小柔放电。

范老板笑得眼睛都快不见了，他看着莫青轩对向小柔绽放的桃花，觉得带向小柔来是再明智不过的决定。客套了几句，旁边忽然走来个男人，正是刚刚在角落里和陆之舟纠缠的那个人。

“轩少！”邵辉举着酒杯与莫青轩碰了碰，满脸的郁闷。

“阿辉，这么晚才来？”莫青轩看到熟人，便转身去招呼。

“你不是说要带你的新妞来吗？怎么就你一个人？”莫青轩看着邵辉稍显阴郁的表情嘲弄道，“难道你被人甩了？”

邵辉没有回答，表情却更加阴郁，两人谈着谈着便离她远了。

一丘之貉！向小柔默默唾弃着，继续随着老板应酬其他宾客。

直到，酒会大厅的门口，进来了一个男人。

英俊的混血男人，在进厅的瞬间就吸引了众多目光。

面目清冷，五官深邃，黑的发，蓝的眸。

她刹那间颤抖起来。

回过神的第一个想法，就是离开。

这么多年了，让她想逃避不愿面对的事情和人，已经很少很少，他的出现却仿佛让她回到二十二岁的那个夜晚，这个男人手里拿着一张支票，面无表情地告诉她。

“你，必须离开方又安！”

PART 26　十五人副本

酒会觥筹交错，衣香鬓影，男人风度翩翩，女人楚楚动人。

钢琴曲悠扬，红酒剔透……

每一幕都像电影里的画面，不过再多的华丽也只是另一个世界的精彩，与她无关。那距离，就像当初她和方又安之间的那道坎，不是每个灰姑娘都渴望变成公主。

那个英俊的男人脸上挂着虚伪的笑容，被人围在中间，热情地寒暄着。

她没有忘记，自己人生中最大的屈辱，是他给予的。她更没忘记，自己可耻地接受了那样的屈辱。

“小柔？！小柔？！”范老板的声音在耳边响起。

“啊？！范总，怎么了？”向小柔回过神，才发现手中的小拎包快给她扯断了。

“你发什么呆啊？看到俊男就失魂落魄了？这么大年龄还不结婚，要不要我给你介绍几个？肯定都是有为青年！”

“什么啊，范总你别开玩笑了！”向小柔娇嗔着混了过去，五官也迅速归位，不再是之前失神的模样。

那男人凤凰似的被包围着，得到了莫青轩最热情的接待，显然是重要人物。范老板的目光鹰一般地盯着那群人，奈何凤凰的包围团太过紧密，他再有通天的本领，也叮不进无缝的蛋。

“那男人是谁啊？小柔你认识吗？”范老板这么问的时候，并没有任何想从向小柔这里得到答案的意思，只是种类似自言自语的行为。

“他叫卓天，是方家老头子的得力助手！”

“哦！方家啊，哪个方家？”范老板还没回过神，眼神依旧盯着那只凤凰。

“方氏集团，群矩地产，群矩控股！！范总，您真有关注过这个圈子吗？”

向小柔忍不住吐槽，心情好转了一些的她总算找回了贫的感觉。

“哦！啊？！”范老板终于三魂回窍，惊讶地看着向小柔。

装作没有看见老板惊诧的眼神，向小柔略显烦躁地跟老板聊了几句，以借口太闷，跑到了酒会厅外的空中花园吹风。

没吹一会儿，她的脑袋就发晕，酒力加上风力，让她的意识有些模糊。虽然F城的秋天并不太冷，但穿着小洋装的向小柔已经瑟瑟发抖了。

让她装清高，学人家吹什么风！向小柔正打着喷嚏在心底腹诽自己，冷不丁地身后传来一个男声。

“笑与君歌？”

向小柔浑身一颤，缓慢转过身，身后站的，果然是卓天！

向小柔不知道自己是怎么回的家，也不记得卓天说过什么，她只清晰地记得自己说了什么又做了什么。

她只是把一整杯香槟都泼到了卓天身上。

她只是在他面前一脸淡定地说：“那二十万块钱，老娘快存够了，再给我点时间，我一次性全还给你们方家，谁也不欠谁！”

在这种情况下，她就算不是真醉也要装醉了。

回到家，她开始后悔自己那欠抽的脑袋，酒精上脑的下场就是让她出了大丑。她怎么就这么不淡定呢？她今年二十八岁了，已经不是当年那个二十二岁的女生，她的专业素养呢？她的优雅面具呢？全见鬼了。

都是酒精惹的祸！

向小柔趴在床上，心里滴着血，脑海里一遍遍回放当时的情景，睡意全无。

半小时后她还是爬了起来，进入了游戏。刚进游戏，她就看到世界频道里刷过的一条又一条的叹息家族和君临天下成员的对骂消息。

叹息家族离开了君临天下后加入了名为“傲视苍生”的公会，向小柔看了一下排行榜，“傲视苍生”排在公会榜第十位，会长辉煌小少是在综合实力榜上排到第十一位的龙族战士。

看那架势，君临天下就像个被戴了绿帽的丈夫，而叹息家族就是那出墙的老婆，不仅出墙还带走了老公的大笔收益，而这笔利益又是老公仰仗着老婆娘家的财力而创造出来的。所以，吵得不可开交。

清官难断家务事，更何况还是虚拟世界的家务事。

游戏世界，今天朋友明天敌人，为了女人反目，为了装备成仇都是常见的事，何况大帮派的那点阴私，看多了，也就没人奇怪了，最终无非是沦为路人口中的笑谈。

看看，笑笑，然后过去，管什么服务器势力大变动，都是浮云。

[私聊]一叶无花：小花，你终于来了！

向小柔一拍脑袋，完蛋，说好了这三天要刷装备，晚上会早上线的，她把这事给忘了。

跟他道了歉，加入了队伍。她定睛一看，不是队伍，是团队，算上她一共十五人。

团队里的人，除了家有娇花外，清一色血色荣耀的人。

[私聊]一叶无花：带你刷十五人副本黑龙巢穴，希望能刷出你的武器。

[私聊]一朵娇花：好，谢谢！

向小柔把包裹清理干净，带上各种药水食物，箭囊也补充满，便叫队友拉她到副本门口集合。

到了副本门口，才发现家有娇花也在团队之中。

一身漆黑破旧的长袍加凌乱无比的稻草头，显得他十分突出。

血色荣耀的固定团队极有规矩，聊天说话的人很少，大多说的都是与副本或者游戏有关的内容。向小柔也看出部分团员对她与家有娇花的态度并不友善，但并没有人出言讥讽，团队频道中只有一叶无花在有条不紊地布置任务、清点人数、发放公会福利，副本前的准备工作井然有序。

果然是排名第一的公会，成员间训练有素的默契比起野外的乌合之众，不知道强了多少倍。看着一叶无花冷静的表情，向小柔禁不住把这个团队和当年的皇图霸业做了对比。

像，真的很像，整个团队的氛围，团长的威望……恍惚间她像回到了当年。

[私聊]家有娇花：花那个花，你终于来了啊！哥等你等得好辛苦啊！

向小柔看到这话，心脏抽了抽，眼角跳了跳，从回忆中跳出来。

[私聊]一朵娇花：老二，该给我发饷了。订金都收了！

[私聊]家有娇花：花花，你就这么不相信哥吗？哥难道还会少了你那份？

[私聊]一朵娇花：我从来就没信过你！！

[私聊]家有娇花：哥好伤心，苍天啊，大地啊，花花不信我！

[私聊]一朵娇花：……

脸皮厚不过他，向小柔识相地闭嘴了。

一切准备就绪，十五人向副本前进。

PART 27　家有娇花救美

黑龙巢穴是个庞大的地底洞穴，传说龙是一种喜爱收集财宝的生物，在它沉睡的地方通常藏着巨大的宝藏，现在看来，果然是这么回事。

向小柔望着洞穴墙壁上嵌着的一颗颗五彩缤纷、光芒夺目的宝石，在心中默默感叹着，要是真的该多好，上去挖几个下来，出去后这辈子就不用愁了。

[私聊]家有娇花：花花，你说这宝石要能挖下来多好，咱就能提前退休了。

这小贱花，说到她心坎上了。向小柔冲他抛了一记“你做梦”的眼神，心底却无限认同，其实她也和他一样在做梦。

十五人的黑龙巢穴副本对于一个装备精良、经验丰富且配合默契的团队来说，是完全没有难度的，哪怕向小柔的一朵娇花装备太差，也丝毫没有打乱他们的节奏。向小柔在之前已经做过准备，看足攻略，因此打起来也十分轻松。虽然她没有什么出彩的表现和强大的杀伤力，但是跑位风骚，几乎是掐着精确的最远距离进行攻击，不管是小怪还是BOSS的技能施放，都很少能打中她，该逃远的时候逃远，该靠近的时候靠近，该前进的时候绝不后退，偶尔还能帮帮队友，大大减轻了他们这队治疗的压力。

就这样，一朵娇花灵活地跟着大部队前行。多人副本不像五人副本那样依赖个人能力，她装备差，跟着团队的步子，走得四平八稳。

然而，家有娇花却跟她不同。

虽然她一早知道家有娇花的操作非常牛，但她的惊讶并不缘于他那彪悍的操作与永远第一的伤害输出，而是来源于家有娇花对一叶无花淡淡的疏离态度。那并不像一个拿人钱财与人消灾的打工者该有的态度。

在大部分情况下，家有娇花提出的建议都像是命令，无人反驳，包括一叶无花。他比一叶无花更像这个团队的灵魂，很奇怪的局面，奇怪到让她觉得有一丝丝诡异的熟悉感。那种凌驾于一叶无花之上的凛然气势，让他如同无冕之王般突兀地存在于这个团队中。

那是一种，与她印象中的猥琐截然不同的气质，仿佛一个隐藏的王者。

就像现在，在最后的这只BOSS孽魔黑龙前面。

黑龙的身躯庞大无比，即使是趴在地上也像一座小山，陷入沉睡中的龙，仍然带着让人恐惧的龙威，随着它的鼻子在呼吸之间喷出的气焰弥漫在整个黑龙巢穴最深处。

向小柔在这只黑龙的面前感觉到凡人的渺小。

家有娇花此时站在了队伍最前方在黑龙脚下，他的黑袍与黄金冕在巨龙面前显得格外讽刺，然而他的方块脸却异常平静，小眼睛波澜不惊，强者气息让他在龙威面前毫不逊色。

趁着开怪前的全团休整时间，一叶无花简单跟大家交代了这只黑龙的打法以及注意事项。

[私聊]家有娇花：过来!

向小柔正看着一叶无花交代的注意事项，却突然收到了家有娇花的信息。

[私聊]一朵娇花：？？？

虽然是打着问号，但向小柔还是挪到了家有娇花的身边。交易窗出现在她面前。她点了确定，上面是一瓶药，深渊冰霜盾药剂。深渊冰霜盾药剂的作用是在身体周围形成一层深渊冰霜防护盾，能吸收火焰的伤害一万点，持续时间十秒。

向小柔曾经在论坛上看到有人用人民币收过，这是目前在整个服务器中有价无市的药水，由于制作材料的稀有导致它的成品也非常少，而近期因为最新的上古战场副本开荒需要用到这款药剂，因此被炒到了天价。

而此时，家有娇花把这瓶药给了她。

[私聊]一朵娇花：你是谁？真是家有娇花本人？？

吝啬鬼大变身了？还是另有目的？向小柔打趣道。

似乎有低低的无可奈何的叹息声在向小柔耳边响起，家有娇花那小眼睛里有说不清道不明的宠溺，一闪而过。

出现幻觉？向小柔微傻。

[私聊]家有娇花：拿着吧！黑龙在最后剩百分之五血量的时候，会放大范围持续伤害魔法，跑不掉，你的装备太差，会挂。我计算过，按你的血量和防御，加上这瓶药水，刚好可以撑过这个大魔法，你自己注意，药水使用时间掐着点，别太早也别太晚，不然浪费了。

向小柔感到意外，这个大魔法的伤害她了解过，会挂也是她意料之中的事，不只是她，其他人应该也都清楚的，这一趟副本是为了给她打武器而来的，只要能拿到那把弓，过程并不重要，她挂不挂也不重要，那为什么他还在乎她的生死？方又安也不清楚是为什么？他只是单纯地不想看她横尸当场而已，不想看她连挣扎反抗的机会都没有就躺倒了。

其实，这瓶药，他还是很肉痛的，所以……

[私聊]家有娇花：小花，这药的钱，从你的那份钱里面扣。

顿时，向小柔的幻觉全都消失，什么王者，什么气势，原来全是错觉，他就是个一毛不拔的猥琐铁公鸡！还没来得及多问，那边一叶无花已经开怪了。

一声龙吼震彻天际，黑龙缓缓张开它的双眸，高高在上地俯视着地上的蝼蚁。被打扰了美梦的它非常愤怒，于是对这群觊觎它财富的人展开了毫不留情的攻击。

黑龙的杀伤力虽然大，技能虽然多，推倒它的难度也挺大，但这一切并不能让他们退后，只会更让他们血脉偾张。随着时间一点一滴地流逝，黑龙的血量缓缓下降着，终于到了百分之五这个关口。怒吼一声，不甘心的黑龙飞到了半空中，庞大的身躯在地面投下了一层黑影。

黑龙临死前的一击开始。

漫天落下的黑色龙鳞，不断颤动的洞穴，魔法盛宴开启。大片的火焰从地面蹿出，弥漫了整个洞穴。仿佛是场火焰表演，炽热的气息中带着皮肤烧焦的味道，死亡缓缓降临。

向小柔对时间有着精准无比的敏感，她迅速喝下了深渊冰霜盾药剂。幽蓝色的薄霜转眼覆盖了她的全身，冰冷的气息让她烦躁的情绪安定下来。当火海渐渐退去时，她身上的幽蓝色冰霜也同时碎裂成小块，落在火海之中，融成蓝色雪水，最终化作淡淡的蓝色雾气，消散在空气中。

家有娇花算得很准，这瓶药剂抵挡的伤害加上她本身的血量，果然让她躲过了这场灾难。

她的血量只剩下仅存的一千点。可惜，还未彻底安全。计划到底赶不上变化，本来算好了逃过这场魔法盛宴，不被秒杀，牧师就能帮她加上血，谁知她队上的牧师却好似对她的血量视若无睹，迟迟不见治愈的绿光在她头上出现。

喝一瓶红药，再上一层绷带，尽管她靠自己加了大半管血，但若是没有牧师的治愈，接下来黑龙的范围魔法还是会让她死。

悲剧，花了这么大的力气就为留条命，难道最终还是失败？

黑龙的一个烈焰风爆砸过来，向小柔眼看着自己的血条噌噌下降，却依然没有任何人给她加血。突然之间，她被一层黑雾笼罩，血条的下降停止了。

眼前一片雾茫茫，向小柔看不清外面的战况，于是快速翻看了一下战斗记录，才发现，家有娇花对她施放了黑暗召唤者的鸡肋技能——黑色救赎。将她身上的伤害，全部转移到他自己的身上，并且是翻倍！

原来家有娇花，从始至终，都一直关注着她。

当黑雾散去时，那只黑龙已经被推倒在地！而家有娇花，仅剩了一丝血皮，微笑着站在她面前。那一刻，向小柔的心，满满地温暖起来。

[私聊]一朵娇花：谢谢！

不去理会BOSS掉了什么，向小柔对眼前的这朵小贱花发出了自打认识他以来最真诚的谢意。

[私聊]家有娇花：谢什么！你是哥推荐的人，如果这样就躺地了，那哥多没面子，以后还让哥怎么混？

向小柔没有再多说什么，那边BOSS的尸体已经被一叶无花给摸了。

焚龙弓——向小柔的武器，果然掉落了。

[私聊]家有娇花：啧啧，花花，你这什么RP啊！

[私聊]一朵娇花：我人美自然RP好，你羡慕嫉妒恨？

这把弓自然是落在了向小柔手中，而其他装备则是按需由一叶无花分给了其他团员。

[团队]家有娇花：温柔的唇为什么没有加血？

就在分好东西将要解散的时候，家有娇花突然间开口了，矛头赫然指向刚才没有给向小柔加血的牧师温柔的唇。

团队沉默了一会儿，温柔的唇才回答。

[团队]温柔的唇：没有留意她，本来以为她会被秒，所以就没注意她了！

[团队]家有娇花：哦！

明显那只是一个借口，可家有娇花却又不再追究。

温柔的唇显然也觉得意外，但也没有开口，团队就这样解散了。

团队解散后，一叶无花另外开了个组，组上了一朵娇花和家有娇花。

[组队]一叶无花：小花，对不住，温柔是因为老五的事才针对你的，别往心里去，我回头会教育他！

[组队]一朵娇花：没事！不用了，反正和他也没有下次合作了，是吧，一叶？

向小柔不是圣母，虽然她并不怪他，但这样不负责且私心重的队友，她没有兴趣与之一起战斗。

[组队]家有娇花：什么没事，要求赔偿精神伤害，一叶你自己看着给！

噗！向小柔差点没笑出来，这小贱花就是敲竹杠高手。

一叶无花的脸抽了几下，为什么跟一朵娇花在一起的时候，方又安就会变成这副德性，他太无解了！

[组队]一叶无花：知道了，回头你用的那瓶药剂我再寄一瓶给你就是了，另外再赔你金币，行了吧！现在先别说这个了，谈一下明天的计划。

[组队]一叶无花：其他几个公会的上古副本进度已经超过我们了，第二只BOSS已经被推倒，我们没有时间再等了。小花，上古副本开荒的计划提前到明天，明晚七点我们等你上线。

[组队]一叶无花：另外，小花你的装备来不及去刷了，我已经收了一套弓手的圣心套装，但是要到明天才能拿到，虽然这套装备比不上大副本里刷出的顶级装备，扛上古的怪比较困难但也不至于被秒，以你的操作不会有问题的！

[组队]一叶无花：呃，这套装备的钱不用你们出，算我的！

接到家有娇花意味深长的眼光，一叶无花无可奈何地补充道。

[组队]一朵娇花：这多不好意思，一叶会长，不用了！

说这话的时候，向小柔觉得自己挺假的。

[组队]家有娇花：很好意思，我代她收下了！

[组队]一叶无花：……

[组队]一朵娇花：……

家有娇花的贪婪和厚脸皮本性，向小柔再一次领教了。

PART 28 成神

向小柔捧着一杯普洱茶坐在电脑前，水雾让她的眼睛变得有些模糊，电脑屏幕上是《恋世》的官方论坛，她打开了好几个关于新副本的帖子，但心思却飘到另外一个地方。

脑海里浮现的是在黑龙巢穴中，家有娇花那方脸小眼形象透露出的猥琐的认真表情，若有若无的叹息，以及让人安心的笑容。她变得恍惚起来，直到一口滚烫的普洱茶被她喝到口中，她“噗”地把茶喷到了电脑屏幕上，脑袋才醒过来。

她这是在做什么?

她不小了，早过了对着游戏里虚幻的人犯花痴的年龄了。如此一想她觉得她的脸快跟舌头一样烫了。莫非是失恋让她太过空虚，一个虚拟的男人都能让她浮想联翩。

看着被糟蹋了的显示屏，她苦笑着扯过面纸擦拭，然后专心研究起新副本。

论坛上关于上古战场和堕落深渊副本的资料非常少，目前没有传出任何公会打通这两个副本的消息。不论是普通模式还是困难模式，都没有人把关于副本的信息放上网，因为现在所有公会都在抢夺这两个副本全服首杀的荣耀。

翻了半天，没看到什么有用的信息，她转而查看目前全服历史任务的完成程度。目前各城市的战备物资正在积极准备中，五座主城的战争防御等级都已经上升到了二级，而公会贡献值最高的前三名分别是血色荣耀、君临天下和傲视苍生。前两个公会并不让人惊讶，而这个傲视苍生……向小柔记起来，这是叹息家族离开君临天下后加入的那个公会。

许多玩家都接到了各自不同的战争隐藏任务，而其中一条消息让向小柔分外关注，那就是曾经在上一轮历史任务中接受过“救赎与堕落”的几个玩家，都会接到系统直接给予的隐藏任务，而这些任务都与英雄任务有关。

向小柔的眼珠子一转，立刻明白了，家有娇花同志绝对是又接到了隐藏任务。看了下时间，发现离和他们约定的七点快到了，她便关掉电脑，戴上头盔进了游戏。果然，她才刚进游戏，就看到好友名单上那似乎长时间在线的家有娇花和一叶无花。

把该准备的东西都准备妥当，她便叫一叶无花组上她。

队伍里暂时还只有三个人，她、家有娇花和一叶无花。

[队伍]一叶无花：小花，过来港口，给你装备！

[队伍]一朵娇花：好！

来到港口，发现家有娇花与一叶无花一早就站在港口边了。

[队伍]一叶无花：拿着！

一叶无花一脸郁闷的表情，没有好气地把弓手的圣心套装交易给了向小柔。

向小柔边跟他交易边纳闷着，这个常年都表现得沉着冷静的一叶会长，怎么今天显得如此暴躁。

等她拿到了那套装备一看，也不淡定了。

那套装备制作者的名字，赫然写着“家有娇花”！

她抽了几下，把到嘴边的“谢谢”给吞了回去，一记杀人的目光便抛向了在旁边假装无事的家有娇花。

[队伍]家有娇花：唉……没想到我这套装备是一叶无花收去了，小花你别这样看着我，我只是放在朋友那边寄售，谁知道买家是他啊！

家有娇花一脸的无辜，脸上充满着惋惜的表情，仿佛真的在替一叶无花可惜。装吧，就可劲地装吧！向小柔鄙视地看着家有娇花。

这厮绝对是故意的！整个人都钻钱眼里去了，真的是不放过任何一个可以敲诈的机会。

[队伍]一叶无花：……

[队伍]一朵娇花：一叶会长，让你破费了！

一叶无花抽抽嘴角，向小柔的话非但没有治愈他，那“破费”二字听着就像是讽刺。钱倒不是关键，关键是被人摆了一道让他着实郁闷。

向小柔看着面带郁悒的一叶无花，识相地赶紧住了嘴，一面狠狠地盯着家有娇花！

[队伍]一叶无花：别说这些有的没的了，你们两个先加公会，不加公会，最后不算公会荣耀，结束了你们想退就退，不想退我无比欢迎你们留下！

[队伍]一朵娇花：好！

加了公会，她把装备穿戴整齐，面貌顿时焕然一新。

一叶无花想得周到，不仅收集了整套圣心套装，还将套装全部精炼到“+7”，整身装备都闪着柔和的绿光。

圣心套装是以藤蔓缠绕为主的外观设计，穿在身上十分的灵动，配合着破魔烈光铠的耀眼光芒，焚龙弓的烈焰效果，她的人物形象看着就像一朵娇花般娇媚精灵。

除了一套圣心套装外，一叶无花还帮她准备了神宠蛋——风影兔，可以让她的敏捷属性提升十五点。有了这身装备，向小柔的一朵娇花虽算不上大神，但要称小神还是勉强合格了。

[队伍]一叶无花：时间有限，这套装备虽然不是最好，但也算不错了，先凑合吧！

[队伍]一朵娇花：嗯，谢谢！

接着，一叶无花跟向小柔介绍了上古战场副本的一些情况，还包括他的一些个人经验，而家有娇花则默默坐在港口边上钓鱼，一言不发。

七点零五分，荣耀血月和毒手佛心加入了队伍，而柒伤曲则由于向小柔的存在而被取代了位置。

向小柔有些兴奋，这样的战斗，很久没有参加了！

上古战场，她来了！

大陆的最北端，是一片被寒冰笼罩的世界，据说这里是与神最接近的地方。

这个被称作死亡天堂的冰雪原野，是个风景迷人的地方。温驯的上古雪兽奔跑于一望无际的冰天雪地间，如果玩家运气好还能看见从坚硬的冰霜中开出的紫色雪心向阳花。传说这花是被雪女王捉去的人类少女用生命幻化的花朵，破冰而出只为了看一眼冰雪之中的阳光，因此这花也被称为希望之花，是一种一旦摘下便会融化成雪水的极品草药。

虽然景色很迷人，但因为极端寒冷与萧瑟，这里人烟绝迹。不过随着上古战场副本的开放，来这里的玩家变得络绎不绝。原来寂静的地方变得喧哗起来，望不到头的雪地上，也多了一行行前行的脚印。其中有一行，便是属于向小柔他们。

这里没有传送点，只能从爱维斯港口坐船过来，然后再走很长的一段路才能到达上古战场的副本门口。

上古战场，就在这片雪原的最北边，天与地的交接处。根据《恋世》的历史，这个地方，是千年前诸神之战的战争遗迹，众神在这里陨落，也在这里堕落，这是充满了死亡与怨气，却也不乏神迹的地方。最后一个创世神墨尔斯德在大战结束后用仅存的力量将这个战场封印起来后便在这里消逝。而这个曾经强大的封印，却随着时间的推移与堕落力量的侵蚀而渐渐变弱，最终，完全的消失！

一叶无花给所有人都发了最好的药水、食物、卷轴，所有能想到的要用到的物品都是最好的。

[队伍]一叶无花：出发吧，扫平这里，我的伙伴们！

向小柔被他的话所感染，带着莫名的兴奋微微失神。

伙伴……她多久没有听到这个词了？

转过头，她却看到家有娇花略带嘲弄的冷漠眼神，只是来不及细看，他便第一个迈进了副本。

进了副本，向小柔非常惊讶。

原以为副本里也会是个被冰雪覆盖的寒冷之地，没想到却是生机盎然、鸟语花香的花海。无数让人叫不上名字的美丽花朵一路铺开，无论上看下看左看右看，都不像一个被遗弃了千年的古战场。

她以为这里遍地锈刀断剑，荒冢成堆，谁知竟是幅如春的画卷，可虽说美好却也透着股说不出的诡异。

[队伍]一叶无花：小花，你跟好我们，开头这段不难，你先适应一下！

在这个鸟语花香的地方，看不到一只怪。

怪在哪里？

怪就是那些无处不在的美丽花朵！

一丛丛的花，就是美到极致的花妖。成片花海中，涌出千娇百媚的花女，让人好生佩服游戏公司的设计者，这要费多大力啊，每朵花妖的形态还都不一样，不带重复的。

可惜这群男人并非怜香惜玉的主，辣手摧花没有留情。

因为有了先前的经验，这一段路走得倒还平安，他们小心翼翼开怪、输出，有条不紊向前迈进，终于把这片花海扫得只剩残枝败叶。

他们来到了上次队灭的地方！

阳光明媚的草地前是一个被冰霜覆盖的湖，湖面如镜，浅紫色的花破冰而出，摇曳生姿，散发出紫色浅光。

这也是朵雪心向阳花，而与普通的雪心向阳花不同的是，这一朵明显要大上许多倍，形态也更加华丽，十分动人。

[队伍]一朵娇花：雪心向阳花？

[队伍]一叶无花：是，就是这朵花！大家先休息一下，回蓝回血，该喝的药都记得喝，该上的状态都别漏了。

[队伍]毒手佛心：上次我们就在这里被灭了无数次，这次要怎么打？

这个问题，向小柔无法回答，她没来过这里，仅凭一叶无花的几句话介绍也拿不出什么建议，因此只有听的份。

[队伍]荣耀血月：上一次打到百分之三十的时候，它就施放毒藻湖技能，根本不够时间逃开。

毒藻湖，是堕落的雪心向阳花妖的特殊技能，会让整个湖面瞬间融化，绿色毒球藻同时迅速蔓延整个湖水，玩家只要碰上一点，就会带来毁灭性的灾难。

绿色毒球藻会让玩家中毒，中毒效果为减速百分之五十，瞬间少血五千点，接着每两秒少血一千，持续时间十秒，但最可怕的不是它的少血效果，而是每隔三秒，这个毒便会感染一位队伍成员。在这个情况下，奶妈来不及刷血，而这个毒还有一个变态的特点，就是不能用驱毒技能，因为使用驱毒后，会让被驱毒的玩家的灵魂被禁锢，灵魂禁锢后，雪心向阳花会获得特殊技能恐惧灵魂，召唤出大量的死亡残魂，这些死亡残魂没有实体无法打死，而一旦靠近玩家就会自爆，造成极恐怖的伤害。所以，不能中毒，一旦中毒就会团灭。

雪心向阳花的活动范围只会在湖的正中间，它不会离开这个湖，至少在前面百分之三十的阶段中他们可以肯定它是不会离开的，因此玩家必须进入湖水才能攻击到它。

[队伍]家有娇花：我计算过了，毒藻蔓延到湖边的时间为三秒，刚好够远程职业者跑开，百分之二十九血的时候一叶无花和荣耀血月往回跑，而远程继续攻击到百分之三十血时退出，一叶无花用加速水，荣耀血月开疾跑，我有队友召唤技能，可以协助慢的那个人，希望你们不要都慢！

[队伍]家有娇花：如果万一有人中毒，毒手佛心还是驱毒，你只要负责一叶无花不死，其他人自己躲亡魂，自己保命。

[队伍]家有娇花：小花，你协助毒手佛心，不要让他挂掉。

[队伍]家有娇花：荣耀血月记得破魔，协助一叶无花。

[队伍]家有娇花：前面的打法和跑位你们已经清楚我就不说了。

[队伍]家有娇花：百分之三十过后，注意跑位，毒手佛心你还是主要看好一叶无花，这段我们没打过，大家随机应变！

家有娇花用简短的语言强调了每个人的责任，至于具体的打法和站位，一叶无花很早就已经说过了，他就没再重复。

向小柔看着他那张滑稽的方块脸上沉静的眼神，想起句名言，认真的男人最有魅力，哪怕这个男人长着小眼睛八字胡还一脸猥琐相。

好吧，后面那半句是她自己加上去的。

很快一叶无花开怪，巨大的雪心向阳花突然幻化成千娇百媚的少女，虔诚的表情，纯洁的笑容，美得像天使，只可惜一双暗红色的噬血眼眸将她的圣洁破坏殆尽。

少女的攻击很彪悍，看着一叶无花头上冒出的伤害，向小柔觉得自己这身装备还不够挨上两刀就得躺倒。

她只能小心地躲避着BOSS的攻击，一面暗自记下BOSS的攻击间隔，同时还要注意毒手佛心的情况，留心着BOSS的血量，掐着时间给BOSS补上技能，弥补荣耀血月在技能冷却时间内所造成的不足。

毒手佛心的注意力大部分放在了最前面的一叶无花和荣耀血月身上，治愈、驱除负面效果、套盾，奶人的同时还要注意自己身边的情况，保证自己不在队友躺倒前先倒地。奶爸不易当啊，眼观六路耳听八方，谁都能死就他不能死。

但很快的他就安下心来，因为他的身边站着一朵娇花，她帮他解决了大部分的危险，不知何时她在他身边放了陷阱，冻住了小怪，让他有了脱身的机会，而且似乎不管他跑到哪，一朵娇花都能跟得上，并且保持了适当的距离。

有这样的队友，他非常放心。

家有娇花的操作同样给力，他保持着恐怖而变态的高伤害输出，时不时从地底召唤出众多小鬼，对于仇恨的计算也很到位，OT（Over Threat的缩写，指被怪视为首要攻击对象。）情况从没出现过。

一叶无花的战士技巧相当到位，荣耀血月的刺客也丝毫不逊色，各种技能一个接着一个。

BOSS的血很快地降到了百分之三十，众人开始撤退。

这一次，倒是很成功，慢半拍的一叶无花被家有娇花用技能抓到岸边。

毒球藻过后，众人松了一口气，但BOSS的狂怒却爆发了，一个闪光出现在了岸上，随机把仇恨施放到一个玩家身上。

不幸的是，这个人刚好是向小柔。

一口咬下去，一朵娇花的血条去了百分之七十，好在向小柔反应神速，没有给它咬第二口的机会，一个疾退，退到了一叶无花身后。加上家有娇花适时放出的阴影魔障，挡住了BOSS的脚步，几秒钟的时候，一叶无花和荣耀血月已经扑了上去，而奶爸的治愈也及时降临到她头上。

配合得天衣无缝。

最后这个阶段也很难，但几个人却打得更顺手了。等到BOSS成功被推倒，几个人全剩了一身的血皮站在岸边，看着战友们薄薄的血条和所剩无几的魔力，所有人松口气的同时相视而笑。

都说副本难，难的其实是人心。

操作固然是重要的，但同伴间的信任与配合却是整场战斗的灵魂。毒手佛心信任一朵娇花，所以把自己的安危放心地交到她手中；一朵娇花相信她的同伴能救下她，所以在疾退后并未慌不择路；家有娇花相信同伴的力量，所以安心地做一个伤害输出战斗机……

在经历了两个小时的奋斗后，上古战场的第一个BOSS，终于被推倒了！

BOSS掉了一件战士的饰品、一条弓手的裤子、一件刺客的武器、圣光的奥义、诸神之光和一本《雪心向阳花的希望》，诸神之光是一颗宝石，闪着柔和的金光，竟然是件史诗级道具，显然是与历史战争有关的道具，而那本《雪心向阳花的希望》，却没有任何说明。一叶无花没说什么客套话，直接将这些东西收入囊中，并不分配。

向小柔和家有娇花不在意，一早就说好的，他们两个只是打工，副本掉落的东西，他们不参与分配。

[队伍]荣耀血月：这RP也太好了，第一只BOSS就掉了史诗级道具！！

[队伍]家有娇花：废话，有我家小花在，能不好吗？她就是新一代RP天后，副本终结者！

[队伍]一朵娇花：扒皮花，不要乱给我找家，我还要嫁人呢！

[队伍]一叶无花：扒皮花……好名字！！

[队伍]毒手佛心：……

几个人正沉浸在胜利的喜悦中，却没有注意到BOSS的尸体在慢慢地变得虚无。一个透明的身影突然浮在了尸体上方。

芙娜佳：善良而勇敢的勇士们，感谢你们拯救了我的灵魂，让我不必再沉沦于这噩梦之中！自从被黑暗雪女王捉到这里，我已经很久没有见过真正的阳光了，我要走了，在我离开之前，我要给你们一个衷告，永远不要相信你所看到的东西！一切都是虚无……

雪心向阳花少女的声音飘荡在空中，人影渐渐模糊，最终消失在众人的眼前。人影才刚消失，这个空间便开始一点一点地崩塌，幻化成光点。仿佛光幕被撕裂一般，不过转眼间，什么冰湖、草原、花朵，全都不见。

场景一换，他们一步未移，却出现在了一片森林之中。

耳边传来声声蝉鸣，微风拂面而过，带着一丝闷热的气息。

[队伍]一朵娇花：这是……夏天？

向小柔比较敏感，两个不同的场景给她的感觉就是一个春天一个夏天！

[队伍]一叶无花：这里都没打过，大家小心点！

[队伍]家有娇花：你们有没有看过《恋世》的历史设定？

家有娇花突然间问到，显然，这个让人费解的问题所得到的答案通通都是：没有！

[队伍]家有娇花：你们这群没知识的文盲！

[队伍]家有娇花：在《恋世》之中，有四个发生在诸神之战时期的传说，分别为雪心向阳花的希望、森林女王的仁慈、死亡阴影下的信任以及王者之心的觉醒，第一个希望……刚刚已经经历过了。

[队伍]毒手佛心：你的意思是，副本和这几个传说有关？现在是第二关——森林女王的仁慈？

[队伍]家有娇花：跟我走吧！

家有娇花一脸笃定的表情，并没在为未知的一切担心。

等到他们最终站在森林女王的身边，拿到了森林女王馈赠的重宝时，几个人才满脸佩服地望着家有娇花。

这一关过得如此容易，实在大大出乎所有人的意料。

同样的，小心翼翼扫清前面的小怪后，他们找到了森林女王。

家有娇花不让开怪，他只是让一叶无花拿着那本《雪心向阳花的希望》上前，结果直接就触发了隐藏任务，拿到了森林女王为了拜托他完成任务所赠予的东西。

[队伍]一叶无花：这到底怎么回事？

接着了任务的一叶无花摸不着头脑，这个副本太诡异了，还能这样过关的。

[队伍]家有娇花：看什么看，让你们不读书，有空多研究下《恋世》游戏故事吧，不要整天只知道副本装备PK的，简直是糟蹋了这好游戏！

看着家有娇花满脸“孺子不可教也”的表情，向小柔突然间很想笑，虽然她很认同他的观点，但他教训人时抖动不停的小胡子却又极为逗趣。

在《恋世》的传说之中，当芙娜佳被捉走之后，善良的森林女王不忍见她在日夜漆黑中终日哭泣，用仁慈之心将她变成了一朵花，当芙娜佳用自己的力量破冰而出之时，黑暗雪女王却将她纯洁的心堕落成魔，让她成为了一个噬血而生的魔物。得知一切的森林女王请求英雄王者克洛克拯救芙娜佳，但堕落成魔的心无法净化，克洛克最终杀了这个可怜的少女，解救了她的灵魂。少女便送了这本《雪心向阳花的希望》给他。

不愧是她心中的《恋世》活字典，听完解释，向小柔心中再一次肯定家有娇花的能力。

于是，就在其他公会还在抓狂、跳脚、烦躁着森林女王难推倒的时候，血色荣耀的五个人，已经踏上了第三关的道路。

又是个华灯初上的夜晚，向小柔抱着开口椰子慢悠悠地吸着，一碗泡面放在她的手边，冒着热气，上面铺着荷包蛋、几根青菜还有被切成片的奶酪香肠。

屋子里除了她没有别人，于夏姑娘最近和男朋友打得火热，很少待在家里，连游戏都少上了。没有她咋咋呼呼的大嗓门，屋里顿时冷清了许多。

因为下班后要赶回来上游戏下副本，所以向小柔用一碗泡面打发了自己的胃。电脑屏幕散发着幽幽的光芒，她专注地盯着屏幕上的技能说明。

昨夜的上古战场，在打到第三关的时候，就灭队了！

第三关，死亡阴影下的信任，讲述的是一场死亡与信任的战争。传说之中，沉睡之都原来是一座繁华而迷人的小城，城主是一位年轻美丽的女骑士弥蒂雅，她有着虔诚的信仰与坚毅的勇者之心，守护着这座小城的一草一木。后来，对她惊鸿一瞥的死神阿厄斯爱上了她，想要毁去她的信仰，让她跟随他回死亡之都，而弥蒂雅由始至终都拥有坚定的信念，无可奈何的阿厄斯恼羞成怒，为了惩罚弥蒂雅，他用五面噩梦之镜将这座宁静的城市变成一座永远沉沦在噩梦之中的沉睡之都。弥蒂雅为了拯救她的子民，带着勇士们爬上了放着噩梦之镜的五座尖塔，在这五座塔里接受死亡与信任的噩梦考验。

遗憾的是，在最后一座噩梦之塔上，疲惫不堪的弥蒂雅与勇士们没能抵挡住最后的考验，迷失了灵魂，最终被死神囚禁在了高塔之上。

上古战场副本的第三关，处于秋天的沉睡之都中，城中矗立着五座被阴魂缠绕的噩梦之塔，玩家们必须打碎这五座塔上的噩梦之镜，方能通过这个考验。

向小柔和一叶无花五个人，昨晚就败在了最后一座塔上。

最后一座塔，是由失心梦魇所守护着。故事里它是一只四蹄踏火的战马亡魂，也是死神阿厄斯的坐骑，拥有强大的攻击力以及让人恐惧的魅惑力量。

他们就败在这只梦魇手中。

这只梦魇在百分之三十血量的时候，会施放精神魔法——禁忌之惑，这个技能的效果，是控制在场所有玩家的心神，让他们的灵魂发生随机转移。

那场战争，一朵娇花被转到了一叶无花的战士体内，一叶无花被转移到了荣耀血月的刺客体内，荣耀血月转到了家有娇花的召唤士体内，而家有娇花则变成了毒手佛心的牧师，而毒手佛心，当然是成为了一朵娇花。

由于对彼此技能的陌生，导致了他们最终的失败。在试过三次仍然失败的情况下，又因为时间太晚，最后向小柔不得不第一个要求下线休息，第二天她还要上班。

昨天下线前，一叶无花让大家都把自己的技能与排放位置的详细资料发到他的邮箱，他再统一发给所有人。他要求每个人务必在今天晚上开打前把另外四人的技能全部熟悉。所以，向小柔现在就在研究这份资料。

待到一碗泡面下了肚，胃的需求得到满足，时间也差不多到了他们约定之时，向小柔收拾收拾桌面，关了电脑进游戏。

一叶无花永远处于在线状态，是个相当敬业的会长。

做好准备，便组了队，五个人全都到齐。都是守时的人，所以没人迟到。

[队伍]一叶无花：资料都熟悉了?

[队伍]一朵娇花：嗯!

[队伍]荣耀血月：没问题了!

[队伍]毒手佛心：大致熟悉了，但是实际操作起来，可能还要多练一下。

[队伍]一叶无花：OK，走吧!

一叶无花没再多说什么，招呼大伙上路了。

副本的进度已经做过保存，所以今天他们直接便从第三关开始打起。照例的，在进入第五座塔之前，五个人先做足了准备，才踏上了这座高塔。

第五座塔，被一股阴寒诡异的气息所包裹着，他们需要爬上一条盘旋倾斜的狭窄木梯，才能到达最顶端，木梯两边的石壁上，放置着照明用的火把，闪着幽蓝色的火光。

失心梦魇在高塔顶端大厅的石台上，蹄踏着森冷的蓝色火焰。

把能加上的效果都加好了，五人便开怪了。除了那个相当变态的精神魔法外，这个BOSS还算好打，虽然攻击高，但跑位精准些，配合默契些，并不困难，甚至比起之前的雪心向阳花还好打。

很快的，梦魇的血量降到了百分之三十。随着它蹄下骤然暴涨的蓝色火焰，地上涌现出个复杂的法阵，一阵眩晕之后，几个人又被随机转移了。

清醒之后，向小柔发现自己被转移到了毒手佛心的号上。不知道其他人都是谁，也没有时间去管到底是谁在自己的一朵娇花上，她现在只能先做好自己。

牧师……

曾经她最熟悉的职业。

因为骤然间变换了身份，众人难免还是一阵手忙脚乱。

加血、驱魔、消除仇恨、光环……

向小柔发现自己操作起毒手佛心的奶爸号十分得心应手，有人出了小纰漏，也都在她灵活的反应下险险避过了，终于，这只梦魇被推倒了。

众人再次回到了原来的身体内。

看着大家狼狈的情形，众人一阵大笑。

信任，是这一关最关键的一点。因为互相信任，所以放心把自己的所有信息让队友知道，哪怕他们都是隐藏职业，哪怕他们都有一些不为人知的隐藏技能。靠着毒手佛心的隐藏最终技能——神之召唤，才让众人都完好无缺地存活下来，靠着一叶无花的万尘莫入技能，才挡住了梦魇的最后一击，还有家有娇花的分身术、荣耀血月的影伤之刃、一朵娇花的暗影合体……这一切的隐藏信息，都是从来没有公布过的。

一切，仅仅是因为，大家都互相信任，也必须互相信任。

[队伍]毒手佛心：刚刚谁上了我的身？操作不错啊，专业乂风骚！跟老子我一样强！

[队伍]一叶无花：是啊，谁上了奶爸号？很强悍！

[队伍]一朵娇花：谢谢夸奖，是我！

[队伍]家有娇花：有奖励吗？小花表现这么杰出！

[队伍]一朵娇花：你钻钱眼了吧？

[队伍]荣耀血月：这肯定奖励！奖励一叶无花的处男湿吻一个！

[队伍]一朵娇花：滚！！

[队伍]毒手佛心：……

[队伍]一叶无花：老子什么时候还有处男吻了！

[队伍]家有娇花：他的处男湿吻是老不要脸的，不值钱的，留着他自己回味吧！

[队伍]一叶无花：……

过了第三关，就要面临最后一关——王者之心的觉醒。

这一关，由死神阿厄斯的分身守护。

在见到阿厄斯之前，每个人都要接受一项考验，那便是和自己战斗，只有赢了自己，才能得到挑战阿厄斯分身的资格，而且必须是在没有一个人失败的情况下！

在冰霜遍布的哀伤之谷里，每个人都要经历这样的挑战，走进冰霜结界之中，面对镜中的自己，打败他！

在这里，没有任何人能帮得上你，除了你自己！

这对于身经百战的一叶无花几人而言，并不算困难。能够走到这里，每个人的操作肯定都是强悍无比，在费了一番功夫之后，几个人先后打破了结界，出现在了哀伤之谷的死亡宝座之下。

上古战场最终的BOSS阿厄斯的分身，慵懒地躺在哀伤之谷最深处的死亡宝座上，用俯视苍生的目光，望着他们。他的眼神带着怜悯的绝情，像望着死人般望着他们。

这是一场硬战，一场没有任何投机取巧机会的硬战！

随着阿厄斯低沉且充满威严的声音响起，众人打起了十二分的精神。

“远道而来的客人们，欢迎你们来到死神的怀抱里！我代表这世间一切的死亡向你们发出最诚恳的邀请。来吧，让我带领你们接受死亡的祝福，一起踏上通往死亡的道路！”

地上出现大面积的黑色光圈，无数的亡者从地底爬出，行动僵硬地朝他们捅去。阿厄斯的范围魔法——大阴魂术，带着森冷气息的阴魂铺天盖地卷而来，顿时让天地陷入一片黑暗。

阴魂术过后，阿厄斯转换成暗影形态，召唤出黑暗守护者！黑暗守护者会随机选择目标施放恐怖的瘟疫之虫技能……

过了黑暗守护者，阿厄斯会转移到另一个位置，施放死亡风暴技能，如果能撑过这一关，还会迎来灵魂威压、灵魂魅惑等精神控制技能，在同伴间引起厮杀。

最后的阶段，阿厄斯会升到空中，让血月的光芒笼罩大地……

这一场战争，对于个人的能力、团队的配合、整体的持续战斗力、灵活应变力的要求都太高。在经过了五次的队灭之后，终于在第六次的时候，他们撑到了最后！

一叶无花和荣耀血月都华丽地躺在了地板上，阿厄斯却还剩了百分之一的血量。最终是靠着两个远程攻击职业和奶爸强大的跑位，硬生生把阿厄斯磨死在死亡宝座之下。向小柔的最后一支箭射出，给予了阿厄斯致命的一击。

这个上古副本，终于被打穿了！整个服务器瞬间出现世界公告。

[世界公告]《恋世》全服第一公会血色荣耀成功击败阿厄斯的分身，获得上古战场副本公会首杀成就！队伍成员获得称号：上古战场英雄！

[世界公告]公会血色荣耀成功通过上古战场副本考验，获得神遗之战公会英雄机会！

[世界公告]恭喜玩家一朵娇花完成上古战场阿厄斯的分身个人首杀成就，给予阿厄斯致命的一击，获得称号：上古战场之神！

三条公告，同一时间划过《恋世》大陆的上空，殷红的字吸引着每个玩家的视线。

此刻，也同样在上古战场奋斗的冰雪刺杀者、暗夜星辰、蜻蜓の叹息、辉煌小少等人以及众多为上古战场副本而奋斗的大神们，都抬头仰望着这三条公告，那一刻，百感交集！

一夜之间，一朵娇花从默默无闻的菜鸟，转眼间名满全服！所有玩家哗然！世界频道瞬间热闹起来，各种各样的猜测、恭喜、酸言酸语一时之间如同潮涌。

然而，这个半吊子大神一朵娇花，此刻正愣在当场。不是因为世界公告，而是那个突然出现在她面前的任务提示。

“您完成了阿厄斯的个人首杀成就，触发神遗之战隐藏任务——英雄王者之路，是否接受？”

PART 29 发现

文慈医院的VIP病房区明亮温馨，搭配着鲜活的葱绿色落地帘，舒适得不带一点医院的感觉，只是那一股子挥之不去的淡淡消毒水味道，带着与周围格格不入的异样气息，让所有的温馨显得虚情假意。

“进去吧！”卓天对着站在病房门口迟迟不肯开门的方又安低声说道，今天的卓天依然是十年如一日的西装革履，正经得让人挑不出一丝毛病。

相比起来，方又安的气势弱了许多，斯文清秀的脸上平静无波，一件黑色的棉质T恤，一条泛白的牛仔裤，再加上一双洗得干净的旧球鞋，他总是让人猜不出实际年龄。

推开门，病房非常大，装修得舒服华丽，一应设备俱全。如果不是病床旁边摆着的各式各样的医疗器械，他会认为这是哪家五星级酒店的总统套房，而不是毫无生机的病房。

在他的记忆中，对病房的印象，还停留在他母亲去世那年见过的地方。拥挤的房间塞着三张病床，斑驳脱漆的柜子让房间唯一的通道显得狭窄异常，刺鼻的药水味，哭哭啼啼的声音，虚弱无力的病容，以及充满疲惫的家属身影，还有随时都会上演的各种绝望……

方又安默默地站在病床旁边，面无表情。

病床上的老头子挺精神，这是他的父亲。

今年六十岁的方家老头，有着一双与方又安相似的眼睛，他闭着眼睛躺在床上，安静地让旁边的护士为他做静脉注射，听到开门的声音，他便睁开了眼。

“来了？”方宏星眯着眼打量着他最小的儿子。

苍白的面容，倔强的眼神，和年轻时候的方宏星如出一辙。唯一不同的，也许是那抹只要嘴角微微勾起就会显得温暖的笑容，像他的母亲。

方又安没有笑，表情有些冷漠。他一言不发的沉默看在方老头眼中，像是一种讽刺，这个儿子根本不屑看他。

“你最近在做什么？”方宏星心中忽然生出了一股无名火，明明很希望他来看自己，可是当看到他这副德行的时候，偏偏又气得冒烟，此时他只能按捺住自己的怒火，阴沉地开口问道。

“玩游戏。”方又安老实地作答。

“玩物丧志！”方宏星的怒焰又高涨了一寸，忍耐住，继续问，“工作呢？”

“没工作。”

方老头忍得很辛苦，继续保持一个严父的形象。

“那来方氏，叫你大哥给你安排个职位！”

“我不要。”

卓天冷静地站在一旁，心中在倒数计时，五，四，三，二，一……

就听一阵“乒乒乓乓”的声音，方老头床头柜上的东西已经全被他扫落在地。

好在护士做好静脉注射后便离开了病房，否则指不定被吓成什么模样。

“你看你这德行，三十岁了还一天到晚不务正业，连个正经工作也没有，我方宏星怎么会有你这么个儿子！！”

“砰——”

杯子摔碎的声音，方老头火气上脑一发不可收拾，越看方又安越不爽。

“你看看你，人不像人鬼不像鬼，乞丐都比你有精神！整天躲在家里不见光，把时间浪费在毫无意义的事情上，不务正业！”

“……”

“看来您的精神非常好，这样我就放心了。那我就先走了，再见。”方又安对父亲的怒吼无动于衷，微微欠了欠身，便转身离开了。

又是一阵“乒乒乓乓”的声响，还伴随着方宏星的吼声。

“滚滚滚，给我滚，以后不要再让我看到你，也不要来求我！你这个不肖子，没有出息的小畜牲！！”于是，在小畜牲离开他的视线之后，老畜牲颓然地坐在床上，不复刚才的精神，满脸疲惫。

自从脑袋里长了肿瘤后，他越来越无法控制自己的脾气，当年沉着冷静的男人已经变成了一个容易动怒的老人。

“他还是不肯原谅我！”方宏星低声呢喃着。

卓天以低不可闻的声音轻轻叹了口气。

方又安不肯原谅的，何止是他……

向小柔今天虽然精神有点萎靡，但心情十分好。年假已经批下来，从下周开始，一共五天，连着两个周末，她可以休息九天。自打她从学校毕业后，除了春节外她就再也没有休息过这么长的假期了，因此她很开心。

昨晚上古副本已经全部打通，她还误打误撞接到了神遗之战的隐藏任务，因此对游戏的兴致空前高涨。

照例上游戏前先上官网遛一圈，她发现自己的名字被挂在了官网首页，显目的标题写着“上古战场个人首杀成就者——一朵娇花”！

她已经变成《恋世》之中家喻户晓的大神了。

淡定……淡定不了，还是有些小激动。她按捺住激动的心情，告诉自己，一切虚名都是浮云。

给自己下了盘饺子，再炒了份青菜，煲一锅萝卜排骨汤，她吃得津津有味。不用掐着时间上游戏的感觉真好，随意且自在。抹了抹油光发亮的嘴，洗好碗筷，还给于夏留了一碗汤温在锅里，她才慢悠悠爬上游戏。

昨晚打完副本已经凌晨四点，她接了隐藏任务，也顾不上BOSS掉落的东西和所谓首杀成就的奖励，就匆匆跟众人道别后下线睡觉。再上线的时候，她的一朵娇花仍然站在死亡宝座之下。看了看隐藏任务——英雄王者之路，她想起了这个历史任务的英雄系统，印象中似乎有一个全服唯一的极品称号，就叫英雄王者。莫非自己的任务与此有关?

拯救世界，封印裂隙，终结这场罪恶之战，成为万人敬仰的英雄王者。

光想想，都让她热血沸腾。

不知为何，向小柔突然间很想和家有娇花分享这个信息，并听听他的意见。

家有娇花此刻正在爱维斯主城的自由港口，向小柔点了回城，就来到了爱维斯，因此很快便找到了他。

自由港口的阳光很灿烂，因为大战即将开始的原因，港口的船只也比以前多了许多。整船整船的物资在港口卸下被送往军事厅，巡逻的NPC数量也增加了一倍，表情凝重地来回巡视着。

家有娇花坐在港口西边角落的废弃码头边上，头戴一顶脏兮兮的破斗笠，手执一根钓鱼竿，闲适地钓着鱼，身上的黑袍在阳光下显得更加破旧。

[私聊]一朵娇花：喂！家有娇花，醒醒，擦擦口水，鱼跑光了！

向小柔走到他的身边，坐下。

家有娇花把遮到眼睛的斗笠抬了抬，发现是她后又再度把眼睛遮上。

[私聊]家有娇花：嘘！我在钓美人鱼！

[私聊]一朵娇花：……

低垂的斗笠让向小柔看不见家有娇花的眉眼，阳光在他脸上形成奇特的阴影，模糊了他的面目。

他忽然间自顾自地说起来。

[私聊]家有娇花：小花，你为什么玩这个游戏?

[私聊]一朵娇花：啊？！

这是他第二次问她这个问题，向小柔不明白他为什么突然间如此问她，而家有娇花似乎也没有要她回答的意思，继续自言自语着。

[私聊]家有娇花：你说它值得你玩，那这个游戏有什么是值得你玩的？

[私聊]家有娇花：是它的故事？任务？副本？PK？还是游戏里的人？

这个问题，向小柔无法回答，因为她也不知道。

[私聊]一朵娇花：那你呢？你又为什么玩？这游戏有什么值得你玩？

[私聊]家有娇花：没有！没什么值得我玩的。

[私聊]家有娇花：这个游戏有两千多万玩家，所有玩家都在这么一个服务器里体验，而我，只是想找一个人罢了。

[私聊]家有娇花：两千万分之一的机会，你说是遇见她的机会大一点，还是中彩票头奖的机会大一些？

家有娇花突然掀开斗笠，很认真地望着向小柔问道。

小眼睛、小鼻子、八字胡的脸，让向小柔没来由地一阵心疼。

今天的家有娇花，叫她捉摸不透。

[私聊]家有娇花：还是中彩票头奖简单点，一千七百万分之一的概率。

他自己回答自己，转过头，再次把斗笠拉下来，遮住了眼睛。

[私聊]家有娇花：我每天认识一百个人，两千万个人，我需要大约五百四十八年的时间才能全部认过一遍，而她，还不知道在不在这些人之中。

[私聊]家有娇花：你说，我会在哪一年遇上她？

[私聊]家有娇花：或者，我这辈子也遇不上她？

[私聊]家有娇花：我记不清她长什么样了，也不知道自己是不是还爱她，我只想见见她，请她吃顿饭，我亲手做的，如此而已！

游戏里的人物没有眼泪，所以向小柔的一朵娇花仍然是满脸的笑容。

她的心，却被他淡淡的语句，扯开一道口子。

好多年以前，似乎也有一个男人，总是带着孩子气的笑容，告诉她他有一手得自其母真传的好厨艺，总是说着要为她下厨，总是以为来日方长，后来却再没了机会。

[私聊]家有娇花：有没有人跟你说过，你有点像她？

[私聊]一朵娇花：呃……家花……你节哀顺变。

向小柔看到家有娇花那句话，心里一紧，想说些什么，却不知为何，话到了嘴边却变成一句“节哀顺变”。

家有娇花猛然间抬起头，摘掉头上的斗笠，猥琐的脸上浮现出猥琐的笑容。

[私聊]家有娇花：小花，现在的女人都像你这么好骗吗?

[私聊]家有娇花：不知道好不好骗到妹子?

[私聊]家有娇花：哥的演戏天分还不错吧？不玩游戏改行去当演员应该也能混碗饭吃。

家有娇花嬉皮笑脸地看着她，不复刚才的落寞与孤寂。

[私聊]一朵娇花：你这个贱花、破花、恶心花，我不想再和你说话!

向小柔怒不可遏地站起来，她纯真的心灵受到了前所未有的伤害，狠狠地踹了他几脚后才毅然决然地离开。

才走出自由港口，就接到了严舒瑶发来的组队邀请。

收拾收拾自己被破坏了的好心情，向小柔同意了她的组队邀请。

[组队]牛夫人：哇哇，花花大神！！请接受小女子的景仰!

[组队]一朵娇花：舟舟你别这么说，人家会脸红的!

[组队]逆水行舟：你果然老当益壮，尤胜当年，才两个月时间，阿厄斯的个人首杀啊!

[组队]一朵娇花：我呸，什么老当益壮，再说我老，我跟你急。找我干吗?

[组队]牛夫人：帮我们做个任务吧，杀个野外BOSS，微风古城。

[组队]一朵娇花：行，就来!

向小柔迅速修理了一下装备，被传送到了微风古城，严舒瑶与陆之舟正在古城的废墟上等着她。

[当前]辉煌小少：舟舟，我爱你。

[当前]辉煌小少：舟舟，我们认识这么久了，你难道一点都没有感动过?

[当前]辉煌小少：舟舟，只要你跟我在一起，要我做什么都可以!

……

才刚见到严舒瑶她们，就看到当前频道上刷过的一长串恶心肉麻的话，让向小柔的鸡皮疙瘩撒了满地。

一个人类的战士站在她们前面，不停地刷着当前频道。

实在看不下去了，她发了个私聊信息给严舒瑶。

[私聊]一朵娇花：怎么回事?

[私聊]逆水行舟：是舟舟的追求者，牛皮糖一个，甩都甩不掉。

[私聊]一朵娇花：我以为是追你的人……

[私聊]逆水行舟：不是！这男人叫邵辉，和舟舟家是世交，追了她很久了，怎么说都不死心。

邵辉？！

熟悉的名字。

向小柔回忆了一下，忽然间想起来，这个邵辉就是上一次在酒店里遇到的那个男人。果然像块牛皮糖，不管是在现实里还是在游戏里。

[当前]辉煌小少：是不是因为这个不男不女的人？舟舟，你回答我！是不是因为她?

[当前]辉煌小少：舟舟，如果你继续跟她在一起，我保证，你会后悔的!

[当前]牛夫人：邵辉！你在胡说八道什么！别再说了，也别再跟着我，否则我们连朋友也没得做!

陆之舟烦到不行，撂下狠话，然后拖着她们匆忙逃开那个牛皮糖男人。

任务怪在微风古城西北方的加尔山上。

[组队]牛夫人：花花，你什么时候加入了血色荣耀？第一大公会啊，真棒！果然是我家牛牛口中的大神之神，才加进去就把上古打通了!

[组队]一朵娇花：啊?

向小柔突然记起来自己还没有从公会中退出，一直以来她都屏蔽公会频道，因此也没有意识到自己仍然在血色荣耀中。

[组队]一朵娇花：忘了退会，你们等会儿。

点出公会页面，她正准备点退会，却在不期然间，看到了 ·个名字。

明日殇!

那是……卓天在《江湖少年游》中使用的ID名字。

向小柔突然间停住了动作，愣在当场。

一个名字，让向小柔顿时没了继续玩下去的兴趣。她向陆之舟她们道歉，说临时有事不能去打怪了。

看着那个熟悉的名字所挂的公会职位——财政长老，她在心中已经肯定了百分之八十，这个人是卓天。

顺藤摸瓜地想下去，一叶无花那一度让她十分熟悉的行事作风，与当年的萧梵，几乎如出一辙。

世界真奇妙，她越想逃避，就越会遇到她不愿再面对的人与事。

她除了感叹一句“冤孽啊！”，似乎也做不了别的。

六年了，玩个游戏还能再遇上他们，是她的运气太差，还是他们缘分太深了？如果是缘分，那明显的，这是一场孽缘！

这一感叹，就让她感叹了三天，三天里面，她没有再碰游戏头盔，也没有再上游戏。

而她的九天休假，就在这种哀怨的感伤中来临了。

失恋后的向小柔，太长的假期对她而言成了一种变相折磨，昏天暗地地睡了两天，睡到于夏差点以为她吃了安眠药要叫救护车，她才昏昏沉沉地起床。

洗漱的时候，看着镜子里那张苍白萎靡的脸，向小柔忽觉恍如隔世。

六年，大家也都年纪不小了！

应该都成家、立业，认清现实以及体验什么叫油盐酱醋茶了吧。

她想不起六年前的自己是什么样子，生活是一场悄无声息的厮杀，消失的是曾经美好的年华，还有那些并不开心的过往。

既然连她自己都不记得自己当年的模样，那又有什么人与事还值得她逃避和害怕？

挣不开的，其实是自己的心，而不是那些早已模糊的人与事。

这么想着，她突然有了无所畏惧的勇气。

热毛巾捂着脸，让她的脑袋渐渐清醒，心情前所未有的畅快！

“小柔！小柔！快点进游戏，逆水大神和牛夫人好像出了点事！”

门外传来了于夏急切的声音，打断了向小柔的自我寻思。

“怎么了？”向小柔匆匆抹了脸，踏出洗手间。

“唉，你自己上线看吧！我进游戏了。”回答她的，是于夏郁闷的声音。

带着疑问和不安的情绪，向小柔终于在第三天再次踏上了《恋世》大陆。

才刚刚踏上《恋世》的土地，就看到空中飘过的不堪的话语。

[世界公告]辉煌小少：逆水行舟和牛夫人是对不要脸的同性恋，大家不要被她们给骗了，她们就是一对渣女！！！

同一条公告，在世界频道上每隔三分钟就刷过一条。

逆水行舟是全服综合实力榜上排名前十的唯一一位女性角色，虽然行事比较低调，但名气在外也是颇受瞩目的。而牛夫人就更不用说了，魅力榜第二的漂亮女生，照片至今还高挂在官网之上，追求者一抓一大把。

因此，辉煌小少的这个信息一刷出来，整个世界都沸腾了。

以前总是把游戏里的各种门事件当作八卦来看待，当有一天，这样的事情发生在自己或者朋友身上时，就会深刻地感觉到，这一点都不好玩！

此刻，向小柔就是这样的心情。

世界频道上不时地刷过各种各样的对话，令人难堪的话语一句接着一句。许多曾经追求过牛夫人的男人以及部分追随者纷纷跳出来，还有一干原本羡慕嫉妒她们的玩家，也像被烧着了屁股一样跳出来骂人，当然还包括那些原来就心怀不轨的人。

辱骂的人太多而帮忙的人太少，除了斥责她们的拉拉身份外，还有诸如“装嫩假清纯”“骗钱骗感情骗装备”等不堪入耳的话语。偶尔闪过几条帮腔的话，瞬间就被淹没在谩骂的潮水之中。

满屏的污言秽语，看得向小柔烦躁异常，屏蔽了世界频道的对话，她看了一下好友，发现严舒瑶在线。

[私聊]一朵娇花：发生什么事了？怎么会这样？

[私聊]逆水行舟：像你看到的一样，我们被出柜了！

这是一个因爱生恨的故事，得不到陆之舟的邵辉，不知道怎么得知了严舒瑶与陆之舟的关系，在苦求未果的情况下，他开始了他的报复行动，幼稚而无耻的报复。

[私聊]逆水行舟：不仅仅是在游戏里，现实里也一样，舟舟现在被她父母关在家里！

[私聊]逆水行舟：我累了，先下线了！

严舒瑶看似平静的语气后面是强行压抑的愤怒，以及对现实的无可奈何。

没等向小柔回复，她便退出了游戏。

看着好友栏上变成灰色的逆水行舟头像，向小柔突然间愤怒了。

当年那个义无反顾站在她身后支持她的小姑娘严舒瑶的形象，在她的脑海中渐渐清晰。

现实当中，她帮不上忙，但游戏之中，她至少能为她做些事。

[世界公告]玩家一朵娇花向辉煌小少发起生死挑战，等待对方接受中。

向小柔对辉煌小少下了生死挑战书。

生死挑战是《恋世》中的一种PK竞技系统，一般很少有人会用到，因为输的话，惩罚很严重，等级直接下降一级！

花了点RMB买了几个世界公告的喇叭，她第一次发了世界公告。

[世界公告]一朵娇花：辉煌小少，给我闭嘴，是个男人就少在这里叽叽歪歪，出来单挑！

因为屏蔽了世界频道，所以她不清楚现在世界频道上闹哄哄的信息，也不想去理会，她只关注了辉煌小少的回复。

[世界公告]辉煌小少：你又废话什么，老子的事跟你有关系？

[世界公告]一朵娇花：怎么？不敢接受挑战？

[世界公告]蜻蜓の叹息：笑话，辉煌哥哥怎么会怕你呢，假借着女人的身份哄男人带你下了上古副本，你以为你是真有实力吗？辉煌哥哥，接受她的挑战，我们叹息家族都支持你！！

[世界公告]辉煌小少：少废话，打就打，你自寻死路，老子成全你！

[世界公告]寂寞的叹息：辉哥威武！

[世界公告]一朵娇花：好啊，要么废了我，要么你闭嘴。烦死人了，玩个游戏还要被你污染眼球。

[世界公告]辉煌小少接受一朵娇花的挑战，生死无常，各安天命！请玩家在十分钟内到爱维斯城竞技场进行挑战赛！

爱维斯城的竞技场在东南方，是一个露天的庞大竞技场，在这里，除了参加竞技的玩家能PK外，其他人是禁止PK的，竞技场四周还设了看台，方便群众们围观。

向小柔到了竞技场才发现，自己的挑战居然闹出了这么大的动静。

看台上闹哄哄地围了一大堆的人，吵得她不得不把当前频道也屏蔽了才换得一点清净。

辉煌小少原来在综合实力榜上排到第十一位，最近由于叹息家族的加入，公会势力得到扩大，连带着他的排名也上涨了一位，排到了第十。

他一身的装备武器光彩绚烂，胯下骑着稀有的飞行兽——紫焰飞狮，派头十足地出场。

而向小柔，则是寒酸地骑着她从NPC那买来的小飞行兽，晃悠悠地降下来，背上一把低级蓝弓，让围观的群众们哗声大起。

她该不会想用这把垃圾弓跟这个排名第十的大神PK吧？

答案是：没错！

向小柔就是准备用这把弓PK！这把就是她独门特制的PK武器——一把插了四幅濒临死亡技能卷轴的精炼到完美的二十五级低级蓝弓。

看到她那副穷酸样，辉煌小少更加坚定了他的想法，这个最近才冒出头的一朵娇花，肯定是用了什么下三滥的方法，勾引了血色荣耀公会的男人，才得到了首杀成就。

这其实也是普罗大众的想法。因为一朵娇花实在没有什么傲人的资本，论武器，小破弓一把；论装备，除了一件极品弓手铠外都是二流货色；论操作，也没在PK榜上占有一席之地。

正当群众们热情高涨的时候，向小柔却没有再说任何话。

上场，开打。

弓手对战士，远程对近战，这明显是要放风筝打，但玩家跟怪不同，怪没有思想，玩家却有。所以PK比野外打怪难度要大。

辉煌小少肯定也知道这种打法，所以一上来就连连摆脱她的控制技能，迅速冲上去，不过两下便砍掉了她三分之一的血条。

向小柔一点都不急，喝了一瓶红药，补充满血，引着他踩到地上的陷阱，一个冰冻让他们之间的距离再度被拉开，而这一拉开，辉煌小少再也没有靠近过她。

拉开一个安全的距离，向小柔除了控制类的技能外，各种伤害类的技能一个也没放。

辉煌小少一时半会儿无法接近一朵娇花，他总是会无意间地踩中她不知何时放下的陷阱，冰霜、冰冻，再加上各种眩晕的技能，她的技能冷却时间掐得很准，竟然让他找不到任何空隙。但她的小破弓对他造成的伤害，倒是在给他挠痒似的。因此他也不担心，努力地摆脱她的控制，寻找近身的机会。

突然间一朵娇花的暗影裂魔一个闪身，与主人的身影重叠。这是暗影射手特有的终极技能——暗影合体术，暗影裂魔宝宝瞬间与主人合二为一，攻击速度与伤害全部翻倍，持续时间为十秒。与此同时，向小柔喝下了一瓶昂贵的攻击加速药水，持续时间也是十秒，同时再点开射手的技能——迅捷之心，也是一个增加攻击速度的技能。

于是，所有人就只看到一朵娇花的小破弓在疾速地往外射箭，辉煌小少的头上不停地冒出“-100”“-200”“MISS”等字样。

[当前]辉煌小少：你在逗我玩吗？还是在拖延时间？

辉煌小少讽刺道，可惜向小柔的当前频道处在屏蔽状态看不到。

可是转眼，他就讽刺不出来了。所有人的眼睛就只看到他的血条瞬间诡异地一空，连眨眼的时间都不到，就只剩了一点血皮。

四幅濒临死亡卷轴，二百五十分之一的濒临死亡技能效果，终于被成功地激发了。剩了百分之一血量的辉煌小少，还没回过神来，一朵娇花突然间几个伤害技能全开，嗖嗖几下，他终于倒地。

一场PK就这样结束。

向小柔取了巧，利用了弓手的攻击速度是所有职业中最快的特性，配着濒临死亡技能卷轴和暗影射手的合体术，最终打败了辉煌小少。

[世界公告]一朵娇花挑战成功！生死轮回，请玩家们继续努力！

[世界公告]一朵娇花：你输了，所以，闭上嘴吧！

向小柔居高临下地望着辉煌小少，冷冷地说着。

一片的寂静，没有人接话。

辉煌小少的等级掉了一级，变成了七十九级。大约是感觉到了莫大的耻辱，他一句话也没有说就复活去了。

因为屏蔽了世界频道，向小柔也不知道其他人说了些什么，倒是收到了几个跳梁小丑的私聊叫骂，通通被她无视了。

离开竞技场后，她仍旧烦躁得不行，于是一个人跑到了怪物成群的桑雀岭疯狂屠怪。

过了许久，世界频道上突然刷出一条公告。

[世界公告]公会“傲视苍生”对“漂流的小岛”发起偷袭，漂流的小岛公会聚星石被击碎，寡不敌众，公会领地及资源被占，哀鸿遍野，傲视苍生公会恶名值增加十点，获得漂流的小岛公会全部领地与资源。

[世界公告]神之叹息：我代表傲视苍生公会发出全服追杀令，追杀一朵娇花、牛夫人、逆水行舟以及漂流的小岛公会的所有成员，截图为证。凡击杀一朵娇花者赏金两千金币，杀牛夫人、逆水行舟者赏一千金币，其余漂流的小岛成员五百金币！

[世界公告]神之叹息：谁对傲视苍生公会不敬，都将为此付出代价！

什么叫“豪”，这就是“豪”啊！

[私聊]恋恋初夏：小柔，我们公会被全服追杀了！

于夏第一时间给向小柔发来了极度郁闷的信息。她和牛夫人、逆水行舟都是漂流的小岛公会里的成员。这是一个有爱的公会，却因在牛夫人和逆水行舟的事情中全力支持着，遭到了报复。

[私聊]一朵娇花：不用担心，有我!

向小柔平静地回复于夏，手中的弓被她抓得很紧，她感觉自己的怒火已经无法再压抑了。她不爱惹事，并不代表她软弱，只是大部分时候，别人都没有触碰到她的逆鳞。

她的逆鳞，唯“朋友”二字。

十一级还是新人的时候被下追杀令，她都没有现在这般愤怒，面对以多欺少、恃强凌弱的叹息家族时，她也没有抓狂，但这一刻，她却怒到了极致。

很多年没有遇到这样不要脸的人和事了。

一朵娇花萝莉的脸蛋上满是冰冷的表情，要玩吗？那就玩得再大一些吧!

她取消了对世界频道信息的屏蔽，并用小喇叭发了一条公告。

[世界公告]一朵娇花：天下风云出我辈，一入江湖岁月催。皇图霸业谈笑中，不胜人生一场醉。皇图霸业的狂人们，我知道，你们很多人都在这个游戏里。六年前，你们对我许下一个承诺，今天，我要你们兑现！！替我，毁了傲视苍生，毁了辉煌小少！！

天地间突然一片宁静。

正在带着公会成员下副本的一叶无花，冲到BOSS面前时却突然停止所有动作，在团员们愕然的眼光下，第一次由他导致了团灭，而他却躺在地板上良久没有在团队里发出一句话。而那个从来满不在乎的家有娇花，也在打铁铺里失了魂，硬生生地将手里的剑折成两段。

是她吗?

那个在荒漠黄沙之中与他一起策马狂奔的女子。

那个曾经对他扬眉浅笑，大言不惭的女子。

那个唯一一个不要求他庇护的女子。

“我要的，不是你身后的安逸，而是一个能与你并驾齐驱的机会！”

当年的话，依稀还响在耳边。

她，可是那个人?

PART 30　发飙

一朵娇花站在桑雀岭上，身旁堆满了怪物的尸体，而新的怪物都还没来得及刷新，她硬是清出一块没有怪物的清静之地。

平静地看着世界频道上刷过的信息，她耐心地等待着她想要的答案。

[世界公告]辉煌小少：哈哈哈！你脑袋磕傻了吧。什么皇图霸业，还毁了我，你要有那能耐，我把头砍下来给你当球踢！

[世界公告] 神之叹息：笑话！一朵娇花你在说什么，皇图霸业是什么东西，你要不想死就跪下来求老子！

世界公告上刷过他们的冷嘲热讽，向小柔却无动于衷地抿紧唇，一言不发！

世界频道目前也是热闹非凡。

[世界]皮皮糖：皇图霸业是什么？没听过啊！

[世界]寂寞的叹息：皇图霸业，听都没听过。

[世界]秋水长天：皇图霸业？好像是好多年前的一个大公会的名字啊？

[世界]奔跑吧，少妇：一朵娇花就知道抱男人大腿！！

[世界]影子妞：傲视苍生的人给我闭嘴！一朵娇花，我是皇图的烟火倾城，你是谁？

[世界]云羽幽梦：影子，你有病啊？为什么骂我们苍生？

……

影子妞，龙族射手，综合实力榜上排名第十二，个性直爽作风利落，是全服有名的暴力女大神！目前有公会“甜蜜娘子军”，公会排名第四十五。

她的这一句话，更让傲视苍生的人暴跳如雷，满天满地地开骂。

而向小柔在所有的频道信息中，只回复了影子妞的那条。

[世界公告]一朵娇花：我是笑与君歌。

[世界公告]影子妞：君歌大神！！你真是笑与君歌？！

[世界公告]屠心：说得很好，皇图霸业的狂人！！老子现在是屠心，以前是扛大刀找娘子。笑与君歌，老子记着给你的承诺，放心吧！江山堂的小子们听好了，谁污我皇图，谁与皇图霸业为敌，就是和我们整个江山堂为敌，一个字：杀！

[世界公告]江山堂与傲视苍生解除同盟关系，进入敌对状态。

系统刷出一条公告。屠心说到做到，马上解除了原来与傲视苍生公会的同盟关系，将状态改为了敌对。

屠心，亡灵法师，综合实力榜上排名第三，仅次于冰雪和家有娇花的大神，建有公会“江山堂”，公会实力排名第五。屠心是个PK狂人，牢牢占据着PK榜单第一的位置，是个极为难缠的人，更有个外号“鬼见愁”。人们宁愿招惹冰雪刺杀者，也不愿去招惹他。冰雪刺杀者好歹还顾忌着自己的身份偶尔会虚情假意一把，可屠心却是个不折不扣的亡命之徒，惹了他，天涯海角都要杀到人家删号为止！

鬼见愁屠心的一番话和那条公告，像在整个服投下了一颗炸弹，瞬间炸出许多世界频道闪动的信息，已经快到让人的阅读速度跟不上了。

[世界公告]影子妞：很好，刀哥，君歌姐，你们都在啊！烟火没你们出息，不过烟火也一样的，谁与皇图霸业为敌，我们甜蜜娘子军绝不会放过！！

[世界公告]老虎屁股别摸：算上我吧，爷是老六，更没出息，公会都没有，赤条条一个人，不过这不妨碍爷杀人！皇图霸业啊，太让人怀念了！

[世界公告]兽医不救人：地狱兽医，神谕公会，跟着你们的步伐，杀杀杀啊！老子太激动了，好久没这么爽了！

[世界公告]黯然销魂：你们居然全在这游戏里！！！我以为你们都去结婚生儿子了！哈哈哈，我是小逝啊！

……

鲜红的世界公告在天空一条条闪过，造成的效果那不是一般的强悍。

向小柔的一句话，炸出了许多的大神，他们大多都在各大排行榜上占据着一席之位，无论是个人还是势力，都当得起“大神”二字。

辉煌小少和叹息家族的人已经很久没有说话了，连傲视苍生的人，在世界频道里的声音也渐渐弱了下去。

恐怕谁也没有想到，一朵娇花一句话，会惹出这么多的大神。傲视苍生这几乎是在和全服的大多数精英玩家为敌，结果只有两个字——找死。这一对比，刚刚神之叹息的追杀令就像一个笑话。

论财力，虽然叹息家族有钱，但有钱人很多，尤其是在那些大公会里；论实力，傲视苍生不过是一个发展中排名第十的公会，纵然吸收了叹息家族的势力，仍不足以和那么多公会对抗。

所以，他们沉默了。

看着一个个熟悉的名字，向小柔脑海中忽然闪过零星的片段，久远的记忆慢慢苏醒。只是，她仍然没有开口，她还在等，在等一个人。

[世界公告]一叶无花：小花，真没想到你是君歌！兜转了几年，现在居然和你合作了这么久，老子都没猜出来！皇图的兔崽子们，很久不见了，我是萧梵！

血色荣耀的成员们，看着他们那个一向沉着冷静的会长，躺在冰冷的地上发着小喇叭，一群人在副本里都惊讶得目瞪口呆。

[世界公告]影子妞：老大，居然是老大！！

[世界公告]屠心：老梵你在游戏里也不跟老子说，混得不错啊！

[世界公告]兽医不救人：会长大人！！今天是什么日子，这么激动！

……

[世界公告]一叶无花：皇图霸业虽然不在了，可我萧梵还在，我绝不允许任何人污蔑这个名字。小花，给你的承诺我一定会兑现。我宣布，从现在起，傲视苍生成为我血色荣耀的敌人，辉煌小少列入我会死亡名单，另外，谁杀一朵娇花和漂流的小岛公会的人，就是和我血色荣耀为敌！

随着口气一变，一叶无花疾声厉色地发出一条公告，瞬间将傲视苍生打入了地狱。他本人的实力虽不强，但他身后的血色荣耀是怎样的存在，排行榜上的位置就是最好的说明！

向小柔终于等到了一叶无花的这句话。

[世界公告]一朵娇花：多谢各位！

[世界公告]黯然销魂：君歌在了，萧老大也在了，那我的偶像风痕呢？他在不在？

风痕……向小柔看到这名字瞬间失了神。

大漠里的青衫少年，如今也只剩下让人怅然若失的回忆。

[世界公告]一叶无花：风痕……他不在！

一叶无花接到某人的私聊警告，违心地打下这一条信息，在心里默默叹息着。淡淡的失落在心头浮起，向小柔也不清楚自己在期盼些什么，甚至都不知道现在的失望是为了什么。六年，不管有什么也该放开了。

一个身影无声无息地出现在她的背后，伴随着突然出现的当前信息，让处于神游状态的向小柔吓了一跳。

[当前]家有娇花：喂，小花！发什么愣啊！

[当前]家有娇花：唉，没想到我的小花这么厉害，以后人家都不敢欺负你了！

家有娇花一边用哀怨的语气说着话，一边顺手解决了旁边刷出来的新怪。

方又安努力让自己的家有娇花形象看起来痴情一些，他深情凝望着一朵娇花的虚拟形象。

[当前]一朵娇花：别用这么恶心的眼神看我，我告诉你，我这没钱让你赚啊！

[当前]家有娇花：别这么说，小花花，其实，我是来跟你商量一件事的！

[当前]一朵娇花：什么事？

PART 31　不是山寨货的追杀令

家有娇花眨着无辜的星星眼诚恳地望向一朵娇花。

[当前]家有娇花：小花花，人家穷，人家想赚钱！

[当前]一朵娇花：你不是一直在赚？话说我真没见过哪个人在游戏里赚钱赚到你这种境界的！别误会，我真是在夸奖你！

[当前]家有娇花：那你帮帮我好不好，我想到一个快速简单的赚钱办法！

向小柔一面处理着闪个不停的好友请求，一面看着满世界滚动的聊天信息，还要应付眼前的家有娇花，一心三用搞得她十分无力。

而家有娇花的眼神，闪动着阴谋的光芒，让她郁闷。

[当前]家有娇花：小花啊，你看看啊，能不能……让俺杀杀你！

[当前]一朵娇花：！！！

[当前]家有娇花：一次两千金币啊！咱来回杀个百来次，准保让他们破产！

[当前]家有娇花：最后收益咱五五分，怎样？

[当前]一朵娇花：……

看了看她的脸色，他又赶紧加上：

[当前]家有娇花：要不六四？你六我四？你牺牲比较大，占个大头？

[当前]家有娇花：七三？你七我三？

[当前]家有娇花：八二？你八我二？不能再少啦，我就赚个辛苦费而已呀！

[当前]家有娇花：怎样怎样？

他一边说着一边撒娇般扯扯一朵娇花的衣角。

向小柔一阵恶寒。此时此刻，她才深切地体会到家有娇花有多不要脸！

[当前]一朵娇花：钱钱钱，一天到晚就知道钱，我说你能不能做点像大神该

做的事？你好歹也挂在各大排行榜第二位，为什么上看下看左看右看，你都没一点大神风范？偶尔也给姐长点威风成不？人家大神你也大神，可你看着像瘟神！

向小柔很无奈，在这个游戏里，跟家有娇花一起玩的时间是最长的，按说对他的为人多少也应该有点了解，知道他狗嘴里从来吐不出象牙，可没想到吐不出象牙，他连狗牙也吐不出。

世界频道上仍旧精彩非凡，而原来那个嚣张跋扈、不可一世的辉煌小少以及叹息家族，却像被泥封了嘴的狗一样，一点声音也没有了。大概私底下正忙着想如何应付如今这种过街老鼠的局面。

当初的皇图霸业，曾经是《江湖少年游》中最大的公会。在鼎盛的时期，势力比起如今的血色荣耀多了一倍还不止，并且皇图霸业的核心成员，是整个游戏里最精英的玩家，哪怕如今辉煌已经成为过往，但并不能带走他们拥有的骄傲。虽然已经各自为政，但对游戏的全方位认知，让他们在《恋世》中都有着各自不同的非凡成就。尽管在《恋世》之中，属于皇图的老成员并不是很多，但哪怕就仅存的那几个，只要站出来也能让《恋世》大陆抖三抖了。

[世界公告]辉煌小少：屠心、一叶，几个公会的老大，我们一向井水不犯河水。屠心会长，我们会素来和你们是同盟，如今为了一个RY拼个你死我活，犯得着吗？如果我们冒犯了皇图，我们愿意道歉！

辉煌小少突然在世界公告里发了一则信息。对他而言，最担心的，是一叶无花的血色荣耀和屠心的江山堂两大势力，顶着巨大的压力他不得不低头。游戏还想继续下去，只要能让他撑过去，他发誓，不管付出多少代价，总有一天一定会让他们全部匍匐在他的脚下，祈求他的饶恕。

[世界公告]黯然销魂：你才RY，你全家都RY！君歌可是小爷我暗恋了很多年的女神！

向小柔被这句话逗乐。当年认识黯然销魂的时候他才上初中，比她足足小了五岁，是个电脑小天才。某次在游戏里见识过她的操作技术后，他便自顾自地认她为师，成天师父长姐姐短地跟在屁股后面打转，把自己当成苦等美人十六年的杨大侠。可惜她不是小龙女。

[世界公告]黯然销魂：当年若非风痕大神，现在小爷我就抱得美人归了！好不容易风大神不在，老天这是在给小爷我机会啊！

风痕！

又是这个名字……

向小柔的一朵娇花默默垂下头，依旧没有回复世界频道闪过的信息。

对她而言，这个名字，不仅仅是一个游戏之中虚拟的身份，也是她最美好的青春岁月里深刻的依恋和伤情。

家有娇花望着此刻沉默的她，眼底渐渐出现一抹连自己也没察觉的温柔，柔和了他脸庞上的猥琐。

[世界公告]家有娇花：谁说那个风什么的不在了，你就有机会了？我家的小花哪能是随便什么人都有机会的！

突然间，家有娇花的公告划破天空，作为一个绝对低调的，从来没在世界频道说过一句话的大神，他的出现同样地也激起了一层浪。虽然他从来没有公开亮相过，但作为一个成功的商人，他曾经出售过许多稀有的极品给服务器中的大神们。对于他们而言，一个毫无任何势力背景的家有娇花，毫无疑问是一个神秘的存在。

一朵娇花、家有娇花，这两个名字像是暧昧的宣扬。这样的名字组合，要说这两个名字之间是纯洁的友谊，是没有任何暧昧关系的，就连向小柔自己，都无法被说服，虽然事实上他们真是清白的。

[世界公告]黯然销魂：啊啊，君歌姐你怎么找了这个不要脸的男人啊！你选我吧选我吧！

[世界公告]一朵娇花：姐跟他没有关系！

[世界公告]家有娇花：没有关系？小花你确定？哥今天才把你的那份钱给你打过去啊，这么快就没关系了？不带这么伤人心的啊！

迫于无奈向小柔只得再发了一个无力的解释，然后转过脸怒视着家有娇花。

[当前]一朵娇花：你想怎样？

[当前]家有娇花：啧啧，小花花，生气了？

[当前]家有娇花：别生气嘛，人家看你不开心，跟你开开玩笑逗你玩的，你那忧郁的眼神我看了心疼呀！

[当前]一朵娇花：你好烦，要开杀就来，别啰唆了！

[当前]家有娇花：这不是跟你闹着玩嘛，人家哪舍得动你一根头发，还指望着你帮我做任务呢。

[当前]家有娇花：好啦，别气了，其实我是特地来送你个小玩具的！

[当前]家有娇花：你爱怎么玩就怎么玩吧！

一个交易框在向小柔眼前弹出，里面赫然出现一件橙色物品——恋世追杀令！

[世界公告]屠心：叹息家的，不要在私底下给老子发信息了，你们那点钱老子不放在眼里，如果你们不想跟辉煌一起死就滚远点！

屠心在公告里突然间发了一条信息。原来在辉煌小少发公告的同时，神之叹息给屠心与一叶无花发了私聊信息，企图用大把金钱引诱两个人放过辉煌。可惜的是，在他眼中无所不能的金钱，到了这两人眼中，却成了粪土，半点作用也起不了，反而惹来鄙视。

[世界公告]辉煌小少：一叶无花，屠心，你们居然偷袭我的城！

就在说话的这段时间内，一叶无花和屠心的公会已经组织了一部分成员对辉煌小少的公会领地发起了偷袭，但傲视苍生排名第十的公会也并非一朝一夕就能攻下的，这一场让全服都为之沸腾的公会战在几个人的谈笑间就这么展开了。

[世界公告]恋恋初夏：辉煌，你当初偷袭我们小公会的时候怎么没有想到会有今天呢！爽，太爽了！

看到辉煌小少一副丧家犬的姿态，原来的漂流的小岛成员别提多开心了。

而向小柔此刻正望着那张恋世追杀令默默发呆，半晌，才憋出一句话。

[当前]一朵娇花：老二，我误会你了！谢谢！

那张恋世追杀令，是全服唯一的一张神器级追杀道具，作用很简单，使用这张纸，然后输入你要杀的那个人名字，那个倒霉的人就将被所有城市的NPC无限期追杀。这将意味着，这个人永远也进不了城市，进不了安全区！除非这张追杀令的主人取消这场追杀，否则，那倒霉蛋只能永远在恋世大陆上流浪。

这是一张真真正正的天下追杀令，与之前玩家在公告中发出的山寨追杀令相比，那压根不在一个层次上。因为它的效果太出格，因此在设计这件道具的时候，除了获得的途径相当的困难外，游戏公司还规定了，同一时间只允许存在一张追杀令。只有当这张追杀令被使用后，玩家才能获得取得下一张追杀令的机会。

就是这一张恋世追杀令，一度让玩家们以为这是一个神话，因为从没有人用过。然而，今天这个神话被打破了。

向小柔二话没说地用了这张追杀令。

[世界公告]一朵娇花使用恋世追杀令，玩家辉煌小少被众神遗弃，无限期流放，即时生效！

全服哗然！

真正的天下追杀令，终于面世！

伴随着谴责的声音，辉煌小少被打入了地狱的深渊。而同时，叹息家族对一朵娇花的仇恨，也上升到了不可化解的地步。

PART 32　激情过后

这是个对许多《恋世》玩家而言，都注定难眠的夜晚。在这之前，一朵娇花只是实力不错的新人；在这以后，一朵娇花已经成为能和大神平起平坐的传奇存在。所谓一夜成神，成就的就是这样的传说吧。不靠RMB的堆积，也不靠武器装备的强悍，她有的，只是在世界频道里目空一切的狂妄，以及放出天下追杀令时无声无息的冷漠嚣张。

而这场风波的主角，却不想再理会游戏里因她而起的一系列后续发展，仅和家有娇花道了别，向小柔就疲惫地退出了游戏。

游戏里的这些事并没有让她变得开心，心情仍旧沉甸甸的。游戏里一时的扬眉吐气，并不能改变什么。现实永远让人充满无力感，这道理她在很多年前就明白了。

严舒瑶与陆之舟之间的问题，除了祝福，她帮不上忙。

于夏推门进来的时候，正看到一脸落寞的向小柔，无精打采地坐在床边。

“咋啦？我的君歌大神！”于夏蹭到她身边，一手揽住她的肩膀，“刚刚在游戏里那可是意气风发啊，看得妹子我那个心神荡漾呀！”

“你想太多了！”向小柔无力地抬起头，这一刻，什么大神什么气场，那都成了浮云，离了游戏后她只是个普通人。

“干吗这种表情啊，拿出刚刚发天下追杀令的气魄来啊！我的公会被人给占领了都没你来得忧郁！”于夏一掌拍上向小柔的背，拍得她不得不挺起了腰杆。

“对了，你们公会被傲视苍生给毁了，下一步准备怎样？”向小柔突然间想起这事。若不是辉煌小少对漂流的小岛的迁怒行为太过分，她也不至于暴跳如雷。

“公会没了再重建呗，还能怎样，游戏而已。”话说一半，于夏忽然转过头认真地看着向小柔，“话说，要不我们重建皇图霸业？你也加进来！瞧你那一呼百应的号召力，绝对能招来众多追随者。啧啧，多霸气的一个公会啊，笑与君歌，这名字怎么听也比你的一朵娇花像大神，那气场……我就不明白你现在怎么取了这么个猥琐名字，你说跟家有娇花没暧昧，鬼都不相信！”

“你别想了，皇图霸业不会再有，笑与君歌也只是过去式，洗洗睡了吧，做梦会比较快乐点！”向小柔一句话打碎了于夏的美好幻想。

“唉，别这样嘛，要不跟人家说说你当年的英雄事迹吧，啊？说说皇图霸业，说说笑与君歌。唉，你别推我呀……”

向小柔把于夏推出了房间，以迅雷不及掩耳的速度关上了门，才终于让自己的耳根子清净下来。

皇图霸业，不会再有了；笑与君歌，也已成为过去……

她歪倒在床上，用被子蒙上了头却注定难眠。满天花板上奔跑的绵羊也不让她的思绪平静下来，只能由着时间一点一滴地缓缓流逝。

同样难眠的，还有另外一个人。

方又安看着那个熟悉的虚拟形象一点点地变成透明，然后消失在眼前。好友栏上她的名字变成了灰色，他猥琐的脸上才终于出现了一抹苦笑。

两千万分之一的概率，居然真让他碰上了。

从包裹里掏出那根被他折断的已经精炼到完美的剑，只差一点点就能成为极品了，但就这么被他给毁了，他并不心疼。

“天下风云出我辈，一入江湖岁月催。皇图霸业谈笑中，不胜人生一场醉。皇图霸业的狂人们，我知道，你们很多人都在这个游戏里。六年前，你们对我许下一个承诺，今天，我要你们兑现！！替我，毁了傲视苍生，毁了辉煌小少！！”

这般狂妄的口气，一如当年，让人怀念！

退出了游戏，方又安给自己泡了杯咖啡，走到露台。远方的灯火阑珊，城市沉眠如黑夜。夜风熏绕而过，带来清醒凉意。

她似乎和以前不一样了。他对她的印象还停留在六年前，骄傲而执着的丫头，有着年少不知天高地厚的轻狂。

初见的时候她不过是一个刚刚满级的新人，而他已经是整个游戏中最大公会皇图霸业的头号大神，意气风发，光芒耀眼。

就像每一个小说中都会出现的狗血情节，他忘了自己是出于什么原因帮助她，也不记得自己为什么说要保护她，那些，都不重要了。因为在他的心底，只记得漫天黄沙中，她飞扬的神采与骄傲的话语。

“我要的，不是你身后的安逸，而是一个与你并驾齐驱的机会。”

她穿低配的装备，骑系统送出的小黄马，在皇图霸业那么多装备华丽的爷们面前，仰头豪气万丈地对他说出那句话。

那一刻，才是他真正的心动吧。仿佛来自灵魂深处的共鸣，让他觉得，有这样一个女人，能够与他同风雨共患难，携手江湖，会是一件多么幸福的事情。

她也没让他失望，从初进皇图霸业，成为普通会员，到精英团后备成员，再到精英成员，最后进入皇图霸业核心圈，从一个公会副本活动只能排在备用成员最末尾的小角色，一路成长到能与他并肩作战、分享世界首杀成就的精英玩家。她慢慢成长为一个能和他一起参加各种竞技赛事的传说级大神。

没人知道她为此付出了多少。

曾经的她，是一个即使站在他的身边，也不会被掩盖住光芒的女人。

可如今的她，骄傲的灵魂依旧，却隐忍许多，已经不是当初义无反顾的傻丫头；而他，也不再是曾经潇洒轻狂、意气风发的男人。

六年的时间，陈旧的往事，岁月改变了彼此生活的轨迹，让他们拥有了各自不同的人生历练。

这样的他们，可还有机会从头来过？

三十岁的方又安，第一次，对身边的人和事，失去把握。

再次醒来，窗外的阳光已经透过窗帘缝在屋里形成一道光弧，向小柔一个鲤鱼打挺从床上跳起来，拉开窗帘。屋外阳光正盛。一看时间，已经上午十点多了，她急忙冲到洗手间洗漱，洗到一半才骤然间醒悟，自己正在休假。

回过神的她马上安心。毕竟失眠到天快亮的她，即使是睡到了十点多，也不能弥补失眠带来的无力感。

洗漱过后，她在咖啡和茶之间做了一个艰难的选择，最终选择了喝茶。

在泡好一杯浓浓的普洱坐到电脑前时，她接到了严舒瑶的电话。

“小柔……”电话里传出的，是严舒瑶疲惫低沉的声音。

“你怎么了？声音这么哑，病了？”向小柔听着这样的声音，心里一阵心酸。

“没，两天没睡而已。”严舒瑶的语气平静得仿佛没有发生任何事，可这云淡风轻的姿态却让向小柔更加难过。她总感觉严舒瑶还是那个孩子气的小女生，长不大似的，怎么一下子就沧桑了？

“谢谢你，小柔！”她继续说着。

“谢我什么？”向小柔不解地问。

“昨天的事，他们告诉我了！谢谢你！”严舒瑶由衷地感谢道。

“别傻了，谢什么？我能做的，也只有这些。现实里的劫难，得靠你们自己。除了祝福和支持，我也不能为你多做些什么。人生没有过不去的坎，再难的路也走得下去，只要你觉得值，就去做吧！”

“谢谢！”严舒瑶的声音里，多了一丝哽咽的味道。

听着她那疲惫的声音，向小柔也没再说些什么，叮嘱了几句让她多休息的话，便挂了电话，继续捧着茶对着电脑怔怔发呆。

脑海里一片茫然，什么也不想地发了一会儿呆，她终于起身，叹口气，回到房间登上了《恋世》。

才刚一上线，她都没看清自己上次是在哪块地方下线的，就收到一条于夏发来的信息。

[私聊]恋恋初夏：嗷嗷嗷，小柔，我们加入君临天下了！大公会啊，太给力了，这算不算因祸得福咧？

向小柔一时没回过神来。

君临天下？

哪个君临天下？

冰雪刺杀者的君临天下？

那个待着她前男友的公会——君临天下！

PART 33　新的开始

头上噌噌冒出几个伤害值，系统提示她受到了阴鬼的伤害，向小柔才反应过来，自己昨晚在桑雀岭怪最多的地方下线了。

看着周围逐渐围拢过来的阴鬼，向小柔大感不妙，也来不及回复于夏的信息，赶紧喝了瓶药，再放一记冰天雪地，减慢了周围怪物的移动速度，她迅速朝怪少的地方跑去。

于是就出现了这么一幕，一个精灵女弓手火急火燎地朝前逃命，后面跟着呼啦啦一大票阴鬼。

前一个晚上还在这里意气风发扮大神，今天就在这儿狼狈逃亡。一朵娇花的大神形象正在崩塌。

好不容易跑到一个安全的地方，她二话没说便点了回城。

[私聊]恋恋初夏：？

[私聊]恋恋初夏：回话回话，速度回话！

[私聊]一朵娇花：啊？

向小柔才刚在城里站定，就收到于夏发来的几条信息，想来是她在逃命的过程中漏看了许多条私聊信息吧。

[私聊]恋恋初夏：我说我们加入了冰雪刺杀者的公会君临天下……的分会！

[私聊]一朵娇花：你们怎么会加到他那边？据我所知，冰雪的公会，一向不收闲杂人等。

[私聊]恋恋初夏：喂！姐是闲杂人等吗？好歹我们公会的实力也是前三百名的。

[私聊]恋恋初夏：唉，话说那啥，冰雪大神气场太强了，不愧是排行第一的男人。姐要早点遇到他就好了，也可以玩玩大神养成！

[私聊]一朵娇花：我截图了啊，发给阿楠看！

[私聊]恋恋初夏：别这样啊，姐只是感慨一下。同样是大神，为什么你的家花跟冰雪的气场差这么远呢？

[私聊]一朵娇花：什么我的家花？饭可以乱吃，话不能乱说，我跟他只是朋友关系。

[私聊]恋恋初夏：是是是！朋友关系，有空记得上论坛去看看你们“朋友关系”的帖子啊。群众的脑补是强大的，你出名了，出大名了，《恋世》开放这么久以来，没有哪个大神比你更风骚的了！

[私聊]一朵娇花：去。你就好好待在他公会吧，冰雪这人还挺护短的，你们加进去，也不用担心傲视苍生了，只是可惜没有漂流的小岛这个公会了。

[私聊]恋恋初夏：没什么，大家还在一起玩就行了，其他都是虚名！这些东西姐早就看开了。

向小柔一愣，没想到于夏会说出这样一番话，她倒是看得很通透。

[私聊]一朵娇花：是是是，你是看得很开了，好好享受大公会的待遇吧。

[私聊]恋恋初夏：话说，你也加进来吧，没有个公会罩着，你这么风骚的身份很容易被人阴到啊。

[私聊]一朵娇花：等会儿，你说你加的是冰雪的分会？叫什么名字？

[私聊]恋恋初夏：傲绝天下啊！

向小柔顿时沉默了，得，又一场孽缘。

江智尧，这个许久不曾被想起的名字，再一次出现在她的脑海中。

她似乎很久没有想起过这个男人了，也不知是麻木了还是怎样，无悲无喜。就好像，她只是想起一个很久没见的普通朋友；就好像，跟他在一起的三年时光，只是看场电影，曲终了人散了，除了结局时的那一点酸楚，并没太多让她记忆深刻的情节与感觉。

原来，这三年的时间，算是浪费了。

[私聊]恋恋初夏：加不加呀？冰雪大神说了，你要是愿意加入，直接进，当长老，福利很不错！

[私聊]一朵娇花：不加！姐喜欢一个人闯天涯。

[私聊]恋恋初夏：学谁不好，学那个猥琐花，你们两个果然有暧昧。不跟你扯了，姐跟公会下副本了。

向小柔摇了摇头，一个人站在主城里，偶然想起自己之前接到的隐藏任务，顺手点出了任务页面，想好好研究一下这个让她心动的任务。

不看不知道，一看吓一跳。

好困难的任务！

才不过是任务的第一环节，就要求玩家必须完全通过两个新副本——上古战场和堕落深渊，并从这两个新副本的最后的BOSS身上取得任务物品——阿厄斯的愤怒与爱伊丝的皇冠。

看到这里，她心头一动，迅速打开了包裹，查看了一番，之后终于确定，自己没有从上古战场的最后的BOSS阿厄斯的分身手中拿到那个任务物品。悲剧，还得重来一次。

上古战场和堕落深渊，都是目前游戏中难度最大的高级副本，她要上哪里去找那么专业的团队来做这个任务呢？现在下这两个副本的都是公会组织的团队，根本没有野队，难道真要她为完成这任务去加一个公会？

[私聊]暗夜星辰：娇花姐姐，有空吗？

向小柔正在头疼的时候，突然间收到了一条私聊信息。

暗夜星辰？

脑海中浮现出一个暗紫色的身影，精灵黑暗牧师暗夜星辰，那个与她有过一面之缘的，曾经被叹息的女神泼了脏水，让自己拔刀相助的妹子。

向小柔对那妹子的第一印象不错，反应灵敏，操作良好，跟当年的自己有那么一丝丝相似之处。

暗夜星辰用甜丝丝的语气约她到君临天下的公会议事厅见面。向小柔估摸着是要谈于夏刚刚跟她提过的那些事，本想拒绝，奈何暗夜星辰说起话来甜蜜无敌，只说为了报答曾经的救命之恩，才极力邀请她过府一聚等等。想着自己穷光蛋一个，除了命一条，也没什么可让人惦记的值钱东西，向来吃软不吃硬的向小柔便同意了。

君临天下的公会议事厅，处于爱维斯城东南边的大街上。向小柔到的时候，里面已经坐了几个人。

[当前]花大少与小娘子：娇花妹子来了，你好你好！

[当前]暗夜星辰：娇花姐姐你好！终于盼到你了。

向小柔看着厅里的人，一共三个，冰雪刺杀者、暗夜星辰和花大少与小娘子。

[当前]一朵娇花：花大少？好熟啊，我们是不是在哪见过？

这话说得花大少老脸一红。

当初还不是因为叹息家族的那点破事，闹得他一个八十级的大号去找当时才十一级的一朵娇花麻烦，想起来就丢人。而更让他脸红的是，麻烦没找成他还被耍了一道，这要是说出来，他那张老脸都不知道要搁到哪里。也万幸自己没有惹怒对方，瞧着她一副娇柔的模样和平易近人的语气，昨晚上那个冷漠绝情的女人仿佛是被神魔附身一样，让人无法把二者想到一块去。那么逆天的追杀令都能被她轻描淡写地用出来，再想想辉煌小少的下场，这样的女人，还是少惹为妙。

[当前]花大少与小娘子：唉！花妹子记性真好，咱俩之间是曾经有那么一点点的小误会，不过那都是过去的事了。俗话说不打不相识，希望你别介意啊，哥哥我在这里给你赔不是了。

向小柔其实并没想起他是谁，只是隐约见着这个ID有些眼熟，待他这么一说，这才想起来似乎曾被他追杀过。

[当前]家有娇花：光赔就够了吗？精神损失怎么办，总要有点实质意义上的补偿吧？

还没等向小柔作答，当前频道上突然冒出家有娇花的话语。

转头一看，家有娇花正慢悠悠地挪进议事厅。

[当前]暗夜星辰：当时是我们冲动了，害得两位受到严重的精神损伤，要补偿，这一定是要补偿的。冰雪，你说是吧？大少，回头你去拿点高级宝石和卷轴

补偿给两位啊！

[当前]冰雪刺杀者：嗯，照星辰说的做吧！

[当前]花大少与小娘子：啊？会长……

花大少与小娘子肉痛不已，虽然那次是他们主动挑衅，可是最后，好像死的是他们啊，受损失的也是他呀，这两人连根毛都没伤到。明明悲剧的人是他，却还要他来赔偿，好不甘心。

[当前]一朵娇花：这样子啊……那冰雪会长，好像……你也曾经欺负过人家！那什么什么天下追杀令来着……

向小柔忽然间想起了当初被他下追杀令的茬，瞧着冰雪刺杀者一脸的正经，忍不住想要刺激刺激他。

一个前一夜才抛出真正追杀令的人，此刻却抱怨着山寨追杀令的事，这让冰雪刺杀者异常纠结。

方又安一看这话，忍不住想喷了。果然，这世界上只有她才是他的绝配，嚣张的时候一起狂，猥琐的时候一起不要脸！

他一面想着，一面他的家有娇花仍然装出一副义正词严的模样。

[当前]家有娇花：冰雪会长，这可就是你的不是了。唉，我们小花这么个娇嫩柔弱的女娃娃，你都忍心下追杀令，唉……

娇嫩？柔弱？女娃娃？冰雪刺杀者在心里默默抓狂着。

花大少与小娘子一见冰雪刺杀者吃瘪的德行，顿时乐了。

[当前]暗夜星辰：啊，娇花姐姐，真抱歉，当时是因为叹息家的人太嚣张，而我们会长又犯抽风，所以对不住了！

[当前]冰雪刺杀者：行了，我赔！

冰雪刺杀者果断地截断了暗夜星辰的话，几乎是从牙缝里挤出“我赔”两个字。

[当前]花大少与小娘子：噗！小辰你还真敢说，抽风……啊哈哈哈哈！

[当前]暗夜星辰：我为什么不敢说，如果不是因为他的美色，叹息家族的女人怎么会把脏水泼到我身上？如果不是因为他认人不清，怎么会让公会受他们掣肘这么久？如果不是因为他太过放任，怎么会让他们为我们树下这么多敌人？如果不是他管理无方，叹息家族再有钱，难道还能一而再再而三地爬上他的头？都是因为他，难道还不让人说了，还有没有天理了？还有没有王法了？

[当前]暗夜星辰：还有你，你也少得意了，弄成今天这种局面，有一半的

“功劳”是你的。你还好意思笑，啊？你是公会几朝的元老了？你看着他一错再错地走下去，居然也不吭一声！

暗夜星辰“哇啦哇啦”冒了一大段话出来，直把冰雪刺杀者说得哑口无言还外加一脸的酱色，也让花大少与小娘子得意的暗笑变成了满脸的苦笑，这才满意地停止了喷口水。

一席话说得向小柔芳心大悦，看着冰雪刺杀者被噎的表情，心情忽然间晴朗起来。

这丫头，太有潜力了。

[当前]家有娇花：哎，我说二位就别再演苦肉计了。小花花过来这边，其实这两人狼狈为奸的，你别被他们给骗了。这个精神损失费一分钱都不能少啊！回头咱好好算算！

[当前]暗夜星辰：嘿嘿……嘿嘿……

暗夜星辰露出一脸狐狸似的表情，狡黠的光芒从她眼中一闪而过。

看到家有娇花的发言，向小柔就回过神来。

[当前]一朵娇花：话说你来这里干吗？

[当前]家有娇花：来谈合作的事啊！

[当前]暗夜星辰：对对，合作！怎么把这事给忘了，会长，别傻站着，说话啊！

冰雪刺杀者此刻的心情相当阴郁。

谁傻站着了？这有他说话的地方吗？

[当前]冰雪刺杀者：是这样的，我们想请两位加入君临天下来帮忙。

[当前]暗夜星辰：当然，价钱好商量！

暗夜星辰赶紧跟着补上一句话。

向小柔一愣，转头看了看一旁悠然自得的家有娇花，肚子里就有谱了，估计又是已经商量好了等她进套的事。

她看起来有那么缺钱吗？还是说自己哪个地方表现出跟家有娇花一样吝啬贪财的苗头了？

这感觉太让她不爽了，刚想开口拒绝，却收到了家有娇花的私聊。

[私聊]家有娇花：想做隐藏历史任务不？想做的话就别说话，我来谈。

向小柔又一愣，她记得自己并没有把接到历史任务的事情告诉任何人，怎么家有娇花会知道？私聊的信息发送得这么及时，似乎看透了她的想法一般。

[私聊]一朵娇花：你怎么知道的?

[私聊]家有娇花：首杀成就是会触发任务的，哥以前也触发过。

向小柔暗自尴尬了一会儿，本以为他又是猜的，没想到人家是靠实力不是靠运气。

[私聊]家有娇花：接到的是和英雄王者成就有关的任务?

[私聊]一朵娇花：……

[私聊]一朵娇花：这你也接过?

[私聊]家有娇花：没有，我猜的!

[私聊]一朵娇花：……

向小柔算是看透了，跟他扯皮是扯不出什么结果的，于是把注意力转回到了当前频道里几个人的讨价还价上。

不得不提一句，她许久没发言，君临天下的几个人竟然像完全无视了她一般，只跟家有娇花讨论得有来有回，好像他能够全权代表她似的。

在外人眼中，她跟他，仿佛一个整体似的不可拆分。

都是ID惹的祸!

她想说些什么，但看着频道里闪过的聊天信息，竟然发现她想说的，家有娇花已经帮她都说了。这个吝啬花把讨价还价的本领发挥到了极致，舌灿莲花地说得君临天下的三个人毫无招架之力。

好吧，这一番你来我往的唇枪舌剑已经没有她用武之地了，家有娇花以一敌三还占了上风，任何人都休想从他手中占到便宜。

向小柔只能安静地站在家有娇花背后，看着他们的对话，思绪飘远。

这样的情节似乎很熟悉。

曾几何时，好像也有个人这样站在她的面前，并对着众人，坚定地说相信她，说相信她能为他们赢来胜利，带来荣耀。

他说：“如果我们赢了，那皇图霸业所有的人都要许给她一个承诺!”

他说：“如果我们输了，那我就给皇图霸业卖身三年，如何?”

那个人，叫风痕。

他说话的时候带着痞子气，却有着认真的表情。

转过头，他抛给她一个飞扬帅气的笑容。就像现在，站在她前面的那个人，转过头，给她的笑容。

那是两个截然不同的笑容，小眼睛八字胡方块脸，凌乱的头发、破旧的黑袍，嘴角勾起的那抹得意笑容煞是猥琐，跟“帅”字搭不上任何关系，却有着同样的飞扬。

两个身影突然间就重叠了。这……是她的错觉？

向小柔被自己的想法给惊醒了，怎么会出现这种错觉，不由全身一阵恶寒。

她定定神，便看到了频道上询问的信息。

[当前]家有娇花：小花花？这样的合作方式你觉得怎样？

[当前]暗夜星辰：娇花姐姐？

[当前]花大少与小娘子：花花？

[当前]冰雪刺杀者：？

原来在她失神的这段时间内，几个人已经讨论好了合作的内容。

冰雪刺杀者希望她与家有娇花加入君临天下，帮他们通过上古战场和堕落深渊两个终极副本，协助他们完成冰雪接到的历史任务与君临天下公会的历史任务。而作为交换，他们也必须帮助家有娇花和她完成历史任务。

在这一次的合作中，君临天下除了提供金钱的报酬外，在上古战场和堕落深渊中打到的所有物品，她和家有娇花都有权利参与分配，这就是家有娇花跟他们谈判这么久一直在讨价还价的条件。最终还是让他胜利了。

向小柔想了想，自己的历史任务靠一人之力根本无法完成，平白放弃太过可惜，只不过是一次合作而已，那么加入君临天下又有何妨。

[当前]一朵娇花：好，就这样吧！

[当前]暗夜星辰：耶！成功了！

暗夜星辰一下跳起来，露出迷人的笑容，带着小奸计得逞的喜悦眼神，在她看来，只要一朵娇花能加入君临天下，她的小计谋就成功了一半了。

她的终极目标，是把一朵娇花和家有娇花都留在君临天下成为固定精英成员。为了达成这个目标，她制订了一个利益和感情的双重诱惑大计，先说服了冰雪刺杀者让漂流的小岛成员得到君临天下的庇护，再以丰厚的利益诱惑家有娇花，这个吝啬花的事迹她调查了很久，才不怕他不上钩。对他们这样的人才而言，什么权力利益，都是浮云吧，只有感情，才能让他们停下脚步。所以，她要在有限的时间内让他们对君临天下产生感情。

她相信，这两个人，能够为君临天下带来转机，带来新的荣耀。

她更相信，在未来的日子里，冰雪刺杀者的心血不会白费。

望着冰雪刺杀者肃然的面容，暗夜星辰在心里默默发誓，纵然他不记得她是谁，她也要用尽一切办法守护他的荣耀！

确认了冰雪刺杀者发出的入会邀请，向小柔和家有娇花就算是正式加入君临天下了。在他们的ID前面，出现了耀眼的四个大字——君临天下，这意味着，在未来很长的一段时间内，他们必须与这个公会同生死，共进退。

为了表达诚意，冰雪刺杀者在同一时间发送了一条世界公告。

[世界公告]冰雪刺杀者：君临天下，欢迎一朵娇花与家有娇花的加入！从今天起，他们是我君临天下的首席长老！君临天下的人听着，从今往后，他们的敌人就是我们的敌人，谁敢跟他们作对，就是跟我们君临天下作对，杀无赦！

冰雪刺杀者的公告对目前的一朵娇花和家有娇花而言只能算是锦上添花，但从另一方面表示了他们合作的诚意。

这样一条公告，让神之叹息停在了通往君临天下公会领地的路上。他本希望以利益为条件换取君临天下的帮助，以全服第三的公会和全服第一的大神，再加上他用利益拉到的其他帮手，这样傲视苍生做最后的一搏也还是有些许胜算的。只是，现在已经不可能了。

同样的，这一条公告，也断了辉煌小少最后的希望。

而同时，这一条公告，也让另外的两个人失神了。

江智尧站在禁海破魔殿的最终BOSS面前，望着天空中划过的公告，失了神。

这个女人，如何能在这样短暂的时间里成长为这般强大的存在？

他的心，莫名地颤动了。

白沐雪看着眼前这个英俊潇洒的法师半夕秋风失神的样子，心里酸涩着。

[当前]绯蝶沐雪：老公，开怪了！

[当前]半夕秋风：哦！

江智尧机械式地回了一句，心却还在另一个人身上。

她也加入了君临天下，那么以后，他们终有机会再相遇了……

望着江智尧的虚拟形象，白沐雪握紧了拳，不再言语。

第三卷

恋世风云 王者英雄

他的余生，
要永远这么看着，
一眼又一眼，
直到将六年的时间全部填满，
满到溢出来，
化作霜雪覆满青丝。

PART 34　旧爱无欢

冰雪刺杀者的世界公告，又在世界频道上掀起了一阵不小的骚动，这其中自然不乏丧家之犬辉煌小少的激情国骂。因为无力回天，他便索性不顾形象地敞开来骂，除此之外还有叹息家的女神发出的闺怨之音，各种羡慕嫉妒恨的声音充斥着频道，当然也不乏力挺向小柔的声音，包括君临天下的成员，向小柔的老战友——皇图霸业的朋友们……

总之，世界频道此时很不和谐。

向小柔对这一切视若无睹，很淡定地把世界频道屏蔽掉。

冰雪刺杀者发完公告后也回归沉寂，不再在各个频道做公开发言。

几个人都很有默契地不去理会世界频道上的乌烟瘴气，开始商量着下一步的计划。

自打叹息家族因为暗夜星辰事件离开君临天下后，暗夜星辰这丫头就摇身一变，成了冰雪刺杀者的狗头军师。原来在公会里默默无闻，不爱吭声的小丫头也不知道受了什么刺激，突然间就热血起来，而且还腹黑得很，屁颠屁颠地跟在冰雪刺杀者身边出谋划策，俨然一个管家婆的形象。

根据暗夜星辰的介绍，目前君临天下虽然仍旧在公会排行榜上占第三位，但实际情况已经大不如前。由于叹息家族的离开使得君临天下缺少了财力支撑，而且他们带走了一部分的资源，导致现在的君临天下在资源方面极度匮乏，成员下副本所需的各种物品以及公会做任务所需的资源，都很难凑齐。庆幸的是，留下的成员中，大多数都是跟着冰雪刺杀者的旧部众，也是风里雨里一起走过的老玩家，少了叹息家族的颐指气使，他们的凝聚力反而比以前更大了，大家也能明白目前所处的环境以及将面对的难关，所以也都咬着牙坚持着。

而当前对君临天下来说最主要的事，就是通过上古战场和堕落深渊这两大副本。他们已经卡在上古战场第二关很久了，试了许多办法仍然无法通过，因此冰雪刺杀者等人希望家有娇花二人能帮助他们先通过上古战场。

向小柔和家有娇花的回复几乎在同一时间出现在当前频道上。

[当前]家有娇花：上古？不好，我们先打深渊！

[当前]一朵娇花：不要，要先打深渊！

[当前]花大少与小娘子：你们两个要不要啊？故意秀默契吗？刺激我这孤家寡人！

[当前]家有娇花：小花，你果然是了解我的人！

[当前]一朵娇花：去！哪凉快哪待着去！姐不是那种随便的人！

向小柔怒吼着，心里却不知怎么生出甜滋滋的味道来，细微得让人无法辨别，却会心情愉悦。

[当前]家有娇花：小花花，我伤心了，难道我是那种随便的人吗？

委屈的语气加委屈的表情，委屈得让向小柔无语。

[当前]冰雪刺杀者：两位，别打情骂俏了，回归正题吧。

[当前]暗夜星辰：嗯嗯，这两个副本的进度我们现在都落后人家许多，上古副本我们已经有进度了，马上能打通，但堕落深渊我们从没去过，比较花时间，所以我们才有此打算。

[当前]家有娇花：上古已经被人打过了没意思，深渊嘛，可以拼一拼首杀，我只对首杀感兴趣！

[当前]一朵娇花：是，反正都慢了，慢一天两天没差别，不如拼一个首杀，有成就有奖励有声望有名气，还有任务！

在这一点上，向小柔和家有娇花的意见难得地统一了。

最终的结果是冰雪刺杀者被他们说服了，决定孤注一掷抢堕落深渊副本的首杀成就。

进军堕落深渊副本的时间定在第二天晚上七点，前期的准备工作，交给了花大少与暗夜星辰负责。

向小柔和家有娇花只有一个任务，就是帮助冰雪刺杀者从公会的成员里找出一个合适的奶妈。目前队伍的成员已经有冰雪刺杀者的刺客、一朵娇花的射手、家有娇花的召唤者，MT是公会里的主力战士骄傲不落，而治疗的固定人选却迟迟没有定出来。由于原来君临天下的主力加血职业是叹息家族的人，自从叹息家族的人离开后，由后补的替上，虽然操作也相对不错，但应付这样难度大的副本明显心有余力不足，差了一点意识，所以冰雪才希望从公会里重新挑选。家有娇花和一朵娇花两个人是目前全服中唯一通过上古副本的队伍成员，因此在冰雪眼中，他们对这两个副本所需要的人才会比其他人更了解些，所以希望由他们来帮忙。

家有娇花提供了一个挑选的办法，很简单也很直接，就是下竞技场，进行2vs2或3vs3的队伍竞技，来观察每个人的反应与操作，以及他们的团队意识。

这是目前来说最快速也最有效的办法，因此冰雪刺杀者立刻采纳了，并通知下去，全公会公开挑选，时间为当晚八点。

离八点还有挺长一段时间，向小柔看着已经没她什么事，便道了再见，离开议事厅。

到了外面，海港的风吹得人心情舒畅。头上顶着刺眼的“君临天下”四个字，向小柔走在爱维斯主城的大街上，能感觉到从旁边投过来的各种羡慕嫉妒恨的眼光，偶尔还会收到新人或者小白菜要求帮助的私聊信息，要么称她“姐姐”，要么是“大神”，更甚者叫她作“哥哥”“娇花爷”……

看着街上来往的玩家，想着自己从最初进来《恋世》，以一个菜鸟的身份被人满世界追杀，到现在变成全服出名的人妖大神。不过两个月时间，一切都已经不同，恍如隔世。

记得最初的自己，只是因为似曾相识的场景戳中了内心最柔软的一处记忆，才会不管不顾自己许久之前就定下的不玩网游的原则，一头栽进了《恋世》。只是没想到，一心想要逃避的东西在命运的安排下，仍然不可避免地面对了。

她一直以为经过六年的光阴冲洗，自己已经看淡了，但当那么多熟悉的名字一下子涌现在眼前，才发现最璀璨的时光永远藏在心底深处，不可磨灭，不论快乐抑或悲伤，都不可抛弃。

默默叹了一口气，向小柔有些茫然。在这个游戏中，她的朋友只有寥寥几人，连个副本队伍都凑不齐，认识的人倒是很多，可是由于这样那样的原因，在他们之间都隔了一座山的距离，曾经的战友，如今也只是熟悉的陌生人罢了。

[私聊]一叶无花：你怎么加到君临天下了？

一叶无花的私聊信息打断了向小柔的自我感伤。

[私聊]一朵娇花：有利可图，所以加了。

她的回答简单扼要，却是实话实说切中要点。兴许是感受到她语气中的疏离淡漠，一叶无花的信息过了许久才又发了过来。

[私聊]一叶无花：不如加到血色来，你可以得到更好的。

[私聊]一朵娇花：谢谢你看得起我，但是我已经接受君临天下的邀请了。

[私聊]一叶无花：君歌……你还在怪我们?

[私聊]一朵娇花：一叶会长，这里不是江湖，也没有皇图霸业，笑与君歌早就删号了，你还是叫我娇花吧。

[私聊]一朵娇花：另外，已经这么多年了，什么恩怨也该淡了，没什么怪不怪的。再说，当年的误会不是已经有人帮我解释清楚了吗？过去的事，没必要再提起。

向小柔淡淡地回答一叶无花。六年了，从风华正茂蹉跎成大龄女青年，风风雨雨走过了许多路，当年游戏里构筑在虚拟网络之上的恩怨，也早被时间磨平了。只是，她语气里的那抹酸楚，证明着她自欺欺人的淡定。

[私聊]一叶无花：对不起！

虽然事隔了很多年，但一叶无花还是很想对她说。这话他憋了六年，终于找到机会说出口。

向小柔没有再回答他，只是略微失神地站在街道旁边。

[当前]家有娇花：小花花！

[当前]家有娇花：喂——

[当前]家有娇花：花小花——

[当前]一朵娇花：我眼睛没瞎，看到了！不用一直发。

向小柔转过头，家有娇花不知道什么时候已经挪到了她背后，满面笑容地望着她。

[当前]家有娇花：发呆？想情人?

[当前]一朵娇花：跟你没关系吧，我们又不是很熟。

[当前]家有娇花：不管怎么说我们也共过患难同过生死，虽然是在游戏，但戏假情真，你这么说我太伤心了！

[当前]一朵娇花：哟，大叔，谈感情伤神又伤身啊！

[当前]家有娇花：大什么叔？你比我小很多吗？你好意思叫我大叔？弄不好我还要叫你花阿姨！

家有娇花用手敲了敲她的头。

大叔！这个称呼让他哭笑不得，别人叫他大叔也就算了，可是眼前的向小柔却是一个实实在在只比他小两岁的女人。

向小柔一听那话，倒有些脸红了，自己已经二十八岁，老大不小的年纪，而眼前的家有娇花弄不好只是个十八九岁的小男生，虽然是在虚拟的游戏世界，但这样赤裸裸装嫩，也让她有些不好意思。

[当前]一朵娇花：干什么？找我什么事？

[当前]家有娇花：没什么，看你挺无聊的样子，陪我去做个任务吧。

向小柔望着他，看起来挺诚恳的，不像是有什么阴谋，想着自己确实无事，她便同意了。

任务的地方是静谧的天使花园，一眼望去，许多形态各异的天使塑像栩栩如生，淡绿和纯白二色的天使迷梦花在四周绽放。这种花，整个《恋世》大陆中只在此盛开，纯美得宛如另一个世界的风景。

微风拂面的感觉非常惬意，向小柔在花园里体验到从未有过的宁静。家有娇花的任务不难，却需要两个人的配合，这一点对向小柔来说自然是游刃有余。两个人在任务过程中并没有多余的话，所有的动作就好像事先练习过似的，默契到连她自己都惊讶。

方又安并不惊讶，他只有惊喜，惊喜的是隔了这么多年，默契仍在。距离仿佛被拉近了一些，方又安在她身后默默注视着她利落的身手，满心的欢喜。

任务结束后，向小柔道了再见，下了线。

睡了一个午觉，精神十分充足地醒来，提早把晚饭吃了，向小柔精力充沛地上了线。一进游戏，她就收到了几条私聊信息，是暗夜星辰、家有娇花和冰雪刺杀者发来的，都是要她来竞技场的内容，时间离七点只差十分钟了。暗夜星辰告诉她，准备参加挑选的奶妈奶爸们大部分都到竞技场了。

等她到了竞技场，才发现那里已经聚集了一大堆君临天下公会以及君临天下分会的成员，不只有治愈的职业，还有其他来打酱油、看热闹、摇旗呐喊的成员。

当前频道和公会频道上的发言热闹非凡，信息滚动的速度快到向小柔来不及完整看完，那条信息就已经消失在眼前了。

果然是个大帮派，人数这么多。

冰雪刺杀者的公会，除了君临天下一个主会外，还有傲绝天下、风行天下和赤色天下三个分会，一大堆人把竞技场四周的位置挤得满满当当的，还有许多挤不进去的人站在外面聊着天。

冰雪刺杀者站在竞技场正上方的看台上，身边站着花大少与小娘子、暗夜星辰、家有娇花和其他一些她不认识的君临天下的官员。准备参加堕落深渊副本队伍治愈位置选拔赛的人则都站在竞技者准备区域。

向小柔艰难地挤过重重的人群才来到了冰雪刺杀者等几个人身边，对于她的出现群众们表现出了各自不同的反应，崇拜的崇拜，谄媚的谄媚，说酸话的说酸话，各种羡慕嫉妒恨充斥在频道里。对于这些，向小柔除了回应一个笑脸，再无其他信息。

[私聊]半夕秋风：小柔，没想到，你我会有同时站在这里的一天。

非常意外地，向小柔收到了江智尧发来的私聊信息。她这才想起，江智尧是傲绝天下的会长，不仅如此，白沐雪也在傲绝天下里。仿佛意识到了什么，她抬起头，不着痕迹地扫视着竞技场里的人群。

不出意外地，她在人群之中看到了江智尧的半夕秋风以及白沐雪的绯蝶沐雪。半夕秋风依旧以浊世翩翩佳公子的形象站在傲绝天下成员的前面，潇洒自若的笑脸，就如同他在现实中的形象，衣冠楚楚，风度翩翩，俊朗不凡。这样的男人，永远得体也永远体贴。

白沐雪的绯蝶沐雪，则站在了竞技者准备区域里，一身牧师的纯白极品装备，手中的法杖发出耀眼的光辉，衬得她原本就迷人的形象更加圣洁，像漫画中描绘的女神般光芒万丈。

果然，从形象到内在，这两人都是天生的一对。

向小柔的嘴角缓缓上扬，笑得危险，眼神锐利如箭，原本低调平和的她瞬间散发出一股危险而愤怒的气息。

地狱无门他们偏闯进来，那就别怨她了。

她会让他们知道虚拟世界的向小柔有着怎样的骄傲，她会亲手打碎他们引以为傲的游戏荣耀，以此作为浪费她三年青春的惩罚。这样小小的惩罚，对比她所受到的伤害，已经非常非常的宽容了。

2vs2的竞技场，光明正大的输赢。她做不来偷偷摸摸的事情，即使是面对小三和前男友，她也要用她的方式将他们踩在脚底。

那是属于她的，光明正大的骄傲！

[私聊]半夕秋风：小柔，你怎么不回话呢？

[私聊]半夕秋风：今天的你，跟现实中的那个小女人，很不一样呢。

[私聊]半夕秋风：一直以为你是个温柔婉约的女人，没想到，你竟然藏着另外一面。

[私聊]半夕秋风：小柔，说说话吧，还在恨我?

[私聊]半夕秋风：要是你能早一些来游戏里陪我，我们也许不会走到这一步。

……

看着私聊频道上刷出的一长串他的信息，向小柔的愤怒是越堆越高，没有见过哪个男人劈腿了还能这么理直气壮地说这些话，她一句话都没回，眼中的怒焰却越来越高。

方又安感觉到身边的向小柔与以往的平静不同的气息，脸上的笑容虽然可爱迷人却掺杂着一丝危险，似曾相识的表情又带着几许陌生，让他察觉到了一丝异样。顺着她的目光看过去，他看到人群之中站着的白衣男人，顶着的ID是“半夕秋风”。

一个有点熟悉的名字，他略微回忆了一下，就想起了这个男人。

他记得，当初戏谑向小柔关于前男友和小三的事情时，她并没有否认，而那个前男友就是此刻她正盯着的半夕秋风。

瞧着那男人风骚的模样与向小柔此刻的沉默，方又安的眼神迅速地冷下来。一想到在他不在的六年里，她为别的男人伤心难过，他就想爹毛，望向半夕秋风的眼神也冰冷了三分。

[私聊]家有娇花：小花花，你又发呆了！

方又安的信息掺杂在江智尧一连串的密语之中，很快就被刷掉，但向小柔还是看到了。这条信息让她回了神。敛去眼中的怒火，随即将视线收回，她不再注意那个曾经让自己伤心的人。

发了许多条私聊信息都没有得到向小柔的回复，江智尧识相地不再给她信息。看着向小柔的笑脸，他体内的多情细胞让他自以为是地做了判断：这个和他在一起三年的小女人，仍然对他余情未了。她为了他，进了以前不屑一顾的网游；她为了他，不惜一切成为了大神，向他证明她的与众不同；她为了他，进入了君临天下，只希望待在他的身边……

这一刻，江智尧的男性虚荣心得到了高度满足，因为台上的女人，让他有了各种各样风花雪月的想法。

于是，他望着向小柔的眼神越来越显得痴迷悔恨，仿佛两人是三世的爱侣却有着几辈子的距离，只能隔着忘川河远远凝望，凝结出令人伤怀的爱情。他却全然不知，此刻的他在向小柔眼中，已经变成她上辈子作的孽今生要还的怨，如同一件令人厌恶的垃圾。当然，他也没有看到白沐雪在向小柔和他身上来回流转的目光，藏着深深的怨和伤。他更没有发现，家有娇花冷得像南极冰山的眼刀，刀刀都往他身上招呼。

奶妈的选拔赛规则非常简单，所有参加挑选的奶妈或者奶爸们，都可以挑选任意的搭档组成一支两人或三人的队伍，进入竞技场和其他的队伍进行2vs2的竞技挑战，冰雪刺杀者、家有娇花和一朵娇花几个人在上方观察他们的各方面技术，最终共同决定哪一队的治愈职业能获得参与堕落深渊副本的资格。

冰雪刺杀者从来不是个废话很多的人，在简短的规则介绍后就宣布可以开始进入自由竞技了。

台下的参选者早已经组好了自己选定的搭档，就如同向小柔所猜想的那样，江智尧的半夕秋风和白沐雪的绯蝶沐雪组成了一支两人队伍准备参加挑战。

这次参加选拔的人一共有九个，这意味着会出现九支队伍，但按两支队伍一组来算，最终会多出一支队伍没有对手。

看到这样的情况，向小柔微微一笑，心底有了盘算，略微沉吟一下准备开口，谁知有人却抢先了一步。

[当前]家有娇花：冰雪会长，大家兴致这么高，看得我也技痒啊，不如让我也下去玩两把，反正多出了一支队伍。

[当前]家有娇花：小花，你说是吧，咱俩从来没组过队打竞技，不如试试?

向小柔一愣，把刚才想说的话吞到了肚子里，狐疑地看着家有娇花一脸诡谲奸诈的表情，不知道他想做什么。

冰雪考虑了一下，觉得让他们上场是件好事。对于君临天下的成员而言，两个娇花毕竟是空降下来的人。尽管他们两人一个是全服第二的大神，另一个是最近风头正盛的女神，但在游戏里，所有的威望名气都比不上实实在在地露上一手来得让人信服。所以，让他们上场打打也是个不错的主意，只是，和哪支队伍比呢?

家有娇花的话解决了冰雪刺杀者的问题。

[当前]家有娇花：就和那个……半夕秋风与绯蝶沐雪的队伍比吧。当初，我和他们也曾有一面之缘，可惜没有分出个胜负来，今天就顺便切磋一下吧。

向小柔愕然，他先她一步说了她想说的话。

[私聊]家有娇花：渣男人人得而诛之。小花花，来吧，让我们娇花二人组大展神通，一起灭了他们。

家有娇花的信息适时地给了向小柔一个解释，这样一条让人又温暖又好笑的信息，却让她的心情复杂了起来。她惊喜于他与她的心有灵犀，惊诧于他对她的了解，但另一方面又对他不加掩饰的揭穿感到三分薄愠，她真不知该给什么反应，只能哭笑不得地站在他身边，没有了言语。

见她没有发言，一行人便当她是默认了这个提议，冰雪刺杀者也点头同意了。等到冰雪刺杀者将分好组的名单在频道里公布的时候，随即引起了一阵哗然，大部分人对于家有娇花和一朵娇花的上场都表示了高度的惊诧与热情，群众们对于搬凳子看好戏的兴趣，不管在什么时候什么情况下都是十分强烈的。于是，两朵娇花和半夕秋风、绯蝶沐雪的这组竞技赛众望所归地被安排在了最后一场！

对于这个决定，江智尧十分惊讶，他又再一次肯定向小柔对他余情未了。

在他的眼中，向小柔是希望通过这样那样的手段，能够再得到他注视的可爱小女人，这样的想法让他无比期待这场竞技赛的开始。当然，他并不认为他们能够打败他。虽然这阵子关于一朵娇花的传言沸沸扬扬，但在他的潜意识里，她仍旧是那个为他洗手做羹汤的温柔女人，几斤几两重他都是清楚的，而众人口中那些像传奇般的事迹只是为了吸引他而做的事吧。好吧，他承认他又被吸引了。

江智尧的男性虚荣心被向小柔刺激得不停膨胀再膨胀，几乎到了快要爆炸的地步。

对于这样的人，通常有两个词最适合来形容——自作多情和自恋。

向小柔没空去理会他的这些龌龊思想，因为竞技场的比赛已经开始了，她的注意力都放在了场中央的比赛上，认真地观察并分析着每个人的能力。对于与江智尧和白沐雪的竞技赛，她一点都没有放在心上。

比赛进行得很快，转眼间前四组的竞技已经结束了，每个人的能力也都做了展示，接下来，就轮到了两个娇花和半夕秋风、绯蝶沐雪的竞技赛了。

经过前四场的竞技，群众们的激情被炒到最高，因为都是君临天下的精英成员，操作和意识自然都不错，所以2vs2竞技起来精彩连连，看得大家热情高涨，恨不得自己也下场去打一次才过瘾。

[当前]少妇之友：秋风老大，咱傲绝天下的哥儿们挺你啊，你和嫂子可要给咱长脸啊！

[当前]清风唱月：雪姐姐，姐夫，加油加油！支持你们！

[当前]传说中的黄瓜：秋风、绯雪，挺你们！

[当前]阿凡斯密达：风哥、小雪儿，加油上吧！

[当前]浪漫小萝莉：雪姐姐，风姐夫，加油上上上，必胜！

……

好戏还没开场，傲绝天下的呐喊声已经刷得满频道都快溢出了，那一声声姐姐姐夫让白沐雪又笑开了花。是啊，现在的她才是江智尧的正牌女友，只要她抓紧江智尧，向小柔这个前任根本不足惧，当初她能抢过来，今天也不会再让她抢回去。

[当前]恋恋初夏：娇花一出，谁与争锋；双花合璧，天下无敌！！

[当前]恋恋初夏：娇花一出，谁与争锋；双花合璧，天下无敌！！

[当前]恋恋初夏：娇花一出，谁与争锋；双花合璧，天下无敌！！

三条一模一样的充满于夏风格的信息突然间出现在傲绝天下成员的呐喊声之中，突兀而喜感地冲击着众人的视线，让向小柔顿时又感动又无力。

[当前]夜舞风华：花哥花姐加油，咱们支持你！

[当前]流云：娇花姐必胜！娇花姐必胜！

[当前]无敌小野：花爷必胜，花姐必胜！

[当前]离情依依：啊啊啊，娇花组vs风雪组，开赌开赌了，大家抓紧时间下注啊，买定离手，大家抓紧了啊！

……

突然间当前频道上出现了原漂流的小岛成员给她的加油声，向小柔又惊又喜，视线在人群中来回寻找，终于在某个角落里看到了于夏的恋恋初夏与其他漂流的小岛成员，他们正热血沸腾地向她挥手。

[当前]一朵娇花：谢谢你们！

这一句感谢，向小柔说得无比诚恳和认真。

[当前]家有娇花：谢谢！咱娇花二人组肯定不给你们丢脸，快押我们啊，押我们的肯定大赢！

家有娇花上前一步，用手轻轻地揽住了一朵娇花的肩，这好哥们的动作却让向小柔一呆。虽然这是在虚拟的网络之中，但她却感觉到家有娇花的气息围绕在她身边，这样一个没有任何实际力量的动作却让她有了种坚定而安全的感觉。她只是一颤，没有拒绝。

竞技场并不是直接就能进入，需要和竞技场管理NPC对话后才会被传进去。向小柔和家有娇花并肩走到了NPC身边时，半夕秋风和绯蝶沐雪也已经走到了NPC旁。为了保证竞技的公平性，参加竞技赛的成员必须在竞技开放后一分钟内全部进入竞技场，否则就算竞技失败。一分钟时间过后，如果参选者全部进入，则双方都有九十秒的准备时间。在这段时间内双方都是安全状态，无法PK。九十秒一过，安全状态便解除了，竞技才会正式开始。

站在NPC身边的四个人，都沉默着。

家有娇花微驼着背，半闭眼帘，眼神不清，嘴角的笑是习惯性的猥琐，一身破旧的黑袍看在江智尧眼中，显得十分寒碜。这一对比之下，形象高低立刻就见了分晓。

湛蓝的法袍衬着英俊的面容，江智尧和家有娇花往那儿一站，对比鲜明，这赫然就是小鲜肉和大叔赤裸裸的挑战。

江智尧打心底里看不起家有娇花，他眼中的家有娇花，只是个猥琐下流的男人，不知道用了什么龌龊的方法才爬到了今天的位置，哪里比得上他，靠着自己的努力一点点地打造属于自己的游戏事业。

[当前]半夕秋风：小柔！

见向小柔没有任何表情，江智尧忍不住在当前频道发了一条信息。一句“小柔”，包含着许多道不明的情愫，而最重要的是，他要利用这个现实的名字来告诉她身边的那个猥琐男人，他和她是现实中认识的，并且关系不一般。

向小柔看到那行字，莫名打了个寒战，浑身起了鸡皮疙瘩。

家有娇花则是低下了头，隐忍地把额头的筋抽成一个“十”字形。

至于白沐雪，满腹怨念地抓着江智尧的衣袖，努力地挤出一个惹人怜惜的笑容，楚楚可怜地开口。

[当前]绯蝶沐雪：小柔姐姐！

鬼才是你姐姐！能不能别在游戏里叫她真名！还在公开频道里说！向小柔受不了，率先点下NPC申请进入竞技场。

[当前]绯蝶沐雪：阿尧，小柔姐姐还是不肯原谅我。

眼看着向小柔的离去，白沐雪并不急着进入，而是用她一向温柔如水的眼睛望着江智尧，让江智尧心头好一阵心疼。白玫瑰与红玫瑰都是他的心头肉，哪一朵玫瑰受伤他都不忍。

[当前]半夕秋风：没事的，小雪儿。小柔很坚强，你别想太多了。

方又安无法再看下去，果断点了NPC，跟着向小柔的脚步进了竞技场。

在他心底，只有三个想法：

果然，这两人是一对；还好，小柔脱离魔掌了；而他，就是她的救世主。

进了竞技场，向小柔和方又安被系统安排在竞技场的最左边，江智尧和白沐雪也在一分钟之内进入了竞技场。竞技状态正式进入倒数准备的九十秒内。

一边是黑暗召唤法师加暗影射手，另一边是法师加牧师；一组是纯DPS的队伍，一组是DPS+辅助的队伍，而且似乎还有传说中的JQ，所以大家都很期待这场对决。

[当前]绯蝶沐雪：小柔姐姐，我对不起你！

白沐雪一边帮江智尧加上所有状态，一边继续楚楚可怜地说着话。

[当前]一朵娇花：别叫我姐姐，我没你这么好的妹妹！

向小柔真想用封箱胶把他们的嘴巴给封起来，省得一人“小柔”、一人“姐姐”的叫得她郁闷。

[当前]半夕秋风：小柔，你别这样，千错万错都是我的错！

[当前]一朵娇花：江！智！尧！你给我闭嘴，别开口小柔闭口小柔，老娘的大名不是你这垃圾有资格叫的！

向小柔爹毛了，恨不得九十秒的时间马上到头能进入竞技状态。

[当前]半夕秋风：小柔，你到底还是恨着我！

[当前]绯蝶沐雪：小柔姐姐，对不起，对不起！

看到竞技场里三个人的对话，群众们一致地沉默了。这是在演哪一出戏？群众们发挥无所不能的脑补能力迅速在脑海里上演着一段段的故事。

九十秒的时间很快就过去了，江智尧和白沐雪还忙着在那满腔柔情，这边的家有娇花早就先发制人，一出手就是一个大招，满天的黑色风暴袭卷而去，夹带着亡灵的哭泣声，扑向半夕秋风和绯蝶沐雪。

向小柔等待这一刻已经很久了，唯有开打才能让这两个话痨闭上嘴，于是她赶紧跟上去。焚龙弓身的烈焰在空中划出炽热而美丽的弧线，一朵娇花的身形划出几个虚影，动作迅速得让人看不清。

恶心归恶心，但江智尧和白沐雪的操作水平还是不错的，在被家有娇花偷袭的瞬间就反应过来了，两个人迅速拉开了距离。

江智尧作为一个公会的会长，还是一个网游工作室的老板，他的操作水平是有保证的，而白沐雪跟着江智尧混了这么久，再没天赋也该有经验了，作为傲绝天下的首席治疗师，她的奶妈技术也不错。

只是，他们都太过自信而忽略了两朵娇花的猥琐程度。

家有娇花单凭绯蝶沐雪的一个动作，就判断出这个人辅助能力强，但PK能力很菜。绯蝶沐雪跟在半夕秋风身边，一向是他以及傲绝天下公会的专属奶妈，所以治愈和辅助的能力一流，但是PK能力很差。而且她是被半夕秋风调教出来的，某些操作思维已经固化，应变能力不够，对付怪物可以，但对付玩家就不行了。

半夕秋风的操作比较硬，所以跟他打起来就是凭真本事。

向小柔和家有娇花的目的一致，先杀绯蝶沐雪。她看着家有娇花行动的方向就已经猜到他的想法，所以并不急着追上去，而是对着半夕秋风连放了好几个牵制技能，减缓他的速度，让他没有办法及时救到绯蝶沐雪。另一方面，她站的位置非常巧，离家有娇花很远，但刚好可以打到绯蝶沐雪和半夕秋风。这样半夕秋风的范围魔法没有办法一下打到家有娇花和她，他只能选择一个目标进行攻击。他一面要攻击，一面还要顾及绯蝶沐雪，在这样的情况下，绯蝶沐雪非但无法有效辅助到半夕秋风，反而成了娇花们牵制他的最有力工具。

在这场竞技较量之中，向小柔让自己处在一个辅助攻击的位置，而家有娇花则是攻击主力，两人的默契好到没话说，不用出声就能知道对方的想法。这样的组合对任何一支竞技队伍来说，都是噩梦般的存在。

五分钟过后，没有了绯蝶沐雪支持的半夕秋风终于撑不住躺倒在地上，而绯蝶沐雪早已躺尸了。

群众们看到这个结果，早已在当前频道里闹开了。于夏他们一个劲儿替向小柔叫好，而傲绝天下公会的人则多数沉默着，其他观众则喝着彩。毕竟，这一场竞技对决非常精彩。

向小柔走到他们的尸体旁边，低下头，居高临下地望着江智尧和白沐雪这对“亡命鸳鸯”，脸上带着让他们恼火的嘲笑，淡淡开口。

[当前]一朵娇花：这就是你们的能力？这就是你们努力了一年多的辉煌？你们果然是天生一对！

[当前]一朵娇花：江智尧，你要明白，我不玩游戏，不是因为不会，而是我不屑跟你一起玩。在我眼里，你的游戏水平，就只值两个字：垃圾。

[当前]绯蝶沐雪：小柔姐姐……

江智尧沉默着，满眼都是向小柔的冷嘲热讽，如果是在现实中，以他那爱面子的个性，非面红耳赤了不可，更何况这一次还是在他公会的成员面前，里面有不少人都是他那小公司里的员工，对于他和向小柔的事情也略知一二。

所以，他怒了。

[当前]一朵娇花：我说过了，不要叫我姐姐！也别在我面前装可怜，我不吃你这套。我没有欠你什么，哪怕是杀你也光明正大！记住，我跟你不是一路人，所以，别再叫我姐姐了，我没有你这种妹妹！

[当前]绯蝶沐雪：向小柔！

白沐雪的形象一直都是乖巧可爱，今天当众受到了这样的羞辱，又不肯不顾形象来骂人，于是一时间也憋不出什么话。

[当前]一朵娇花：别叫我，我的名字你不配叫！

江智尧仍旧没有言语，也不重生，任由自己的尸体趴在地上，不知道在沉默什么。这种情况下，白沐雪自然不能一个人重生去，于是两具尸体就这么躺着。倒是傲绝天下的几个成员看不下去了，纷纷出言相助。

[当前]清风唱月：一朵娇花，嘴巴别这么毒。小雪姐姐人好不会说话，你也别欺人太甚！

[当前]少妇之友：一朵娇花你得意什么？以为我们傲绝的人好欺负吗？

向小柔抬起头，手持长弓指向他们。

[当前]一朵娇花：你们没有资格开口！我不需要跟你们交代，有任何不满，就进来打一场再说！

竞技场里的一朵娇花，傲然挺立宛如悬崖上的花朵，身形单薄却有着坚定的灵魂，看着众人的眼睛只有战意没有怯意。

恍惚之间，方又安似乎看到当年的笑与君歌。不一样的容颜却有着同样的眼神，这一刻，他才明悟，时间给她再多的磨练，也只是褪去了她青涩的外衣。她的灵魂，仍旧是他的笑与君歌，永远都不会改变。

[当前]少妇之友：打就打！

[当前]冰雪刺杀者：够了！你们要闹到什么时候？都给我安静点！

冰雪刺杀者看这局势再闹下去必定不会有什么好结果，忙出口制止，谁知他下一句话还没说出来，家有娇花的话倒是先一步出来了。

PART 35　赌注

[当前]家有娇花：半夕秋风，不要再给我发私聊了！如果你觉得我刚刚算是偷袭你的话，那不如，我们再重新比过一次吧，单挑如何？

江智尧就等着他这句话，在他的心中，自己的失败原因在于多了一个白沐雪，如果是1vs1的单挑，他肯定不会落败。

[当前]半夕秋风：好!

[当前]家有娇花：我还没说完呢，别急！单挑可以，不过这次我要加上点赌注。我要进行生死挑战，如果我输了，我就把我所有的道具装备都送你，包括我的历史进程任务，然后我删号，永不进入《恋世》!

[当前]半夕秋风：……

[当前]一朵娇花：……

[当前]绯蝶沐雪：……

[当前]冰雪刺杀者：……

……

好狠的赌注!

[当前]家有娇花：如果你输了，我也不要你删号。我只要你让出你傲绝天下公会的会长位置给我，如何?

有人被羞辱一次不够，还想再自取其辱，那他乐于成全。方又安奸诈地笑了。

而原本喧闹非常的群众在听完这两句话后都同时沉默了。

[当前]一朵娇花：家花，你疯啦!

向小柔一听就急了，这么狠的赌注，亏他想得出来。虽然她对他很有信心，但这世上有个词叫“意外”，PK中难保不出什么差池。

如果他删号，那么《恋世》中就再也没有家有娇花这号人，那么她的生命中，将不会再有他出现……

想想，她心颤了。

[当前]家有娇花：小花，你是在心疼啊？是在替我心疼？还是在替他心疼啊?

方又安看她爹毛的样子，忽然有种开心的感觉。

[当前]一朵娇花：……

[当前]一朵娇花：谁在心疼了？你要打随便。

打死了你，大不了老娘也删号不玩就是!

最后这句话，她吞到了肚子里没有说出来。

就在他们打情骂俏的这会儿时间，江智尧已经做出了决定，他不顾白沐雪的反对，同意了这场竞技。

[当前]半夕秋风：我同意！

他需要这样的机会来挽回他的面子，他仍然坚定地相信家有娇花只是个投机取巧的没有真才实学的歪瓜，是绝对比不上他的。

[当前]家有娇花：很好！

[世界公告]玩家家有娇花向半夕秋风发起生死挑战，等待对方接受中。

[世界公告]半夕秋风接受家有娇花的挑战，生死无常，各安天命！请玩家在十分钟内到爱维斯城竞技场进行挑战赛！

[私聊]家有娇花：别担心！看我帮你报仇！乖乖等我回来。

向小柔在被传出竞技场前，看到了这句话。

很快地，白沐雪和江智尧都复活了，而竞技场里只剩下家有娇花和江智尧。

家有娇花vs半夕秋风，两个法师的战斗——一场残酷的对决开始了。

半夕秋风的身上，加满了所有的状态，全神贯注地等待着准备倒计时的结束。而家有娇花仍旧是老样子，吊儿郎当的没点正经样，甚至还有心情跟场外的一朵娇花抛几记飞吻，看得向小柔哭笑不得。

在准备时间结束的瞬间，家有娇花幽灵似的行动了起来，半夕秋风也没有任何停顿，迅速上前。半夕秋风的技术也是很强的，各种技能上手就来，几乎不用思考就一招招地放出来，跑动的位置也很巧妙，看得出来是一个久经考验的老手。可惜的是，他遇上的是家有娇花这个变态。他能把技能冷却时间和吟唱时间精确掐到0.1秒，对于技能的了解，半夕秋风还差他很远很远。

半夕秋风是在《恋世》之中第一个让方又安不遗余力，并且光明正大PK的人，否则以他的猥琐老手段，乱七八糟的道具一用，半夕秋风早就输了。

所以，半夕秋风是很荣幸的，只是，这种荣幸，估计他一点也不想要。

[世界公告]家有娇花挑战成功！生死轮回，请玩家们继续努力！

公告出现在每个玩家的眼前，半夕秋风惨败！

[私聊]家有娇花：我的女人，你没有资格碰！

江智尧重生前，看到了家有娇花发来的信息。

他输掉了他的公会，输掉了尊严，输掉了他长久以来一直引以为傲的东西！

夜色如水，月光洒在窗前，带给心灵一阵冰凉的安宁。向小柔退出游戏，取下头盔，心底一阵空荡荡的无力感，再也没有了刚才把江智尧和白沐雪踩在脚底的痛快。

此刻向小柔的心中，不带一丝兴奋。她感到有点悲哀，自己花了三年时间，才彻底认清一个男人的面目，可接下去，她又有多少个三年可以蹉跎?

虚拟世界里的激情过后，回归到现实的平淡总会有种空虚感。向小柔叹口气，按捺下心中空落落的感觉，起身准备给自己煮点宵夜。她无法充实自己的心灵，好歹也要满足一下此刻哀鸣阵阵的肠胃。傍晚吃饭太早，所以现在她饿慌了。

冰箱里只有速冻饺子，她往锅里放了水，打开煤气，再顺便看看于夏，这厮正套着头盔躺在床上，灵魂不知在游戏的哪个角落里风骚着。向小柔也不准备打扰她，正准备转回厨房，一阵手机音乐铃声在安静的小房里响起，突兀地打破夜晚的沉寂。

她冲回房间拿起手机，手机屏幕上显示的是一串有点眼熟的数字。

陌生来电？她犹疑了一下，接通了电话。

“你好，哪位？”她下意识地就问了一句。

“你把我的号码删了？”手机里传出低沉悦耳的男音，是江智尧的声音。

“怎么是你？”向小柔不自觉地提高了声音，眉头蹙成一座山。

“小柔，你就这么讨厌我？连我的手机号都删了？连听到我的声音都不愿意？”刚刚受到打击的江智尧，声音里有股受伤的气息。

向小柔做了个深呼吸，才能够让自己用平静的声音回答他。

“是！所以你最好有事没事都别打我电话！”

“我们在一起三年了，难道现在，连朋友都不能做？”

向小柔的眼神蓦然间冷下来，她以为她表现得非常明显了。

她讨厌拖泥带水的暧昧感情，既然分手了，为什么还要再戴上朋友的假面具。难道以前的柔情蜜意都是假的，所以分手后才能坦然地成为君子之交?

江智尧的问题让她觉得可笑。

她不是圣母，无法做到大爱无疆，可以包容一切。她只是个普通而平凡的女人，在被背叛和伤害之后会拥着被子大哭一场，然后胡吃海喝一顿，用尽心力去遗忘那个男人和三年的时光。除了每天都在心底把他们骂上一千遍，要不就是希望他们过得很不好，希望江智尧再劈腿，希望白沐雪变成他衣服上的饭粒。但她唯一不希望的，就是和他做朋友。所有有关旧情复燃的情节，她都不想发生。

既然不能天长地久地珍惜，那就痛痛快快地断个干净。老死不相往来，这是向小柔对感情一向的处理方式。

“对！”她的回复干脆利落，不带一丝犹豫。

江智尧深深地叹了口气，沉默了两秒才继续开口。

“家有娇花，不是什么好人，你不要被他骗了。游戏里有很多骗女人的男人！”他再度开口。

“不劳你操心，他是什么样的人我心里有数。”向小柔心头弥漫着厌恶感，“挂了，请你以后不要再打给我！”

说完，不等他回复，便掐断了电话。

三年的时间，她都没有认清一个人。

永别，江智尧！

这段感情，她终于不再留恋！

PART 36　纠结的二花

第二天是个阴雨天，太阳在清晨的时候露了下小脸便潜水去了，到了中午开始淅淅沥沥地飘起雨来，向小柔过了十点才懒懒起床。

昨晚吃了饺子睡不着，便又进了游戏做战场任务，直到凌晨三点才下线睡觉，她觉得自己又沉迷了。

想着今天晚上就要下堕落深渊副本，向小柔决定先做做功课。鉴于之前上古战场的经验，堕落深渊的副本难度肯定不会低于它，而他们这一队伍的实力，与当初一叶无花的队伍比起来，还有一定的差距。所以她已经做好了队灭的准备。

向小柔一如往常地捧着她心爱的早餐——豆浆、油条，整个人都窝进舒适的电脑椅上。音箱里传出最爱的歌曲，窗外的雨水也打扰不到她，整个房间都充满让人羡慕的庸懒轻松。

咬着油条，她娴熟地打开官网、论坛，快速浏览着上面的信息。

掐指一算，历史进程任务开放到现在，已经过了快半个月时间。犹记得当初家有娇花的那条世界公告和《神遗之罪》全面开放的公告出现在《恋世》时，玩家们那高涨的热情。她突然间开始期待，这场号称是网络游戏历史上最庞大最真实的战争。

一场需要全服玩家共同努力的战争。

那一刻，玩家们必须抛弃成见，抛弃争夺，抛弃各种各样的私心与仇恨，来共同守护《恋世》大陆，成就属于玩家的辉煌。光想想，她就热血沸腾。

到目前为止，《恋世》五个主城都在积极备战的状态中，玩家对于这场战争充满了激情。五座主城中除了爱维斯和人类的主城拉芙城已经达到了四级防御外，其他三座主城的防御力才达到三级水平。每个城市的世界之塔都已经打开，该接到重要历史任务的玩家也已经在奋斗之中，而各个大公会也积极地为这场战斗做准备，力求在战争结束后能够拥有全新的公会势力和名望。

一切都在有条不紊地进行中。

而两个重要的副本——上古战场和堕落深渊，普通模式下的副本已经都被打穿了。此外，上古战场的困难模式血色荣耀公会是首杀，而堕落深渊暂时还没有被打通，但根据目前网上透露的消息来看，仍然是一叶无花的血色荣耀公会进度最快，大概已经到了第三个BOSS。按照上古战场的情况来看，堕落深渊副本的BOSS应该也在四个左右。所以，他们所剩的时间并不多了，必须要抢首杀抢声望抢任务。

玩个游戏，跟抢命似的。向小柔叹了叹气，再看看论坛的信息，有用的资料不多，倒是最近发生的几件服务器重要八卦事件，被置顶在最上面，其中就包括她的天下追杀令、严舒瑶事件、家有娇花的挑战以及他们加入君临天下公会等事情。她连看的兴致也没有，于是关了电脑，上游戏。

游戏里的一朵娇花，正站在竞技场的外面。

玩游戏的人大多是夜猫子，所以她早晨十点上线，爱维斯里的人都还不多。晨风吹起路边某个人类法师玩家的长裙子，绣着符文的衣袍泛着淡淡的光，效果看起来很真实却又离现实好遥远。

向小柔发现自己从没好好欣赏过这个城市的风景，高耸的尖塔、庄严的大图书馆、圣洁的神殿，一时间她仿佛真的穿越了时空，来到架空的世界里。游戏带给她的最大的惊喜，便是能领略在现实中无法接触到的风情，能做现实中永远都无法完成的事，比如飞翔，比如魔法……生活中鸡零狗碎的事情太多，烦恼永远没完没了，而虚拟的世界则像个供人逃避的角落，有些梦想，只能在这里实现，有些故事，只能在这里演绎，比如英雄，比如流浪……

一个组队的邀请突然弹到她的面前。

向小柔一看，是家有娇花发来的，没有多想便点了确认。

她看了下他的位置，他在星花草原里。

想到昨晚发生的事情，她忽然间感动。对于家有娇花，两人间的默契总让她莫名地熟稔。可在她的生命中，又从不曾出现过这样猥琐的男人。可不是熟人，他为何要将那么稀有的追杀令送她？为何要下那么重的赌注来替她报仇？

想一想，似乎意识到了什么，向小柔觉得脸有些烫。

[队伍]家有娇花：小花花，你好早啊！过来跟我一起做战争日常吧。

[队伍]一朵娇花：哦，好。

接了任务跑到星花草原，家花正仰面躺在一个小土丘上，身边的怪已经被清光了。她跑到他身边，看着他闲适地闭着眼的大方脸，满腔柔情突然多了点异样。没有办法，不论何时何地，他总能给她莫名的喜感。

向小柔用脚踹踹他，他微张了眼睛懒懒瞅了她一下，又闭上。

[队伍]一朵娇花：不是做任务吗？你把怪都清完了，让我来看你睡觉啊？

[队伍]家有娇花：你说错了，小花。其实我是让你来陪我睡觉的！

[队伍]家有娇花：哎，你别再踹了，跟你开玩笑的！来，坐着休息会儿，别一上游戏就喊打喊杀的！

向小柔依言坐到了他身边，星花草原宽广辽阔，天很高，风很轻，入目都是一片葱绿。那样的绿，无边无际，能让人随意驰骋。

[队伍]家有娇花：小花，你记不记得我上次跟你说的故事啊？

[队伍]一朵娇花：你编的故事太多了，指哪个？

家有娇花突然间弹起来，凑近一朵娇花。一张大脸瞬间出现在向小柔的眼前，吓了她一跳。

[队伍]家有娇花：我在这个游戏两千万的玩家中，寻找你！

[队伍]家有娇花：我不知道哪年哪月哪天能遇到你！

[队伍]家有娇花：我不知道会不会遇到你却不认识你！

[队伍]家有娇花：我可能这辈子就错过你！

[队伍]一朵娇花：……

向小柔看着他认真的表情，想起某个明媚的早晨，他在自由港口边跟她说过的那番话，突然间心跳加速。

[队伍]家有娇花：小花，你很像她！

向小柔的心快要跃出喉咙口，仿佛回到少女时期，春心荡漾。

[队伍]一朵娇花：家花……你……该不会爱上我了吧？

非常直接地，向小柔就这么问出口了。

[队伍]一朵娇花：别爱上姐，姐只是个传说！

她站起来，拍拍他的肩，阻止他将要说出口的话。不论他是在开玩笑还是认真的，她都不愿继续听下去。

建立在虚幻之上的爱情，注定不会落地生根。

方又安一口气卡在胸中，差点没接上来，恨得他想咬人。这么多年了，她就不能多点似水柔情，怎么还跟以前一样蜇人？

[队伍]家有娇花：小花，我找到她了。

[队伍]一朵娇花：……

向小柔这回真不知该如何形容自己的心情了。最初的窃喜加慌乱，似乎变了味道，像发酵而不加糖的牛奶，满心的酸。

[队伍]一朵娇花：你不是说是假的吗？

[队伍]一朵娇花：算了，不管真的假的，找到真爱了，恭喜你！

[队伍]家有娇花：可她不认得我了！怎么办？

[队伍]一朵娇花：你有名有姓，告诉她会怎样？难道她连你长相姓名都不记得了？你们之间有什么深仇大恨能这样啊？你是不是又在骗我？

向小柔有点烦躁，不愿继续这个话题。

[队伍]家有娇花：不是，我的意思是，我无法确定她是否还爱我，怎么办？

[队伍]一朵娇花：重新追！

[队伍]家有娇花：教教我怎么追？

看在他在游戏里为她做了这么多事的分上，向小柔按下郁闷之情，开始教他追女孩的方法，结果却换来家有娇花比她更加纠结的表情。

[队伍]家有娇花：够了！别说了！

[队伍]家有娇花：你个傻瓜！

[队伍]家有娇花：爷生气了！

方又安郁闷。她怎么能这么平静地接受这件事情，难道她对他就一点感觉都没有？还教他追求别的女人？他严重抓狂了！

看着他忽然傲娇的模样，向小柔更郁闷了。明明失恋的人是她，怎么到头来反而是他生气？

失恋？！向小柔被自己吓了一跳，为什么她会用上这个词？

纠结……

PART 37 战意

如果说上古战场在《恋世》大陆的最北端，是整个大陆的寒冷之极，那么堕落深渊就是整个大陆的炽热之心，它位于整个大陆的最中心位置，将整片大陆一分为二。传说中，这里是上古的魔王失心王者用裂天巨斧劈凿而出的巨大深渊，这个深渊直达地心，从地底涌出的九层地狱火将深渊四周的生灵全部焚烧成灰，只留下了一大片漫无边际的岩浆和滚烫的巨石。这片区域，被称作是炽热核心。

冰雪刺杀者、骄傲不落、家有娇花、一朵娇花，连同那个新选出来的牧师——番茄地瓜都已经踏过了那片炽热核心，到达了深渊的入口。

堕落深渊的入口，是一扇巨大且黑暗的石门，突兀地耸立在四处蔓延的地火中心，石门之中是望之不见底的诡异旋涡，无数的阴魂哭泣声从那旋涡之中传出，带着摄人心魂的尖锐感觉，让人很不舒服。上古战场里美得像天堂，而堕落深渊则诡异得像地狱。

向小柔五人，在堕落深渊的入口处，很意外地遇到了另一组人。

一叶无花、毒手佛心、荣耀血月、柒伤曲……以及，明日殇。

意外，十分的意外。

明日殇在一叶无花的血色荣耀公会之中，是个很神秘的存在。他极少上线，除了参加一些很重要的公会活动外，他很少在游戏中出现，几乎没和其他人有任何交流，但整个公会的财力，却有一半是靠他支撑。

在看到“明日殇”这个ID的瞬间，向小柔就呈现石化状态。她没有想到，游戏中他们会在这样的情况下见面。

家有娇花扬了扬眉，并没有太多惊讶，他的眼光落在一朵娇花身上，没将一叶无花和明日殇放在眼里。

[当前]一叶无花：你们也来下深渊？

[当前]冰雪刺杀者：是！

[当前]一叶无花：据我所知，你们上古副本才打到一半，怎么突然间改道来此了？

[当前]一叶无花：想抢首杀？

一叶无花一眼看穿了他们的想法，笑着问他们。

[当前]冰雪刺杀者：是啊！难道我们不够实力？

[当前]一叶无花：如果是以前，我不认为你们有这实力。但是现在……

一叶无花走到了家有娇花和一朵娇花面前。

[当前]一叶无花：有你们在，一切皆有可能，是吧?

家有娇花猥琐地笑着，不置可否，而一朵娇花仍旧是之前淡漠的表情，萝莉脸上精致的五官像是雕刻而出的面具，并不真实。

[当前]一叶无花：看起来，这场历史战争之中，我们注定是要为敌了。我非常荣幸，能有你们这样的敌人!

一叶无花望向家有娇花的眼中，充斥着浓烈战意，而那战意之中，又包裹着一丝狂热。

向小柔轻微地皱皱眉。

一叶无花，曾经的皇图霸业公会会长天子意气，真名萧梵。在她的记忆中，他是一个非常狂傲的男人，向来以自我为中心，聪明且眼光独到，但在六年前，却有那么一个男人，让这样狂傲的萧梵心甘情愿地折服。

那个男人，叫风痕。

他们是朋友又是对手，并肩而战又暗自较量。

向小柔望了望家有娇花，他的小眼睛露出一道淫光，嘴边是猥琐却无畏的笑容。她无法将这样的家有娇花和当年意气风发的风痕放在一起做比较，但一叶无花眼中的那种狂热，却和当年他面对风痕时的战意如出一辙。

这意味着，在萧梵眼中，家有娇花是能和风痕平起平坐的人。

想到这点，向小柔不禁多看了家有娇花几眼，她知道他能力很强，却不知他强到能让一叶无花露出如此狂热的表情。

[当前]家有娇花：希望一叶会长手下留情了!

家有娇花闲闲凉凉地回答。

一叶无花没有回答家有娇花的话，率先和他的队员们进入了游戏。进副本前，明日殇回头望了望家有娇花和一朵娇花，露出暧昧不明的笑容。

副本外，只剩下冰雪刺杀者五个人。

向小柔怔怔地望着私聊频道里卓天发来的信息。

[私聊]明日殇：真没想到，有一天还能够在游戏里见到你。这场大战，我十分期待!

卓天微笑着，对他而言，每天忙于工作，应酬着各种各样的人，网络游戏里的那些热血激情已经离他很远了。对于一个连上线的时间都没有的人，他已经很久没有这样的期待了。

六年前的恩怨，趁着这个机会好好了结了吧。

跟着冰雪刺杀者进了堕落深渊，向小柔看着满眼的怪物，迅速收回心绪，把注意力放到了眼前的怪物身上。

眼前只有一条路，一条通往对岸的两边都是悬崖的小路，路边长满了七色草，在《恋世》传说之中，这种七色草是堕落深渊的彩虹女神在通往深渊的路上流下的眼泪，每一滴泪都幻化成七种颜色的七色草，这种草，在幽暗的深渊终日无法得到光照，永远也开不出花朵。

七色草很美，在幽暗中泛着淡淡的七彩光芒，但除了七色草，周围的一切都充满着危险的气息，路的两边是深渊，无遮无挡，深渊之下是无尽的恶火和岩浆，如果玩家一不小心踩空掉下去，就会直接挂掉。他们每走一步都要小心谨慎，更别提还要在这里打怪了。

这里的地形，对玩家十分不利。

这条小路上，每隔一段距离就站着两只怪，到对岸的这段距离中，一共有三批怪物。

怪物并不难打，难的是怪物有一个技能。在怪物最后只剩百分之五血条的时候，会产生自爆，自爆的威力不大，却会把周围的玩家震退十米。这个技能在别的地方没有什么优势，但在这条狭窄的绝路之上，却成了杀手锏。

他们没有来过堕落深渊，因此并不了解这个技能，而这条路对于跑位的要求又相当高，几个人没有准备都吃了亏。除了远程的一朵娇花、家有娇花和牧师番茄地瓜安然无恙外，冰雪刺杀者和骄傲不落被震下了悬崖，在岩浆之中做了一次正宗的高温桑拿。

这一战的开局，并不顺利。

PART 38　首杀

年假的最后一天，向小柔拎着她那把焚龙弓，徘徊在堕落深渊副本门口。

距离他们首次进入堕落深渊，时间已经过了三天，他们一路磕磕绊绊，最终也来到了最后一个BOSS面前，赶上了一叶无花的进度。目前两个公会的进度相同，而紧随其后的还有其他几个大公会，堕落深渊的首杀争夺战进入了白热化。

经过三天时间的磨合，冰雪刺杀者的这支队伍在各方面能力都得到了很大的提高，特别是整支队伍的配合与默契。看着队伍三天中的变化，冰雪刺杀者第一次觉得暗夜星辰当初的提议十分英明，花了这么大代价找到一朵娇花和家有娇花，果然是正确的。

在这场副本首杀的争夺战之中，一朵娇花和家有娇花已用实际行动教会了冰雪刺杀者团队的重要性。以前的他，总是觉得拥有最好的装备和高超的技术，成为大神一呼百应所向无敌，却忽略了团队的重要性。于是，只成就了他这个全服第一的大神，但公会的实力却无论如何也超不过前两名。毕竟，不管大神的装备再怎么好，操作再怎么厉害，在一款优秀的游戏之中，永远是双拳难敌四手，以一对多还能全身而退的奇迹并不存在。一支优秀的团队，不管是对大神本人或者是整个公会，都是一个强大有力的后盾，那是远比个人的力量要来得重要得多的存在。正因为有着强力的团队，所以一叶无花的血色荣耀可以在没有出有名的大神存在的情况下，仍牢牢霸占着公会排行榜的第一名。

冰雪刺杀者花了很长的时间才领悟到这一点，好在，尚不算太晚。放下高高在上的大神包袱，他开始把精力放到团队配合之上，不再执着于自己的个人英雄主义。三天的时间，令他的这支堕落深渊先遣队变得更加强悍。

向小柔有着淡淡的倦意，这三天来为了赶上一叶无花的进度，让队伍的配合更上一层楼，她花费了很多时间在游戏里和他们培养默契。所幸几个队友的意识都不错，经过三天的努力，他们终于能够站在堕落深渊最后一个BOSS的面前，而这个BOSS，也正是一叶无花他们打了两天都无法通过的最终BOSS——深渊弑神者。

进了副本，那条开满七色草的小路幽深地蜿蜒在眼前，悬崖之下赤红色岩浆缓缓地流动着，摔下去，就是尸骨无存的下场。路上的怪已经被清干净了，他们今天的目标，是最终的深渊弑神者。

一路上，他们快步前行着，深渊独特的景象在眼前掠过，这三天来经历的种种艰辛也在他们脑中回放。这是个地形很复杂的副本，打怪物的难度比上古战场略低了些，但配合着这里独一无二的地形，却更难打通。

第一层是双头的深渊守门幽影龙人。在他的身边，有三堆幽暗之火阵符，他们必须在幽影龙人的血量掉到百分之十的时候，同时将那三堆幽暗之火熄灭，否则幽影龙人会用剩余的精血引发幽暗火噬。面对幽暗火噬的他们只有一个下场——团灭，他们整整被灭了一晚上才终于搞清楚这个BOSS的技能规律，但当推倒他时，一夜也就过去了。

第二层没有BOSS，但是必须在有限的时间内打碎五个禁忌水晶，救出神仆灵魂，他才会帮玩家打开通往第三层的入口。在这过程中，神仆灵魂随时会被禁忌水晶吸走，一旦灵魂不再，即使打破了水晶，也无法打开入口。

第三层住着的是深渊中最美丽的西丝洛蒂女王，这位女王曾经统治着恋世大陆上一个繁盛的靠海城市亚尔斯，意即为和平。但这座海港之城随着她的堕落，曾一度被毁灭成废墟，是后来的大圣者阿兰克拯救了这座城市，让它恢复昔日的光辉，这座历经磨难的亚尔斯城，就是后世被改名为爱维斯的著名主城。这位西丝洛蒂女王，相当的强悍。她的强悍，从她的武器可以看出来——鞭子。被命名为神之血蔷薇的闪着红光的长鞭，果然相当符合女王的气场。从这位女王执鞭的性感样子可以看出游戏公司设计人员的猥琐爱好，即使是在工作时也不忘意淫一把。这个BOSS，打得相当艰难，他们花了整整一天的时间，才把这位身材火辣的女王推倒在地。之后，五个人就再没力气继续下去，直到休整了一段时间后才又爬上了游戏，准备迎接最后的挑战。

深渊弑神者伊萨冷漠地站在一个由无数骷髅堆筑而成的小山上，戴着暗黑色的头盔，只露出一双与周围的气息格格不入的眼睛，那是一双像海水一样湛蓝的清澈眼眸，忧伤而迷茫。他的手，握着一柄锈剑，剑身隐隐泛出浅浅的红光，整个人像一尊雕塑，保持着凝固的姿势站在高处，远远地望着无尽的深渊虚空，仿佛想要望穿这个阴暗无光的牢笼。

五个人席地坐在骷髅山下不远处的岩石上，补充各种增益技能、卷轴，查看药水和技能是否摆放妥当，做着战前的准备。

[队伍]家有娇花：你们听过伊萨的故事吗？

[队伍]冰雪刺杀者：？？

[队伍]番茄地瓜：花哥，啥故事？

[队伍]骄傲不落：打个BOSS还有来历？

向小柔没有说话，看着家有娇花那故作神秘的眼神，就猜着他又想卖弄他那《恋世》活历史技能了。脸上无动于衷着，她的心里却还是忍不住好奇。

[队伍]家有娇花：伊萨，是西丝洛蒂女王的情人。

这是一个悲伤的故事。

伊萨曾经是亚尔斯城中一名普通的佣兵战士，他的人生就像一本常被人幻想的玄幻小说。常年过着刀口舔血日子的伊萨与各种各样的雇主打着交道，艰难地一步一步爬到亚尔斯城守护勇士的位置。而当时的西丝洛蒂女王还是一个可爱迷人的公主小萝莉，他们的爱情，产生于一段守护与被守护的冒险之中，美丽而勇敢的西丝洛蒂殿下成了他发誓要一生守护的女人。再后来，公主成为了女王，勇士成为了英雄王者，他们本该就这么幸福地互相守护下去，只是，堕落军团的入侵打碎了这段幸福。作为最繁华的城市，亚尔斯城成了堕落军团最渴望侵占的领地之一。为了守护西丝洛蒂女王与这座城市，英雄王者伊萨带着军队来到了堕落深渊，可惜，却一去无回。虽然深渊最终被封印了，但女王最终没能等到她的勇士，原来她的勇士用全部的力量将深渊封印时，连同自己的灵魂一起埋葬，堕落成魔。

悲伤的西丝洛蒂并不知道他已成魔，执着地等了他很多年。直到有一天，成魔的伊萨，获得了弑神者的力量，冲破封印回到了她的城市。可是一切都不一样了。没有人再记得当初的英雄王者伊萨，也没有人认出那个用生命去守护这座城市的勇士，包括西丝洛蒂。在他们的眼中，他只是一个让人恐怖的恶魔存在，代表着死亡与噩梦。被封印了多年的伊萨，被魔化的心灵再也无法控制，他疯狂地摧毁了一切，毁灭了这座城市，并且，他杀了他最心爱的、曾经用生命守护的西丝洛蒂女王。

女王在倒下的那一刻，让他把她的灵魂带走。她说："我无惧堕落成魔，只有你的守护，能让我的灵魂重生。为了我的子民，我必须驱逐你，但现在，我已经死去，所以，请带我走，伊萨！"

原来，她从没忘记过他，哪怕一分一秒。

伊萨带走了她。只剩下满目疮痍的城市与这段凄美的爱情传说。

家有娇花说完故事，五个人都各自沉默着。

游戏里的故事设计得很用心，只是极少有人关注。一直追逐着游戏里的权力与利益的他们，那么辛苦玩到最后，直至游戏结束，所有装备排名都化成废弃的数据，也许都不会知道，曾经费尽苦力打败的人，用尽心血救下的城，有过怎样的故事……

很多的错过，只是从来没有开始。

[队伍]冰雪刺杀者：兄弟们，别发呆了，上吧！今天推倒他！

许久之后，首杀公告再现世界。

[世界公告]公会君临天下成功击败深渊弑神者伊萨，获得堕落深渊副本公会首杀成就！队伍成员获得称号：堕落深渊英雄！

PART 39　ROLL品最高

为MT的骄傲不落，正手执绿光萦绕的混沌巨斧，壮硕的身躯如山一般矗立在BOSS伊萨的尸体旁边，满眼难以置信地望着天空闪过的另一条公告。

[世界公告]恭喜玩家骄傲不落完成堕落深渊弑神者伊萨个人首杀成就，给伊萨带来致命一击，获得称号：堕落深渊破魔者！

世界频道、公会频道瞬间刷出许多恭喜的信息，包括他个人的私聊频道，许多朋友都发来信息，但他一条都没回。

骄傲不落的目光从公告转到了眼前的队友身上。

其他四个人，正满身疲惫却脸带微笑地站在他身边。几天的努力下来，众人都相当疲惫了，因此虽然只是在游戏中，但几个人却互相搀扶着，筋疲力尽地站在BOSS的尸体边上，满身狼狈。

这一场大战的胜利委实来得不易，是他玩游戏这么久，经历得最艰难却也最满足的一场BOSS战。回想刚才发生的种种凶险，虽然只是游戏，但种种经历却仿佛烙印在脑海中。

一晚上，他们一共被灭了十三次，但每次从地上爬起来，总是越挫越勇。从第一次的百分之六十血的时候团灭，到后来的百分之五十、百分之四十、百分之三十……他们一点点艰难地迈向胜利。

在这样的不断被团灭的情况下，他以为总会有人气馁与放弃。但神奇的是，没有任何人抱怨。每一次失败再站起来时，他们都重新休整，总结上一场失败的原因，重新开怪。

没有人怪过他拉怪时出现的失误，也没人怪牧师治愈驱魔没跟上，也没人说DPS不够给力，控制不及时……

这样的队伍，让人心甘情愿为之奋斗。

向小柔把身体斜倚在一直笑嘻嘻的家有娇花臂膀上，欣慰地看着天空中划过的首杀公告。终于又成就了一个首杀。虽然个人首杀并不属于她，但她同样开心。伊萨无愧深渊弑神者的称号，战斗力那叫一个强悍。

直到第十次被团灭的时候，他们才终于总结出了伊萨的大部分技能以及各种技能施放的时间、吟唱时间和冷却时间，每种技能的伤害范围、伤害距离，以及每个阶段他站立的位置……

结合着家有娇花对这段历史故事的了解，找出了伊萨的破绽，最终总结出每个职业的配合与站位等攻略，他们最终在第十三次开战时真正推倒了他。

真是场艰巨的战斗。

[私聊]家有娇花：小花，为啥救我？如果最后不救我，这次的个人首杀就属于你了。

家有娇花的私聊信息出现在向小柔眼前，让她想起了BOSS只剩最后百分之一血的那个危急关头。

在伊萨仅剩百分之五的血条时，他突然陷入了狂化状态。这个狂化状态，由于在之前的几场战斗中并没有打到这个阶段，因此所有人对于这个狂化状态不了解。这是一个突发的情况，伊萨血条从百分之五跌至百分之一，但战斗力却翻倍了。如果不能躲过这一劫，那么之前的努力都将白费。在百分之一血的时候被团灭，这毫无疑问最打击人。

陷入狂化状态的伊萨，会无视MT的仇恨，随机选择一位队伍成员进行攻击，而家有娇花就成了那个被选中的人。

在那种千钧一发的时刻，其实没有时间让人考虑太多。她的反应只是条件反射，放弃正在稳定输出的高DPS，也忘记首杀成就。一切，只是出自本能。

放冰霜陷阱，拖延伊萨靠近家有娇花的时间，让他有时间逃开那致命的一击。几个技能她一气呵成地施放出来，虽然只是几秒的时间，但对家有娇花而言已经足够。然而，她保住了他的命，却失去了个人首杀的成就。

原因？

没有原因。

在她心里，个人首杀成就远比不上家有娇花来得重要。这个从她初进《恋世》就一直陪伴着她的人，不管他最初的守护是出于什么样的目的，但并肩作战的感情却是真实地存在她心底，一点一滴地融化着她曾经因网络游戏而滋生的各种悲伤。

她想了一下，然后回答他。

[私聊]一朵娇花：不想看你横尸当场，会丢我的脸的！

[私聊]家有娇花：小花花，你真好！来给哥抱抱！

[私聊]一朵娇花：找你的老相好去抱！！

老相好？方又安被这个词给雷了一把，然后开始回忆自己什么时候有老相好了，最后恍然大悟，自己的老相好不就是她吗？

[私聊]家有娇花：嘿嘿，老相好，真不错！

方又安一脸的痞样，冲着向小柔做个鬼脸，八字胡翘到天上。

向小柔想到他那个据说好久没见的不知道从哪里蹦出来的旧情人，忽然间就心情不爽了，狠狠瞪了他一眼，没再开口说话。

方又安于是很可耻地趁着她失神的片刻，把手偷偷绕到她身后，由原来她靠着他站的姿势，变成了他揽着她。

真是舒坦！

队长冰雪刺杀者上前摸了尸体，结果非常出人意料。

全服第一对翅膀——神圣守护，居然华丽丽地掉落了。

这一对翅膀，是新出的橙色装备，属于神器级别，全职业都能装备。它最大的好处在于能提升速度：法系职业能提升吟唱速度；物理伤害职业能提升攻击速度。除此之外，还增加防御和攻击力。造型拉风，效果强大，对于所有职业来说，这都是一件难得的极品。

因为是全职业都能使用，所以冰雪刺杀者决定用ROLL点的方式来确定这件极品的归属。

所谓ROLL点，是游戏自带的一个掷骰子系统。当一个队伍获得掉落的一件无法决定归属的物品时，就可以通过掷骰子来看谁的点数大，从而决定这件装备的最终获得者。

家有娇花ROLL了个92点；

冰雪刺杀者ROLL了个78点；

骄傲不落ROLL了个56点；

番茄地瓜ROLL了个12点；

大家都以为这装备要归家有娇花的时候……

一朵娇花ROLL了个满RP的100点！

论RP，果然谁都比不过她。

向小柔抛了个挑衅的眼神给家有娇花，得意地笑着。

虽然没有首杀，但是她的隐藏任务已完成了一半，并且拿到了这件极品，成果还是相当不错的。

除此之外，BOSS还掉落了其他的小极品，而向小柔因为拿到了这件大极品，也不好意思再和其他人抢那些小极品，便主动放弃了。于是最终每个人都分到了一些东西。

离开副本的时候，向小柔刚把那对翅膀装备上去，群里就又刷出了一条世界公告。

[世界公告]祝贺玩家一朵娇花获得神器——神圣守护。风云变幻，神迹再现，神器排行榜再度刷新！

向小柔一惊，赶紧查了查排行榜，发现那对造型华丽的翅膀果然出现在了神器排行榜的第三位，她又再次出名了。

世界公告，跟她真有缘分哪！

PART 40　小阴谋

收起游戏里的那份激动，下了游戏的向小柔回归到现实，仍旧是个普通人，第二天还要上班赚钱混饭吃。年假结束了，想着这几天昏天暗地的假期，竟然比上班还累，向小柔不禁长叹一口气，游戏，果然沉迷不得啊。

但偏偏，游戏就是有着让人迷恋的魔力，叫她欲罢不能。

虽然时间很晚，她还是给自己放了一浴缸的水。身体没入热腾腾的水中，这几天假期里的颓靡渐渐散去。

满室氤氲的水汽，让她的心情渐渐松弛。

再过几天就是父亲的忌日，她该回趟家了。

如此想着，旧日的记忆便渐渐涌上心头。

第二天一大早，她起床起得相当困难，这几天习惯了晚睡晚起的作息，骤然间早起上班让人十分不自在，她心情颇为焦躁，假期综合征症状明显。才走进办公室没多长时间，同事便屁颠屁颠地凑过来打趣她，说她假期过得滋润。

她无语，天知道那层层粉霜遮掩下的黄脸、黑眼圈有多么触目惊心。

向小柔一面跟同事聊天，一面利索地打开电脑，该洗的杯子要洗洗，再泡上一杯浓浓的咖啡。等她弄妥一切坐下来后，上班的铃声早已打过。邮箱一打开，里面塞满了各种待回复的邮件，OA系统里也全是待处理的文件，没几分钟，她桌上杂七杂八的资料就堆了厚厚一大摞，看得她的头一阵阵抽疼。

假期综合征的不良反应这时才真正爆发出来，她看着堆积如山的文件资料，心中哀号着这年假果然是休不得，休九天回来得花三倍的精力来应付工作。

在这种情况下，什么游戏啊、首杀啊、全服排名……终于都像浮云一般飘得老远。不管在游戏里多么的叱咤风云，回到现实，她还是个忙碌的小白领，为了讨生活而辛勤工作着。

在她发呆的这当口，她的领导范老板顶着他那令人亲切的啤酒肚满脸春光地迈进了办公室，一看到座位上的向小柔，就像是见了奶酪的老鼠一样。

“小柔，你总算回来了！”范老板异常热情地开口，久旱逢甘霖的语气让向小柔忍不住狠狠打了个冷战。

“范总，早！”想归想，向小柔还是老实地给老板抛出一个职业性的笑容。

“来来来，到我办公室来聊聊！怎样，这几天假期休得还算不错吧？”范老板笑成了一朵花。

向小柔只得放下手上的一大堆文件，跟着范老板进了办公室。

一小时后她从里面出来，满脸的郁闷。

范老板要她下午一起去见莫大少爷，讨论关于莫氏企业在F城的广告代理事宜，说是人家指名要见她。

这对于范老板这家小广告公司而言，可是一单大case。

所以，向小柔也必须打起精神。

她甩甩头，让自己脑袋更清醒一点，然后在寂静的大办公室里开吼：

“小陈，莫氏那方案是你做的吧，过来给姐姐我解释解释！

“小爱，帮姐姐我收集下这一年里莫氏的广告案例！

“半小时后，全部企划文案到会议室开会！

“兄弟姐妹们，提起精神来吧，为了我们的年终奖！老板说了，只要把莫氏这case搞定了，年底奖金给我们双倍！额外还给我们安排个公费境外七日游！”

多么让人振奋的消息。

工作，就这么火急火燎般地展开了。

年假后的第一个工作日的上午，向小柔打仗般地度过。

吃了个午饭，稍稍休息之后，向小柔又火急火燎地跟着范老板奔向了莫氏企业的办公大楼。

莫氏企业在F城东区商业中心的皓翔大厦租了三层楼作为莫氏在F城的分公司办公地点。装潢得高档大气的大堂，前台小姑娘亲切可人的笑容让人对这个公司的第一印象十分好。

范老板和向小柔被前台姑娘迎进了会客室，稍作等待后，就见莫青轩推门进来，俊脸上带着迷人的微笑，向两人问好。

向小柔只觉得香风扑鼻，不知莫大少身上洒的何种香水，让她一个喷嚏卡在一半，喷也不是，不喷又痛苦。

一番寒暄之后，三个人都坐到了会议桌边上。

莫青轩的桃花眼骨碌碌地在向小柔身上打转，上一次的宴会他对她的印象很深刻。晚宴上的她落落大方，带着一点讨喜的小精明。而今天的她，一身的利落干练，少了妩媚却多了灵秀，与上一次大为不同。在他认识的女人之中，她不是最美丽最抢眼的那一个，但足够特别。他觉得她在讨好谄媚他，可一谈起话来，她总能够让话题轻易按她的方向走，她对他的讨好谄媚只是浮于表面，骨子里藏着冰冷疏离的客气。

很有意思的女人。

莫青轩决定要追她，就在被她的眼神迷住的那一瞬间。

一屋子三个人，莫青轩假装正经地打量着向小柔，她的提案半个字也没听进去；向小柔则无奈地对着莫大少爷解释着那些他根本就不明白的广告提案，VI创意等等；而范老板则是笑嘻嘻地听着向小柔的解说，时不时配合地点一点头。

卓天进来时看到的，就是这么一番场景，看似认真，实则各怀鬼胎。

“莫先生，卓总到了！”

领着卓天进来的前台小姑娘甜滋滋、怯生生的声音打断了莫青轩的浮想联翩，也打断了向小柔的解说。

卓天仍旧是西装笔挺的打扮，浑身上下都透出生意人的精明锐利。他脸上的笑容客套而冷漠，带着他独特的气息，也让整个会客室的气氛一冷。

莫青轩在他的注视下赶紧收起了那份泡妞的心情，为他们互相做了一番介绍。

向小柔在见到他的时候背脊一僵，眼眸微眯。

范老板倒是乐坏了，卓天是什么人？他可是方氏集团董事长的亲信，攀上这棵大树，可比攀上两个莫青轩还爽。卓天身后还跟着两个方氏集团的企划负责人，简单寒暄后就坐到了会议桌旁边。

原来范老板想要争取的这个案子，实际上是方氏集团和莫氏企业合作的一个地产计划的广告案，因此卓天才会带着他的人来参加这个提案会。

这个会议因为卓天的加入而变得严肃起来，他和他的企划团队可不像莫青轩，都是在商场打拼了许久的人，经验丰富且精明能干，无法敷衍。

卓天并没有给她太多晃神的时间，简单直接地切入主题。

迅速收拾了心情，向小柔努力让自己呈现出最专业的状态，开始详细地向众人解说提案。

花了一个小时的时间将提案完整解说完毕，她开始等待提问。

片刻沉默过后，卓天笑了，说："小柔，这么多年，你还跟当年一样！"

这话一出，范老板和莫青轩一脸惊讶。这两人，竟然是旧相识不成？

向小柔仍然保持笑容，客气、亲切、职业化。

"卓总，您说笑吧？我倒希望还跟当年一样，可惜岁月不饶人！"她的声音很淡，"这个提案您和莫总还有什么问题吗？"

看着她不着痕迹的笑脸，卓天收敛了笑容，开始针对她的提案提问，而他带来的两位企划负责人也非常专业地指出提案中所存在的问题。

这些问题毫不留情，且一针见血。向小柔每次回答前都要在心里思考数秒，才坦然自若地回答。她的回答不见得都是最好的，却有条不紊，听得对方频频点头。

唇枪舌剑之中，莫青轩只能在一旁附和着，场面的主导权被卓天彻底掌握。

等到提问结束，天已经隐约透出一丝夜色，离开的时候，卓天走在了向小柔身边。

"你还不知道吧，莫青轩就是《恋世》里的那个神之叹息，如果他知道你是一朵娇花，你说你们还会不会合作呢？"卓天突然间在向小柔耳边低语。

向小柔一愣，反应过来之后她冷冷地望着卓天。

看着她冷漠的表情，卓天反而露出一个满意的笑容。

"看来你还是六年前的那个笑与君歌！放心，我不会告诉他的。"卓天又低语了一句，带着诡计得逞后的得意，眼中的冰冷被温暖取代。

还不等她做出回应，卓天脚步一快，走到了范老板身边，哈哈大笑着与范老板说着话。

"范老板，你们这提案我很感兴趣，三天内麻烦给我个计划推进表和细案，我们再决定合作的方式！哈哈哈……"

空气中传来卓天带着笑声的话语，让向小柔摸不准他到底在想什么，只能依稀听到他说话的内容。

"你的这个员工，能力不错啊！"卓天笑着，带着阴谋的味道。

夜色如水，方又安捧着泡面站在自家阳台上，一边“咻溜咻溜”吸着面条，一边望着城市的夜景。

想着游戏里的一朵娇花，萝莉的脸蛋，御姐的身材，他才发现不知何时，游戏里的那个虚拟形象，竟然已经取代了向小柔现实中的形象。

她现在到底是怎样的容颜？

他的心有些沉，默默望着眼前璀璨如星河的城市夜灯出神。

六年前的事，她还欠他一个解释。

房里手机铃声骤然间响起，打断了他的沉思。

回房拿起手机，一看来电，却是卓天打来的。

他清秀的面庞上浮现出一丝烦躁。

“什么事？”他冷冷地开口。

“没什么，想问问你关于之前跟你建议的，到方氏集团工作的事，考虑得怎样了？”卓天缓缓开口。

“我不是已经拒绝了吗？”方又安皱着眉，手机里传来的卓天的声音有种阴谋的味道。

“哦！其实我今天打给你，只是想告诉你，我见到她了。”卓天的声音依旧慢条斯理。

“……”

方又安语塞。她？哪个她？

“就是小柔，你的笑与君歌。”卓天想了想，又补上一句，“嗯……你的一朵娇花！”

“你想怎样？”方又安的语气瞬间平静下来。

“没，我就想跟你聊聊，她比六年前更漂亮，更能干了，你不想见见吗？”卓天像个老谋深算的猎人，一步步诱惑着猎物走进陷阱。

“这跟你没有关系！没别的事我挂了！”

“等等！唉……她现在在争取我们和莫氏的地产合作计划广告案，你真不想来看看她现在的变化？”

“……”方又安沉默了。

“好吧，看来你是不想了，顺便再告诉你一声，那个莫家的大少爷莫青轩好像对她很有好感，想追她。你知道的，莫家那草包虽然蠢，但是在泡妞上很有一手的，就是花心了点。不过向小柔这么与众不同，也许很快就能当上豪门少奶奶了。我说，你真的不来？”卓天的声音仍然是冷漠平淡，但那冷漠之中已经藏了三分奸诈和笑意。

“你个混球！”方又安终于发作。

然后，他妥协了！

PART 41　虚幻之吻

向小柔满心怨念。

年假后的第一个工作日，她过得很艰苦。假期综合征让她抗拒工作，但生活又让她无法任性，再加上该死的卓天要范老板三天内拿出一个细案，范老板随即把这压力转移到她的头上，向小柔忙得头昏眼花。

回到家的时候已经晚上九点多，想到未来两天极有可能要熬夜加班，她就烦躁。冲了热水澡，她才抛开现实种种上了游戏。

一天没上游戏，再踏入这片大陆，恍若隔世重生。想起昨夜的辉煌成就，她自己都有些心神荡漾。

公会里的成员见到她上线，已经会很热情地吼“花姐好”了，然后向她问长问短问三围，她一个不落地全都调戏回去。

女王的地位慢慢奠定了。不是因为她的操作厉害，也不是因为她的地位超然，更不是因为她的意识强悍，而是因为她强大而无敌的嘴皮子功夫，本想占便宜的全都被她一个不落地给占了回去。而关于两个副本以及弓手操作问题，只要有人问，向小柔也都做了回答，并不藏私。

末了，花大少与小娘子十分感慨地发了一句话。

[公会]花大少与小娘子：还是花姐好啊，花哥从来不说话，花姐你有空调教调教他啊。

向小柔一看这话，顿时哑口无言了。

不知何时开始，大家已经把她与家有娇花看成是一个整体。两个人的ID所散发出的浓厚暧昧，让人在潜意识里把他们凑在一起。

调教？！

向小柔脑中冒出一幅画面。女王装扮的她脚踩高跟，手执长鞭，脸上似笑非笑，高深莫测，家有娇花则蜷缩在角落，躬着身抽泣，可怜兮兮让人心疼。听到挥鞭声后他转过头来，露出泫然欲泣的大方脸，小眼八字胡……

她冷不丁打了个寒战，挥去脑中那幅画面，却突然间发现今天的家有娇花太过沉默。平常说到这样的话题，他老早就跳出来猥琐一番了，可现在却一声未吭。

看了下好友，显示他在线，位置在自由港口。

自由港口永远是风和日丽的美好风景，向小柔不出意外地在那个废旧的小码头找到了正在钓鱼的家有娇花。

看着他似乎不想被打扰的样子，向小柔放慢脚步，考虑自己是否要上前。

[当前]家有娇花：来了就过来陪我坐坐！

这家伙却像脑后长了眼睛，在向小柔转身前发话。

她抱着膝坐到他身边，看着他淡定的表情，在心里叹了一口气。按照这段时间她对他的了解，越平静，他心里就越是藏着事。

方又安心里当然有事。

看着眼前俏脸如花的她，卓天的话却飘过脑海。

他很想见她，但见了之后，又能怎样？

想想这六年的时光，他在心里苦笑着。作为一个资深老宅男，他习惯了一人吃饱全家不饿的生活。彼此都已不是风华正茂、激情澎湃的少年男女了，除了一个方家少爷的空壳子，他也只是芸芸众生之中的普通人，为生活挣扎。这样的他，还能带给她幸福吗？

不得不承认，六年的时间让他学会了在做任何决定之前先冷静思考。

说好听点，这叫深思熟虑；说难听点，这叫优柔寡断。但不管如何，他的心中就有这些挣扎。

[当前]一朵娇花：老二，你又欠抽了？

向小柔望着湛蓝的海，像往常一样调侃他。

[当前]家有娇花：小花，我又有问题想问你了。

又有问题？又和他那老相好有关？向小柔看着他纠结的模样，也跟着纠结起来。她十分不爽他的这位“老相好”。

[当前]一朵娇花：你问吧。

[当前]家有娇花：如果你有一个旧情人，你们分开了六年，突然有一天你们又再相遇了。你发现自己没有忘记对方，但六年的时间改变了很多，大家都不是

当年的模样。你还会跟他在一起吗?

六年……向小柔突然间想起了风痕。

如果是六年的时间，她的旧情人，应该是风痕吧。那个神采飞扬的叫方又安的男人，仿佛从武侠小说里走出的少年侠客，摊开了手就是她的整个江湖。

旧梦难忘。

这个问题，没有答案。

她的心微微有点疼，突然醒过来。

[当前]一朵娇花：你这是在说你的老相好吧。

她颇不是滋味。他向来猥琐的脸上不知怎地竟浮现出一种可以称之为“深情”的感情，让她深深地嫉妒起他的旧情人。

[当前]家有娇花：哎？这都让你猜到了？你真聪明。

[当前]一朵娇花：难道她结婚了？破坏家庭这种事可不是人做的，虽然你也不太像人，但还是别做了！

[当前]家有娇花：没有！

[当前]一朵娇花：那她是有男朋友了？作为一个被挖过墙脚的过来人，我可以很严肃地回答你，我讨厌小三，不管男的女的！

[当前]家有娇花：没有！

方又安看着她的问题，十分无语。

[当前]一朵娇花：那你纠结什么！男未婚女未嫁，喜欢就去追，别婆婆妈妈！

向小柔抱紧了膝盖不再看他。

她鼓励他的时候，心里有些难过。

方又安默默叹口气。

[当前]家有娇花：我是个宅男，没有工作。我每天就靠着游戏里赚的这些钱过日子，这样的我，能给她幸福吗？如果你是她，你会接受我吗?

原来，如此。

有些东西，扯到了现实，就变得不那么美好了。如果是她，她会接受吗？可惜不是她！向小柔心头浮上的，不是接受或不接受的答案，而是遗憾。

遗憾自己不是她。

[当前]一朵娇花：我的想法不能代替你的老相好，所以别问我这问题。

[当前]家有娇花：没事，你跟她很像，非常像，十分像。

[当前]一朵娇花：那你找我就行了，还回去找她干吗?

一听他说她像他的旧情人，向小柔就怒了，脱口而出的话让她在冷静之后猛地一呆。

噗！方又安欢乐了。

[当前]家有娇花：那我不找她，找你！你要不要考虑一下当我相好?

他的话没个正经，但他的眼神十分正经，只可惜被宽大的帽檐遮着，她看不清。

[当前]一朵娇花：去！姐不当替身！姐只当唯一！

[当前]一朵娇花：如果我是她，如果我还爱你，我不会计较这些。两个人的幸福不是一个人的事。只要你愿意承担起家的责任，还愿意为未来努力，我想我可以接受，与你共同承担你我的未来。

[当前]一朵娇花：以上，仅代表个人。

暧昧的话题太危险，她赶紧扯开了。

看着那段话，方又安沉默了。他怎么能忘了，六年前她的豪言壮语?

“我要的，不是你身后的安逸，而是一个能与你并驾齐驱的机会！”

六年时间，改变了容颜，改变了生活，却没改变灵魂。

她仍旧是她。是他傻了。

方又安摘掉那顶宽大的帽子，露出亮晶晶的眼眸，神采飞扬宛如重生。

看得向小柔一怔，那眉眼间的神采，带着熟悉的迷人味道。

[当前] 家有娇花：小花。

[当前]一朵娇花：嗯?

[当前]家有娇花：谢谢！

方又安说着，邪恶地笑起来。

他突然转身，伸手揽住她的腰，俯身而下。

向小柔猝不及防，只看到他的脸在自己眼前被慢慢放大。

他的唇，就印到了她的唇上。

她傻眼。

虽然只是游戏，没有温度，没有触感，也不会有任何唇齿相依的缠绵，然而……

她的呼吸似乎和时间一起停滞了。他的吻，无声无息，不温不凉，像轻落在掌心的花瓣，没有重量，却难以逃开。

贴紧的身躯密不可分，她忽然发现，游戏里的他比自己高了许多。佝偻的背一旦挺直，便像遮天蔽日的大树，能将她牢牢圈在自己的树荫中。

恍惚之间，她像回到六年前。红毯铺就的高台之上，她与方又安并肩而立，台下许多人在叫他们的名字——风痕，笑与君歌！他接下竞技赛的奖杯假意递给她，却趁着她伸手要接之时将她拉进怀里。大大的奖杯被他放在两人的脸前，挡去了所有的目光。

那时也和现在一样，他揽着她的腰，低头吻下。她傻傻瞪着眼，就看见他含笑的眼眸中温柔无限，像游戏里似乎永远走不到尽头的黄沙大漠。

他手臂的力气很大，吻却落得很轻，唇瓣依稀还有些颤，就像……像她初次知道他身份的时候，他站她身边去握鼠标，指尖不经意地划过她的手背，她记得，她的手也颤得就像他这一刻吻她的唇。其实，他也是害羞的吧？

那是她人生中的第一个吻，只尝到了他口中淡淡的薄荷味道与他唇瓣棉花糖似的软。短短的几秒钟，在她眼里却像是静止的电影画面，永远定格在最心动的时刻。就这么相依而立，以一瞬宁静，换一世安守。

那个人是方又安，是风痕，不是家有娇花，可她……竟然混淆了两个人。

她骤然回神，看清了两人此时的状态，凝固的呼吸忽然变得急促。

毫不留情地飞起一脚，家有娇花被她踹到了海里。

"扑通——"溅起的水花打湿她的衣角。

[当前]一朵娇花：你活腻了吧？老娘你都敢调戏！

暴力与吼叫遮掩了心跳的声响，她转身离去，不敢再看他。

六年了，她竟寻回初见风痕时的悸动。

水里的家有娇花，挂了一个大笑的表情，看着她的离去。

小柔，等着！

很快，就能见面了……

PART 42　春梦成真

黑眼圈……

怨念……

咖啡加浓茶……

熬了三天三夜，她残了一圈，全拜卓天所赐。

向小柔在凌晨三点的时候终于把所有的资料都整理完毕，保存，顺便再上传邮箱备份。

搞完一切，她终于松了一口气，爬上了床。

事先已经跟家有娇花和冰雪刺杀者等人打过了招呼，因此这三天里，她都没有上过游戏。

工作日程排得满满的，她忙得像狗一样，也没有什么时间来怀念游戏。只是每次累到不行，躺在床上喘口气的时候，她总会想起那天家有娇花的吻。

比如现在。

那只是个玩笑吧？不能当真……

心情复杂地入眠，她做了个梦。

在梦里，家有娇花低着头轻轻吻她，明明虚拟的人物，却有着真实的力量和温度。他的吻像阵海风，她沉醉闭眼，再睁开眼时，却发现眼前的家有娇花换了一个人。清秀的脸庞，明亮的眼神，还有自信狂妄的笑容……

“方又安！”向小柔惊醒，从床上坐起来，脸颊发烫。

窗外的天色透亮，满室的平静，她久久未能回神。

六年时光，她已记不清他的长相，每次回忆都只剩下模糊的轮廓。这么多年来，从未有哪一次的梦，像昨晚的梦般清晰地出现过他的容颜，就连唇瓣的柔软都像真的。

可最诡异的却是，他竟然和家有娇花重叠了？

向小柔用手指抚过自己的唇，这样真实的梦，带着预言式的诡异，让她突然间产生强烈的不安。

今天要跟范老板去莫氏开企划会，她必须打起十二分的精神，没有多余的时间继续沉浸在反常的春梦中。片刻后她就起床，迅速收拾一番，上班去。

一到公司，她就发现同事们眼神暧昧地盯着自己。走到办公桌边上，果然，她看到了一大束包装精美的进口意大利小雏菊外加一盒巧克力。

不用看，她也知道是莫青轩献的殷勤。他已经连续殷勤了三天。

被人追证明还有魅力，何况这人还是个英俊的富二代，这对刚刚被甩不久的向小柔而言，是件好事。所以，向小柔愉快地接受了这样的殷勤，当然，她没接受他的人。

寻了玻璃瓶子装好花，她环视一眼办公室，将花拿去了会议室里摆着。莫青轩送了三天的花，办公室里已经没地方摆了。处理完花，她分了一半巧克力给同事，另一半扔进抽屉，顺便剥了一颗丢到自己嘴里。富二代送的东西果然质量很好，向小柔咬着醇香的巧克力，屁颠屁颠地跟着范老板奔向莫氏的公分司。

他们被安排进会议室等待。等待的过程中，向小柔并没有闲着。她麻利地打开笔记本电脑，将需要讲解的方案和PPT从头到尾又扫了一眼，再将手上的资料整理清楚。莫青轩进来时看到的就是正专注认真的女人，很迷人。

“范总，向经理，你们好！”他微笑打招呼，坐到向小柔身边，“会议稍等一会儿开始，卓总他们还在路上。”

“向经理，你看起来气色不太好，这两天辛苦你了！”莫青轩微微侧身，关心地望着向小柔，他并没有靠她太近，保持着恰到好处的距离。不近，刚好她能嗅到他身上淡淡的香水味；不远，声音在她耳边清晰响起，但那距离并不令人反感。

果然是个情场老手，向小柔在心里感叹。

“莫先生你客气了，辛苦是应该的，我们可要靠这些混饭吃。”向小柔笑了笑，回道。

“我的礼物收到了吧？喜欢吗？”莫青轩看着她问道，也不顾旁边笑得见牙不见眼的范老板。

“收到了，谢谢。花很美，巧克力也很甜，公司的同事都很喜欢这个小福利。其实你不用送礼物，我们也会把这个案子搞好的！”向小柔装傻，不着痕迹地拒绝他的心意。

“你喜欢就好，会议结束了一起吃饭吧？”莫青轩不在意她的拒绝，越不容易上钩的鱼儿才越有挑战性。

“估计今天开会得开一整天，莫先生，还是让秘书订几份便当吧！”突然间有个声音插了进来，截了莫青轩的和。

这是卓天的声音。向小柔没有抬头看他，装作忙碌的样子在笔记本上戳戳按按。卓天已经到了会议室门口，在他的身后，还跟了三个人。几个老板寒暄完毕后，彼此坐定，卓天不紧不慢的声音又再次响起。

“莫总，范总，这次会议开始前，我有件事情要宣布。这个地产开发案，我们方董已经全权交给了我身边这位方总负责，他是我们方董的第三位公子。我将作为他的助手，协助他完成这次的任务，希望我们大家能合作愉快！”

卓天的声音不大，却像惊雷一道，打在向小柔心上。

她抬头，彻底愣住。重逢，毫无防备。

春梦成真!

这是她脑袋里跳出的第一个想法。

在分开的岁月里，她曾经想象过无数次与他相逢的场景。比如在车水马龙的街道上不期而遇，或者是在某个风景如画的小镇突然遇见，又或者是在某个重要的会议上，事业有成的他们因为工作关系而走到一起……不管哪个过程，接下来都是天雷勾动地火的情节，她风姿婉约，他成熟稳重，然后旧情复燃……然而，六年的现实告诉她，以上种种只不过是电影情节，世上没有太多惊喜。

可有一天，这个情节变成了现实。

只是，那些幻想中的风姿婉约通通不见，她突然间大脑死机，一片空白。

相顾无言。

方又安瘦了，清秀的面容上呈现出一丝颓废的苍白，脊背倒仍然挺拔。他的眼神比从前沉敛，似乎沉淀了这六年来无法细述的过往，不再像从前那样桀骜不驯。那样明显的改变，让向小柔的心骤然疼了起来。

他没有卓天的气势，也不比莫青轩英俊，但只要他往那儿随意一坐，无所谓的姿态，也不必言语，只是冷厉的眼神不经意间扫过全场，就已在他略显孩子气的清秀斯文上添了莫测的摄人气场。

他的目光，定定落在向小柔身上，仿佛整个会议室除了他们外，再无第三者。她跟以前，果然不同了。

从前她似旭日，如今却是春曦，阳光落遍之时，满山花开。

她在未知的时光里已经变得明媚动人。从前的棉T恤、牛仔裤，已被西装与雪纺取代，修出腰间玲珑，颈间妖娆。卷发半束，落下的发丝俏皮妩媚，半掩着淡妆后秀美的脸庞，风情浅浅。

只是，这样的风情，是以六年的岁月为代价。精心打扮的妆容之下有淡淡的倦意，眉宇间是被岁月打磨得圆滑的老练神态，看着都叫他心疼。

六年的时光摆在那里，像座山峦，谁都移不走。不管再怎样怀念过去的时光和过去的人，这些都回不来了。他们都是六年后的人，带着不同于以往的气息，突然又再闯进了彼此的世界。

向小柔的手微微发抖，笑容凝固在脸上。

她边上的范老板突然间在她耳边很轻地说了一句："奇怪，方家的老三听说是方宏星的私生子，从来没有在正式场合出现过，今天怎么会突然出现在这里?

我一直以为那只是个娱乐八卦新闻。”

向小柔在听到“私生子”三个字的时候，皱了眉，转过头，看了范老板一眼。她眼神有些冷厉，范老板反倒被吓了一跳。在他的印象里，向小柔一直是个精明干练又有些圆滑的好员工，这样的眼神，从来没在她眼中出现过。

方又安看着向小柔的动作和表情，嘴唇渐渐勾起。

“开会吧！”他手指敲着桌面，淡淡地开口说道。

略带痞气的表情和声音，让向小柔仿佛又看到了当年皇图霸业的风云王者——风痕。

向小柔深吸几口气，才勉强压下像在战场狂奔的情绪。

冷静地将手上的资料一份份地分发下去，然后她打开PPT，调整好投影仪，让众人的注意力回到方案上。

努力拿出专业的态度，她收敛心思，专注于工作。

会议持续了一整天，直到华灯初上时分，众人才腰酸背痛地结束了会议。

向小柔觉得自己要散架了。一天下来，她又要解说方案，又要针对各个环节的负责人提出的问题思考对策，还要讨论方氏和莫氏企划部各自提出的方案。而最关键的是，她还要分出一部分精神，去面对方又安直接而炽热的注视。

自打工作后，她就没有因为一场会议而疲惫到如此地步，像打了场仗。

卓天倒十分满意这场会议，方又安让他很惊喜。这么多年的沉寂并没让方又安的能力减弱半分，反而让他像只突然闯入羊群的饥饿猛虎，以惊人的速度汲取着所有信息，并提出他的观点——一针见血的观点。

方叔说，他才是方氏企业最合适的接班人，现在看来确实如此。只可惜，别人眼中的大馅饼在他眼中，一文不值。

他根本不会接手方氏。

会议结束后，向小柔又带着一大堆的新工作准备离去。

“向经理，你今天辛苦了。不知道我有没这个荣幸请你吃顿晚饭？”莫青轩在电梯口叫住了向小柔。

方又安正站在电梯口一同等电梯，闻言半眯了眼，锐利的眼神被遮掩，只是望着向小柔。

他们还没机会单独说话。

向小柔此刻十分疲惫，三天熬夜加班加上这一整天的消耗，让本来就精神萎靡的她更加虚弱，中午吃的便当早已消化一空。目前的她是头晕眼花，虚汗直冒，低血糖的症状全都冒了出来。

再也顾不上什么旧情人、老仇人，她只想马上回家填饱肚子，然后把自己投入床的怀抱。

“莫总，不好意思，改天吧。今天我还有点事。”她无力地拒绝着，笑容勉强。

电梯门适时打开，一行人同时进了电梯。范老板和其他人拉着关系，向小柔则一语不发地缩在墙角。

莫青轩离她有点远，无法隔着这么多人再继续追问向小柔，暂时闭上了嘴。

片刻时间，电梯到底。

向小柔最后一个走出电梯，她眼前已经开始冒出金星。

大堂里冷风吹来，她打个寒战，眼前出现短暂的黑暗，踩着高跟鞋的脚步不稳，身子一软便要跌倒。

只是意料之中的疼痛与冰冷并没出现，一只温热的手扶上了她的腰，坚定地撑起她摇摇欲坠的身子。

站定后的向小柔腿软，腰上的那手略一用力，她便半个身子都倚到那只手掌的主人身上。

一股熟悉的味道瞬间侵占她的嗅觉器官。这么多年，他身上的气息竟没变过。

不需要回头，她也知道是谁抱住了她。

发现不对劲的几个人终于注意过来。

莫青轩一看向小柔苍白的脸色和无力的脚步，就恨自己迟了一步，没能及时救美。

“小柔，你没事吧？过来，我送你回去。身体不舒服怎么不早点说！”莫青轩看这状况，想办法挽回，“方总，我来送她回去吧，把她交给我吧！”

说着，他就上前准备接过向小柔。

“不用了，我没事，可以自己回去！”向小柔叹口气，并不喜欢这种她无法掌握的意外状况。

方又安笑容迷人，眼神却冰冷。

他的手又一用力，就将向小柔整个人横抱了起来。

“莫总，不用麻烦你了。我的女人我自己负责就行了！”方又安的语气十分霸道。他没等莫青轩的回答，抱着向小柔就往外走去，一边走还一边笑着说话。

“小柔，六年了，你还欠我一个答案！”

所有人，除了卓天，全部——石化！

包括向小柔自己。

PART 43　老流氓之吻

果然还是真人好。

柔软的身体可以亲亲抱抱再焐手。

方又安抱着向小柔，感受着现实中的存在感，心满意足。

这一刻，在他的脑海中，那个萝莉脸蛋、御姐身材的虚拟一朵娇花，终于与现实中的人物重叠起来。

“你抱够没有？放我下来！”向小柔终于回过神，她用指尖戳戳方又安的胸膛。没有反应？她加重力道再戳。

“嗷！”方又安猛然间把她放在地上，然后用手捂着胸口被她戳中的地方，“疼啊！你下手这么狠！”

离开他怀抱的向小柔，突然感受到秋夜的寒凉。她瑟缩一下，打开包取出围巾。

“狠？我分明感觉到某人的手开始颤抖了，我怕我再不下去，一会要摔个狗吃屎！”向小柔瞥了瞥方又安那并不粗壮的手臂，一边讽刺着，一边展开围巾。

围巾还没全展开，便被他夺走。

“看起来你不相信我？要不我再抱抱你？”方又安凑近她，拿围巾的手像拉麻绳般一扯。

危险的眼神加上危险的语气，让斯文的他看起来像一只披着羊皮的狼。

他威胁着说着，手里围巾却往她脑后一抛，落下时挂在了她的脖子上。他将围巾收拢，在她脖子上转了两圈，才松开手。

“好啊，你抱啊！有本事你把老娘抱到家！”向小柔扬眉挑衅道，手却摸向自己脖间的围巾。

萝莉和御姐最大的差别在于，萝莉皮薄易羞，会矜持，还在乎个人形象，而御姐脸厚皮粗，黄段子都能侃上几段，何况是个无伤大雅的小调戏。六年的时间，向小柔早就不是当初被他碰一下手背就害羞的萝莉了。

方又安被她给噎到。

他不是金刚，这里也不是游戏里。抬抬两条发酸轻微颤抖的手臂，虽然他很想抱，但他自问确实没有能力一路把她抱回家，所以只能认输。

“好吧，你赢了！”方又安耸耸肩，无所谓地笑笑，“走吧，送你回家！”

“不用，我习惯搭公交！”

“没事，我也没车，陪你搭！”

“你没车？那你抱我出来干吗？你就不能让莫青轩送我回去？老娘累得慌你知道不？”

“啊！其实我有车！”

“在哪里？”

“TAXI——停下！”

“你个老流氓！”

最终方又安还是把向小柔送回了家。

“到家了，谢谢！”向小柔站在家门口，双手抱胸看着方又安，嘴里说着谢谢，眼里却半分谢意都没有。她的潜台词其实是：到家了，你可以滚了！

“不谢！小柔，我饿了！”方又安没有要走的意思，眼神直勾勾地落在她脸上，似乎怎么看，也看不够她的容颜。

“你饿了关我什么事！我也饿！”向小柔口气非常不友好。以前的方又安也贫，但贫归贫，到底还会在乎形象，浑身上下总是笼罩着大神的光环，举手投足间气场十足。怎么六年时间，他就变成这样了？除了刚才开会的时候还能找到些过去的影子，他和以前就像两个人。

可是，这样的方又安，却比当年的风痕来得更真实。

“你让我进去吃点东西嘛。”方又安笑嘻嘻地说，脸皮厚厚的。

“家里没吃的！”

“那你煮点呗！”

“不会煮！”

“我会，我煮！”

“你……”

“砰——”向小柔家的门被人很大力地打开，于夏探头而出。

“你们够了啊，吃饭一丁点大的事也能吵半天！吵死我了！都给我进来！”于夏的出现解救了方又安的困境，他终于能跟着进向小柔的屋子了。

向小柔住的地方是于夏家的老房子，两房一厅一卫的小户型，进门一眼就能看到底。女人的窝，收拾得很舒适温暖，并没有因为缺少男人而少了家的味道。

“厨房在那边，食材在冰箱，你看着办！请多做一份，我也饿，谢谢！”于夏毫不客气，给方又安指了指厨房的位置。

“嗯！小柔，你先找点东西垫下肚子！我很快就好！”方又安并不介意于夏的指使，微笑着走进厨房，一边翻着冰箱，一边高声叮嘱向小柔。

于夏看到这种情形，忍不住用手肘捅捅向小柔。

“喂，你从哪里挖出来这么个活宝贝？会做饭还这么体贴，人长得也俊。我那男人什么时候要能给我做顿饭，我马上答应嫁给他！”

向小柔斜视了一眼于夏，很平静地回答她。

“他是风痕！你偶像，我的旧情人！”

于夏同学疯魔了。

自打某日她因为好奇，百度了一下风痕以及皇图霸业，发现了六年前风痕同志的丰功伟绩后，她就把他封为了自己的偶像。

向小柔没有理会星星眼状态的于夏，自己回了房，换了家居服，找了饼干糖果给肚子垫个底后，才冲到卫生间去卸妆。用热毛巾敷了敷脸，她总算恢复一些精神。

她回到客厅时，方又安已经装好三碗面端到了客厅里。

屋里飘着淡淡的面条香气，白瓷碗里装着最简单的阳春面。面上摊着一个形态美丽的溏心蛋，底下是肉末、虾皮、紫菜，面上撒了翠绿的葱花。这碗速成的阳春面没有高汤，所以汤头清淡，不油不腻，十分适合在这样的夜晚出现。

向小柔看见那简单的阳春面，刚刚被饼干糖果敷衍过的肚子又开始不争气地饿起来。而于夏早就眼色贼亮地端起一碗面，识趣地回房了，回房前还给向小柔留下一个意味深长的笑容。

“吃面吃面，饿坏了吧。家里材料少，将就做了，比较清淡。”方又安说着，已经端起他的那碗面坐在桌边，笑容温柔。

看着他的笑脸和热腾腾的面，向小柔再也凶不起来，一言不发地坐下吃面。

方又安则吃着面条偷偷看她。

卸去脂粉的向小柔，没有白天的光彩，脸色泛白，眼圈发黑，看上去累了许久。还是那张容颜，却已不是二十年华时的光景。她微蹙的眉头间，沉积着生活的琐碎烦恼，低垂的眼帘上，微颤的睫毛似乎却又带着当年的俏皮，神色宁静。

青春只剩下零头，未来却还有好长的路。

看着她已经不再如初的面容，平静而满足的神态，他突然针扎似的心疼。六年的时光，她到底是如何走过的，才会如现在这般，失了锐气，却多了安宁？

错过的时光，不知道在未来的岁月里，能否追得回来？

向小柔低头吃面，热气氤氲了眼睛，竟有些催泪。脑海里闪过各种片段，荒漠中共骋的笑与君歌和风痕，六年前轻狂潇洒的方又安，还有这三年来体贴温存的江智尧……最终画面定格在了眼前这个场景。挣扎了这些年，她所求的也不过是像这阳春面一样简单朴实的生活，到头来，却蹉跎去了她美丽的年华。

屋里安静得让人只感觉到心跳的声音。

直到最后一口汤下肚，她才发现气氛安静得诡异。

她的感伤总是来得快去得也快，转眼间心情已经平复，想落的泪始终没有落下。

“喂！你之前说我欠你答案，我欠你什么答案了？”向小柔吃饱喝足后精神就来了。

“嗯？这面条味道怎样？”方又安仍旧慢条斯理地吃着面条。

“马马虎虎吧。”向小柔用纸巾抹抹嘴，违心地回答他，“你还没回答我呢？还有，我什么时候又变成你的女人了？我没记错的话，我们好像已经分手了。你能别破坏我的名声吗？我还想嫁人呢！”

“分手了不能再追吗？你想嫁人就嫁我嘛！”方又安笑眯眯地看着她，话语不正经，但眼神却认真灼烫，没有任何顾忌地望进她眼底。

向小柔在这样热情如火的眼神下心头猛跳，脸颊滚烫。

“好马不吃回头草，老娘对旧爱没兴趣！你面也吃完了，时间也不早了，赶紧回去吧。”向小柔抢过他的碗放在桌上，强拉着他到门口，打开门，把他往门外一推。

“夜路难行，注意安全，慢走不送！”她一边说着一边迅速关门。

奈何方又安的速度比她快，手一伸就把门牢牢卡住，另一手闪电般揽过她的腰。向小柔万万没想到他会突然袭击，避之不及就被他给抱个正着。这男人看起来苍白瘦削，臂膀却出人意料的有力。

“你！”他的胸膛贴过来，她面红耳赤，正要开口骂人，方又安的头已经俯下。向小柔的脑袋像过年时烟花绽放的夜空，阵阵脆响，瞬间什么都想不起来。

他的唇温凉绵软，服帖又黏人，沾在她唇瓣上像层糖霜。她只觉得自己所有的注意力都聚积到了嘴唇的神经之上，竟尝到了淡淡的甜薄荷的味道。

他的吻虽来得突然，不容拒绝，却并不粗暴，甚至显得太过斯文，只缠绵于她的唇畔，并没有再进一步掠夺。舌尖缓缓扫过她的唇，轻轻吸吮，就像在漫不经心地逗弄一只猫咪。

这吻很短，向小柔还没回过神来，他就放开了手。

够了，再吻下去，她会抓狂。方又安深知她的脾气。

“晚安。我会再来的！”方又安用指尖轻轻抚过她的脸，趁她还没抓狂之际，撂下一句话，自觉转身离开。

向小柔的抓狂姗姗来迟，竟还裹着一丝意犹未尽，叫她又气又羞，却毫无办法。

PART 44　纠结

向小柔失神回房。

于夏在背后连喊了她三次，她都没有反应。

唇畔依稀还留有专属于他的温柔清凉，让她的脸烧起来似的烫。心怦怦乱跳，精神突然间无比的好，她就像喝下两大杯的黑咖啡，悸动不已。

意识却还处在茫然的状态。

这么多年，他怎么又回来了？回来，是为了什么？

她问自己。

难道是为了她？这个念头在她脑海一闪而过便被否定。她不认为自己有那样的魅力，可以让他记着自己六年，而这六年之间他们又一次都没联系过。

分手……

是啊，他们已经分手六年了。

她苦笑，想起了六年前的自己。

不知天高地厚，勇往直前，无所畏惧。那样的年华已经过去了。

她不记得分手到底是为了什么，明明还相爱着，像一首动听的歌曲，却在最高潮的部分戛然而止，没有下文。

或许是他们太过在乎各自的骄傲，于是转身离去的时候，便没有了回头的勇气。既然当初分手时，断得那么彻底，那么这次的相逢，到底是为了什么？

方又安，你想做什么？

手机的铃声打断了她的迷茫。她一看，居然是范老板打来的。

休息时间接到老板的电话，这是每个参加工作的人最痛苦的一件事情。

向小柔立刻把遐思抛开。

结果老板打来是通知她明天可以不用上班，由于她这三天工作十分卖力，表现又非常突出，所以他特地奖励一天假期给她。

向小柔在电话里把老板谢了又谢，心里却想着，加班了三天，就算老板不说，她也要调休假期了。现在他主动提出，平白让她又欠了份人情，回头还得十倍补上。这老板，真是个人精。但不管怎么说，有假期总是开心的。第二天是周五，连着周末刚好休三天，她可以提早回老家了。

这一天太过疲惫，她洗洗便上了床，胡思乱想着进入梦乡。

一夜多梦，光怪陆离的梦荒唐得不着边际，醒来便遗忘了。

这一觉她睡到了第二天十一点。于夏早就出门上班，屋子里空荡荡的。她脑袋还不大清醒，胡乱洗漱了，给自己冲杯咖啡，配着饼干解决一顿早餐后，才有醒来的感觉。

昨天的事就像个梦。醒了，日子照旧。有没有出现方又安，她的生活都要过下去。

戴上游戏头盔，她不想再考虑让人莫名烦躁的悸动和无所适从的茫然，进入游戏。

当踏上《恋世》这片土地的时候，她忽觉俗世烦恼远离了，虚拟世界果然是逃避的最佳场所。

眼前的景物随着进度的读取慢慢清晰，一张硕大的脸突兀地出现在她眼前。

[当前]家有娇花：嗨，小花花！

向小柔被猥琐的笑容给狠狠吓了一跳。

[当前]一朵娇花：妖怪，给老衲退散！

[当前]家有娇花：……

[当前]家有娇花：人家等了你好久，你这么多天没上，一上来就这么对我。

一看到他，向小柔就想起之前游戏里的那个吻。最近，她跟吻这玩意太有缘分了。莫非她活了二十多年，终于开始命犯桃花了？

哀怨的表情，扑闪闪的眼睛，一切的表情都非常符合家有娇花的猥琐形象。

向小柔被雷得没有想法，决定无视他，于是连他脑袋上硕大的“傲绝天下”四个字也一起忽略了。

公会里成员看到她的上线，已经开起玩笑来了。

她随意和大家侃着，一边去打铁铺给自己的武器精炼，身边还跟了拖油瓶家有娇花。

[好友]逆水行舟：小柔，好久不见！

严舒瑶的私聊信息夹杂在众多的信息中，差一点就被她忽略。

向小柔看到她的信息，心中一紧。游戏里那些不堪回首的事似乎还没完全淡去，严舒瑶平淡却无力的声音在记忆里仍旧清晰，今天她终于上线，这让向小柔莫名激动。

查看了好友列表，发现只有她在线，牛夫人的名字头像仍旧是灰色的。

[好友]一朵娇花：嗷嗷嗷！终于盼到你上线了。

[好友]逆水行舟：呵呵，你最近在服务器里的壮举，我都听说了。果然还是风骚比较适合你。

[好友]一朵娇花：我那是逼不得已，其实我很低调的。

[好友]逆水行舟：那叫闷骚。不说这些了，大神花，什么时候带我去刷上古副本吧。

[好友]一朵娇花：随时候命。你回归了？

[好友]逆水行舟：我从未离开。

[好友]一朵娇花：舟舟呢？

[好友]逆水行舟：准备嫁人中。下个月婚礼。

看着那行信息，向小柔突然间像被掐住了喉咙，一句话也说不出来。

[好友]逆水行舟：怎么了？

严舒瑶很长时间没有收到向小柔的回复，于是发来了信息。

[好友]逆水行舟：担心我吗？没事的，我跟她之间没有问题。这是计划内的事，终究在现实里还是认命。这已经是我们能选择的最好的解决方式了。回头我打电话再跟你说吧。

向小柔在心底叹了口气，想再问些什么，却始终没有再追问下去。

[好友]一朵娇花：嗯，你们没事就好！

方又安一直跟在向小柔身后，跟她有一搭没一搭地胡吹海侃着，突然间看她停在石板路的中间，怔怔地望着前方，一言不发。

他发了三条信息给她，她却一条也没有回。

他开始有些不安。

难道是她发现了什么?

[当前]家有娇花：小花同学，请回话，请回话，组织在召唤！

同一条信息，在当前频道上唰唰地飞过，总算是把向小柔的三魂六魄给招回来了。

看着满屏的信息，她有点无奈，回头一看，家有娇花就站在身后，不知道有多长时间了。

每次看到他，都有种温暖的感觉，就像一个认识了好久的朋友，安全，让她放松，可以无所顾忌地说笑。

她想着，现实中的家有娇花应该是个幽默温柔的男人吧，宽厚而安全。对着他，似乎有很多连她自己也不愿意面对的事情，她都可以放心倾诉。

[好友]一朵娇花：你和你旧情人怎样了?

[好友]家有娇花：正在努力中。

[好友]一朵娇花：哦。

[好友]一朵娇花：我也遇到我的旧情人了。

[好友]家有娇花：啊?真的?

方又安仍旧是若无其事的口吻，心却陡然间猛跳。

[好友]一朵娇花：真的！

[好友]家有娇花：那你感觉如何?

方又安充满着期待。

[好友]一朵娇花：十！分！不！要！脸！

[好友]家有娇花：……

方又安觉得自己的纯情被虐到了。

[好友]一朵娇花：一个老流氓，跟你一样！

[好友]家有娇花：！！！

方又安彻底没想法了，他以为自己的出场应该是帅气又嚣张的，结果落到她眼中，只得了一个老流氓和不要脸的评论。

欲哭无泪，就是他目前的心态。

[好友]一朵娇花：旧情人！唉，这世上为什么会有旧情人这种生物。

向小柔的人物一朵娇花做了个仰天长啸的动作，仿佛在宣泄这段时间的不知所措。

方又安没有回答她，只能在心底默默咆哮。

旧情人？如果不是旧情人，你就是我老婆了！老婆！

没有再多说什么，向小柔跟他们约定了晚上下上古战场副本的时间，就下线了。

她麻利地收拾东西，准备下午搭汽车回县城老家。

父亲忌日，就在明天。

PART 45　回家

向小柔的老家在距F城最近的一个县城里。这两年随着经济的发展，县城跟她离家时候的境况对比，已是天差地别。

她手上拎了一个包，背上还背了个包，穿套头卫衣和旧牛仔裤，坐在汽车上塞着耳麦听音乐，幻想自己还是六七年以前的学生少女。

汽车兜兜转转在天快黑的时候到了县城汽车站。下了车，还要再坐半个多小时公车才能到家。她嫌公车坐着慢，便叫了辆车站旁边的私车。司机随口开价，她懒得砍，二话不说就同意了。

县城路宽，私车的速度很快，向小柔把车窗开到最大，风吹得她的头发都往一边甩去。

脸被刮得微微刺疼，她耳朵里仍旧充斥着信乐团《死了都要爱》的嘶吼。

向小柔的家，在县城东边的村上。

四层高的水泥自建房，外墙经历了二十几年的风吹雨打已经灰暗陈旧，上面爬满了当年母亲亲手种下的爬山虎。房子是她爷爷还在世的时候一砖一瓦搭建起来的，第一年建一层平房，然后每过几年存上点钱，就往上盖一层，一直盖到了第四层，就在那年，她的父亲娶了她的母亲。在艰苦的岁月里，四层高的水泥房已经算是小村里富有的象征了。然而，二十多年的岁月侵蚀，已渐渐磨去了它曾经的风光。周围更高的楼房比比皆是，外墙贴了瓷片，装修得像别墅般光鲜亮丽，而她家的旧房立在其间早就显得粗陋而黯淡。

车在村口停了下来，立刻就有熟人大声地叫出她的小名。

向老师家的柔丫头回来了。

向老师指的是她的父亲，六年前就已经过世了。他是这个村子里第一个考上大学的男人，毕业后又去了城里的高中执教，这在当时贫苦的村子里是一件让人羡慕的事。

向小柔笑得没心没肺，跟熟的、不熟的人打着招呼。

村子很小，邻居间都是沾亲带故的关系。

走到离家十几米的时候，她看到母亲瘦小的身子在门前张望，昏暗的路灯下，那身影叫人心酸。

向小柔的笑容微微一涩，转眼间却扬了个更灿烂的笑。

“妈！”她远远就叫出声。

母亲笑着迎了上来，叫着她的小名，嗓门很大，一点都没有二十多年前刚嫁进这小村时腼腆文静的少女影子。

看着母亲花白的头发，微驼的背，消瘦的脸，还有脸上亲切快乐的笑容，向小柔的鼻子发酸。

门前狭小的石板道路，母亲疲惫的身影，还有房里透出的灯光，都带着无法逃避的真实感，铺天盖地地袭上她的心头。

悲伤无处可逃。

跟着母亲进了屋，屋子的一楼，只有一个厨房、一个小饭厅和一个前厅。饭厅的桌上已经摆了一桌子的菜，都用盘子扣着，熟悉的菜香让她的肚子发出阵阵咕咕叫的声音。

晚饭非常丰富，鸡鸭鱼肉满满当当摆了一桌，向妈妈就像填鸭子似的不停往她碗里夹菜，她也十分配合地往嘴里塞菜，一直到肚子满得再也装不下任何东西。她坐在板凳上打个饱嗝，表示自己真的再也吃不下东西了，母亲才作罢。

“别动，放下，我来收拾吧！你去给你爸上炷香！”向妈妈一掌拍开向小柔准备收拾碗筷的手，一边说着一边麻利地收拾起来。

向小柔只得放手，走到前厅。

前厅很简单，只设了一张长案，案上供着佛龛，烛台香炉还有插着花的供瓶，一应俱全。

佛龛的边上，放着她爷爷、奶奶以及父亲的遗像。

墙角堆着好几摞的金银锡箔，被折成元宝金条的模样，是向妈妈叠好的预备明日父亲忌日使用的东西。

她点上香，按着辈分给三个最亲的长辈依次上香，最后停在父亲的遗像前。

遗像上的父亲，眼神宁静，笑容自信，眉眼间和她有着七八分的相似。她想，她的清高骄傲，一定是来自她的父亲；而她的坚强温柔，则源自母亲。

父亲是清高的读书人，一辈子不服输。虽然表面上看来儒雅温和，他骨子里却有着老派书生的酸气，她母亲称之为臭脾气，而外人却说那是一身傲骨。

相片中的父亲清俊温和，她脑海里出现的，却是父亲去世前的模样，骨瘦如柴，眼窝深陷。

那段艰难，却终已成为过去的时光。

她和母亲倾尽所有，放下尊严与骄傲，仍旧换不回父亲的生命。

那张二十万的支票，曾经让她恨不得撕碎了扔在卓天脸上，最后却只能痛苦接受。生活用最真实的残酷，撕碎了她引以为傲的，与父亲如出一辙的骄傲。

然而，她没有后悔。在生活面前，每个人都是普通人。

向妈妈的呼唤打断了她的思绪。

“小柔啊，你和小江最近怎样了？明天有没有叫他来吃饭呢？”

小江，江智尧……

向小柔突然间想起来，自己和江智尧分手的事，还没禀告母上大人。

这两年母亲已经把她的终身大事看得比什么都重要了，江智尧是母亲心中的最佳女婿人选。看着母亲脸上温柔慈爱的笑容，她不敢想像母亲知道后会有什么样的反应。

没完没了地相亲？！各种各样的极品男？！

她不禁打了个寒战。

“呃，他今年没空，有生意要谈！”她转开脸，决定还是先瞒着吧。

“什么没空？！你们俩是吵架了吧，我昨天刚打电话给他，他说明天有空，一定会过来的。”向妈妈得意扬扬，笑得就像一个揭穿了成人谎言的孩子，“我说女儿，你们交往这么多年了，早点结婚吧。小江条件这么好，对你也不错，你们还犹豫什么？”

“什么？！他说明天要来？”向小柔一惊，不禁提高了声音。

“你这么大声干吗？什么不好学，偏学你爸那臭脾气，犟起来九头牛都拉不回来。好好改改你的脾气，都这么大的人了，别把我女婿给气跑了。小两口吵吵架过了就是，可别搁在心里老别扭着。”向妈妈不满地望着女儿。

“行了行了，我爸要没有那点犟脾气，当年能娶到你吗？现在能有我吗？你还嫌弃呢？”向小柔不想继续谈论江智尧，摆摆手，跳过这个话题，准备一会儿打电话给江智尧问个究竟。

向妈妈叹口气，从衣服口袋里掏出了一张纸，拉过向小柔的手，将那纸平整地放到了她的掌心。

“小柔，你爸病的那时候，是妈对不起你，拿走了你那二十万的支票。我知道你这两年都在努力存钱，想还这笔债。这里，是妈的一点积蓄，你拿着吧。不管你是想还给人家，还是留着投资、做嫁妆，都随你的意。”

向小柔低下头，掌心里静静地放着一张八万元的存单。薄薄的一张纸，似乎有着千斤的重量，让她无法承担。

“妈，你拿回去吧。当年那二十万与你无关，是我自愿的！”

PART 46　到底是谁

向小柔的房间在二楼，面积挺大，很空旷。

房间的摆设古朴简单，但最吸引向小柔的，还是那张大床。床上铺了干净崭新的被褥，凑近一闻，是淡淡的洗衣粉以及阳光的味道。

窗外路灯的昏黄灯光透过窗帘落在地板上，分明是宁静的景象，但老房子的隔音效果差，周围的声响都听得一清二楚，于是在这宁静之上多了嘈杂。一时间，眼前是宁静，耳边却是喧嚣。

耳畔依稀有小孩哭闹的声音与大人的喝骂声。向小柔想起自己也曾光着脚丫跑在屋外的石板路上，身后跟着扯着嗓门喊话的母亲。那时候的自己，还是个初生牛犊不怕虎一样的孩子王，淘气起来能把母亲气到抓狂。父亲永远扮演白脸，说自己就这么一个闺女，要好好宠着，闺女将来要比儿子强多了。他不在乎村里人对他膝下无儿的嘲笑，固执地不肯再生，把她当掌心里唯一的宝贝养着。

记忆里父亲的笑脸已经模糊，但那份温情与风骨，却刻进她的灵魂里。

她只在这里长到七岁，就搬到了F城，因为那年父亲终于分到了学校的房子。

向小柔趴在床上，手里抓着母亲的那张存款单。

八万元的存款，六年的时间，不晓得母亲是怎样存下来的。想来自己每个月寄回来的生活费，还有逢年过节孝敬母亲的年节费，以及母亲自己接私活赚下来的钱，全在这里了。

她苦笑着，看着手里的存款单，想着六年前的那些日子。

忽然发现，人是可以在一夜之间成长的。

当年为了父亲的病，家里所有的积蓄都花得精光，连在F城唯一的一套房子都卖掉了。那年头房价还没有涨起来，一平米不过两千多元钱。她家那套六十平米的老房子，也不过才卖了十来万块钱。而在父亲病的大半年里，花的钱却如流水一般。

她永远都记得那段日子里，父亲灰败的容颜与母亲强自撑起的笑脸。生命里最重要的人，以一种缓慢却无法阻止的方式，离她而去。不管她在游戏里多么叱咤风云，不管她在竞技赛里获得怎样的荣耀，但在现实中，她都只是普通人。她救不了任何人。

她甚至记得，她有多么惧怕这样寂寥的长夜。每夜睡不安宁，她总是睡着睡着就突然间清醒过来，然后瞪大眼睛看着房间里的电话。深夜响起的电话铃声，就像一个噩梦，带来的永远是不好的消息。

医院的各种场景变成她记忆里最悲伤的画面。刺鼻的药水味，让人恐惧的医疗器械，她在家、学校与医院间来回奔波着。没有人能帮得上她们，母亲要在家里煲好汤送到医院，而她必须在医院里守着。那段时间，她们学会了静脉注射，学会了按摩，然而父亲仍旧是走了。

向小柔将那张存款单折好，收进了包里。加上自己的存款，离二十万就只有一步之遥了。

卓天的二十万，是她人生中的耻辱，但她却拒绝不了。因为那钱，来得那样及时。

二十万，买走了她的骄傲，买走了她的荣耀，以及，她年少时的爱情。

往事无法回头，再艰难的路，她也只能硬着头皮走下去。

想想父亲去世时的悲痛，和方又安分手时的心碎，六年时间的艰辛风雨，江智尧背叛时的愤怒……她仿佛一瞬间长成现在的这般模样，那个和方又安策马狂奔的张扬女子，在时间流逝中渐渐模糊了面目，不复当初。

想大哭一场，可始终，她没能哭出来。

压下心头泛滥的伤感，她拿起手机拨给江智尧。

手机那头是动听的音乐，唱了许久也无人接听。

联系不上他，自然也无法问他要来的原因。她只能先抛开这事，掏出游戏头盔，进了游戏。

《恋世》大陆的NPC们脚步匆匆，面色凝重，到处都能听到刀剑落地的声音。

爱维斯城远处的天空上，呈现出了诡异的暗红色旋涡云团，仿佛在告诉玩家们，一场风云变色的战争即将来临。

望着异常的天象，向小柔心里有淡淡的激动。她喜欢游戏里虚拟出来的感觉，驰骋天地，杀伐果决。

算算时间，离大战没剩几天了。

某种诱惑蠢蠢欲动，勾引出她心中蛰伏许久的激情，让人血脉偾张。

好友栏上，家有娇花、逆水行舟等人都在线，想也没想，她就组上他们。

今晚是约好下上古战场副本的时间，所以大家都已经准备妥当。

另外组了公会里的主力战士骄傲不落和强力治疗番茄地瓜，一行人就向上古副本迈进。

再次踏上那片被称之为与神最接近的土地，五个人的心情已各自不同。由于已经打穿过一次，副本的吸引力有所下降，向小柔淡定多了，逆水行舟是一贯的平静，家有娇花也保持猥琐不变的风格，倒是骄傲不落和番茄地瓜激动万分，一路上都在叽里呱啦问上古副本的攻略。

冰天雪地之中，五个人终于走到副本门口。

副本门口，他们看到了一大群人，华丽丽地顶着“傲绝天下”的公会名字，站在副本外。

为首就是白衣风骚的法师——半夕秋风。

他们也是来下上古副本的，只不过打的是二十人的普通模式。

看到半夕秋风的时候，家有娇花的眼神明显地冷了几分。

[当前]小豆豆：哟！这不是我们新任的会长吗？怎么不和咱自己公会的人下副本呀？

傲绝天下公会的某个成员打破了双方见面时的沉默局面，酸溜溜地开口。

看到这话，向小柔才注意到，家有娇花头上的公会名称，不知何时已经换成了傲绝天下。她想起那天在竞技场的赌注，心里一阵惊疑，家有娇花这厮居然当真要了江智尧的会长位置来玩！

[当前]家有娇花：公会里还没人有能耐下得了五人的上古副本。

家有娇花淡定地回答着，不声不响地刺回去。嘴皮上的功夫，他永远不会落下风。

说话间，他的眼神有意无意地扫过半夕秋风，看得江智尧心里一阵恼火。辛苦建立的公会平白送人，当着无数人的面输得彻底，旧日女友此刻又化身成女神站在家有娇花身边，江智尧心里是说不出的郁闷，偏偏还在顾着风度，顾着面子，装出云淡风轻的样子。

还好，他在公会里的威信仍在。至于向小柔……虚拟中的家有娇花，怎么和现实中的他相提并论。他可以触碰得到她的人，家有娇花却只是虚拟的ID。想着明天能到向小柔老家，江智尧稍稍平衡了一点。

[当前]半夕秋风：大家一家人，别说了。时间不早了，准备好的话，我们就进副本吧。

江智尧不想再看家有娇花淡定中带着猥琐，平静中夹着嘲弄的眼神，召唤队友进副本。进去之前，他挑衅地和家有娇花对视，神秘兮兮地冲他一笑，进了副本。

一群人就这么呼啦啦进了副本。向小柔忽然间想起来自己还没问江智尧第二天要到她老家的事。于是只能M他。

得到的是江智尧近乎无耻的回答：向妈妈太热情了，他不忍心拒绝，也不忍让她伤心，于是就答应了。

不忍心你妹啊。向小柔直接骂了过去。

她的心直抽搐。要是他真不忍心，当初就不会背着她和别的女人搞在一起。这么冠冕堂皇的话亏他有脸说得出。这么多年的相处，她怎么就没长双钛金眼好好认清这男人，真是白白浪费了自己三年的时间。

一边在私聊里骂着他，一边跟队友们打着上古副本，她一玩就玩到了凌晨两点多。

下线，睡觉，她没有什么多余的想法。

老家的深夜，比城市更寂静，所有人都已沉睡。

第二天醒来的时候，已经早上十点半。窗帘挡不住屋外的阳光，丝丝缕缕都带着活力，铺满整个房间。

洗漱完毕，向小柔下了楼。母亲早已买好油条、豆浆、碗糕放在桌子上，用防蝇罩子盖着，她自己则在厨房里准备向爸爸忌日所需的东西。

“妈，我起来了！”她一边跟母亲打招呼，一边坐到桌边。在母亲身边的日子就是美好。

心满意足地吃着早餐，她有一搭没一搭地和厨房里的母亲唠嗑，听着小村上东家长西家短的八卦新闻，比如她的某某儿时伙伴去年生了第二个儿子，又或者她的某个青梅竹马的幼时男伴，已经有个上幼儿园的女儿，诸如此类。所有八卦的目的只有一个，就是让她赶紧收拾好嫁人去吧。

屋外突然传来敲门声。

“一定是小江来了！”向妈妈一听敲门声，异常热情起来。

“行了，妈，我去开门就行了。你去忙你的吧。”向小柔赶紧阻止了母亲。

“也好，温柔点，别再跟他怄气！”

向小柔见母亲又回了厨房，于是满腹怨念地站起来走向门口。

打开门，首先映入眼帘的是一个男人的胸膛，他站得离门很近，以至于向小柔打开门后就差点撞进去。

“江智尧，你还来这里干什么？我跟你已经没有关系了！”向小柔没有看到他的脸就急急地压低了声音开口赶人，生怕母亲什么时候出来看到了，就无法收拾。

“小柔！”熟悉的声音从头上传来，让向小柔一惊。

江智尧的声音什么时候变得这么清澈动听了？她以为他只会低沉着声音说话，故作性感。

不对！她猛地抬头，一张扯得老大的笑容就跳到她的眼中。

PART 47　旧事

站在门外的，怎么会是方又安？！向小柔望着那张笑脸十分诧异。

屋外的场景透着一点点诡异。帅哥加名车的组合，让她家门前围了一圈的人。方又安一改往日T恤、卫衣的随意穿着，打扮得像来相亲。他穿了黑色休闲西装，里面是件白衬衣。简洁的线条将他的身形修饰得更显颀长，微敞的领口里是隐约可见的锁骨的痕迹，带着男人的性感，让她忽然想起那夜自己被他抱在怀里的情景。

她的脸一烫，在心底暗自叹息着，难道自己已经开始欲求不满了？否则为什么会有春心荡漾的感觉？

心里想着，她的面上仍旧大义凛然。

“怎么是你？！”向小柔边问边往方又安身后张望。

他身后停着一辆惨不忍睹的名车，看车前的那个标志，素来对车没有研究的向小柔也知道，这车是保时捷。那辆本该非常拉风的白色保时捷，此刻正满身泥泞，刮痕遍布，像惨遭蹂躏的少年，可怜兮兮地停放在她家门前的小路上，把整条路堵个严严实实。

三姑六婆们抱着看八卦的心情，在一旁围观，对方又安评头论足。

“小柔，这是你男朋友？长得不错啊！”隔壁的三婶说。

“这车真漂亮啊。小柔有本事。”对门的丽姨有些嫉妒。她女儿嫁给了F城里的一个公务员，一直是她向人炫耀的资本，因此方又安的姿色和表现出来的存在感深深让她羡慕了。

……

向小柔有些郁闷，这误会是解释不清了。小村的民风相对淳朴，能够这样有诚意地追上门来，在他们看来那已经离结婚不远了。

她很郁闷，这要怎么跟母亲解释？

“别看了，你等的人不会来了！”方又安误会了向小柔的意思，不满地开口说道。

“我等的人？你怎么知道我在等人？”向小柔狐疑地问他。

“这个不能告诉你！”方又安笑得又贱又神秘，心里暗自得意着。

当然他可不能告诉她，他是以家有娇花的身份从半夕秋风口中知道这件事的。昨晚副本门口遇到了半夕秋风，在短暂的言语交锋后虽然半夕秋风带着他的人进了副本，但由于被打击了太多次，这个二货不得不从现实这一角度对家有娇花进行打击。大概在他心里，觉得自己与向小柔是现实中的旧情人，而家有娇花只是网络上的某个不靠谱的虚拟ID，哪怕有什么JQ，也只是假相。所以他在这方面有着深深的优越感。

半夕秋风竟然以第二天要来向小柔家作为炫耀的资本，在私聊里对家有娇花大肆打击。

方又安倒是十分感谢半夕秋风提供这个情报过来。他什么也没做，只是把这个消息转告给当时正在公会里秀恩爱的绯蝶沐雪。那小三不是省油的灯，半夕秋风今天估计要忙着哄他的白玫瑰，没空来找红玫瑰了。而方又安自己则通过各种途径打听到了向小柔的老家，于是屁颠屁颠地赶来了。

“那你回去吧！”向小柔回身，准备关门。

“回去什么，小柔，你怎么能这么跟小江说话！”不明真相的向妈妈从厨房里走出来，一听向小柔的话，顿时喝道。

“嗨，向阿姨你好！我不是小江，我是小安，还记得我吗？”方又安的头从向小柔背后探出，一张斯文俊秀的脸上带着诚恳的笑容，对向妈妈打着招呼。

小安？！向妈妈狐疑地看了看方又安那张似曾相识的脸，并没记起他是谁。

狐疑地看了看向小柔，她还是很快回过了神。

“哦，小安啊，进来坐，进来坐！”向妈妈万分热情地开口。

向小柔无奈地正要拒绝，却听到一个女声响起。

“哟！向嫂子啊，这是你家闺女的朋友吧？长得真俊啊！能不能让他先把那车挪个地方停，我家老头的三轮过不来了！”邻居万婶子的声音让方又安和向小柔同时想起了那辆可怜的保时捷。

向妈妈一看屋外的场景，顿时也有点傻眼。末了她只能吩咐向小柔先带方又安找个合适的地方把车停了再回来。方又安笑得十分无辜。那保时捷是他跟卓天借来的。由于他宅得太久，车技已经生疏，而小镇的路是泥泞不堪外加狭窄无比，导致那辆价值不菲的保时捷此刻已经满目疮痍。但方又安并没有任何的不安，倒是一旁的向小柔看得十分心疼。

以前江智尧每次来她老家，从来不肯开车过来，怕的就是路上的泥泞弄脏他那辆心爱的宝马。要是剐了蹭了，他要心疼半天。

方又安把车子停到了她家不远处的空地上，然后窸窸窣窣一阵声音，从车上拎下来一个大果篮和几盒包装精美的燕窝鱼翅，把左手右手挂得满满当当，才步伐潇洒地朝她走来。

那架势，就像是初次见丈母娘的傻女婿，把周围的邻居羡慕得不行。

向妈妈惊诧地接过方又安的礼物，一看都是贵重的东西，她也不好意思收下。只是方又安不给她拒绝的机会，她只好暂且收下，让方又安坐在小客厅里休息，转头却把向小柔拉到了厨房。

“你这死丫头，是不是跟小江闹翻了？还立刻就找了个新的？你老大不小了，该收收心结婚了！”

“妈！我是跟江智尧分手了，但不是因为他。他也不是我的新男朋友。”向小柔沉吟了一下，把和江智尧分手的事实给细细地说了出来。

听完向小柔的解释，向妈妈一边心疼着女儿，一边气江智尧的负心，把江智尧狠狠骂了一通，接着又问起方又安。在向妈妈心底，已经把江智尧给贬到了地上，而方又安看起来又是一副斯文英俊、家世良好的模样，于是很自然地被向妈妈给当成了女婿候选人。

向小柔叹口气，缓缓开口：“妈，你真不记得他了？他是方又安呀，六年前的那个方又安！”

“哗啦——”

一个失神，向妈妈手一松，果篮和礼盒全都落在了地上。

“方……又安……”向妈妈喃喃着，终于明白为什么觉得他似曾相识了。

他是六年前的那个男孩子，向小柔爱过的男人。

还有那张因他而起的二十万元的支票。

她是见过他的。

六年多以前，她的丈夫还没有生病，她的女儿还在上大学，他们在F城的房子还没有卖掉，日子幸福而快乐。

那个时候女儿还是个小丫头片子，却心比天高，志向远大。

某一年的暑假，她突然带了一堆朋友回来，说是在学校里认识的好朋友，其中就有方又安。那个时候，她还不知道他是女儿心仪的对象。

一直到后来，冰冷的医院里，有人拿着张二十万元的支票，用冷漠的声音，要求向小柔离开方又安时，她才记住了这个名字。

方又安!

“那二十万元的支票……是他家给的……”向妈妈的气势与热情，像突然间蔫了一般，自顾自地呢喃着，眼底出现一抹愧疚。

“好了，妈！那支票的事与你无关，我不愿意的事，没人逼得了我。当时的情况，如果不用那支票，今天我肯定会后悔的。还有，那二十万我迟早会还给他们的，你别想太多了。”向小柔揽过母亲瘦弱的肩，安慰着她。

可越是这么说，向妈妈就越愧疚。

“那你和他现在……”

“我也不清楚他在想什么。我们已经分开六年了，前几天才碰上的。妈，我跟他之间的事，我自己会处理，你就别操心了。时候不早了，今天是爸的忌日，还好多事情要忙呢，赶紧吧！”

“那他……”

“他想留就留着吧，这么多年，始终我还欠着他！”向小柔眼中出现一丝哀伤，不愿让母亲发现，便转身给方又安倒了杯水，离开厨房。

向妈妈叹口气，收敛了心情，专心去准备今天的各项事宜。

接下去的事宜，按部就班。小镇里忌日是有讲究的，必须准备锡箔冥币香烛焚烧给故人，还要准备荤素各色饭食酒水，供奉故人。向妈妈对丈夫感情很深，因此准备得很用心，又因为向小柔难得回来一次，所以那饭食格外丰盛。

向爸爸遗像前的供瓶上插了几株新鲜的菊花，长案前放了一张方桌，向妈妈在厨房每做好一道菜，向小柔便端出来放到桌上。

一直到桌上放满了鱼肉、新鲜水果，以及一些方又安叫不上名字的传统糕点，向妈妈才停止了下厨。案前摆上小酒杯，放好筷匙，斟好老酒，向小柔才点上香烛。

接着是焚烧锡箔，向小柔默默地帮母亲将锡箔投入火中。带着敬意和思念，亲人的牵挂便随着慢慢化为灰烬的锡箔，传达给故去的人。

方又安像个看客，站在一旁看古老的习俗，沉重而悲伤。

在今天之前，他都觉得这些风俗只是陈旧的陋习，而今天之后，他忽然发现，人还是需要一些不真实的东西来寄托哀思。

他想起了他的母亲，已经去世很多年的母亲。

结束祭祀的仪式，已经到了午饭的钟点。

向小柔帮着母亲把那些供奉好的美食端到了饭桌上，丰富的午饭就开始了。

也许是想摆脱刚刚的沉重，又或者是想讨好向妈妈，方又安努力地搜刮着肚子里的幽默感。虽然向妈妈仍然对他心存戒心和疏离，但气氛却活跃了许多。

饭后，向妈妈挥手让向小柔离开，自己留下来善后。

向小柔便带着方又安到小村上走走。

小村里的路很狭窄，路两旁都是村民的自建房。路上时不时有猫狗鸡鸭蹿过。男人们在敞开大门的前厅里搓着麻将，女人们围在房前的空地上赶着小活计，聊着家长里短的八卦，孩子成群跑过。这一切，是城市里看不到的景象。

置身于这些景象里的向小柔，显得比六年前来得真实。

但这样的真实，让方又安又有些沉重。时隔多年，现实中的他们，相处得还不如虚拟世界的家有娇花和一朵娇花来得轻松自在、无所顾忌。

“对不起！”向小柔打破了沉默，眼睛望着路的前面，缓缓地开口。

“什么？”方又安不解，转过头。她宁静秀丽的侧面上染着一层岁月的风情。

“我是说，六年前，对不起！”向小柔轻轻叹了一口气，目光飘得很远。

这一句“对不起”，是向小柔在为曾经的自己道歉。她对他的爱，太过脆弱，于是经不住现实折腾，轻易地就碎了。她花了六年的时间，才明白那样的爱情不会再有，却已经没了回头的路。

六年前，她还是天真无畏的女子，他也是轻狂洒脱的男人，他们相识于那个江湖之中，最终却只能相忘于江湖。

那时候的他们，有着同样的骄傲。

她永远记得，在那款名为《江湖少年游》的网游中第一次见他时的场景。

六年前的游戏技术远不如现在发达，电脑鼠标是网络游戏的唯一途径。《江湖少年游》这款键盘游戏，在当时的网游界占据着极其重要的地位，哪怕在六年后的今天，这款游戏也依然是传说中的经典之作。

踏入《江湖少年游》的那一年，她不过十八岁。一个女人一生之中最华美灿烂的年纪，她遇到了他。

风痕，当时《江湖少年游》里无人能及的大神，排行榜上永远的第一名。他的公会“皇图霸业”是整个游戏圈最强大的公会，从一个游戏辗转到另一个游戏，永远都保持着公会第一的位置。他不是皇图霸业的会长，却是整个公会的灵魂人物。皇图霸业参加的各种竞技赛事，都有属于他的荣耀。

而她从一个被他救下的游戏小菜鸟，慢慢成长为可以在他身边分享荣耀甚至创造荣耀的女人。从十八岁到二十二岁，她陪着他以及整个皇图霸业整整四年。笑与君歌和风痕，这两个名字可以说是当时《江湖少年游》或者整个网游界神话一样的存在。

他们最大的成就，就是拿走了《江湖少年游》国际竞技赛冠军的宝座。

她和他的配合，夺得了双人竞技赛的冠军。

那是她第一次参加国际电子竞技赛，没有人相信她的能力，只有风痕。他在皇图霸业许多强者面前，云淡风轻地承诺。

他说：“如果我们赢了，那皇图霸业所有的人都要给她一个承诺！”

他说：“如果我们输了，那我就给皇图霸业卖身三年，如何？”

那个人，叫方又安。

竞技赛的视频，到现在还留在她的硬盘里，仿佛尘封多年的宝盒，她偶尔会想起，却永远没有勇气打开。

他们并肩而战，拥有共同的荣耀，经历同样的风雨。她是他心头唯一有资格站在他身边的女人，他也是她生命中唯一的大神。四年的相伴，终于让他们成为江湖里最让人羡慕的神仙眷侣。可惜，这样的神话终止在她二十二岁那年。同样终止的，还有她刻骨难忘的初恋。

她已经记不清那一年的具体年份了，印象中只有支离破碎的场景，拼拼凑凑出当年的轮廓。

全是关于父亲的点滴回忆。这世上不会有第二个男人，能够像父亲那样，给她一份完全包容的疼爱了。

父亲是这个世上最疼爱她的男人，永远不带任何目的地爱着她。她以为父亲是她的守护神，会陪她走完她生命中所有重要的历程，看她成长、毕业，看她恋爱、结婚，看着他的外孙或者外孙女出生，听到一声稚嫩的“外公”，然后乐呵呵地大笑。他会像小时抱她一样，抱起她的孩子，然后哼着荒腔走板的歌曲哄他。

而这样的小心思，在她大学的时候骤然而止。在短暂的时光里，她眼睁睁看着他的生命被病魔慢慢消耗殆尽。

那年父亲病重，辗转多个医院却不得治，身体一天天地虚弱下去。最后一次转院的时候，父亲已经连路都走不了，面容灰败，唇色发紫。他在医院的ICU里走过了最艰难的时光。

ICU的费用高得吓人，一天可以高达数千元，各种仪器、检查、护理、进口药……钱像流水一样花出去，最后累积起来的金额能把任何一个普通家庭压垮。而她就是这普通家庭中的一员。但对她而言，最痛苦的，却是面对父亲每况愈下的身体状况。

她与母亲为了筹集在当时看来天文数字一样的医药费，卖了F城唯一的一套小房子。

那个年月，房价还没有疯涨，那样一套二手小套房，也就值十万来块钱。

她和母亲用尽心力，希望挽回他哪怕多一天的生命。在最后的那段日子里，房子已经卖出，她和母亲无家可归，她还能住在学校，而母亲却只能住在医院，就这么每天守着父亲，直到他生命的尽头。

她的爱情，在这样的现实面前，变得微不足道。游戏和荣耀，跟着远去。

这一切，她并没有告诉游戏里的任何一个人。然而，在最艰难的这段日子，方又安却不见了踪迹。

直到有一天，卓天带着二十万的支票来到医院，竟是要她离开方又安。他告诉她方又安的身份，说她即使再努力一百倍，也终究配不上方又安的身份背景。方又安在游戏里是大神，在现实里也一样是天之骄子，而她只不过是个有着骄傲灵魂的普通百姓，麻雀变凤凰的过程很美，但结局不会幸福。

她记得当时的情景。卓天冷漠的表情，不容商量的口吻。

卓天说：“收下它。你现在需要的是它，而不是爱情。离开方又安，你就能得到它！”

她握着那张支票，浑身颤抖却无言以对。用金钱换取爱情，那是她人生最大的羞辱。但……母亲从转角处出现的憔悴面容和哀怜渴望的眼神，以前脑海中闪过的关于父亲的种种疼爱，都在提醒她家中的积蓄马上耗尽。这二十万元，来的时间刚刚好。

卓天并没有要她立刻答应，他离去的时候留下了那张支票，要她考虑。她很想撕碎那支票扔到卓天脸上，但她始终没有这么做。她挣扎着，也痛苦着。

方又安却始终不见踪影。

那一夜，母亲背着她拿走了二十万的支票，替她做了决定。她没有怪母亲，因为她清楚，自己犹豫到最后也会这样做。

让她放弃父亲，她办不到。她骗自己，这些钱是借的，只是借的，将来一定会还上。

三个月后，她的父亲过世。她和母亲尽了最大的努力，仍旧无法挽回父亲的生命。父亲在长达半年的病痛后，最终以死亡解脱了所有人。

三个月后，方又安回来了，记忆中再见之时他仿佛失去灵魂，眼神不复最初的清澈。

面对三个月的风雨，她不知道自己该用怎样的心情面对他。她想了许久，决定把整件事都告诉给他。

那一刻，方又安的表情是沉默的。记忆中她从未见过方又安有那样苍白沉默的表情，仿佛暴风雨来临的前夕。可他什么也没说，沉默地走了。

她带着伤痛重新回归生活，而母亲则回了老家。

三个月的时间，改变了很多。她回不到从前。

再进游戏，人事已非。

账号密码错误，她无法登录游戏。进了公会论坛发现自己被人挂在墙头，被扣上盗取公会的金币、高级物资的罪名，各种各样的污水泼到她身上。就连风痕的消失，罪也在她。

短短三个月，她从神话级的大神，跌到地狱，变成众人不齿的背叛者。一时之间，关于她的谣言四起，除了那个永远都站在她身后的严舒瑶，没有任何人愿意相信她。

她建了小号上游戏，向所有的人解释，但无人理会她，只有满天飞舞的谩骂和中伤。四年的时间，一点一滴建立的友情就那么灰飞烟灭，那样的感觉痛彻心扉。她通过游戏公司找回了账号，上线的时候，笑与君歌已经被踢出公会。而风痕的名字似乎变成永远的黑白。她的骄傲最终让她删了号，删了笑与君歌，也删去了四年的荣耀与感情。后来，风痕回归，替她解释了一切。

她才明白，卓天为了让她彻底从方又安的世界中消失，不仅用金钱诱惑她，还让人盗去她的号。他以对公会的经济支持为条件，让当时的皇图霸业会长萧梵出面，坐实她盗用公会资源的罪名，逼她离开游戏。而这一切，都是方又安父亲的意思。

因为方宏星觉得方又安需要一个门当户对并能带来利益的女人，而不是一个整日在游戏里厮混的女人。在方宏星眼中，方又安与向小柔的爱情，就像一场幼稚的游戏，经不起现实的一点风雨。

游戏中的一切误会烟消云散，只是，笑与君歌再也回不来了。

随着笑与君歌的离去，风痕也离开了游戏。失去了神话级的灵魂人物，皇图霸业公会渐渐走了下坡路。许多老玩家离去，一些关于公会核心层的丑闻被曝出，公会慢慢便沉寂下去。那个在网游界曾经传奇一时的皇图霸业，最终也逃不过解散的命运。

而在现实中，她和方又安，却越走越远。离开游戏的他，泡吧、飙车……疯狂挥霍。面对方又安的改变，她跟不上他的脚步。

她在努力打工存钱，希望有一天能还上那二十万的债务。明明还爱着他，她却感觉两人的距离好遥远。最终他们还是分手了。

分手的那一夜，方又安带着她去了酒吧。包厢里坐着的，都是神情迷离的男女。她看着方又安习以为常地坐下，指间的烟火明明灭灭，眼神淡漠。他们谈论着哪个人的车子最拉风，哪个人的女人最漂亮……

这是一群家世背景都和方又安一样的人，她只能拘谨地坐在角落里，听着那些没有营养的对话。

她的骄傲不允许自己接受他的馈赠，于是她无法跟上他的生活。旁人看着他们时若有所思的眼神、卓天冰冷的话语、方又安我行我素的任性……一切都让她心灰意冷。他们最终逃不过现实的差距，她选择了分手。

她永远记得她提出分手时，他眼中的祈求和倔强的神情，明明不舍，却没有吭声。骄傲的他们，无人愿意低头，于是错过。

这段感情的结束，她从没怪过任何人。唯一恨的，只是自己不够坚持。现实给足他们缘分，也给出磨难，他们赢了游戏，却输给现实。

生活毕竟不是游戏，拥有太多的无能为力。他们有同样的骄傲和义无反顾的勇气，于是转身离开，便都不再回头。

他们，只是输给了自己。

于是，他们从彼此的生命中退场。

于是，一晃就是六年时光。

当初的少女不再青春灼人，当年的少年也已经有了岁月痕迹。时光滤去了年轻时的轻浮躁动，生活的甘苦让人渐渐体会入心，变得豁然开朗。有时候会想，他们曾拥有的是怎样的一段感情？只是，那个最适合自己的人，却不见踪影，只留下一种叫做遗憾的东西，慢慢侵蚀着不再年轻的心。有些人，有些事，一直藏在心底深处，从不曾刻意想起。只是一旦遇上，便一发不可收拾。

眼前的男人，是六年后的方又安，苍白、斯文，却带着六年前没有的痞气，像孩子一样赖皮地缠着她。向小柔不知道他怎么找到自己的，又是为何要找上自己。

六年前没有结局的故事，难道六年后就能重新开始吗？

那一句“对不起”，是为了旧日里二十万的支票，还是自己的骄傲任性，或者是一些说不清道不明的原因，向小柔也不知道。她只是觉得，自己欠了他一句抱歉。

方又安看着她眼底里晶晶亮亮的水雾，忽然看到自己当初的愚蠢。六年的时光被他白白错过，任她一个人在生活中挣扎。

心，缓缓疼痛着。他的指尖抚上她的脸颊，似乎想抚平这几年来她经历的风霜。“小柔，我错过了你六年！”他轻轻开口，“这六年的时光，我要追回来！”

“什么？”向小柔傻傻地问着。

“我会，为你成神。我的女王，等着我！”他的声音不大，一字一句却掷地有声，带着不容拒绝的强悍，仿佛一瞬之间，当年的风痕又回来了。

“啊？！”女王已经傻了。

PART 48　家有娇花与方又安

向小柔仰起头，望着方又安微笑的脸，恍如回到了六年前，只是转瞬便清醒了。

“不，你误会了。我说对不起，只是为了当初的任性。至于我们……”向小柔沉吟了一下，想着该如何表达自己的意思。她从没怪过他，六年前没有，六年后一样没有。只是，这六年里长长的距离和不同的生活环境，让他们拥有了各自的生活轨迹。而这轨迹，还能重叠吗？她茫然着。不动心，是假；动心，却又无奈。可看着方又安眼中与六年前如出一辙的祈盼，她的心又软了，一丝酸楚涌上心头。

向小柔说不出任何拒绝的言语。

“别给我答案！”仿佛看穿她的心思，方又安不让她往下说，“给我时间就可以了！”

“不是，这不是时间的问题！”向小柔咬咬唇，觉得自己应该当断则断，才能不受其乱，于是狠狠心，转开头，“我已经有喜欢的人了！”

“谁？”方又安的笑容突然间收敛起来，散发出冰冷的气息。

向小柔一滞，想着要如何回答他的问题。脑海里突然闪过家有娇花的身影，猥琐的笑容，偶尔深情的眼神，一个纯属恶搞型的英雄。

想想觉得有些好笑，她忽然间微微一笑，眉眼间的纠结便舒展而去。

“谁？”那笑容看得方又安一惊，印象之中她从未对他有过如此轻松惬意的笑容。六年前的她太过在意得失，于是笑容里夹着傲气，多少显出一丝拒人千里外的沉重。哪怕是对着他，也不曾放松过几分。所以，这样的笑容，如果不是真正扎到她的心头，是不会出现在她的脸上的。

“家有娇花！”被方又安一逼，向小柔下意识地就说出家有娇花的游戏ID，说出口之后自己也一愣，然后涨红了脸，解释道，“游戏里认识的人。”

“啊？！”于是轮到方又安傻眼，傻眼过后他似笑非笑地看着她。

“啊什么啊？反正就这样了。你吃也吃饱了，逛也逛够了，赶紧回去吧。”向小柔胡乱说着，方又安那眼神看得她心里发毛，总感觉错过了什么很关键的东西。

“哦……”方又安若有所思地长“哦”了一声，正准备说些什么，手机铃声却破坏气氛地响起。

停止了交流，方又安接通了手机。

向小柔吁了一口气，觉得自己越变越包子了。

“好，我知道了！马上就回去！”

不知道对方跟他说了什么，方又安的神色似乎随着这通电话变得沉重，隐约还透露出不安的情绪。

“怎么了？”看到他挂了电话，向小柔不禁问道。

方又安凝视着眼前的女人，深深叹口气。“我得走了，家里有急事！等我回来！”他轻轻抚过她的脸，然后果断地转身。

看着他的背影，向小柔有些莫名的失落与担忧，但始终，她没有说任何话，只是看着他的背影一点点消失在眼前。

日头一点点沉下去。看着放在房间角落的那些燕窝鱼翅，向小柔不禁想起方又安从车里拎出大包小包礼物时的场景。

那形象，跟当年的风痕无法画上等号。但莫名地让人想笑，以及温暖。

抛开烦躁的思绪，向小柔套上游戏头盔，进了游戏。读取画面时，她想到今天脱口而出的“家有娇花”，竟不带一点抗拒。难不成自己网恋了？

她不得不提醒自己已经老大不小了，网恋这么虚无缥缈的东西不适合她了。所以，那只是个借口。她坚信。

游戏的场景一点点地出现在眼前，才不过大半天没上游戏，却让她有种久违的亲切感。游戏果然是让人放松的好东西。

习惯性地打开好友栏，家有娇花的名字一片灰暗，她没来由地失落。心中似乎有许多话想找人诉说，可最佳的倾诉对象却迟迟不来。

公会里依旧热闹非凡，花姐前花姐后叫个没完。私聊频道也是M语不断，认识的不认识的人都有。

想着个把月前那惨淡的光景，地狱和天堂的差别，却似乎是昨天的事。转眼间她就变得炙手可热。

家有娇花不在，向小柔没有游戏的心思，只猜测着他是不是和旧情人缠绵悱恻去了，想着想着她竟真有些难过。

[私聊]逆水行舟：来了啊，下副本吧。

严舒瑶发来组队和私聊信息，向小柔没有多想就同意了。

看了看自己的历史任务，上古副本和堕落深渊的任务物品都已经拿到了，任务进行到了第三步，下二十人的团队副本——艾美拉之穴。

艾美拉之穴是上古副本和深渊副本没开放之前最难通过的三大副本之一，并且是个二十人的大副本。艾美拉在《恋世》之中是亡灵语，意为不死的灵魂。艾美拉之穴是千年前的诸神之战结束后遗留下来的被神遗忘的灾难之地。这里由腐坏死灵之王艾美拉统治，是座庞大而复杂的地底城市。曾经，这座城市在恋世大陆之上是被称为“春神花园”的美丽都市，一年四季都开放着迷人的花朵，可在诸神大战之中，被堕落的神祇所诅咒，这座“春神花园”最终沦为灵魂永远不灭的噩梦死灵城，全城的人都被埋葬到地底，成为邪恶的死灵军团。

二十人的副本，现在队伍里的人数还远远不够。因此向小柔在公会里嚷了几句，出乎意料地，响应的人甚多，就连冰雪刺杀者和暗夜星辰以及花大少与小娘子都要求同去。于是一群人沸沸扬扬冲向了艾美拉之穴。

二十人的团队副本，对跑位和团队意识要求比较多，但这对向小柔而言，难度不大。

副本开放得早，公会里的人已经下过许多次，攻略也都熟悉，下起来还算顺利，一行人在吵吵嚷嚷之中打到最后。

而家有娇花始终没有上线。向小柔不断地打开好友栏，然后关上，过一会儿又打开，再关上。就像一个强迫症病人，总是重复着同样的动作。但家有娇花的名字，一直灰暗。

这一灰暗，一直灰暗了五天。五天没有上线，对家有娇花这样的宅男来说，是基本不可能的事。唯一的可能就是，他在现实里出了问题。但向小柔什么都做不了。虚幻里的感情到了现实就是无奈。他是谁，叫什么名字，住在哪里……她一无所知。所以，她只能如往常般地上班、下班、回家，吃饭、睡觉、工作、游戏。有他无他，她的生活照旧。只是，在游戏里的时候会不自觉地反反复复打开好友栏，留意着他的动向。

她努力做着历史任务，努力帮冰雪刺杀者发展公会势力，努力为大战做准备。因为她知道，家有娇花是期待这场战争的。

时间一天天过去，大战，一触即发。可他，就像人间蒸发似的。

杳无音信。

同样失踪的，还有方又安。

通过莫青轩，她得知，与方氏合作的整个地产案，被无限期搁置。

她公司与他们的广告合作案，也被无限期搁置。

一切，沉寂得过分。

直到大战前三天，报纸上硕大的头版头条登了出来——

方氏的掌门人，那个曾创造过许多商界辉煌的巨人方宏星，逝世！

PART 49　方又安

这段时间向小柔的生活十分平静。

上班下班，上上游戏，她每天就在公司和住所之间做两点一线的单调运动。本该忙得鸡飞狗跳的工作，也因为地产案的暂停而被减轻。范老板成天长吁短叹的，向小柔却是乐得逍遥。

莫青轩仍旧保持着对她的兴趣，隔三差五送点礼物。不过少了工作上的接触，花心大少对她的热情有所减少。小家碧玉般的女子，对莫青轩这样的男人而言，只是饭后甜点般的存在。

再来就是江智尧，他大概做着类似齐人之福的大梦，对她这个前女友仍旧带着一颗暧昧的心。向小柔父亲忌日的那天，他并没到场。他是在第二天她正要离开的时候，带着他自认为倜傥不凡的风度，翩翩而至，得到的结果是被向妈妈拿着扫帚赶出了百来米。

她第一次觉得母上大人十分威武。

那扫帚每砸一下，都带着十足的劲道，打得江智尧活蹦乱跳，狼狈不堪。

日子很平静，平静得有些山雨欲来的势头。

游戏里，家有娇花已经很久没上线了。冰雪刺杀者私下里也问过她原因，毕竟花了代价请回来的人，却久久不见踪影，他不好和公会交代。她只能敷衍地回答着，说他一定会来，再过几天就来了。

心里却是没底，她无比地怀念起有他在游戏里的日子，吵吵闹闹都是让人安心快乐的。只是在虚拟的世界里，她也明白总有一天都要曲终人散，然而告别的话一天没出口，她永远都觉得他会出现。

而在现实中，方又安自那日一别，便销声匿迹，仿佛又从她的世界中消失。不了解他到底出了什么事，他的离开仅还给她一片平静，只是平静中带着不安。

看到那则新闻，她才明白他失踪的原因。

她困惑于自己的心情。明明不该再有任何感觉的，她却莫名难过。对她而言，这早该是无关紧要的事情，却让她格外沉重。

傍晚天空下起小雨，细密缠绵，即使打着伞也挡不住发丝般的雨，雨丝被风一吹，全都落在她身上。

向小柔带着心事，撑着伞低着头走回家。

有个人站在她家楼下，套着宽大的黑色卫衣。卫衣的帽子戴在头上，在他脸上打了层阴影。他低着头，双手环抱着站在雨里。雨点打在他身上，远远望去，细细密密像染了一层银色的光珠。

他的身形让向小柔十分眼熟。

“方又安？”她靠近了，试探着小声叫了句。

他猛地抬起头来。

真是方又安。憔悴而无神的方又安，带着孩子式的委屈不安，静静地看着她。向小柔愣了愣，想起今天的那则新闻，心里的疼便像这满天的雨丝，绵延不断。

“要命！你在这里站了多久？”她回过神很快走上前，轻轻一捏他的手臂，发现他的衣服已经湿得不行，想来他已在雨里站了很久。

向小柔把方又安带回了家。

这个男人，他强大的时候像个神，脆弱的时候，又像个孩子。很矛盾，但她心疼。在心底叹口气，她把他踹到卫生间去换洗，自己则到厨房煮了一大锅浓浓的姜汤。好在于夏今晚又和她情人去风流快活了，少了这个大八卦，她也没那么不自在。

没多久方又安便从卫生间里出来，用毛巾擦拭着头发。打湿后的头发柔软服帖，被他随意擦拭得很凌乱。他穿着从于夏同志处借来的她男人阿楠的衣服，宽大的长袖棉T恤、黑色的运动裤，好在他和阿楠的身形差不多，倒也很合身。水珠顺着发梢滑到脸颊，再沿着脸颊滴落，他的清秀里便添了俏皮。他的眼神因为水汽的关系显得迷蒙，目光落在向小柔的背影上。她转过头，便看到他慵懒的模样，V领处微露的胸膛，黑色运动裤修饰出的修长而迷人的腿部线条……

一点点性感，一点点无辜。

房中若有若无的暧昧，让她呼吸微微急促，脸颊发烫。她脑中突然跳出六年前自己趴在他胸口的情景。温热的怀抱和安定的心跳声，总让她贪恋。

食色性的，不只是男人啊。

“过来，喝了它！”向小柔转开脸。为了掩饰自己荡漾的心情，她粗鲁地盛好汤，走到小客厅，“砰”的一声放在桌上。

方又安并没发现她的异样。这里的气氛让他感觉放松，屋子里姜汤的香味，暖到心底。

“多大的人了，还玩淋雨这套？你以为自己还年轻吗？你还当你是十年前的青春少年？”向小柔看着他乖乖坐到桌边，端起碗就喝，心里有股怨念没处发，便絮絮叨叨开始数落他。

方又安想笑，却笑不出来。

他一口气把姜汤喝完，感受着从胃向四肢蔓延的温暖。

眼前的女人还在喋喋不休地数落他，却让他心安。生活，就是这样吧。沾上了烟火气息的向小柔，面目格外真实，可亲可爱。

他伸出手，突然间抱住她。

向小柔的声音，戛然而止。她的脸庞，凝固着一个惊诧的表情。

“不要动，不要转身。让我抱一下，一下就好。”他的声音低沉喑哑，带着疲惫和淡淡的恳求。

向小柔无法拒绝，只能怔怔地任他抱着。他发梢的水珠落到她脖子里，冰凉得叫她背脊一紧。突然间这股冰凉里混进一丝温热的湿意，那明显不是他发上的水珠。

向小柔瞪大了眼，心骤然之间像被一双大手紧紧捏住。

那是泪水？

“小柔，他不在了。我恨了那么多年的男人死了。”方又安缓缓地开口，仿佛诉说着与他毫无关系的故事。

“我是他的私生子。我的母亲是他在外面认识的女人。她是个善良老实的傻女人，一直被他欺骗着，直到他的老婆找上门来。离开他的那年，她怀了我。她真的很傻，在我十多年见不得光的生命中，她从未说过他一句坏话。她总是告诉我，父亲很爱我们，父亲是个好人，温柔体贴善良……

“她并不是因为还爱他才这么说，她只是不希望我带着仇恨成长。她希望我有个简单快乐的童年。她教会了我爱，却把恨留给自己。十二岁那年，方宏星找到了我们。他跟我母亲说，方家的骨肉不可以流落在外，所以一定要带我走。母亲后来妥协了，因为他可以提供给我优渥的成长环境，那是她穷极所有都无法给予我的。她让我没有成就之前不要回来找她，其实那是因为方宏星不允许她再见我。临走的时候，她跟我说：‘小安，跟着你父亲去吧。好好成长，成为一个让我引以为傲的男人，再找个好姑娘，好好爱她。我在这里，等你骄傲地回来！’

“然而，她始终没能等到我。在你父亲过世的那年，她也去世了。”方又安沉沉说着。

那一年，他刚从F大毕业，以最优异的成绩拿到了国外名牌大学的保送名额。那一年，他和她认识满四年，他以为他可以带着这个好姑娘回去看她，谁知道再也没有机会。可笑的是，在他知道这一切之前，他一直将方宏星当成仰望的偶像，视作严父，以为他是不得不离开母亲的可怜男人。方宏星编造了太多的谎言来让他留下，让他成为所谓的优秀者，甚至隐瞒了他母亲的病，又玩弄花样，吩咐卓天逼向小柔离开。

方又安连母亲的最后一面，都未能见着。

“他把所有的人都当成他的棋子，呵……”

向小柔一直沉默地听着，他便如自言自语般说着。这些事还是同父异母的兄弟告诉给他的，他们可不想让他继承方宏星的事业。

“你知道信仰崩塌的感觉吗？多少的爱就有多少的恨。我曾经以他为傲，以他为我追逐的目标，可后来信仰崩溃。原来我敬仰的，我一直以为爱着我们的父亲，其实是个人渣。

“可是，这样的恨，现在也都没有了。他死了，拍拍屁股就走掉，只剩我在这里挣扎。”方又安低声吼叫，像只困兽。

向小柔的手缓缓抚上他的背，默默地闭上眼，仍旧没有言语。

劝慰的话语，在这种情绪里是多余的。

他只想发泄，只想说说六年前没有说过的故事。

她便拍着他的背，安慰着他因为回忆而悲伤的灵魂。

“小柔，原谅我！”

“让我为你成神！”他在她耳边低声呢喃着。

低喃声让她心头有一丝酥麻，她伸手想推开他。

谁知不过轻轻一推，他竟倒在地上。

向小柔心里一惊，忙蹲下身看他：“方又安，你怎么了？”

他眉头紧蹙着，表情痛苦地望着她。“很冷啊！”他环抱着自己的双臂。

向小柔一摸他的头，发现居然烫得吓人。大概是大冷天淋雨淋太久的关系，再加上这段时间的痛苦与压抑，他的身体承受不住，便爆发了出来。

向小柔将他扶到了自己床上，帮他盖牢被子后才去抽屉里找感冒药。拿到药后想了想，又把药放下。他站了这么久，想必还没吃饭，空腹吃药伤胃。

这样的方又安，让她心疼。她到厨房，给他熬了一锅白粥。她把粥捧给他的时候，他就像个可怜的孩子，只用无辜的眼神看着她，眼眶似乎湿漉漉的，像只等待主人垂怜的小哈士奇。

“你慢点，烫！”向小柔见他喝得急，不由阻止道。

“哦。”他含糊应着，嘴里却仍喝得津津有味，仿佛天底下最美味的食物就捧在手中。

不过一碗白粥。向小柔看得眼睛发涩。都说女人是容易心软的动物，果然如此。待他喝好粥，她才把药拿给他，又给他倒了一杯温水。

“把药吃了吧，如果明早还不能退烧，你得去医院。”向小柔很生气，气他不爱惜自己的身体。

他笑眯眯地吃了药，乖乖听她的话，点点头躺下。向小柔的被子有她身上淡淡的馨香，闻着格外温暖。他抓着向小柔的手，不让她离开。

生病的人，永远有任性的权利。向小柔不能拿他怎样，只能坐在床边看着他清俊的脸，想看出这六年时光的痕迹。

药效渐渐上来，他沉沉睡去，可她却仍旧抽不回手。

好不容易等他松了手，向小柔才离开房间。斟酌了数秒，她拨了电话给卓天，让他第二天来接方又安。

挂上电话，向小柔去了于夏屋里，想在她房间睡一晚。只是关了灯躺上床，她翻来覆去却怎样也睡不着觉。心里难安，总还念着隔壁的方又安。挣扎了许久之后，向小柔对自己的心妥协，披衣起身，又坐到了方又安床头。

他出了些汗，额头的温度不再烫得吓人，可人却显得烦躁，总要把被子蹬开。向小柔替他盖了几趟被子，又在迷迷糊糊间喂了他几次水，他方渐渐平静。

向小柔也倦极，便趴在他床头睡着。

房间的窗帘透进路灯的灯光，并非彻底的黑暗。淡淡的光芒洒落满屋，照着她安静的眉目。方又安睡到半夜醒来，看到的是近在咫尺的她。她趴在他枕边，一只手压在自己脑袋下枕着，另一只手死死抓住他的被子，以防止他再蹬被子。

他仔仔细细看着，借着淡淡的光芒一点点追寻她改变的痕迹。岁月温柔了她的容颜，眼角眉梢全是时光赠予的恬静。他每看一眼，便觉得错过的时间被填补了一秒。

六年的时间，每年三百六十五天，每天二十四小时，每小时六十分钟，每分钟六十秒。一共一亿八千九百多万秒。

他的余生，要永远这么看着，一眼又一眼，直到将六年的时间全部填满，满到溢出来，化作霜雪覆满青丝。

从年少轻狂走到暮冬夕颜，再无别离。

向小柔做了个梦，醒来时忘记了梦的内容，只记得是个好梦，她在梦里听到自己的笑声。

屋里光线已明晰，她闭着眼也能感受到外界的明亮。她动了动，觉得这一觉睡得格外踏实，又暖和又舒坦。

暖和？舒坦？她昨晚好像是坐在床头守着方又安的？

脑袋一醒，她睁开眼，乍然入目的，是个男人的下巴，胡茬剃得很干净，往上，是棱角分明的唇，抿着的唇弯出漂亮的弧线。

呆滞了数秒，向小柔忽然反应过来，她正躺在方又安身边，头枕在他肩头，脸几乎要埋进他的脖弯中，她的一手一脚，正巴巴地挂在他身上。

被子里的温度不断上升，她像被火烧着似的缩回手脚，来不及多想就惊愕地弹坐而起。

骤然间袭来的寒冷让她打了个寒战。“阿嚏——”她打了个喷嚏。

被子被人拉到她的脖子处，把她紧紧裹住。方又安已经坐起。

揉揉鼻子，向小柔刚要开口，方又安已经比她更快一步捂住了他自己胸口，满面惊惶：“你……你想干什么？昨天是你自己跑到床上，钻进我被窝的。”

不论何时，恶人先告状再加恶意卖萌这套，对向小柔都非常有用。

尽管她管这叫“耍贱”！

“……”

向小柔果然被他噎得一句话都吐不出。方又安却双臂一张，环住了裹着被子的向小柔。向小柔的脸顿时大烫，胸膛里的心怦怦直跳，搅得她呼吸跟着急促。她想挣扎，可奈何自己的双手被裹在被子里，而他突然逼近的气息又叫她发蒙。

无计可施。她只能看着他渐渐靠近，徒劳无功地将脑袋左摇右摆地躲避他缓缓袭来的唇。

“叮咚——”门铃却在此时响起。

向小柔一怔，想起昨晚的电话，这会儿来的应该是卓天？

就这恍神的机会，方又安逮到了她。他只是将唇轻轻在她额上印了印，便笑了：“你躲什么？我只是想和你说早安。”

向小柔涨红了脸，她以为……他又打算偷袭她的唇。

“走开！我要去开门！”她怒瞪他。

门铃一阵急过一阵，方又安耸耸肩，松了手。

按门铃的人，果然是卓天。他依旧穿着得体的西装，如一杆长尺，笔直立在门口，与这逼仄的小屋格格不入。

向小柔看到他时，脑袋里那点绮念转眼就已冷却。

六年前的事，是横在她和方又安之间的坎，她难以放下。离开或者分别，不是因为不爱，只是最终她输给了自己，而卓天的存在提醒着她，曾经的悲哀。

而现在……

二十万的支票。

六年的债，终于可以还给他了。

“给你。”她没打招呼，只是递了张支票给他。

卓天接过支票，却没有看上面的数字，而是定定地望着她。

“你不需要还我。那钱，我当初说得很清楚，是用来交换的。”

“如你所愿，这钱已经换走了我最重要的东西。然而始终还是我欠你，还掉这笔钱，我和你……”她淡淡地说着，忽然转头看着方又安，“我和你们，再也没有关系。”

方又安站在她的身后，原本温柔的笑容凝固在唇边，指节攥得发白。

起床时的温情，荡然无存。淡漠的目光与话语，宛如利剑，剜入心髓。

很好，这一刻，他终于活过来了，像蛰伏的野兽，被疼痛惊醒。

他确定，他一直爱着她。从过去到现在，从未改变。

她说，再无关系！

他偏不要！

第四卷 最后的战役

为你成神，
我的女王！

PART 50　战神

向小柔再次上游戏，时间已经很晚了。

但游戏里的玩家依旧很多。大战进入倒数计时，玩家们的热情一天比一天高涨。各大公会的动作也明显多了起来，公会成员的招收、实力的扩充、物资的储备，以及各种任务的最后冲刺……

虚拟世界始终比较简单，哪怕是恩怨情仇，也比现实来得直接。

她打开好友名单，家有娇花的ID仍旧是一片灰暗。心里难免失落，向小柔怔怔看着熟稔的名字。该死的家有娇花，失踪了这么久，不知道是不是在与旧情人花前月下？等他上线，她非得好好和他算算账。

她恨恨想着，转念心思却又一歇。

她都不知他何时上线？

向小柔心里思忖着，一边在公会里和兄弟姐妹们讨论大战的物资准备情况。

突然间眼前闪过一行鹅黄色的字。

[系统]您的好友家有娇花上线了。

她揉揉眼，这厮居然上线了？！

许久的沉寂过后，家有娇花终于回来了。

向小柔还没有做出反应，世界频道上已经华丽丽地划过花大少的深情呼唤。

[世界公告]花大少与小娘子：花哥，你可回来了。花姐望眼欲穿啊！

不管是世界频道，还是公会频道，都有各种各样调侃的信息，呼啸而过。

自从加了公会，向小柔和方又安这两个基本不在世界频道吭声放屁的人，名字出现在世界频道上的频率呈几何倍数增长。

向小柔看到他的名字亮起，心里正高兴，在私聊频道里打了一大段文字还没来得及发出，就看到花大少的信息。

望眼欲穿?

她有表现得如此明显?

[世界公告]家有娇花：大少，你说的是真的吗？你们花姐这么思念我?

[世界公告]家有娇花：我的心肝小花花，哥回来了，来来来，给哥搂一搂!

方又安很少在世界频道发言，每次他在世界频道发言，或者他的名字出现在世界公告中，都意味着有什么重要的事情发生。而这一次，他用他万年不变的猥琐征服了大家。

心！肝！小！花！花!

五雷轰顶的称呼，让向小柔的心和肝都开始抽搐。她望着眼前那张凑近的大饼脸，忍住想一拳把他砸立体的欲望。

[当前]一朵娇花：花你个鬼。你能少猥琐一点点吗?

向小柔伸手狠狠地拧住家有娇花脸上的肉，用力往外扯。

家有娇花的脸庞被拧得扭曲，眼睛飞到鬓角，鼻孔瞬间放大……

这喜感的模样让向小柔一乐，几天没见他的担心一扫而光，连带着最近生活里的那些阴霾也暂时放下。

她沉重的心忽然得到了一丝缓解，于是便欢乐起来。就是这么奇怪，他能让她放下所有的不快乐，毫无理由地放松。

这年头，果然猥琐才是王道吗？腹诽了一下，她没有说出口。

[当前]家有娇花：轻点，轻点！娘子轻点，为夫知错了!

[当前]一朵娇花：闭嘴。

向小柔放过他的脸，却又使劲踹了他一脚。

[当前]家有娇花：S那个M啦！救命啊！！!

向小柔黑了脸，继续踹他。

[当前]一朵娇花：SM是吧，来，我们把它变为事实吧。

一朵娇花压着手的骨节，可爱萝莉脸蛋表情猥琐，与家有娇花如出一辙。

[当前]家有娇花：小花花，你……你轻点……

家有娇花却娇羞地一低头。

向小柔呼吸一滞，正准备回嘴，私聊频道却闪过冰雪刺杀者的密语，要他们回去商量大战的事。

[当前]一朵娇花：别闹了。家花，冰雪喊你回家吃饭了。

[当前]一朵娇花：走了，去议事厅！

到议事厅的时候，里面已经站满了玩家。会长冰雪刺杀者冷静肃然地站在最前方，身边是暗夜星辰和花大少与小娘子。

下面站着君临天下的其他负责人和主力玩家，除此之外，还有各分会的会长和主力成员。冰雪刺杀者一手建立的公会中最精英的玩家，几乎都到了。

不出意外，向小柔看到了江智尧。

他站在傲绝天下分会的成员前方，虽然他现在只是分会副会长的身份，但长久以来他建立的威信却没那么容易被打破。傲绝天下的成员对他的感情明显比对凭空而降的家有娇花要来得深厚，特别是一些老成员。这样的感情，是再强大的能力也无法改变的。

江智尧难得低调，表情沉默地站在他的朋友堆中，身边不见白沐雪天使般的牧师影子。他没有看向小柔，估计是那天被向妈妈扫地出门的阴影太深了，他自尊心严重受挫，没脸再见向小柔。

公会的人见到向小柔，都露出笑容。最近这段时间，随着向小柔在公会活跃度的提升，带副本、做任务、收集战略物资，她的威信已经有了一定的基础，并且君临天下目前正处在扩张收人的紧要关头，有许多新进的实力不弱的玩家，都是冲着笑与君歌的名气而来的，其中很大一部分是原来皇图霸业的老朋友。

虽然她已经没了笑与君歌的光环与荣耀，但多了亲切随和，这让她在公会里得到了更多的朋友。

家有娇花跟在一朵娇花的身后。众人看到他的时候，不约而同地闪过些不自然的神色，尤其是傲绝天下公会的人，眼里的不屑表现得十分明显。

方又安离开的这段时间，恰好是公会大战前最重要的一段时间，他和向小柔名为公会的长老，实际上却是冰雪刺杀者以重金请回来的助手，然而除了向小柔，方又安却没有拿出任何成绩来说服众人，仅有的只是最开始的PK，但那些虚荣对公会的实际情况毫无提升。而另一方面他又逼半夕秋风退让了傲绝天下会长的位置，却对公会没有任何帮助，与公会成员亦无接触，白白浪费了傲绝天下会长这个头衔。再加上半夕秋风的地位，因而如今家花的存在变得相当尴尬。

向小柔也明白眼前的情况，她有些担忧地回头看了看家花。

家有娇花在踏入议事厅的这一刻，就变得有些不一样。他平日的猥琐似乎收敛，一种叫气场的东西忽然间弥漫开来。

这一次冰雪刺杀者召集这么多的主力玩家，是为了两天后的历史性攻城战。

为了这一战，他们准备了两个月，也付出了很多。

从最初接到历史任务，到一朵娇花带来的惊讶，再到叹息家族的背叛，后来家有娇花的加入……不过短短几个月的时间，公会的改变却是巨大的。

两个人的力量虽比不上一个家族的实力，但至少，他们的到来给了冰雪刺杀者一点希望。

努力了很久，终于要看到结果了。他让所有的人都安静下来，缓缓开口。

冰雪刺杀者：大家，不要吵了！

冰雪刺杀者：我不想说太多废话，这次聚会的目的大家都很清楚，为的就是两天后的大战。我定下的目标，是成为精灵之都纳多城的英雄领主。以我们目前的实力，要守住这座城市应该是没有问题的。

公会里的人，有那么一瞬的失神。

没有听错，上面的冰雪刺杀者的发言，不是通过文字，而是通过声音。在这样一款通过神经与网络联接的游戏里，想要直接发言是需要另外购买相应设备的，那设备比较贵，而且使用的限制比较多，所以很少有人用它。这一套低端的声音设备，是暗夜星辰姑娘送给他的生日礼物，当然，这点他不需要告诉众人。

冰雪刺杀者的声音是带着威严的冷静，让大家有了一种全新的真实体验。

在几秒的恍神后，大家都回过神来，接着是兴奋地开始讨论。

[当前]家有娇花：精灵城？你们这么没有追求吗？我以为你们的目标是爱维斯，所以我才加入的。

家有娇花闲闲凉凉的讽刺，夹在众多的讨论之中，让人一眼就看到，十分刺目。

在五座主城当中，最繁华最热闹的，要属人类主城爱维斯。因为那是自由港口的所在地，各种资源丰富，物资种类多样，发展得最为繁荣，其他四座主城全都不如它。但相对的，爱维斯的英雄领主竞争者肯定很多，并且都是实力顶尖的对手，比如一叶无花的血色荣耀。

略带嘲讽的话语，让人十分不爽。冰雪微微皱了眉，就连向小柔也觉得不妥。冰雪的这个决定，事先已经跟她以及其他几个重要成员商量过了，按照目前的公会实力，与其去争夺那块难度十分大的蛋糕，不如转而争取其它主城来得好。冰雪刺杀者还没有发话，其他公会玩家就吵开了。

[当前]萝莉易推倒：你以为我们不想争取爱维斯吗？你自己不上线，不关心公会也就算了，至少公会的实力应该了解一下。不要一上来就在这里叫嚷。

[当前]万里宏光：你叽歪什么劲，不要以为帮我们过了大副本我们就欠了你。

……

[当前]花大少与小娘子：家花，你太久没来了，不太了解现在的局面，回头我再跟你说说吧。

眼看着有失控的迹象，花大少与小娘子赶紧打圆场。

家有娇花却并不领情。他像是换了一个人似的，不再有从前置身事外的低调，反而气势张扬。

[当前]家有娇花：我只对爱维斯感兴趣，你呢，冰雪？

[当前]冰雪刺杀者：但我们的实力不足以争夺爱维斯。

[当前]家有娇花：你让我很失望。

方又安大放厥词的态度让公会成员的不满上升到了极点。尤其是傲绝天下的人，纷纷开始骂。

[当前]猎神：家有娇花，你什么意思？我们再怎么也比你好，你对公会有过什么帮助？占据了会长的头衔却什么事都不做，还在这里叫嚷。

[当前]烟烟雾雾：小猎，算了吧，人家背后的势力弄不好很大呢，可以凭一个人的力量让我们成为全服第一呢，你急啥呀，会长都不急了！

……

各种各样的质疑瞬间充满频道。向小柔看得十分郁闷。

家有娇花仍旧没有表情，他走到那个叫猎神的傲绝天下成员面前。大饼脸八字胡小眯缝眼，表情严肃，却仍然抹不去那丝猥琐。

[当前]家有娇花：你说我没有给公会帮助，是吗？

[当前]家有娇花：那我就送大家两份大礼吧。

[世界公告]风云变幻，公会江山堂与君临天下正式结盟，进入盟友状态。

冰雪刺杀者满脸震惊地点下屠心发来的结盟要求，看着硕大的红字从空中划过。向小柔惊讶万分。她不是没有想过与屠心结盟，只是屠心的势力已经拥有竞争爱维斯的实力了，根本无须与他们结盟。她也找他谈过，屠心虽然念及旧情，却仍是拒绝了。

然而，惊讶还没有结束。

[世界公告]玩家家有娇花，触发大型唯一公会历史任务——万众一心。君临天下公会所有成员，获得成就——万众一心的信念，获得增益效果——信念祝福，公会成员全属性提高百分之三十，该增益效果开始时间为历史战争开始时间，并将持续十天。

红字依旧，众人石化。

[世界公告]玩家家有娇花，触发唯一隐藏历史任务——战神降临。神遗之罪即将开始，战神亚多纳之子降临，拯救恋世。完成任务者，可获全服最高殊荣——战神。

然而，公告没有结束。

[世界公告]风云变幻，公会甜蜜娘子军与君临天下正式结盟，进入盟友状态。

[世界公告]风云变幻，公会神谕与君临天下正式结盟，进入盟友状态。

[世界公告]风云变幻，公会殇逝与君临天下正式结盟，进入盟友状态。

[世界公告]风云变幻，公会偷个萝莉回家暖床与君临天下正式结盟，进入盟友状态。

……

天空中“唰唰唰”晃过好几条公告，刺得人眼睛发花，久久不能回神。

一一数下来，竟有十来条之多。这也意味着，有十来个公会选择了与君临天下结盟。

除了屠心的江山堂是各大势力中排行最前的三大公会之一外，其他几个都是一些中等的势力，排名从三十到八十间不等，但能在几千万人的服务器中排到前一百名，实力都不弱。更何况蚁多咬死象，这些大大小小的公会凑到一起，力量相当可怕。除非一叶无花也能获得同样的势力支持，否则单就联盟势力而言，冰雪刺杀者的君临天下已经凌驾于血色荣耀之上。

此刻君临天下的玩家们，都错愕地仰头望天空，注视着那些突然出现的各种公告。而这错愕在两秒之后，突然都化成沉默的兴奋。

就连冰雪刺杀者自己，也已经陷入了奇特的亢奋之中。

爱维斯城的英雄领主荣誉，似乎触手可及。没有人能抗拒这样的荣耀，巨大的光环从上而下，笼罩着君临天下所有的玩家。

同样在公会议事厅处理事务的一叶无花和明日殇，面对着自己公会里惊讶的玩家，默默交换了一个心照不宣的眼神。

这个男人，终于不想再蛰伏了。

在短暂的平静之后，世界频道沸腾了起来。玩家们抱着各种羡慕嫉妒恨的心情讨论着刚刚出现的那些公告，特别是关于战神的隐藏任务和万众一心的公会任务。在普通玩家心中，公会结盟只意味着服务器的势力会重新洗牌，但对他们的影响并不大，相反是两个任务的出现让他们沸腾了。

战神——神遗之罪历史战争中最高的一项成就。关于这项成就游戏公司一直都没有给出明确的解释，而服务器也没有出现相关的公告，以至于大家都认为最高的荣誉就是几个城市的领主与最终封印裂隙的英雄。

PART 51　大战前夕

大战前夕，家有娇花横空出世，触发了这个隐藏的战神任务，并且是唯一的。也就是说，这个任务，全服只有一个人能够接到，但相对的，这个任务的完成难度非常大。

只有方又安知道这个任务难到什么程度。英雄领主只要在每个城市的战役中，获得最高的战争荣誉便能够拥有这个头衔，而封印裂隙的王者英雄，也只需要封印裂隙就能达到。但战神成就，必须是玩家在五座主城的战争中，都累积到一定高度的战争荣誉，并且带领远古诸神遗族，协助五座主城的英雄领主击退神遗军团，才能够完成任务。看似简单，实际却无比复杂。

面对这一切，只有向小柔，在最初短暂的兴奋后，转为了沉默。

在她心底，有着浓浓的疑问。

[当前]家有娇花：现在，我有帮助了吗?

家有娇花站在猎神的面前，表情冷漠。他收敛起所有猥琐，黑袍上暗金的魔纹诡谲无比，让他像个从黑暗中走出的王者。

猎神说不出半句话。

[当前]花大少与小娘子：太牛了！家花你怎么做到的?

[当前]家有娇花：公会任务很早就接到了，需要我有五级公会会长的身份，才能完成第一环。

[当前]家有娇花：战神任务，是第一环世界历史任务完成后得到的隐藏奖励。

方又安解释得轻描淡写，听着似乎很容易，但那样庞大的任务，其中的困难可想而知。

听到这样的解释后，君临天下和其他分会的玩家则露出恍然大悟的表情，只有傲绝天下的成员们，包括半夕秋风在内，都是一副不甘而郁闷的模样。这段时间他们一直在针对家有娇花，一是为半夕秋风抱不平，二是因为家花夺了会长的位置却无所建树，他们都对他很不满，甚至有主力玩家私下要求冰雪刺杀者将家有娇花除名。但今天家有娇花的一席话，才让他们明白，他根本没有他们想象中所谓的阴谋诡计，人家根本不屑于此，也不屑于那个会长的位置，一切只是为了任务而已。当然，这里也许还有他和半夕秋风的私人恩怨在内，但至少，并不是他们想象中的各种阴暗。

[当前]家有娇花：最近这段时间没上游戏，是我个人的问题，冰雪，抱歉。

他只跟冰雪刺杀者有协定，所以他的道歉也只对着冰雪刺杀者。

[当前]冰雪刺杀者：回来就好。

[当前]暗夜星辰：好了，现在公会势力变化太大，原定的计划已经跟不上了。不如找个时间把结盟公会的人找来商量一下，你们觉得呢?

[当前]冰雪刺杀者：是，家花，能约他们来聊聊吗?

[当前]家有娇花：可以，明天晚上七点。

一直到众人解散，走出议事厅，向小柔都没有说话。

[好友]家有娇花：小花，你怎么一直不说话呢?

离开众人，家花又迅速回到那个猥琐的二货形象。方又安心里有些惴惴不安，刚刚那一番结盟的公告，不知道是否让向小柔想到了什么。

[好友]一朵娇花：这两天，你上哪逍遥快活了?

[好友]家有娇花：去找了旧情人。

[好友]一朵娇花：哦?就是那个据说跟我很像的旧情人?

[好友]家有娇花：小心肝儿，莫非你吃醋了?

向小柔突然间操纵着一朵娇花的人物，贴近了家有娇花的脸，一张萝莉的娇俏可人的脸蛋出现在他眼前，她御姐式的丰满身材靠近来，浑圆饱满的线条让人忍不住心跳加速。

迷蒙无辜的萝莉眼神，性感惹火的御姐身材，多少宅男的梦中情人。

方又安也是个死宅男。

他脑海闪过的却是她现实中的形象，清丽的脸庞，姣好的身材……

[好友]一朵娇花：其实吧，这两天我也见了我的旧情人。

心跳加速的宅男“嗯嗯”了两声，还没回神。

[好友]一朵娇花：你知道吗？我曾经无数次幻想过和旧情人见面的情景……

她伸出舌，舔舔唇。

[好友]家有娇花：嗯嗯……

好想亲过去，宅男继续傻。

[好友]一朵娇花：有一天，真正遇到了，才发现过去了就是过去了。家花，咱别理会什么旧情人了，不如我们俩在一起吧！

晴天霹雳。

方又安便秘似的“嗯嗯”声不再出现了。

他从各种各样的绮思艳想之中醒了过来。

这是告白，还是一种试探？

等她的告白，他等了许久，但为什么一点开心的感觉都没有，相反的，他心里却有种惊悚的感觉。

看起来，她似乎已经猜到了什么。

[好友]家有娇花：这个……

方又安斟酌着要如何回答。

告诉她实情，他又担心那层纸捅破了，便回不到最初。游戏里两个人的接触比现实中多了自在随意，毫无包袱，但若是换上各自的身份，她的顾虑就多了吧。哀叹一口气，他憎恨自己的优柔寡断。

狠狠心，他刚想说话，向小柔却已将身子挪开。

[当前]一朵娇花：得了，知道你舍不得旧情人，那大战结束了再给我答案吧！

说着，她眨眨眼，脸上有着浅浅的笑容，带着神秘莫测的小得意，让他把到了嘴边的话又给憋了回去。

这滋味真不好受。

方又安一面在心中暗骂着，一面让冰雪刺杀者召唤着公会的成员下大副本，还剩两天的时间，他们必须把公会任务万众一心的前置任务完成了才行。

这一晚上，为了做任务向小柔和公会朋友下副本到凌晨三点，才带着黑眼圈爬上床，困到没有心思再去思考和回忆，头挨到枕头便已经进入梦乡。

PART 52 地狱裂隙

战争开始前的时光，让玩家们感觉十分紧张。无数的城防建设、日常战争任务、个人成就、公会成就等等，都还没达到心底的最佳状态，时间便已走到了头。

为了让玩家能更好地参加这场战争，游戏公司选择将周六早上八点定为神遗之战拉开序幕的时间。为此，游戏系统从周五下午三点一直维护到晚上八点。

冰雪刺杀者为了争夺爱维斯城的英雄领主，把一切能用的资源都用上了。

想要成为英雄领主，必须先接到英雄领主的任务，全服有资格接到这任务的人并不多，而接到这任务的玩家，也不是都对此感兴趣，比如屠心就是个中代表。屠心虽然也接到了英雄领主的任务，但同时他还接到了别的历史任务，相比较之下，另一个任务更对他的胃口。因此，最后商定的结果，便是江山堂协助冰雪刺杀者争夺爱维斯的英雄领主。而相对的，君临天下必须帮助他们得到他们想要的东西。

晚上八点，服务器维护结束。玩家们都在第一时间涌上游戏。

向小柔也不例外。

才踏上爱维斯主城的土地，便已经感觉到不同于以往的气息。

爱维斯上空深邃幽远的星空，已经被诡谲的红云所笼罩，在暗夜中仿佛巨大的红黑色旋涡，足以吞噬所有生命。脚下不停传来隐约的震动感，是遥远的裂隙封印在逐渐崩溃的前兆。城市中心的千年轮回塔上，千年石正在缓慢地转动着，散发出柔和的珍珠色光芒。轮回塔下由玩家们一点点收集汇聚的魔法能量石堆以强大的魔法力，支撑着整座轮回塔的运转。

城墙上早已站满手持弓弩的弓箭战士，无数的龙骑兵在城墙下聚集。玩家抬起头，可以看到天空中疾速掠过的小型飞龙，以及在上面骑乘的全身盔甲的NPC。军事大殿内灯光通明，不断有人进出，神色凝重。以往常在街头上交谈玩耍摆摊的平民百姓已经消失，空荡荡的街巷中，偶尔出现的身影，不论是NPC还是玩家，都行色匆匆，不作停留。

向小柔深深吸一口气，感受着这暴风雨来临前不同一般的宁静。

她从包袱里拿出陈旧的卷轴，轻轻摊开来。卷轴散发出金色的光芒，上面绘制的诸神的形态，仿佛有了生命一般，化成金色虚影，立在了卷轴之上。

她的任务，便是用这幅上古的神之卷轴，将堕落者裂隙封印。

这段时间的副本生涯，让她的全身装备提升了不少，虽然没有什么神器级的装备，但整体属性已经达到高级玩家的水准。

[好友]家有娇花：小花，来这里。

向小柔眼前跳出家有娇花的组队邀请。

点了确认，加进队伍。这是一支五十多人的队伍，很多都是老朋友。

冰雪刺杀者、暗夜星辰、花大少与小娘子、骄傲不落、番茄地瓜、逆水行舟、恋恋初夏……

[队伍]一朵娇花：这是要去哪里？

[队伍]家有娇花：去裂隙。你和不落都有王者英雄的任务，趁着封印没有完全失去作用，先过去看看情况。

[队伍]冰雪刺杀者：是，就等你上线了。大家飞吧。

随着冰雪刺杀者一句话，几十只飞行坐骑从君临天下议事厅的位置飞起，当先一只，便是冰雪刺杀者的银白色飞龙——冰雪召唤者，炫酷非常。紧跟着的便是家有娇花的六翼黄金巨龙，巨大的金色龙身华丽异常，和冰雪召唤者一前一后，顿时吸引了地面上众多玩家的目光。再后面是各种形态各种不同种族的飞宠，或华丽或炫目或可爱……衬着那诡谲的天空，像是玄幻故事里那热血沸腾的画面，让人兴奋莫名。

向小柔召唤出自己那被冷落的小飞行兽——最近光顾着下副本、做任务，她把飞行兽给忘了——孱弱的狮鹫兽跟在一众华丽的飞行兽后面，显得十分委屈。

百分之八十的速度让她远远落在了正后方。她一阵汗颜。突然间一道金色光芒由远及近，家有娇花带着他的黄金巨龙疾速飞到她的身边。

[好友]家有娇花：过来！你的狮鹫太慢了。

家有娇花让自己的龙保持着百分之八十的速度与小狮鹫兽并行而飞。

向小柔看看眼前的局面，想了想，便同意了他的提议，向着家有娇花的方向一跃，跳上了黄金巨龙宽大坚实的背。

收起自己的小狮鹫，她站在家有娇花身前，黄金巨龙一个掉头，疾速地追上前方的队友。

这并不是她第一次站在六翼黄金巨龙的背上，但这次感觉却不同。从前的她是属于被保护的一方，而今天的她则是他并肩而战的队友，意义相去太远，感觉也截然不同。

六翼黄金巨龙的速度非常快，她的衣服和头发在风中飞舞，身后的家有娇花身形不再佝偻，坚定地站在她的身后如同山丘。两个人都沉默着，无人开口。

他们很快就追上了冰雪他们。

在恋世的这几个月时间，她还没有体验过如此盛大的出行。山丘树林河流在脚下掠过，诡谲的天空化成眼前的暗红长河。

地面的景色不停变换着，裂隙越来越接近。

堕落者裂隙位于大陆以东的诸神战场上，战场中心有一处扭曲时空，那便是裂隙的真正所在。

诸神之战的战场所在地，是一片荒芜的废墟，草木凋败，恶魔出没。在这里游荡着虚空之中走出的堕落魔兽，此时这些堕落兽的数量正随着封印力量的减弱而逐渐增多。

远远望去，诸神战场的上空呈现出整片殷红的色彩，那红，浓烈得似乎要滴落下来。几道红色光柱冲天而起，向小柔判断了一下位置，确定那正是整个战场的正中心，扭曲时空的位置。

突然间，一阵剧烈震动传来，四周出现了一股强大的力量，压制了飞行兽的飞行能力。

[队伍]冰雪刺杀者：快，降到地面。这里不能飞行。

冰雪刺杀者的话才刚刚说出，飞行兽已经失去飞行能力。

所有的飞行兽都抵不住强大而邪恶的力量，纷纷从空中消失，自动回到主人的宠兽包裹中。这里是几千尺的高空，从这么高的地方摔下去，只有粉身碎骨的下场在等着他们。

好在这五十人都非常集中，几个牧师都很机灵，在半空中放了群体飞翔魔法，减缓了所有人的坠落速度，而没有被魔法笼罩到的人也迅速使用减缓坠落的物品。

只是尽管如此，因为事情来得太突然，仍然有两三个人摔死。一落到地面，向小柔就感觉到脚下传来的震动更为剧烈，脚下的泥土鲜红如血。

牧师们忙着复活摔死的玩家，其他人则清理着周围游荡着的堕落兽。

[队伍]家有娇花：奇怪，这里的怪怎么变这么少?

[队伍]逆水行舟：是啊。上次我是五个人来这里的，还能正常飞行到扭曲时空之前。那时候地上可是密密麻麻的怪物，要是没有飞行兽，单凭五个人根本无法进来。

[队伍]一朵娇花：事出无常必有妖，大家小心一点。

向小柔的话才刚刚发出去，周围立刻发生了异变。

四周突然间涌出许多堕落兽，其中还夹着不少的精英堕落兽。

只不过，那些堕落兽的动作比较迟缓，显然是低级的存在，但它们此时却显得很有秩序，将向小柔一群人重重围在了中间。越来越多的堕落兽涌现，一双双血色的兽眸像红宝石，迷乱的光芒让人发慌。

扭曲时空的红色光柱越来越多，封印正在剥离，虚空中的邪恶气息从封印的缝隙之中渗透而出。远处隐约传来魔兽怒吼，此起彼伏，它们正在用尽全力挣脱千年的束缚。

天色中的红似乎更浓烈了一些。

[队伍]冰雪刺杀者：杀过去，往裂隙方向。这一次只是为了察看裂隙的情况，所以只要能杀到裂隙前面就行了。

[队伍]家有娇花：是。大家小心一点，战士拉怪，远程跟上，这些还只是普通怪，用大魔法群杀，牧师站中间，刺客断后。法系职业注意保持自己的魔力，以防有突发情况无法应变。就这样，BUFF加满，上吧。

家有娇花有条不紊地分配着各人的位置。

在场的人都是老玩家，默契意识什么的，都已经具备一定水准，很快就依照着家有娇花的要求各自站好位置，骄傲不落连同另外一个战士菊花茶一起，朝着扭曲时空方向的怪堆冲去。

配合得不错，两个战士都极有默契地把怪拉到一起，远程法师吟唱群体大面积魔法，弓手专门逮着怪群里那些精英怪下手，一个魔法杀不死它们，最后一箭便由弓手补上。几个刺客在最后方，清理着漏网之鱼和后面涌过来的怪物，不让它们靠近中间的布衣职业们。

他们以极快的速度向中心的扭曲时空杀过去，堕落兽的尸体铺满了整条路，掉落的钱币装备散落一地，却无人去捡。

随着队伍的推移，前行的速度开始减慢，每个人都感觉到压力开始加大。

战士的少血量骤增，治疗的压力加大，远程攻击职业的DPS压力增大，可后面的怪还在不断涌上来。

这证明，随着与裂隙距离的缩短，魔兽的能力在不断增强。

向小柔看了看目前的位置，已经能隐约看到裂隙四周忽明忽暗的封印光圈了，银色的光芒在疾速闪烁着，总让人觉得下一秒就要完全熄灭。

后方的刺客已经顶不住越来越多围上来的堕落兽了。

[队伍]家有娇花：大家小心。逆水，你们撑着。倾骨，你到后面去帮他们拉住怪。大少，你点五个法师去后面支援。

家有娇花看着眼前的情势，改变着前行方式，将队伍的位置再次做出调整。由于抽了一部分人到后面支援，后方的压力顿时减少，布衣职业的安全暂时无碍，但前方的压力却骤增。

怪物越来越多，从四面八方围拢过来，光靠两个战士已经无法完全把怪拉到一起了。

站在中间的远程职业受到攻击，开始不断地有人阵亡，牧师忙着复活死去的队友，无法及时治疗，让前方的局面陷入了混乱。

[队伍]家有娇花：不要复活了，今天的目的是冲到裂隙口，为明天的战斗搜集资料。死去的兄弟们，对不住了，你们直接回城吧。

在恋世之中，牧师拥有复活死者的能力，但在战斗中和战斗结束后复活，所耗费的魔法是不同的。战斗中的复活技能，要比正常情况多耗费三倍的魔法，并且法术吟唱时间也延长三倍。

因此家有娇花当机立断阻止了牧师的复活。他看了下目前的情况，距离裂隙已经不远了。若想清光所有的堕落兽过去，已经是不可能的事了，何况队伍里的死亡人数还在不断上升。

[队伍]一朵娇花：用缓速技能吧。

向小柔突然间发了一句话。

[队伍]家有娇花：是!

一句话点醒了他。杀怪已是无用，不如破釜沉舟，只要能到达裂隙就行，不管死活。于是，他下了最后一条指令。

所有远程职业交替使用各种大范围缓速技能，然后全队人员使用各自的疾速技能，全力前行。

向小柔瞧准时机，放出弓手特有的冰天雪地，暗红色的地面被大片冰霜覆盖，堕落兽的移动速度瞬时减半。

花大少与小娘子跟着放了暴风雪技能，将周围一圈的堕落兽冻成冰棍。

牧师不停地给每个人套上神圣光盾，用以抵御怪物的攻击，保证施法不被打断。

一路上，陆续有人躺倒。

最终到达裂隙的时候，五十多人的队伍，只剩下了寥寥十来人。

而他们，也仅仅只是见到了裂隙最外层的情景。

地狱一样的场景。

整个扭曲时空，都呈现出奇特的紫红色，数道时空裂纹浮在半空，如同是被怪兽凭空撕裂的伤口，露出里面血色淋漓的筋肉。

那道裂隙与虚空相连接，位于扭曲时空的阴暗洞穴之中，随着洞穴向地底蜿蜒，不知深浅。四周的地面上布满裂痕，无数的堕落兽从其中爬出，那阴暗潮湿的躯体在裂痕中不断挣扎着，令人心悸。天空中黑鸦鸦一片，布满了堕落飞龙，遮天蔽日。

红色光柱从地底穿透而出，冲天而去，裂隙封印的银色光圈仿佛摇摇欲坠的星子，随时有可能溃散。

看见他们的出现，那些堕落兽发了疯似的冲上来，他们无力阻挡，全军覆没。

……

世界末日般的恐怖。

重生后回到了主城，良久，队里都没有人说话。

这一战给他们的记忆太深刻了，玩《恋世》一年多，都不曾遇到如此惨烈的战役。哪怕是公会大战，也没有这般沉重过。

大家的心头都像堵了块石头一般。

许久，才有人开口。

[队伍]冰雪刺杀者：看来我们想得简单了。

[队伍]家有娇花：嗯！游戏公司下重本了。这样也好，让我们痛痛快快玩一把。

[队伍]一朵娇花：是啊，别有负担。这只是游戏，尽力就是了。

……

简单的交流之后，队伍就解散了。

看看时间，现实里已经是晚上十点多了。大战是第二天早上八点开始，因为早上肯定要提早上线，所以她提前把一些该补充的东西都补齐了，花了身上最后一点钱把装备精炼了一番。看着身上流光溢彩的弓手套装，她心里稍稍安定了些，便跟大家道了晚安。

家有娇花没有回复，自打队伍解散后他便一直沉默着。打开好友栏，发现他正在八十级的副本布兰多陵寝里。

这时间了还下副本，向小柔觉得有点奇怪，但想想也没打扰他。

给他私聊发了一句“晚安”，也没等回复，就下线了。

PART 53　全民皆战

F城的冬天温度并不低，但大部分时间都是湿冷的感觉。向小柔早上起床的时候，天还没全亮，被窝外面全是让人打寒颤的寒冷。她很久没有试过在七点以前起床了，哪怕上班，她也总要拖到最后一刻才爬起来。

房间外传来于夏的高歌声，向小柔知道她一早就起床了，便一把掀开温热的被子，套了厚实的大睡袍，穿了棉拖鞋，正式起床。

于夏正在厨房熬粥，加了红豆、燕麦等粗粮的五谷杂粮粥。桌上摆了花卷、馒头、肉松、酱菜，显然是她很早就下楼买的。

“吃饱饭，好开打！”于夏笑嘻嘻地说着，她昨晚也很早就下线睡觉了，就为了今天能早一点起床。

闻着淡淡的粥香，向小柔前所未有的饿。冲到厕所里洗漱完毕，她精神抖擞地回到厨房，利索地盛粥，拿筷勺。

喝好粥，时间刚好七点，她们快速地收拾一下，各自回房，上了游戏。

离八点，还有一个小时。

在大战开始前的这段短暂的时间内，大地已经停止了震动。裂隙的封印完全解除，数不清的堕落魔兽正在诸神战场内集合，根据NPC发布的情报，诸神战场上的堕落兽们，用亡魂为祭，已经召唤了五个时空传送门。这五个传送门，将把诸神战场上的魔兽，直接传送到离五座主城最近的地图上。

爱维斯城的港口，停满了军用战船，城墙上的魔法炮也已经准备就绪，森冷的炮口对着未知的前方。士兵们带着魔宠在广场上集合，龙族大将军基尔曼在做最后的发言。城外已经聚集了一大批的骑士、弓箭手、医疗兵、魔法师，并都穿着印有爱维斯象征物的盔甲。

这一切都在提醒着向小柔——马上，战争就开始了。

建立在虚拟网络之上的一场生存之战，要么获得荣耀，要么获得死亡。

[好友]家有娇花：小花，来星光绿野。

星光绿野，是十级新手区蘑菇小镇外的田野。

向小柔有些纳闷，但还是和他组了队，传送过去。

天蓝风轻，星光绿野仿佛没有受到神遗大战的影响，仍旧保持着田园风光的悠然自得。家有娇花正坐在星光绿野上的一条小河边上，戴着他那顶破斗笠，靠在一块大石上，他的脚下河水潺潺，清澈得可以看见水底游过的鱼虾。

[好友]一朵娇花：叫我来干啥?

向小柔坐到他身边，享受大战前最后的温柔时光。

[好友]家有娇花：来得真快。

[好友]家有娇花：还记得这里吧。

[好友]家有娇花：第一次遇到你，我就躺在这里钓鱼。

听他这么一说，向小柔突然间回忆起和他相遇时的情景。那时她还是十级的新人菜鸟，因为一个稀有BOSS而被人追杀，结果却遇到猥琐的大神，半骗半抢拿去她的隐藏任务物品。

那个大神叫家有娇花。

想想那时的他们，向小柔忽然觉得好笑，嘴角咧开，笑容里有着没心没肺的开心。

[好友]一朵娇花：你这个二货大神啊!

向小柔很是感慨。

[好友]家有娇花：那个时候，我还不知道自己遇上的，是什么样的缘分。

[好友]家有娇花：中头奖的概率，居然被我碰上了。

[好友]一朵娇花：嗯?

向小柔偏着头，看着他。

[好友]家有娇花：嗯什么？你便秘吗?

[好友]一朵娇花：最近上火，老宿便，没办法。

[好友]家有娇花：……

对于两个人聊着聊着就能把原本浪漫的话题，引导到猥琐的方向，方又安只能用沉默表示出自己无法言喻的心情。

一个交易框突然在向小柔眼前弹出来，是家有娇花发来的。

交易框中出现一条散发着浅蓝色光芒的项链，名字是金黄色的字体，叫作“被尘沙湮没的冰雪”。

史诗级道具？！

向小柔有些惊讶，那条项链看起来有点眼熟。

[好友]一朵娇花：？？？

[好友]家有娇花：不记得了？第一次遇到你时，从你身上抢来的，那个悲催的隐藏任务。

经他一提醒，她突然间回忆起那个任务，“被尘沙湮没的冰雪”……

她依稀记得，这个任务有一个环节需要下布兰多陵寝，八十级的大副本。

她便想起，昨晚下线的时候，这厮正在布兰多陵寝里。

原来……是为了这个任务吗?

他云淡风轻地说，她心里有淡淡的感动。他就是这样的人吧，用猥琐掩饰极致的温柔，心底深处是常人难以触及的温情。

接下他的馈赠，她装备上身，周身便出现一道淡淡的蓝光，转瞬即逝。

看了看项链的说明，没有任何加成，只有一个技能——重生。全服到目前为止出现的唯一一个可以让人死后直接复活的道具，冷却时间二十四小时。

[好友]一朵娇花：谢谢!

[好友]家有娇花：谢我干什么？这本来就是你的。

[好友]家有娇花：要不是这玩意，我还不知道原来我有着能中彩票头奖的福气呢。

[好友]一朵娇花：那你中了吗?

[好友]家有娇花：中了，但还没领奖。嘿嘿!

[好友]一朵娇花：滚! 不要脸。回去了，冰雪在召唤了，做战前最后的准备。

向小柔的脸在微微发烫，似初恋般心跳加速。不管他到底是谁，此时此刻，他就是家有娇花。

回到公会议事厅，时间已经是早上七点二十分，离大战开始只剩四十分钟。议事厅里挤满了玩家，都是君临天下主会和分会的主力成员。

向小柔打开公会面板，上面的在线成员前所未有的整齐，达到了百分之九十之多，公会频道上异常热闹。

冰雪刺杀者和暗夜星辰几个昨夜为了分配人手的事弄到非常晚，早上又一大早上线，几乎不曾好好休息，但看他们此时的情形，却是兴奋多过疲惫。

关于大战的人员分配已经完成，进入组队阶段。

这样的大战中，理所当然是要组成团队。团队有别于普通的队伍，一般只用于大型的PVP战场与公会战。一个团队可以有十支队伍，每支队伍的上限人数为一百人。向小柔和家有娇花所加的团队，是由冰雪刺杀者所带领的最主力的团队，她与家有娇花又各自担任一支百人队伍的队长。他们的这支团队，全是由主会与分会所有的精英玩家组成，从装备到实力都是最精良的，可以说是君临天下最精华的存在。

暗夜星辰作为后勤队长，主要负责所有成员的资源补充，包括各种顶级的药水、食物、卷轴等增益类的消耗品的发放与制作。除此之外，她还将带领一支由二十名纯辅助神谕者组成的医疗队伍，大战开始后，将专门给在墓地复活后的成员加持增益类法术。

花大少与小娘子则负责联络，协助冰雪刺杀者进行整个大战期间的人员安排以及战术变化等，此外还将负责公会任务的进度安排。

千人的大型团队，一共有十五个。不管装备如何、操作如何、有没有满级，只要是有心参加的君临天下成员，都能够获得团队的参战资格。

而屠心的江山堂则侧重于他的战场杀戮任务，只有在必要的时候才会对君临天下进行支援。

其余的几个结盟公会，则各自组成了公会团队，一起守护爱维斯主城。

全民皆战的时刻，终至。

PART 54　大战的最终曲

因为并不了解战场的情况，所以冰雪刺杀者一开始并没有让向小柔带人去裂隙做封印任务。

时间一分一秒过去，天空中诡异的红色随着大战的逼近而越来越鲜艳。爱维斯城外原是迷人的海滨景色，金色的沙滩，蔚蓝的海水，摇曳的椰树，充满着热带风情，而此时已经被红色的光芒浸透，波涛翻滚沉浮间都藏着杀机。

一道巨大的时空传送门突兀地浮在半空中，幽暗阴沉的紫色旋涡仿佛是在空间上撕扯开的伤口，随时都可能有异物从其中跃出。

这个海滨之地里的小怪物们早已经不见了踪影，整个地图空荡荡的，见不到一丝怪物的影子。

整座爱维斯城里除了NPC，挤满的全是玩家。不仅天空之中密密麻麻布满飞行坐骑，就连城墙下的NPC军团后面也都是玩家，不同的种族，不同的公会……

向小柔和家有娇花并肩飞在半空中。她脚下的飞行兽，已经不再是孱弱的小狮鹫了，而是她用战争声望换取的青脊战龙。青脊战龙的稀有度和大小虽都比不上家有娇花的六翼黄金巨龙，但它的身形短小精悍，周身发着幽幽青光，身上戴着特制的暗晶铁打造的龙铠，森冷威严，与站在它背上的一朵娇花形成了鲜明的对比。向小柔的一朵娇花穿着神射手特制的轻铠，女性的曲线柔和优美，背上一对羽翼微微摆动，而她手上的焚龙弓，却散发出炙火一样的光芒，英姿飒爽。

飞在家有娇花庞大而华丽的六翼黄金巨龙身边，她一点也不逊色。

在他们身后，是各自队伍的成员，全都停在半空中。

大地突然剧烈地震动了一下，城外时空传送门里的魔法旋涡随之疾速地转动了起来。

时间到了，大战的号角吹响。

远远地，传送门里爬出了无数的堕落兽，黑色扭曲的异兽落到地面上，也不急着进攻，而是带着茫然的眼神站在传送门下，仿佛在等待着什么降临。

很快，传送门前便聚集了数量惊人的堕落兽。其他主城也传来消息，一模一样的情况。

[团队]家有娇花：它们好像在等待什么，可能是BOSS。趁这个机会先清理掉一些小怪吧。

家有娇花看出了那些怪的茫然，在团队里说出了想法。冰雪刺杀者沉吟了一下，果断同意了。

冰雪一声令下，要求几支非主力队伍同时进攻。

和他同时做出反应的，还有一叶无花的血色荣耀。显然血色荣耀同样也把战场的重心放在了爱维斯，即使君临天下有着屠心这样强力的盟友，也丝毫没有阻止他的野心，相反的，反倒激起了一叶无花的战意。

一叶无花此时也在南城门的上空，依旧骑着他的异变皇凤，远远地望着并肩而立的家有娇花和一朵娇花，眼里满是噬血的战意。他的身边，是明日殇。

城外的战场上，已开始了一场厮杀。

那些堕落兽的能力并不强，唯一的优势就在于那令人惊怖的数量，杀一只，补十只，源源不断地向这里传送着。

看着君临天下和血色荣耀两个大公会已然出击，其他公会也忍不住出手了。顿时前方腥风血雨，各种各样的技能眼花缭乱。

突然之间，地面上的玩家感觉到头上有一片黑影掠过，抬头一看，却是一只庞然大物从时空之门中飞出，并且在它的身后，跟着无数只绝望烈鹫。那只庞然大物有些似龙，浑身漆黑，有着鹰的头，龙的身，双眼通红，周身是浓郁的血腥气息。

[团队]家有娇花：快，冰雪，快让前面的人退回来！那是绝望血腥领主的坐

骑——刺血。

他的话才刚刚发出来，冰雪还来不及想这个绝望血腥领主是什么BOSS时，时空大门中又飞出一个人影。刺血在空中兜了个圈子，折回到时间传送门前，让飞出的那道人影稳稳当当地落在它的背上。

那是人形BOSS绝望血腥领主多莫，在恋世的大陆传说之中，属于堕落王者卡雷多斯麾下五大战将之一。而他的坐骑刺血，原本是千年前天神的神宠，因为被堕落之心污染而成为他的飞宠。方又安正是根据这只飞宠的形态，才判断出这个BOSS的身份。

然而，他的那句话毕竟还是晚了。多莫才在刺血背上站稳，连个喘息的机会都不给地上的玩家，一个华丽的大型范围魔法扔下来，让最前方的玩家全部被秒杀。跟随着刺血出来的绝望烈鹫纷纷朝地面飞扑而去，此前的低等堕落兽也因为BOSS的出现，而呈现狂化状态，能力翻倍。一时间，战场上的玩家压力骤增无数倍。

但这还仅仅只是开始。时空传送门中紧接着又飞出一只通体雪白、体态柔美的霜雪凤魂，在它的身上，站着一个妖娆的女人。

[团队]家有娇花：不好！堕落冰雪女王。

堕落冰雪女王，同属于堕落王者卡雷多斯麾下五大战将之一，传说中的绝色妖姬，多莫的情妇。

她一个冰雪魔法扔下来，地面上立即出现大面积的霜冻。

在两个高级BOSS的轮番攻击下，不过短短数分钟时间，第一批上战场的玩家已经全部覆灭。

战场一片狼藉，而时空传送门里爬出的怪物仍没停止。

因为少了玩家们的阻拦，两个大BOSS迅速地带领着大批的堕落魔物，浩浩荡荡地冲向爱维斯城。

爱维斯城墙下已经站了一批装备精良的NPC军团，在魔物军团冲过来的第一时间，便迎了上去。

而爱维斯城中心的千年轮回塔仿佛感受到了这样惨烈的情况，塔顶的千年石原本柔和的光芒骤然间增强，护城大阵瞬间展开，银光迅速由塔顶向城市四周蔓延开，形成一个光罩将爱维斯城护在其中。

[团队]冰雪刺杀者：这是场硬仗！

随着冰雪的召唤，君临天下所有的玩家都加入了这场战斗。

血色荣耀也不甘落后，同时加入了战斗。

这场厮杀从早上一直延续到晚上，随着时间的推移，原本势均力敌的情势开始有了变化。玩家和NPC军团的持续战斗力明显跟不上魔物军团，那道时空传送门里的魔兽源源不断地涌现，而NPC军团的人数却是固定的，死一个就少一个。玩家们也因为各种现实的原因，无法长时间地保持在线，因此战场的情形一直朝着不利于玩家的方向发展。

[团队]家有娇花：这样不行，冰雪，我们两个必须去完成任务，找到援助。否则持续这样下去，对我们极度不利。

[团队]冰雪刺杀者：是。

他们的任务，都必须在大战中才能够进行。

冰雪刺杀者有英雄领主的任务，只要完成任务，便能获得一批NPC军团的支持，而战争结束后，系统会综合考评接任务的玩家以及他的这支NPC军团在战场上的贡献，所以这支军团很重要，实力也一定很强大。

至于家有娇花，他身上的战神任务可以让他获得《恋世》某一神隐种族的全族战斗支援。这一种族的力量十分巨大，并且不是对单一城市，而是对所有城市进行支援，对战斗起着十分重要的作用。

[团队]冰雪刺杀者：本团队第二、三、五、六、九队的成员，全面撤离战场。小花，你也回来。

向小柔听到了冰雪刺杀者召唤，心底有些诧异，但仍旧依言迅速撤离战场，回到城市的上空。

[团队]冰雪刺杀者：我和家花去了结任务，战场暂时交给一朵娇花指挥，大少、星辰，你们也回来协助她。我们很快就回来。

向小柔瞪大了眼。她来指挥？她看向家有娇花，家有娇花朝她缓缓点了点头，像是在肯定她的能力一般，眼神坚定有力。

在那样的眼神下，她逐渐冷静了下来，看着下方战场上的玩家，接下了这个艰巨异常的任务。

冰雪带着君临天下的一千个玩家，而家有娇花则带着江山堂借来的队伍以及其他盟友公会的玩家，也是接近一千人的数量。

[好友]家有娇花：这里交给你了。撑着，等我回来!

他朝她轻轻一笑，小眼睛眯成一条缝，但那股子源自灵魂深处的自信与强势，让他猥琐的形象也掩盖不了他的光芒。

真的好像，当年的人。

向小柔暗自叹息着，点了下头。他转身飞离，没有丝毫迟疑。她把注意力全部集中到了前方的战场。

儿女情长，不适合出现在战场之上。

卓天操纵着他的明日殇，和向小柔一样，飞在离她不远的半空之中。他身边的一叶无花也已经不见了。

站在青脊战龙背上的向小柔，长弓在手，双眸如星，风姿更胜当年。

她是个永远不会被掩去光芒的女人。

卓天在心中微叹了一下，把眼神转回了战场。向小柔不知道短暂的时间里有人给她极高的评价，她一颗心全放在战场之上。

前方的战况很惨烈，两个BOSS一个大技能扔下来，就有一大片的玩家被秒杀，复活的速度赶不上死亡的速度，面对庞大的魔物军团，玩家们在苦苦支撑。

向小柔在天空中注视着BOSS的一举一动，观察了一小段时间后，基本摸清了它们的技能施放时间和范围，于是总赶在第一时间通知所有的君临天下成员躲避，后来其他玩家看出了君临天下公会玩家的躲避技巧，都开始跟随。

时间在一点点流逝，转眼之间已是凌晨时分。因为时间的关系，许多玩家都下线了，而魔物军团的攻击似乎也有所减弱，大约是游戏公司考虑到了时间的关系，因此做出这样的调整。

但不管如何，玩家们和NPC的情况却越来越糟。向小柔飞在半空之中，心急如焚。她只能尽全力指挥下方的玩家，拖延时间等到他们回来，但哪怕她有通天的本领，在绝对的实力面前，这一切都没有意义。

NPC军团死伤惨重，有小部分怪兽开始冲撞城墙，千年轮回塔的白光骤然间暴涨，那些撞到光上的魔物全都化为灰烬。

向小柔尝试着给冰雪和家花发私聊信息，可是系统提示他们处于异神空间，无法联系。时间继续流逝，现实世界里的天已经微亮，向小柔在这里耗了整整一天的时间。

她集中精力观察着战场的情况，支撑着整个公会的战斗。

玩家们节节败退。

BOSS一个大魔法，砸在了千年轮回塔的光罩上面，顿时整座城市剧烈地震动，就连飞在半空中的向小柔，也感受到强大的力量，青脊战龙微微晃动了一下。这个魔法并没有给城市造成实质性的伤害，千年轮回塔的光芒没有减弱，但塔下的能量石却以肉眼可见的速度，迅速地粉碎消散。

再这样下去，撑不了多久了。向小柔心急如焚。

忽然间，地面传来轻微的震动，北方出现了一大批骑着烈暴狼的NPC骑兵，天上黑压压一片骑着飞宠的玩家，向小柔一喜，以为是冰雪刺杀者回来了，仔细一看，却是一叶无花。

看起来他比冰雪早一步完成了英雄领主的这一环节任务。君临天下的玩家也看到了这一情况，心底都是一沉，但不管如何，这支NPC军团的加入，很大程度上可以缓解目前的困境。

一叶无花独领风骚的时间并没有持续很久，从他们后方赶上来一批同样的军队，天上跟着的玩家们，头上挂着“江山堂”的名号，但领头第一人，却顶着红艳艳的“君临天下”。

冰雪刺杀者也回来了。

向小柔松了一口气。两支大团队的加入，让爱维斯城外的玩家们压力骤然间减轻，随着时间的推移，夜晚下线的玩家也在第一时间上线加入战斗。

战场上的局面发生了转变，玩家们似乎占了上风。只是向小柔心中仍旧有淡淡的不安。

[团队]一朵娇花：冰雪，等家花回来，给我点人，我去把任务了结了。

这是向小柔第一次向冰雪刺杀者提出要求。

[团队]一朵娇花：虽然现在优势在玩家这边，但是玩家和NPC的持续力比不上魔物，长久下去，终究会出问题。而且这战斗不能拖到明天，明天周一，大家上学、上班，玩家人数肯定锐减，无论如何一定要在今天了结。

[团队]一朵娇花：我想过了，必须先到裂隙把传送门破坏掉，再把裂隙封印，断了它们的补给，这样，才有可能击退它们。

向小柔的要求，并不是为了自己的任务，而是从大局出发。

[团队]冰雪刺杀者：好！等家花回来，我就分配。

话正说着，远处的天空，忽然间出现了一道遮天盖地的黑影，向小柔和冰雪都是一惊，以为战场上又出变故，但世界公告却同时间响起。

[世界公告]玩家家有娇花，成功打开龙隐神族封印，战神传承人诞生。龙隐

神族全族将与恋世大陆共存亡，勇士们，为了你们的家园，浴血奋战吧！

振奋人心的消息。

不只是爱维斯的战场上出现了龙隐神族的增援，其他四座主城的战场也出现了龙隐神族的大批军队。

家有娇花此刻正站在龙背上，他脚下的龙，已经不是原来的六翼黄金巨龙了，而是一只比黄金巨龙体积还大上一倍的，头上戴着宝石皇冠的龙皇伊克兰的原始形态。那一幕，在后来，被永久地记录在《恋世》的史册之上。

龙皇载着他疾速向战场飞来，身后跟着无数的龙隐神族战士——各种属性的原始神龙。毫无疑问，龙隐神族的加入，让这个战场起了翻天覆地的变化。家有娇花飞到了向小柔身边，召唤出自己的六翼黄金巨龙跳上去，原始形态的龙皇便周身泛起金光，迅速缩小成人的形态，化身为一位头戴龙冠的儒雅男子。

[团队]家有娇花：我回来了。

他虽然是在团队里发言，眼神却是定定地望着向小柔，仿佛只是在对她一个人说话。

[团队]一朵娇花：嗯！回来就好！我要去裂隙了。

家有娇花没有回复，只是向她发送了交易请求。

交易栏里摆满了各种各样的卷轴、药剂，全是紫色级别往上的物品。

[好友]家有娇花：交易！

[好友]家有娇花：保护不了你，自己小心。

[好友]家有娇花：我在这里，等你回来。

他用手，轻轻抚过她的脸颊，语气中没有担心，只有信任。

向小柔微笑，确认了交易。

[好友]一朵娇花：我会回来的！

冰雪刺杀者分配给她五百人，主力战士骄傲不落也同样带五百人，飞向裂隙。

[团队]一朵娇花：走了，战场交给你们。

青脊战龙猛地一挥双翼，朝前飞去。家有娇花凝视着远去的一人一龙，直到那个纤细的身影消失在天边。

向小柔和骄傲不落赶到裂隙时，那个地方的堕落兽布满了整个天地，恐怖得让人心慌。

地面上已经有好几支玩家的队伍在向里面冲刺，但敌不过堕落兽那庞大数量的攻击，只能一直在边缘游移，寻找机会。

这些玩家，大多是公会派来破坏传送门的队伍，小部分是接到了和向小柔一样的英雄任务，过来封印裂隙。

看了看那情况，向小柔做了一个决定。

[团队]一朵娇花：各位，我们必须冲到最里面，先封印裂隙，再破坏传送门。怪太多，我们杀不完，所以我们只能先保证冲到最里面。

[团队]一朵娇花：我们不停留，全部对怪用减速技能，保命为重，治疗职业站最中间，大家不要散开，哪怕是死，也不要跑远。

向小柔一堆话说完，就带着众人降到地面。立刻便有一群魔兽围了上来。

团队人太多，每个人的操作水平和意识参差不齐，一开始并不顺利。向小柔花了很大功夫，让这只庞大的队伍进行了磨合，被灭了两三次后，才终于开始磕磕碰碰地向前冲。

一路之上，暴风雪、冰霜不断，冲开的这条路上，像是被霜雪覆盖一般，在一片阴暗的土地上显得格外耀眼。

到达扭曲时空底部时，一千人的队伍只剩了一半。

[团队]一朵娇花：不落，你是盾，血厚不易死，封印裂隙的任务交给你，我们掩护你进去。

在最终的荣耀面前，向小柔最终选择了放弃自己的荣誉。比起她，骄傲不落冲进怪堆成功封印裂隙的机会更大。

骄傲不落显然没有想到向小柔会这么说，一愣之后，立刻明白了她的想法。那一刻，他心底对这个女人的评价上升到了最高点。

[团队]骄傲不落：好！

他也不是婆婆妈妈的人，点点头，接下这个虽然荣耀却很艰难的任务。

裂隙虽然称为裂隙，但其实并不是一道大缝隙，而是一个在扭曲时空中被邪恶力量强行打开的与地狱相连的黑色通道。

那个通道的能力中心，是阴暗洞穴底部的一颗巨大的暗黑水晶。

那颗水晶安静地矗立在他们前方，散发着幽暗的光芒，在周围形成幽暗光圈。光圈之内，没有任何魔物，但光圈之外，却集中了无数的高级精英堕落兽。

向小柔和剩下的五百人开始冲，一点点地接近那枚黑暗水晶。

短短的一段距离，却是用团队里玩家的尸体铺成的死亡之路。

最后的三十九人，在灭团之前终于到达了黑暗水晶之前。骄傲不落眼看着胜利就在眼前，开了一个疾跑冲过去，向小柔和其他人则留在后方断后。

最后的时候，骄傲不落冲进了那黑色光圈。向小柔紧随其后，只留了一丝血皮，身后只剩下三个人。

差了一步，异变突生。

骄傲不落已经拿出了卷轴，可是不及使用，突然间那光圈之中出现一道虚影，那虚影瞬间变成实体。竟然是堕落王者卡雷多斯的真身。

一个大魔法，仅存的希望就被打碎了。

所有人都被灭。

[团队]骄傲不落：靠！

团队里的玩家，一个个开始飙脏话，大骂游戏公司不要脸，都到了最后关头还要心机。只有向小柔，默默注视着卡雷多斯移动的范围，又估算了一下刚才他魔法的范围，在心底盘算着。

最后的一点机会，要计算得分毫不差。

堕落王者卡雷多斯冷漠地看着地上的尸体，背上的黑色羽翼张开，在天空中以固定的轨迹来回飞翔。

在他飞到最北的角落时，一朵娇花身上突然闪过一道银光。她竟然奇迹般地重生了，是家有娇花送的史诗级装备“被尘沙湮没的冰雪”的技能。

在场的所有没有回复活点的玩家们，都被这个变化给惊讶得目瞪口呆。

卡雷多斯看到有人居然还活着，怒不可遏，一个魔法扔下来。

向小柔按照之前心中的计算，迅速避到了魔法的边缘，在其他队友不可思议的目光下，鬼使神差般地跃到了水晶边，十分迅速地扔出卷轴。

刹那间，天地变色。

鲜艳的公告掠过天地。

[世界公告]玩家一朵娇花，在堕落王者卡雷多斯的愤怒下，成功封印堕落者裂隙，完成神遗之罪历史最高级别任务，获得称号——英雄王者。勇士们，胜利已经不远了！

向小柔和她的战友们，在复活点重新集合了。在扔出卷轴的同时，向小柔也被卡雷多斯的攻击秒杀了。虽然结局仍是团灭，但最大的胜利却是属于他们。

[团队]骄傲不落：花姐，我佩服你！

[团队]一朵娇花：不落，抱歉！那情势之下我没办法。

[团队]骄傲不落：不用抱歉，这是实力的证明，哈哈。老子还是打得很爽！

骄傲不落笑得很男人，仿佛得到荣誉的那个人，是他。

裂隙被封印，堕落兽的数量便不会再增加，向小柔留下其他人去破坏传送门，而自己则赶回了爱维斯大战场。

一路飞行，一路都看到各式各样的世界公告。

某某玩家完成守护任务，获得守护者称号。

某某玩家完成战场杀戮任务，获得死亡阴影称号。

某某玩家成功开启千年轮回塔终极防御大阵，获得爱维斯守护者称号。

……

向小柔看着那些公告中的主角，有熟悉的人，有陌生的人，感觉到战斗中澎湃的激情。每个人都是主角，总有属于大家的舞台。

回到战场，第一眼看到的便是家有娇花，黑色法袍、凌乱的发丝，大叔一样的脸庞，那身打扮，从第一次看到他时就没有再变化过，此时却没有了猥琐的神态。像一个战神，站在城市的上空。

她在心底叹口气，这场战斗也许快要结束了。

那么，她要用什么心情去面对他。

风痕……

战斗确实要结束了。传送门一座座被破坏，胜利一点点在接近。

在周日晚上的十一点十分，这场持续了两天一夜的大战，终于，以玩家们的全面获胜而宣告完结。

[世界公告]玩家家有娇花完成战神守护任务，获得神遗之罪历史最高荣誉——恋世战神。

随着第一条公告的出现，无数条世界公告逐一地划破天空。

玩家们的兴奋激动，宛如潮水。

PART 55　我们的成就

家有娇花依旧站在他华丽无比的六翼飞龙背上，衣袂纷飞，他的身边，并肩飞行着骑在青脊战龙背上的一朵娇花，像一对从天而降的战神，驰骋战场，风华绝代。

他终于做到了，为了她，再一次成神。只有这样，才配得上如此出色的她。

成神，是他在心底给她的承诺。

不管在现实还是在游戏，他都要成为站在她身边永远不会褪色的战神！

时间仿佛停止了一般，就像六年前和她并肩站在竞技大赛的领奖台上，傲视群雄。他的骄傲，他的风骨，完全苏醒。

像一头蛰伏许久的龙，他终于完完全全回归他原本高傲的灵魂。

[世界公告]玩家冰雪刺杀者完成爱维斯城守护任务，成为爱维斯城英雄领主。诸神会庇佑你的子民，请与你的战友共同努力。奇迹，永远存在！

[世界公告]公会君临天下完成公会隐藏任务“万众一心”，公会获得永久性城池三座。

今天过后，君临天下公会将成为恋世大陆上唯一一个，能与一叶无花的血色荣耀平起平坐的公会。

冰雪刺杀者欣喜若狂地看着天空中属于自己的那一道荣耀，这一刻的他，只想落泪。

玩游戏这么多年，从没有哪个时刻像现在这般让他激动。以前玩游戏，为装备、名利争斗不休，而现在，他看看周围，暗夜星辰温柔的笑脸，花大少与小娘子欣慰的眼神，以及围满四周的君临天下喜悦的成员们……他头上的那一道荣耀，是属于他们的。

没有什么，比得上身边的这些战友了，与他患难与共，不离不弃。

[世界公告]玩家一叶无花完成纳多城守护任务，成为纳多城英雄领主。诸神会庇佑你的子民，请与你的战友共同努力。奇迹，永远存在！

[世界公告]玩家一叶无花完成迦克里城守护任务，成为迦克里城英雄领主。诸神会庇佑你的子民，请与你的战友共同努力。奇迹，永远存在！

一叶无花平静地看着天空中的公告，这样的结局，在他的意料之中。

从一开始，他的目标就不是爱维斯。一个爱维斯城虽然重要，但比不上两座主城的价值。

团队的利益最大化，才是他最关注的，与其浪费精力和资源去争得头破血流，不如把眼光放到别处。

这一战，没有输赢。

卓天的明日殇注视着远处并肩而立的家有娇花和一朵娇花，六年的时间，终于他们还是走到了一起。

[好友]一叶无花：怎么了？一直看着他们，你内疚吗？

一叶无花顺着他的目光看过去，六年前的战友，六年后的竞争对手，时间让他们站到不同的舞台上，却有着同样沸腾的热血。

[好友]明日殇：我从没内疚过。他们必须明白，现实永远是残酷的，没有我，还会有别的事情，跨不过那些障碍，是因为他们太年轻，他们只是输给了他们自己，不够坚定。这六年的时光，是他们成长的代价。

[好友]明日殇：不过，我必须承认，撇开家世这些成分，她是这么多年来，最适合他的女人。

卓天淡淡说着。作为方宏星的养子，他和方又安从十二岁相识，一直到三十岁，十八年的漫长岁月，共同成长的轨迹，让他对方又安有很深的了解。一个难得的人才，可惜，却始终不愿接受方家的产业。

他父亲临死前的那份馈赠，算是对那六年时光的弥补吧。

世界公告持续不断地从天空中闪过，城里的NPC们脸上呈现出大战胜利后的欣喜表情，军队也开始扫荡那些四散逃亡的堕落魔物们，千年轮回塔那濒临破碎的白色光罩也在一点点修复着。

江智尧和他的战友们站在一起，身边是娇俏的白沐雪。他远远地望着向小柔。不过虚幻时空里几秒钟的飞行距离，他们已经是两个世界的人了。很难想象在几个月前，这个光芒万丈的女人，曾经是他怀里温柔婉约的小女人。三年的时光，他都没有用心去了解过这个女人，如今，一切都已错过。

远处的向小柔，高高在上，轻吟浅笑。她身边的家有娇花，一身的猥琐，却是神采飞扬，举手投足之间是指点江山的气度。那样的画面，太过扎眼，逼得江智尧移开目光。

游戏里的美丽女神，蜻蜓の叹息、绯蝶沐雪……她们看着世界频道上闪过的各式各样对一朵娇花的敬仰、祝贺的话语，犹如滔滔江水，连绵不绝，各种说不清是嫉恨还是羡慕的复杂情绪涌上心头。没有哪个女人，能像一朵娇花似的，以这样的方式站在了游戏的最高点。

今天过后，游戏里她们仍是最美的女人，但一朵娇花却将是唯一的女神。

向小柔没有那么多的心思，她正忙着回复好友私聊、世界、公会等频道的朋友给出的祝贺。

两天一夜的激动兴奋过后，她只觉得精神上的疲惫宛如潮水般袭来。

荣耀并没有让她太过欣喜，只有在转身看到依旧繁华的爱维斯城的时候，心头才会涌上一些安慰。身边的家有娇花暖暖的笑容让她感觉心安，真希望能够坐在爱维斯海港边的码头上，倚着家有娇花，感受着海风和阳光的气息，甜甜睡去。

可惜，这里只是游戏。

世界公告足足闪了十来分钟才渐渐平静下来。空中渐渐恢复清澈。

[世界公告]家有娇花：皇图霸业的朋友们，谢谢你们的帮助！我是风痕！永远记着你们今天的情谊！

突然间，世界频道划过一条玩家公告。

风痕，这个在游戏史上消失了许久的名字，终于又出现在了游戏之中。对于那些年轻的玩家而言，风痕这个名字大概有些陌生，但是稍稍有点年纪的精英玩家，都知道这个名字代表的是怎样的荣耀。

六年多前的皇图霸业，作为当时网游界的第一公会，在很多玩家眼中都是殿堂般的存在。而风痕，成名更早于皇图霸业公会，参加大小竞技赛无数，从某种意义上来说，皇图霸业公会的崛起，很大程度上借助了风痕的名声。

因此这一条公告，像在玩家中投下了一枚炸弹。

就连冰雪刺杀者，也十分意外地看着家有娇花。他的心情是复杂的，没有人知道，风痕曾经是他的偶像，他的网游生涯，也一直在努力追随着风痕的脚步。谁知，风痕一直都在身边。

方又安并没有理会世界频道因他一句话，而疾速刷过的各种言论。他转过头，用自己觉得最温柔、最帅气、最诚恳，但实际上受人物形象影响却显得格外淫荡的眼神，凝望着身边一脸无语的向小柔，

[世界公告]家有娇花：女王陛下，我会为你成神！

向小柔沉默着，没有语言。

倒是皇图霸业的旧成员们，表现出异常的积极性。

[世界]屠心：老风，要不是看在你当时跟我说，这场大战关系到你的终身大事，我也不会那么轻易答应你结盟的要求。你文艺得让我烦躁，干脆点，把她拖回家推倒得了！

[世界]黯然销魂：风大神，虽然你是我偶像，但我还是要跟你说，如果你没

办法追上君歌姐，那我就要出手了。君歌姐，现在我成年了。

[世界]影子妞：好浪漫的告白！大神就是大神，告白也这么浪漫，不枉我过来帮你。

赤裸裸的暧昧炸出了一片皇图霸业的老玩家，各式调侃、催促、郁闷的发言在频道上出现。

而向小柔，仿佛木头一般，没有声息。

[好友]家有娇花：小柔，我是以方又安的身份跟你承诺，不是六年前的风痕，也不是六年后的家有娇花。你不是六年前的笑与君歌，也不是现在的一朵娇花。这是方又安在对向小柔做承诺。

方又安摸不准向小柔的心思。

这一刻，他期待了很久。他只想用这种方式，在人前对她承诺，成神的承诺。从宅男变成神，他要成为一个可以和她并肩而战、相互依靠的男人，如此而已。

[好友]家有娇花：小柔？

向小柔是惊讶的，但不意外。

从大战前夕，那么多皇图的老玩家与君临天下结盟的时候起，她就隐约有了一些想法。

只是，虽然她意识到了，却不敢相信。

谁能相信，兜兜转转了六年的缘分，有一天会以这样的方式出现在生命中。她有多少的理由去相信这缘分，也就有多少的理由来怀疑这缘分。

原来他们早已遇到的，却是面目全非的彼此。

这一刻，她终于真真正正地面对自己的旧情人，方又安、风痕、家有娇花，三个名字重叠在一起，模糊的面目渐渐清晰成眼前的男人。

六年的时光轮回，她爱上的，还是同一个男人。改了时空，却没改变爱情。

仿佛被命运狠狠耍了一把。

[好友]一朵娇花：你怎么……猥琐成这般模样了？

平淡且充满调侃的话，是她一贯的作风，然而用在此时，却大煞风景。

方又安准备了许久的大气告白，被她轻描淡写地破坏了。

[世界公告]家有娇花：我的女王，请给我为你成神的机会，好吗？

他继续发公告告白。

世界频道上热闹非常，经过这一场战役，这两个人的名字已经成为大神的象征。人一旦成名，绯闻就特别引人注目，全服第一的男大神和女大神，多华丽的组合。

方又安惴惴不安地等待她的答案。

频道上的字满天乱飞，向小柔迟迟不出声。终于，在这些凌乱的语句中，熟悉的ID闪过，方又安瞧见了“一朵娇花”这四个字。

向小柔终于做出了回应。然而，还没等他看清她发的消息，眼前忽然一黑。方又安遇到了开服一年多以来，第一次的服务器瘫痪。

所有人都被迫下线。

没有人比他更悲催，在如此紧要的关头，居然遇上了这样的不幸。

向小柔摘掉头盔，坐在床上，不知道该哭还是该笑。

想了想，她把手机调成静音。

方又安骗了她这么久，而她还掏心掏肺地跟家有娇花诉说心事。想想往日的对话，她就脸红加纠结。

不让他急上一急，太便宜他了。

她不慌不忙地打开电脑，上了《恋世》官网。

官网在第一时间已经放出了公告，说是因为大战期间上线的人数过多，而战斗系统又是新研发的，所以不太稳定，造成服务器负荷过高而崩溃，正在紧急维护中，十分钟后就可以上线了。

两天一夜的战斗，让她和于夏都疲累到了极点，两个人都没有再上线的意思，一起下厨煮了锅番茄鸡蛋面，吃吃聊聊间时间也到了凌晨两点。

关灯，睡觉！

手机被向小柔扔到角落里，无视了。

第二天，早起上班，一切如常，似乎那样激情的夜晚从来不曾存在过。

PART 56　婚礼

向小柔没有再上游戏，长时间地疯狂游戏，伤了她的身体。她花了很长的时间也调整不回来，果然，二十八岁的大龄女青年都是伤不起的。

她回归到玩《恋世》之前的生活，上班、回家。让人兴奋的战争好像是很久远以前的事，其实也不过一周而已。

方又安在大战结束后的第二天，去了H市。

方宏星过世后的一些遗产事宜，需要他尽快过去处理，因此卓天半强迫地把他抓上了飞机。

对比方又安的心急如焚，向小柔却过得很滋润，下班了回家就做好吃的犒劳自己，然后看看片，十点就睡觉。

因此，当严舒瑶来找她的时候，向小柔看上去气色好了许多。

“牛牛？！”向小柔对于她的突然出现，是十分惊讶的。

晚上六点半的晚饭时间，严舒瑶拎着一大袋的东西站在向小柔家门口。她穿着不够厚实的外套，脸蛋被风吹得红通通的，发丝凌乱。

向小柔忙让她进来。

“小柔，我想吃火锅！”她举起手中的购物袋，脸上带着孩子般的任性表情。

“好好，你想吃龙肉都可以，坐会儿吧，一会儿于夏就回来了，我们一起吃！”向小柔接过那大袋子，沉甸甸的一大堆食材。

严舒瑶并没有等得太久，家庭式火锅很快便端上了桌面。她帮着冲冲洗洗，将涮料都摆上桌面。

于夏回来的时候，看到满桌子的海鲜和新鲜蔬菜，差点没跳起来欢呼，直接便拨打了楼下小卖部的电话，叫老板送了箱冰啤酒上来。

火锅的香气弥漫了整间屋子，在寒冷的冬日带着蛊惑人心的温暖，让狭小的套房变得异常温馨。桌上的食材让人垂涎三尺，恨不得能有弥勒佛的大肚，好把美食通通塞进肚里。

于夏找来开瓶器，动作娴熟地撬开瓶盖，像个爷们。

“干！”三个并不年轻的单身女人围着热腾腾的火锅，豪迈地举瓶对饮。

滚热的火锅配着冰镇的啤酒，强烈的对比直透人心。这样的爽快，似乎只有在好多年前，还是学生的时候，才有过。一群姐妹围坐在校外简陋的小餐馆里，叫上一锅辣得过瘾的水煮鱼，点许多廉价的涮菜，吃到满头冒汗、浑身发热的时候，一口冰啤酒下去，也不管肠胃是否受得了，只知道那滋味就叫一个爽。

这些日子已经过去很久，久到所有的青春往事，只剩下模糊的画面，在心底腐烂成泥。

新鲜的明虾、肥厚的虾蛄、带着膻味的羊肉片、片成薄片的鱼、洁白讨喜的金针菇、翠绿欲滴的西洋菜……三个女人把桌上的食物席卷一空。在美食面前，人人都有成为饕餮的可能性。

最后只剩下酒。

“小柔，给你看个东西！”严舒瑶一手拿着酒瓶，一手从口袋里掏出折得有些皱的请柬，递给向小柔。

“啥呀？”于夏微醺着把头凑过来。

向小柔展开一下，却是张结婚喜帖。大红的帖子，烫金的喜字，很喜庆的请柬。

“陆之舟……徐江……嗝！这谁啊？”于夏喃喃着，醉眼蒙胧。

“行了，这没你啥事了。乖，去厨房把锅刷了。”向小柔拍拍于夏的头，带着醉意的于夏十分好骗。她就像个听话的乖孩子，屁颠颠地真跑厨房刷锅去了。

“他们这周末就结婚了。”严舒瑶虽然脸色妖艳动人，但眼中却是和屋外的寒夜一样的清冷。

向小柔忽然间想起她曾经提过这件事情。

严舒瑶看到向小柔眼底的担忧，于是笑了。

她轻轻开口，向向小柔诉说这场不存在爱情，只为责任的婚礼。这是一个形式婚姻，是她们最后最无奈的选择。那个新郎，和她们是同一世界的男人。

她们的爱情，不是所有人都能理解，背负着对父母家庭的愧疚，她们每一步都得小心翼翼，万分艰辛。这样的结局，是最无奈，但也是最好的选择了。

纵使没有邵辉，她们也要走这一步，邵辉的出现只是将这场形式婚姻提前罢了。

“所以，我希望你能代替我去参加她的婚礼。”严舒瑶恳求着。

由于邵辉的事，严舒瑶已经不适合出现在婚礼上，但陆之舟仍旧给她发了请柬。她想去，想看陆之舟穿着婚纱美丽的模样，给自己的爱情幻想一个最后的幸福殿堂。可惜这样小小的要求也是奢侈。

“帮我拍下她的婚礼，我想看现场转播！”

“这样，我可以幻想，站在她身边的人，是我！”

严舒瑶的声音渐渐弱了下去，趴在了桌边。

她果然还是醉了。

记忆里的叫“牛牛”的假小子已经远去，不管是谁，都在努力撑起自己的未来。

看着满桌的杯盘狼藉，最清醒的人，希望此刻可以醉去。

周末是个好天气，黄历上写着今日宜嫁娶。

向小柔穿了件连衣裙，外面罩了长款厚呢子外套，化了淡妆，戴上毛线帽与手套，裹上围巾，全副武装。五点半，准时出门。

陆之舟的婚礼办在市中心最高级的酒店里。她的父母都是有一定身份的人，本来属意门当户对的邵辉，谁知道半途却出了那样的事，不管是真是假，他们都需要以实际的行动来澄清。

徐江的出现恰到好处，他是个出身于普通家庭的男人，有着一颗努力上进的心，稳重谦和，在第一时间合了她父母的眼缘。虽然家世并不相称，但女儿的意思他们是尊重的，因此允了这桩婚事。

F城的冬天没有北方那“冻人”的美丽，但有着南方海滨城市特有的湿冷。向小柔一出门就恨不得身上能有挡风的铠甲。到酒店的时候，天已经完全黑了。

酒店的大堂富丽堂皇，服务员温和有礼地与每一位进出的顾客开门、打招呼。

陆之舟站在大堂迎宾。她穿着一袭雪白的缎面大拖尾婚纱，裙摆是蕾丝拼接式的设计，层层叠叠，翻飞如洁白的海浪。

每个女人心底都有关于婚纱的幸福传说，一辈子只出现一次。

远远看去，陆之舟就是传说中的女主角，温柔、高贵，脸上带着喜悦的笑容，身边的新郎儒雅稳重。

那场景就像一幅画，描摹着幸福。只是，那幸福深不及陆之舟的眼底。在珠光华丽的背后，是浓浓的疲倦和无奈。

向小柔加快脚步。酒店里开着暖气，让她渐渐暖和。

陆之舟看到她，脸上一喜，眼底的倦怠似乎化开了许多，整张容颜都生动起来，就像第一次见到向小柔时所呈现的那般精灵。

所有的幸福与温柔，不过是骗人的面具。世界万物，都敌不过心头那个人的一个笑容。在她眼中，向小柔就象征着严舒瑶。

陆之舟自打向小柔出现后，才真实了起来。

“我知道，是她派你来的！”照相的时候，她在向小柔耳边低声说着，脸上是她常有的古灵精怪的笑容。

向小柔拿出手机，拍下陆之舟每一个迷人的瞬间，然后传送给严舒瑶。

从她迎宾，到她走上红毯，盈盈而立在宾客面前。举杯、共饮、笑着鞠躬、拥抱……她的眼光，一直跟随着向小柔的镜头。在她心底，只能以这样一种方式，来暗示自己正和另外一个人同时进行这场婚礼。

常人眼中看似无奈的情节，在她心底却是一种幸福。

于是这场婚礼，在她心中才真正有意义起来。她们，只能以这种方式延续如此渺茫的幸福。

向小柔在心里叹着。

到酒宴结束的时候，她都没有吃什么东西。

给严舒瑶发完最后一张照片，她便向陆之舟告别。

走出酒店，她才忽然想起现在是冬天。酒店里外，那明显是两重天。她把围巾拉紧，脚步加快，希望能早点到家，摆脱这样的寒冷。

悠扬的音乐在夜晚城市的街头响起，是《少女的祈祷》。向小柔掏出手机，手机屏显示的来电人是“牛牛”。

“小柔，谢谢你！”严舒瑶在手机那头轻轻向她道谢。

“谢什么？你别这么客气了！”向小柔边说着，边招手示意出租车停下。

“谢谢你替我圆了梦呗。”严舒瑶的声音听来轻快愉悦。

向小柔在手机里跟她说了几个在陆之舟婚礼上出现的小笑话，逗得她哈哈大笑，又说了婚礼的小细节，引得两人都唏嘘不已，再评论了一下新郎的方方面面，竟然一聊聊了半个小时。

“小柔……”要挂断的时候，严舒瑶忽然间迟疑了一下，然后缓缓开口。

“我们想要两人并肩的幸福，却无法得到，希望你不要拒绝这样的幸福。”

向小柔便沉默了。

有的人，只是想要最简单的幸福，手挽手，肩并肩，却求之不得。

有的人，幸福近在咫尺，却有着天涯海角的距离。

她究竟还在纠结什么？

PART 57　成熟的缘分

陆之舟的婚礼过后，就迎来春节。

年关将近，商场超市都是大红的陈设，各种促销广告贴满大街小巷，到处都充满喜庆。

在这样喜庆的日子里，有一个并不喜庆的人。那就是向小柔的老板，那个跟光明右使一个名字的范老板。

范老板最近万分郁闷。

为什么？

因为他们公司和方氏、莫氏的广告合作，半途被人截停了。好好的一个大case，临到了签合同的关头，却被对方告知，他的广告公司规模太小，无法支撑起这么庞大的项目，所以合作取消。于是最近公司里气压相当低，大伙做事都小心翼翼，连做卫生的大姐都不得不提起十二分精神，把办公室打扫得纤尘不染，以防止老板的吹毛求疵。

对此，向小柔心里有些抱歉。她比谁都清楚，为什么合同没有签下来。

因为，方又安并没有接下他父亲的事业王国。继承人是方宏星另外一个儿子，他看不上范老板这样的小广告公司，所以直接拒绝了。这个决定，就连莫青轩也无可奈何。

这些天，她工作得十分用心，倒是帮公司签下了许多小单子，让范老板的脸色稍稍回暖了一些。

年关，应该不至于太难过。

下班的时候，天色已经略略发沉，她今天不加班，一边想着晚饭要吃些啥，一边拎着包离开公司。才刚一出大楼，一部车便“嗖”的一下，不知从哪个角落蹿出来，停在她的面前。

向小柔吓了一跳，刚想开骂，车窗被摇下，车里露出一张熟悉的脸庞。

“上车，快！这儿不让停车的，别害我吃单子！”方又安的笑容像初夏的太阳，明媚温和。

她想说些啥，却从后视镜上瞄到范老板从她身后缓缓走来。联想到那黄掉的广告案，她不想范老板看到方又安和她之间的纠缠，那样年前的这段时间，办公室里的日子将会十分难熬。于是她迅速跳上他的车。

“快点，开车！”她急道。

方又安发动车子，载着她离开了公司。

“这不是回我家的路，要去哪里？”

开了一小段距离后，向小柔发现方向不对。

“有样礼物送给你。给我一点时间吧！”方又安看着前方的路，表情专注，并不给她拒绝的机会。

看着他的侧面，嘴角露出自得的笑容，她忽然想起那天晚上，严舒瑶在手机里跟她说的话。

“我们想要两人并肩的幸福，却无法得到，希望你不要拒绝这样的幸福。”

她莫名地脸发烫。

车子在科技园区里的某个公司前停了下来。公司的大门前挂着硕大的招牌，旁边是警卫室，大门后是很大的一片广场，过了广场，才是办公大楼，六层高的大楼外表崭新明亮。向小柔看了看公司名字。

圣龙网络。她不解。

方又安不理会她的疑惑，他自顾自牵起她的手，往里走去。

“方总！”警卫室的保安恭敬地朝他打招呼。

他点点头，微笑了一下，带着她朝前走去。一路上有很多年轻的工作人员来来去去，看到方又安都纷纷打了招呼。

向小柔纳闷，她从来没有听说过方氏旗下有什么网络公司呀。

方又安把她带上了六楼。六楼有间带着大落地窗的办公室，能俯瞰园区精致的小花园。

“到底有什么事？”向小柔忍不住了。

“坐！”方又安拉着她坐在了舒服的大沙发上，笑容里有点贼。

他拿出沙发边茶几上放的大礼盒，盒上的蝴蝶结丝带有着少女的情怀。

“打开看看。”

向小柔疑惑地打开，盒里安静地躺着一个游戏头盔。她抬起眼，用眼神询问方又安。

“戴上它，我需要你的帮忙！”方又安边说着，边为她拆开了头盔的包装，轻轻帮她戴在了头上。

和《恋世》游戏一样，进游戏前先是身份验证，虹膜扫描，确定了个人信息之后，向小柔才进到这款她未知的游戏里。

进度读取缓缓过去。没有让她创建游戏角色，她直接进了游戏。眼前的景物一点点地清晰起来，而她心底的惊讶也如涟漪般慢慢扩大。这是……

《江湖少年游》！

他们初识时的游戏，所有荣耀的起点。六年前的《江湖少年游》。

金顶如穹，红柱盘龙，白玉石阶延展而下，九阶之上刻着祥云，每走一步仿佛都与天更近一步。她和他站在这九级石阶的最高处，身后是金漆高椅，盘龙飞凤，相交而飞。

记忆慢慢被寻回。

不记得哪一年，风痕站在大殿这张龙椅边上，笑着跟她说——有一天，我会和你一起坐在这龙椅之上，看浮云众生，与你共醉江湖。

那时候的《江湖少年游》还只是个键盘类的网游，而转眼间网络技术已经发展到足以以假乱真的地步了。

她怔怔看着大殿上的一切，心中无数念头飞过。

龙椅上坐着的NPC着朱红色的天子之衣，袖上双龙游绕，俊秀威严的面容气势慑人，应该是当初《江湖少年游》里的皇帝。她仔细看着，忽然NPC嘴角动了动，露出迷人的笑容。

向小柔吓一跳。

“我的皇后，你在发什么呆呢，还不快到朕的身边来。”皇帝说道。用的是语音，声音与方又安如出一辙。

向小柔左顾右盼了一下，发现周边能称得上雌性动物的，只有她一个人。

“你在说我？”

她指了指自己，开口回答。这一动，她眼前便有珠翠晃过。她觉得奇怪，低头看自己，这才发现，自己一身衣着竟与他是同样的制式，朱红三重衣，繁复华丽，衣上绣凤，精美绝伦。

“是啊，就是你！”他笑得更灿烂了。

“方又安，你最好给我解释一下这是怎么回事。”她急死了。

“小柔，我想还原我们最初的记忆，重现我们记忆里的江湖。你来帮我吧。”

“……”

向小柔沉默。

记忆里的江湖是什么样子。

大漠飞沙，张扬的女子，轻狂的少年，剑光如虹，青衣白裳。只记得初见时他眉眼间的神采，她骄傲的笑容。

她说，我要的，不是你身后的安逸，而是一个能与你并驾齐驱的机会！

这句话，他记到现在，一世难忘。

他没有继承父亲的事业。他的父亲为着心底的愧疚，在临死之前亲自为他打造了这样一份礼物，馈赠于他。

他看着这片江湖，想不出拒绝的理由。

她恍惚间穿越了六年时间，看见年轻的自己，一身素青衣裙在竹林之间奔跑。竹林的那一头，站着惊才绝艳的少年。

那是属于他们的江湖。他向她伸出手，她缓缓将手放在他的掌心。

那是双坚定有力的手。

“小柔，我爱你！”

听到他的声音，她才发现自己走了神，而自己的手，却已经交到了他的掌心。

离开游戏，向小柔还没有感受到他的柔情，却先察觉到自己的饥肠辘辘。

“有你这么告白的吗？我饿死了。”向小柔看了看时间，朝方又安轻吼。

“走，哥带你吃大餐去！”方又安笑得很猥琐。

“你这游戏什么时候能面市啊？”她被“大餐”一词安抚了。

“快了，再有两个月就能内测。小柔，我想过了，到时候咱不做玩家，玩来玩去就那样。到时候咱扮演NPC，做《江湖少年游》里的唯一的皇帝皇后！”

扮演NPC，想想挺心动的。向小柔对未来开始有了期待。方又安拉着她，一把打开他办公室的门。

她的“大餐”就在门后。

门后，不知何时摆起圆桌，桌上堆满菜，团团围住一个大火锅。水花沸腾，香气四溢，冰镇的啤酒已经摆好了位置。

“恭喜！”朋友们笑得很放荡，祝福却是诚恳的。

向小柔傻了眼。

于夏、严舒瑶、陆之舟，还有……老屠、黯然销魂、影子妞……全是熟人。

一顿饭，吃到深夜。

整幢办公楼早已寂静无声，加班的人早已离开，只剩下这里还灯火通明。

时隔六年的团聚，每个人或多或少都已有了岁月的痕迹，只剩下眼眸，被热气氤氲着，藏在其下的年轻灵魂被渐渐勾出。

向小柔站在阳台的栏杆前，手里拎着未喝尽的啤酒，望着远处陌生的夜景，耳畔只有屋里传来的笑语声。

这世上，总有些东西，时光摧之不去。比如，爱情；比如，灵魂。

她笑着将酒饮尽，转身。身后，有个人伸手圈来，将她牢牢锁在了栏杆之前。方又安的怀抱，一如既往的温暖。

“你……”她说了一个字，话语便被他吞进，和她的唇一起。

六年兜转，浮生寻过，他只等这一刻。

少年依旧，江湖不老，鲜衣怒马为君再战。

——全文完——

注：“天下风云出我辈，一入江湖岁月催。皇图霸业谈笑中，不胜人生一场醉。”引用自电影《笑傲江湖之东方不败》。

图书在版编目（CIP）数据

全服第二：典藏版 / 落日蔷薇著. -- 济南：山东画报出版社，2017.12
ISBN 978-7-5474-2521-3

Ⅰ. ①全… Ⅱ. ①落… Ⅲ. ①长篇小说－中国－当代
Ⅳ. ①I247.5

中国版本图书馆CIP数据核字(2017)第173692号

QUANFU DI ER DIANCANGBAN

全服第二 典藏版

落日蔷薇 著

责任编辑 许 诺
统 筹 邓 理
策划编辑 田渊源
营销编辑 张申梅
封面设计 杨 平
内文设计 杨 露
封面绘制 陈 惟
主管部门 山东出版传媒股份有限公司
出版发行 山東畫報出版社
社址 济南市胜利大街39号 邮编 250001
电话 总编室（0531）82098470
市场部 （0531）82098479 82098476（传真）
网址 http://www.hbcbs.com.cn
电子信箱 hbcb@sdpress.com.cn
印 刷 湖南天闻新华印务有限公司
规 格 158毫米×230毫米
18.5印张 1幅图 300千字
版 次 2017年12月第1版
印 次 2017年12月第1次印刷
定 价 32.00元